료마가 간다
7
시바 료타로/박재희 옮김

료마가 간다 7
차례

궁박 … 11
세이후 정 … 45
재녀 … 91
해원대 … 113
야타로 … 136
이로하마루 … 155
나카오카 신타로 … 207
교토의 한길 … 243
선중팔책(船中八策) … 275
석월야 … 315

궁박

 시모노세키에서 근거지인 나가사키로 돌아온 료마에게는 심한 곤궁만이 기다리고 있었다.
 배가 없다.
 돈도 없다.
 '있는 것은 군량미 남은 것뿐이다.'
 조슈측에서 사쓰마로 보낸 것을 사쓰마가 사양했기 때문에 료마의 손에 떨어진 그 5백 석의 군량미 말이다.
 하기는 그 유일한 재산도 가메야마 동문이 시모노세키에 머물러 있을 때 팔기도 하고 먹기도 했기 때문에 지금은 거의 남아 있지 않았다.
 료마의 가메야마 동문은 시모노세키 해협에서 크게 활약했지만 그것은 '장사'가 아니었기 때문에 한 푼도 벌지 못했다.
벌기는커녕, 무기나 탄약은 조슈 번의 것을 썼지만 배의 연료, 병사들의 양식 따위는 모두 료마가 뒤를 대야 했다.
자비원군(自費援軍)이었던 셈이다. 그렇다고 이겼다고 해서 조슈 번으로부터 보수를 받은 것도 아니었다.
'가난 때문에 꼼짝도 못하겠는걸.'
료마는 나가사키로 돌아온 후, 매일 그 문제 때문에 골치를 앓고 있었다.
매일같이 나가사키의 호상(豪商) 고소네(小曾根)의 본점과 사쓰마 번저, 오우라(大浦) 해안에 있는 글래버의 사무소 등을 찾아다니며 연구를 했다.
'좋은 수가 없을까?'
나가사키 시민들은 그런 료마의 모습을 늘 길거리에서 볼 수 있었다. 그는 무뚝뚝한 얼굴을 드러낸 채 나돌아 다니고 있었다.
"가메야마 동문 두목 나리는 무척 무서운 얼굴을 하고 있다……."
사람들은 그렇게 평했다고, 유신 뒤에 귀족원 의원 등을 지낸 료마의 말단 대원이었던 세키 요시오미(關義臣 : 당시는 山本龍二郞)가 나중에 말한 바 있다.
세키 요시오미가 말한 당시 료마의 풍모를 소개해 보면 이렇다.
"얼굴은 온통 점투성이며, 바닷바람에 그을려서 무쇠빛이었다. 웃음이라고는 그림자도 볼 수 없었다. 눈만이 이상하게 날카로워 쏘는 듯한 광채를 지니고 있었다. 키는 5척 8촌. 떡벌어진 몸을 깃이 축 늘어진 옷으로 감싸고 까치집 같은 머리로 거리를 나돌아 다녔었다."
사람들은 그런 뒷공론들을 했다.

"가메야마 동문 두목 나리는 한동안 모습을 볼 수 없었는데, 대체 어디에 가 있다가 왔을까?"

설마 조슈군의 임시 함대 사령관으로서 시모노세키 해협에서 막부군과 싸우고 있었다고는 아무도 상상하지 못했으리라.

다만 나가사키에 있어서의 막부 최고 기관인 나가사키 행정소만은 '수상하다'는 생각으로 료마를 감시하고 있었다. 그러나 그들은 나가사키가 국제도시인 만큼, 교토나 에도, 오사카 같은 데서처럼 직접적인 경찰의 움직임은 그리 좋아하지 않았다.

'가메야마 동문은 곤궁에 빠져서 수부나 화부들에 대한 임금 지불도 제대로 못하고 있는 모양이다. 이 참에 아주 쓰러뜨리고 말자!'

그런 경제적인 책략을 세우고 막부계의 해상 운송업자들을 통해서, 료마가 고용하고 있는 수부나 화부들에 대한 매수공작을 시작했다.

료마는 나가사키로 돌아온 후 여러모로 궁리를 해 봤지만, 좀처럼 좋은 생각이 떠오르지 않았다.

열흘째나 되는 날에는, 마침 찾아 온 무쓰 요노스케에게 말했다.

"아주 가메야마 동문을 해산해 버릴까?"

무쓰는 놀랐다.

"진정으로 하는 말입니까?"

이런 다짐을 한 것은, 가메야마 동문을 해산할 때 료마의 새 일본 구상도 소멸하게 되며, 따라서 지상에서 사카모토 료마란 존재는 없는 거나 마찬가지가 되기 때문이었다.

"수부와 화부들에 대한 임금도 지불할 수 없지 않나? 앞으로 지불하게 되리라는 전망도 서지 않고."

"사카모토님은 이제는 손을 들 모양이군요. 저는 천하에 '어려움'

을 모르는 사람은, 조슈의 다카스기 신사쿠와 우리가 모시고 있는 사카모토 료마님뿐이라고 생각했는데, 잘못 봤던 것일까요?"

"뭔가, 그 '어려움'을 모르는 사나이란?"

"실은 조슈에서 들은 얘기입니다만……."

무쓰는 은근히 료마를 격려하려는 듯 이런 말을 했다.

다카스기는 조슈의 천재다. 천마(天馬)가 하늘을 달리는 듯한 기상(奇想)을 지니고 있는 사람이며, 그뿐 아니라 그것은 정확히 들어맞곤 했다.

"마치 구름을 탄 손오공 같죠. 구름에서 떨어져 꼼짝 못하게 됐다가도 다시 구름을 붙잡아서는 삼천세계(三千世界)를 날아다닙니다. 이천 년 이래의 영웅이라고 해도 좋을 겁니다."

무쓰는 말을 계속했다.

그는 훗날 유례없는 유명 외무대신으로서 이름을 떨친 사나이니만큼, 료마를 교묘히 자극하면서 자신이 뜻한 바로 끌어들이고 있었다.

"조슈인의 말에 의하면 다카스기의 비결은 하나뿐이라고 합니다. 그것은 '야단났다'는 말을 절대로 하지 않는다는 겁니다. 그것은 그의 계명이기도 하답니다."

"나는 흔히 말하지 않나?"

"다카스기는 그렇지 않답니다."

다카스기 신사쿠는 평소 동지들에게

"나는 선친으로부터 그런 가르침을 받았다. 사나이는 절대로 '야단났다'는 말을 해서는 안 된다고."

그런 말을 하였다. 매사를 충분히 생각한 끝에 행동하여 결코 궁지에 빠지지 않도록 한다. 그래도 궁지에 빠지는 수가 없지 않았으나 "야단났다"는 말은 하지 않는다. 야단났다는 말을 하는 순간,

사람은 지혜도 슬기도 모두 막혀 버리고 만다는 것이다.

"그렇게 되면 궁지는 사지(死地)가 된다. 살길은 영영 찾을 수 없게 된다."

이것이 다카스기의 생각이었다.

"궁지에 빠지는 것까지는 좋다. 뜻밖의 방향에서 살길을 찾을 수 있기 때문이다. 그러나 사지에 빠지면 끝장이다. 그래서 나는 절대로 야단났다는 한마디만은 하지 않는다."

그렇게 다카스기는 무쓰에게 말한 적이 있다고 한다.

"다카스기는 조슈 번의 고위 번사야."

료마는 역시 경쟁심을 느끼지 않을 수 없었던 모양이었다. 다카스기는 명문 출신이며 번주 부자의 신망도 두텁고 언제든지 번을 움직일 수 있는 입장에 있었다. 배경도 그만큼 크다.

"그러나 나는 천하의 낭인이야. 아무리 다카스기가 귀재라고 해도 혼자서 조슈 번 전원을 먹여 살려야 하게 될 때는 야단났다는 말을 할 거란 말이다."

"가메야마 동문을 해산할 생각이다."

그런 료마의 말이 수부와 화부들 사이에 흘러나갔다.

이때, 가메야마 동문의 사관들은 고소네 별저와 시중의 셋집 같은 곳에 나누어 머무르고 있었지만, 수부와 화부들은 모두 가메야마의 숙사에서 묵고 있었다.

"나는 무라카미(村上) 해적의 조타수의 자손이다."

두목격인 사람은 진키치(甚吉)라고 하여, 이요시아쿠 섬(鹽飽島)의 어부 출신으로 그런 자랑을 늘어놓곤 하는 괴짜 늙은이였다.

수부와 화부들은 그 출신지가 대개 이요, 사누키(讚岐) 등이며, 한번쯤은 막부 해군에서 밥을 먹은 일이 있는 친구들이라 서양식 범선이나 증기선의 운용에는 사관들보다도 오히려 능숙했다.

또한 금지되어 있는 일이기는 했지만 상해, 나가사키 항로의 외국선에서 수부 노릇을 하고 있었던 자도 있어서, 해외에 대한 견문면으로 봐도 사관들에 비하면 경험이 풍부했다.

그런 자들이 나가사키에는 사방에 뒹굴고 있어서 "사쓰마 선(船)에 수부 두 명과 화부 한 명을 보내라"는 말이 나오면, 두목격인 자가 적당히 선발해서 사쓰마 번에 보내게 된다.

그런 형식으로 일자리를 얻어 다니며 생활을 하고 있는 것이다.

그러나 료마의 가메야마 동문의 경우에는 '상선 회사'를 목표하고 있으니만큼 수부와 화부들을 계속 고용해 둘 필요가 있었고, 그 때문에 20명 정도가 항상 가메야마 동문에서 기숙 생활을 하고 있었다.

"무슨 소리! 해산에는 절대 반대다!"

그런 말을 꺼낸 것은 진키치 노인과 마쓰지로라는 젊은 화부였다. 그 말에 모두 동의하여 료마의 숙소로 몰려가기로 했다.

그들은 고소네 별저로 찾아갔다.

"허어, 모두들 나타났군."

료마는 윗자리에 앉았다.

진키치 노인이 나 앉으며 불만의 어조로 말했다.

"해산한다는 말이 들리는 뎁쇼?"

"반대한단 말인가?"

"반대하구 말굽쇼. 저희들은 모두 고작해야 수부나 화부들 따위지만, 사카모토 나리의 명령 하나로 포화(砲火)를 뚫고 다닌 사람들입니다. 너무 무정한 말씀일랑 하지 마십쇼."

"임금을 지불할 수 없기 때문이다."

료마는 옷소매를 흔들었다.

"먹여 살릴 수가 없단 말이다."

떨어뜨리듯 한 마디 하고 나자, 스스로도 한심해져서 주루루 눈물이 흘렀다.

"모두 적당한 곳에 취직하도록 해라."

지금 서부 일본 각 번에서는 다투어 기선을 사들이고 있다. 그 근거지가 나가사키니 만큼, 나가사키에 있는 선원들은 절대로 식생활에 곤란 받을 일은 없는 것이다.

그러나 진키치는 화를 내듯 다다미를 두드리면서 말했다.

"저희들 모두는 결심을 했습니다. 무슨 말씀을 하시든 사카모토 님 곁을 떠나지 않을 생각입니다. 배를 구하실 때까지 저희들은 시중에서 먹고 살 길을 마련하며 이대로 기다리겠습니다. 저희들 염려는 조금도 하지 마시기 바랍니다."

료마는 그의 평생에 몇 차례인가 크게 감격한 일이 있었지만, 이때처럼 감격했던 때는 또 없었을 것이다.

─여기 미조부치 고노조(溝淵廣之丞)라는 인물이 있다.

'미조부치의 조롱박 얼굴'이라고 하면 고치 성 아랫거리에서는 유명하였다. 고약한 젊은 무사들은 이런 흉을 보면서 술안주 대신으로 삼았다는 말이 있을 정도다.

"고노조씨가 조롱박 시렁 밑에서 웃으니까 진짜 조롱박들까지 입을 벌리고 웃었다더군."

나이는 료마보다 7살 위였고, 젊었을 때는 무척 검술에 전념하여 에도에 가서 가지바시(鍛治橋) 번저에 묵으면서 가까운 모모이 도장에 나가곤 했다.

그 무렵은 바로 료마가 두 번째의 에도 유학을 떠난 때여서, 두 사람은 번저에서 같이 묵으며 무척 사이좋게 지냈었다.

"료마는 히쭉─이런 식으로 웃거든."

미조부치는 특징 있는 료마의 웃음을 흉내내서는 여러 사람을 웃기곤 했다.
그 뒤 두 사람은 길이 서로 갈리었다.
료마는 도사 번을 탈출했고, 미조부치는 그대로 남았다.
미조부치가 남은 것은 당연하다. 성격이 온후한 그는 근왕 운동이라는 위험천만한 일을 좋아하지도 않았고, 따라서 가담하지도 않았다. 또한 그런 혈기에서 일어나는 운동 따위에 가담하기에는 이미 나이도 많았다.
미조부치는 료마가 번을 떠나기 며칠 전, 성밑의 스이도 거리(水道町)에서 료마를 만난 일이 있다.
"벚꽃이 한창이라면서?"
료마는 말했다고 한다. 꽃놀이 때라는 뜻이었다.
"그래, 꽃놀이를 갈 작정인가?"
미조부치가 물었다.
"아니야. 금년엔 다 틀렸어"
료마는 대답했다. 이미 번을 떠날 결심을 하고 있었기 때문일 것이다.
그런 인사가 오고간 후, 료마는 물었다.
"미조부치, 자네는 아직 검술을 하고 있나?"
"하고 있네만…… ?"
"자네는 기억력이 좋으니 서양 글을 배워보지 않겠나? 배우는 게 좋을 거야"
뚱딴지같은 소리를 했다. 말을 꺼내면 끝이 없다는 사나이였다.
"그러니까 네덜란드어 말인가?"
"네덜란드는 이제 낡았어. 나는 가와다 쇼류님을 통해서 들었는데 지금은 영국이 세계에서 으뜸이라더군. 영국어를 배워서 대포

와 기계에 관한 책을 읽게. 빨리 공부해서 기계를 만들지 않으면 도사도 망하고 일본도 망한다. 청나라의 전철을 밟게 되는 거야."
"임자는 왜 하지 않나?"
"사람들에게는 각기 자기 재주가 따로 있는 법이야. 나는 그런 방면에는 합당하지 않네."
그런 일이 있은 후 미조부치는 가와다 쇼류를 찾아가 영어 지식을 얻었고, 에도로 올라가 조금이라도 영어를 아는 자라면 서슴지 않고 찾아가서 영어에 관한 질문을 하고 그것을 수첩에 적어 두었다. 요코하마에 가서 영어 서적을 사기도 했다.
그 뒤 번에서는 서양의 산업이나 생산품에 관심을 기울이기 시작했고, 덕분에 미조부치는 하찮은 향사 출신이면서도 이례적으로 발탁되어 게이오(慶應) 원년에는 영어 수업을 위해 나가사키에 보내졌다.
그 뒤로는 나가사키와 고치 사이를 왕복하고 있다가 이번에 다시 번명으로 나가사키에 오게 되었다. 그 번명(藩命)이란 "막부 조슈 전쟁 이후의 각 번의 동태를 탐색하라"는 정보관으로서의 임무였다.

나가사키에는 가을이 오고 있었다.
시내를 깊숙이 흐르고 있는 나카지마 강(中島江) 양쪽 기슭에 집들이 즐비하게 늘어서 있었고, 뜰 안의 단풍나무와 거먕옻나무는 그림처럼 아름답게 햇빛을 반사하고 있었다.
나카지마 강에는 아치형 다리가 놓여 있었다.
이 이국적(異國的)인 돌다리 서쪽이 니시후루가와 거리(西吉川町)이며, 그곳에는 검은 판장을 두른 말쑥한 셋집 한 채가 있었다. 한때는 어떤 부자의 아름다운 소실이 살던 집이어서, 가끔씩 샤미센

(三味線)을 뜯는 소리가 오가는 사람들의 걸음을 멈추게 했었다.

그러나 지금은 주인이 바뀌어, '시바다 영학숙(柴田英學塾)'이라는 간판이 어마어마하게 나붙어 있었다.

'세월도 어지간히 변했다……'

동네 사람들은 그런 생각을 하고 있으리라.

소실댁이 영학숙으로 바뀌었기 때문만이 아니었다. 나가사키는 에도 중기 이후, 난학(蘭學)에 뜻을 두는 의학생들이 한결같이 동경했던 곳이었다. 그 때문에 각지에서 그 어학과 의술을 배우기 위해, 다투어 이 고장을 찾아왔다.

그러나 몇 년 전 막부가 통상조약에 의해 나가사키를 열강에게 개항한 후로는, 네덜란드인 이외에도 많은 유럽인들이 상관(商館)과 교회를 세우게 됐고, 특히 영국인은 그 세력이 대단했다.

문물은 영국이 더 우수하다—고 잽싸게 느낀 일본인들 사이에서는 갑자기 영어열이 높아지기 시작했다.

그 수요에 응하기 위해, 곳곳에 영어 학당이 만들어졌고, 이 니시후루가와 거리의 '시바다 영학숙'도 그중의 하나였다.

도사 번으로부터 나가사키 탐색과 영어 수업, 포술(砲術) 수업 등 세 가지 임무를 띠고 파견되어 있는 조롱박 미조부치 고노조도, 이틀에 한 번은 이 사숙(私塾)에 나와 영어를 배우고 있었다.

숙생은 선진적인 번으로 알려진 히젠 사가 번의 번사들이 가장 많았고, 그밖에 사쓰마 번과 지쿠젠의 후쿠오카 번사들이 있었다.

도사 번에서 온 사람은 미조부치 하나뿐이었다.

어느 날 이 사숙에 살결이 유난히 검은, 그러면서도 귀염성 있게 생긴 젊은 무사 하나가 입학해 오더니, 심한 도사 사투리로 고참 학생들에게 인사를 했다.

"아니, 쓰카지(塚地) 마을의 나카지마 사쿠타로(中島作太郎)가 아닌가?" 이러면서 미조부치는 말을 건넸다.

"아, 미조부치님이시군요. 이거 큰일 났는걸."

나카지마 사쿠타로는 어쩔 줄을 몰랐다.

료마의 가메야마 동문에 있으면서, 료마로부터 "사쿠(作), 사쿠!"로 불리며, 시동(侍童)처럼 귀염을 받고 있는 젊은이였다. 도사 번에서 떠난 청년이기 때문에 본국 번사인 미조부치를 보자 당황하지 않을 수 없었던 것이리라.

"큰일 나긴! 난 포리(捕吏)가 아니야."

미조부치는 웃어 보였다. 돌아오는 길에 나카지마를 끌고 니시하마(西濱)의 싯포쿠 요리(나가사키 요리 : 일본화한 중국 요리) 집 이층으로 올라갔다.

밥상처럼 낮은 식탁 위에 큼직한 접시에 담긴 요리가 놓인다. 옆자리와의 사이에는 칸막이가 세워져 있었다.

"료마는 잘 있나?"

미조부치는 바싹 다가앉으며 물었다.

미조부치가 고국에 있을 때는 미처 몰랐던 일이었는데, 한 걸음 번외로 나와 보니 료마의 이름이 사방에 퍼지고 있어 사실 놀라고 있는 중이었다.

"사카모토님은 안녕하십니다."

나카지마 사쿠타로는 조심스럽게 말했다. 그럴 수밖에 없었다. 이쪽은 탈번인, 미조부치 고노조는 번리(藩吏)인 것이다. 어느 정도까지 말해야 할지 그것부터 알 수가 없었다.

"나카지마군, 자네 경계하고 있군?"

미조부치 고노조는 재빨리 그것을 알아챘다.

"당연하지. 지금까지 번에서 취해 온 태도를 본다면······."

"다케치 한페이타(武市半平太)를 죽인 번이 아닙니까?"
사쿠타로는 똑바로 쳐다보며 말했다.
"그렇지. 영실(令室) 일건도 있고……."
미조부치 고노조는 료마와 친한 사이기도 하고 향사 출신의 번리이기도 해서, 고위층의 친막부적 경향에는 많은 불만을 품고 있었다.
영실 일건이란, 막부가 조슈 정벌의 군령을 내렸을 때 도사 번청에서는 이에 영합하는 방침을 결정하고, 마침 번주 도요노리의 부인 도시코(俊子)가 모리(毛利) 집안에서 출가해 왔음을 꺼리어, 중신들은 그녀를 고치 성 밖으로 옮기도록 하여 젊은 번주와 별거시키고 말았다.
"하는 짓이 모두 비열하다."
미조부치는 활동적이지 못한 인물, 말하자면 학구적인 형이었지만, 도사 번청이 취한 이 조치에 대해서는 "정치 이전에 있어서는 안 될 비열한 생각에서 나온 것이었다"는 비분을 보여, 나카지마 사쿠타로를 놀라게 했다.
'조롱박님에게도 혈기가 있었던가?'
사쿠타로는 생선 요리에 젓가락을 가져가면서 그렇게 생각했다.
이 영실의 별거 조치에 있어서는, 수고스럽게도 중신들이 젊은 번주 도요노리의 명의로 막부에 '질의서'까지 제출했었다.
"본인(번주)의 처는 모리 집안이 친정입니다. 아녀자의 몸이라 죄가 있을 까닭은 없지만 이번 조슈 정벌령과 관련하여, 처를 그대로 내버려 둔다는 것은 황송하기 그지없는 일이라, 즉각 성 밖으로 물리쳐 폐거(閉居)시켜 두었습니다. 더 이상 어떤 조치를 취했으면 좋을지 질의하는 바입니다."
도사 번은 막부에 대하여 이토록 충성심을 보이고, "이제 어떡하면 좋을지 말씀만 내려 주시기 바랍니다" 하는 식으로 추할 정도의 아첨을 떤 것이다. 물론 이토록 막부에 대해 미태(媚態)를 다한 것은 다른 정통 번(正統藩)에서도 없었던 일이었다.

"도쿠가와 막부 3백 년 동안……" 하고 미조부치는 말했다.

"혹시 무슨 변을 당할까, 막부의 비위 맞추기에만 골몰해 온 비정통 번의 아첨 근성을 노골적으로 드러낸 짓이었다."

"그래서……"

나카지마 사쿠타로는 물었다.

"그 뒤 영실께선 어떻게 됐습니까?"

"그게 바로 더 재미있는 점이야. 이번 제2차 막부 조슈 전쟁에서 뜻밖에도 조슈측이 육지와 해상에서 연전연승하고, 마침내 막부측은 장군의 사망을 구실삼아 화친을 제의함으로써 내외에 그 실력이 종이 호랑이에 불과했다는 것을 드러내고 말았다. 다급해진 것은 도사 번청이 아니겠나?"

"아, 그럼 이번에는 조슈측에 아첨을……."

"설마, 그렇게까지 노골적인 짓은 할 수 없으니까 고위층에서는 부인에게 달려가 슬며시 성으로 되돌아오게 했다네."

미조부치가 말하고 싶은 것은 도사 번의 내정이 변하고 있다는 사실인 듯했다.

"어쨌든 료마를 만나고 싶다"고 미조부치 고노조는 말했다.

"하지만……."

나카지마 사쿠타로는 고개를 갸웃거렸다.

"미조부치님이 번리라는 입장에서 탈번인의 우두머리와 만나게 되면 나중에 번청에서 귀찮게 굴지 않을까요?"

"나는 소심한 사람이야. 부끄러운 말이지만 료마와 뜻을 같이 하면서도 번을 뛰쳐나올 수가 없었다. 그토록 소심한 내가 료마를 만나려고 한다면 그것만으로도 도사 번청이 많이 달라지고 있다는 것을 알 수 있을 테지."

미조부치의 말투에는 료마에게 무언가 중대 제안을 하고 싶은 것이 있는 듯했다.

"그렇습니까?"

나카지마는 말했다.

"하고 싶은 말이 있다. 그러니 나카지마군, 자네가 좀 다리를 놓아 줘야겠어."

"미조부치님의 입장이 마음에 걸립니다. 만나고 싶으시다는 것은 번리로서? 아니면 옛 친구로서?"

"양쪽 다야."

"솔직히 말씀드리지만 사카모토님은 두 번씩이나 번을 떠난 분입니다. 번청으로서는 찢어 죽여도 성이 풀리지 않을 중죄인입니다. 그리고 번청에서 죽여 버린 다케치 한페이타의 친구이기도 합니다. 이렇듯 제가 자꾸 다짐을 하는 것은……."

나카지마는 일순 숨을 한번 몰아쉬고 말을 이었다.

"위험하기 때문입니다. 설마 저는 미조부치님이 사카모토님을 배신하리라고는 생각하지 않습니다. 그러나 우리로서는 경계할수록 좋은 일입니다. 뭐니 뭐니 해도 사카모토 료마란 분은 이미 저희들에게 수령이라는 정도를 넘어서 일본을 구하는 제석천(帝釋天)이나, 비사문천(毘沙門天) 같은 존재이시니까요."

나카지마 사쿠타로는 나이가 어렸다. 그만큼 표현이 설익어, 미조부치의 감정을 몹시 상하게 했다.

"내가 사카모토를 배신할 염려가 있단 말인가?"

"그렇다고는 말씀드리지 않았습니다. 다만 다리를 놓는 저로서는 미조부치님이 무슨 일로 사카모토님을 만나시려는지, 그것을 알지 않고는 나설 수 없다는 겁니다. 저는 지금 어린애들의 심부름을 하고 있는 것은 아니니까요."
"자네 아직 말투가 너무 어리다. 그만큼 젊은 셈이지. 하지만 그렇게 위태로운 젊음을 지닌 자네에게 중대 내용을 밝힐 수는 없지 않는가?"
"뭐라구요!"
나카지마는 걷잡을 수 없을 만큼 격분해 버리고 말았다.
"진정해!"
미조부치는 난처해졌다.
"그렇다면 조금만 얘기하지. 도사 번의 내막은 지금 말한 대로다. 바야흐로 24만 석의 도사 번이 은근히 믿고 의지하고 싶은 것은 사카모토 료마뿐이다. 자, 눈치 빠른 자네라면 무언가 짐작했을 테지?"
"난 머리가 나쁘오!"
나카지마는 철썩 자기 머리를 때렸다.
"그러니 그 정도로는 알 수가 없소."
"료마라면 그 정도만 말해도 짐작이 갈게다. 용건은 어떤 번의 요인과 대면케 하려는 거라서 더 이상은 말할 수 없다!"

나카지마 사쿠타로는 가메야마 동문으로 돌아오자, 니시하마의 나가사키 요릿집에서 있었던 일을 자세히 료마에게 전했다.
"미조부치는 번의 내막을 그렇게 말하던가?"
료마는 대답하고 나서 잠시 동안 생각했다. 시모노세키에서 만난 나카오카 신타로도 료마에게 말했었다.
ㅡ조슈가 대승한 후, 도사 번은 크게 흔들리고 있다. 물론 완미

한 수구파(守舊派)나 막부파는 여전하지만, 요도공 측근의 똑똑한 젊은이들은 이것을 계기로 해서 막부와 손까지 끊지는 않더라도 사쓰마 조슈와 가까이 지내는 것이 좋으리라는 생각을 하기에 이르렀다. 이누이 다이스케(乾退助), 고토 쇼지로(後藤象二郞) 등이 그렇고, 다니 모리베(谷守部)도 물론 그런 생각으로 바뀌어졌다.

그것과 이번에 미조부치가 말했다는 번의 사정은 완전히 일치하는 것이다.

"죽은 다케치님은 번 고위층을 기회주의자라며 공격하고 있었습니다만, 정말 그대로가 아닙니까?"

말끝이 조슈 사투리였다. 젊은 나카지마 사카쿠로는 한동안 조슈에 가 있었기 때문에 조슈적인 과격 사상과 아울러 말투까지 물들어 버린 것이었다.

"도사 말을 쓰도록 해!"

료마는 표정이 딱딱해지며 말했다. 자주성을 가지라고 말하고 싶었으나 적당한 말을 찾지 못했던 것이다.

"하지만 기회주의……."

"기회주의건 뭐건 좋다. 도사 번이 거기까지 왔다는 그 자체가 큰 문제가 되는 거다."

"그러나……."

젊은 나카지마 사쿠타로는 수그러지지 않았다.

"기회주의란 사나이로서 무사로서 가장 수치스럽게 생각해야 할 일이 아닙니까? 비겁한 일부 고위층의 손에 좌우되고 있는 우리 번이 거기까지 타락해 버렸다는 것은 용서할 수 없습니다."

"그런 말은 사서 오경(四書五經)의 강론 좌석에 가서 해라. 세상은 움직이고 있단 말이다."

료마는 타이르듯 말했다.

"바로 그 기회주의자에 의해 정해지는 것이다. 시국도 역사도 그렇다. 신구 세력이 맹렬히 싸운다. 어느 쪽이든 이기게 된다. 그러면 그 이긴 쪽에 수많은 기회주의자가 몰려가고 그로써 세상의 흐름은 결정되는 거다. 기회주의자라고 무시할 수 없단 말이다."
"사카모토님은 다케치님과 다르시군요."
나카지마는 불만스러운 듯 말했다.
"다케치님이라면 그런 불결한 짓, 불순한 짓을 용서하지 않습니다. 사카모토님은 그것을 용서하고 있을 뿐 아니라 그 세력을 이용해서 무엇인가 해내려고 하시는군요?"
"다케치는 선인이고 나는 악인이다."
료마는 웃지도 않고 말했다.
"다케치 한페이타란 사나이는 석가, 공자, 소크라테스(어디서 들었는지 료마는 그런 이름도 알고 있었다)와 같은 존재다. 나하고는 종류가 다른 인간이야. 나는 진시황, 한고조, 오다 노부나가, 워싱턴 같은 부류다. 인간의 악과 불결, 불순 등을 이용해서 일을 하는 사람이다."
료마는 미조부치에 관한 이야기를 들었을 때
'어쩌면……'
하는 어떤 희망을 가졌다. 가메야마 동문의 곤궁을 타개할 수 있는 실마리를 '도사 번의 새로운 정세'라는 방향에서 찾아 낼 수 있지 않을까 생각했기 때문이다.
"미조부치를 만나자."

료마가 미조부치 고노조와 만나는 것에 대해 나카지마 사쿠타로를 비롯한 대부분의 가메야마 동문 논객들이 반대했다.
타번(기슈 번) 출신인 무쓰 요노스케마저 신랄하게 따지고 들었다.

"사카모토님은 두 차례씩이나 번을 떠났소. 더구나 평소에도 도사 번을 백안시(白眼視)해온 터요. 그런데 이제 와서 그 도사 번 사람을 만나려는 건가요?"
"도사 출신들의 목은 통뼈다."
료마는 이런 소리를 했다.
"다케치님처럼 지조를 굽히지 않을 때는 이 통뼈가 큰 힘을 발휘하게 되지만 대신 복잡한 시국에 대처하고 싶을 때도 목이 돌아가지 않는다. 가메야마 동무의 도사나기들은 당연히 그런 경향이 있지만, 기슈인(紀州人)인 군마저 같은 소릴 하는 건가?"
이날 아침 료마는 칼자루의 칠이 벗겨진 무쓰노카미 요시유키를 차고, 하오리를 입지 않고 여전히 허름한 하카마를 입은 채 하카다 거리(博多町)에 있는 고소네 별저를 나섰다.
이미 미조부치에게는 나카지마를 보내서 "니시하마의 시마바라야 (島原屋)에서 만나자"라는 연락을 해 두고 있었다. 시마바라야는 극히 대중적인 요정인데 사발 같은 큼직한 공기에 찐계란 찌개로 이름난 곳이었다.
"실례하오."
료마가 들어서자, 아래층에서 신발을 간수해 주는 노인이 료마의 게다(일본나막신)가 하도 지저분한 데 놀란 듯 중얼거렸다.
"신발 간수를 40년 동안이나 해왔지만 이렇게 더러운 게다는 처음인걸." 료마의 귀에까지 그 소리가 들려, 자기도 모르게 층계를 올라가다가 웃음을 터뜨리고 말았다.
"영감님, 다음에는 구두를 신고 오리다."
료마는 크게 으쓱거리면서 말했다.
료마는 웬일인지 편상화(編上靴)와 향수를 아주 좋아했다. 하기는 구두야 한두 켤레만 있으면 족했기 때문에 남는 것은 가메야마 동문의 누구에게 주어버린다. 향수도 어쩌다 지저분한 옷깃에 뿌려 보는 일이 없지 않았지만 대개는 오료나 가게쓰 루(花月樓)의 기생, 하녀 따위에게 주든가 또는 고향에 보내서 하루이(春猪)에 대한 선물로 삼는다.

료마는 이층으로 올라갔다.

이층은 두 방을 터놓고 있어 모두 이십 조(疊) 쯤은 됨직했다. 다다미 두 장에 식탁이 하나씩 놓여 있고 칸막이로 그 사이를 막고 있다.

시간이 일러서 손님은 한 사람도 없었다. 다만 구석 쪽에 미조부치 고노조가 먼저 와서 앉아 있을 뿐이었다.

"여어!"

료마는 미조부치를 보자 칼을 끌러서 한옆에 내던지고 앉았다.

"몇 년 만인가?"

분명히 분큐(文久) 원년 이후로 처음 만나는 것이었다.

미조부치는 기다란 얼굴에 어울리지 않는 조그만 눈에 눈물 같은 것이 글썽거리며 료마를 올려다봤다.

에도에서 검술 수업을 하고 있을 때, 가지바시의 번저에서 뒹굴던 생각을 하면 그야말로 꿈과 같은 변화였다.

미조부치 고노조는 목소리가 작았다.

나지막한 목소리로 오순도순 이야기하는 버릇이 있었으나, 그러면서도 말이 많은 편이었다.

"고향에서는 곤페이님이나 오토메님, 하루이님, 모두 무고하네."

"사이다니야(才谷屋)의 딸들은 모두 출가했나."

사카모토 집안의 분가(分家)인 상가(商家)였다. 집은 사카모토네 뒤쪽에 있었으며, 성 아랫거리 굴지의 호상으로 알려진 데다 대대로 미인이 태어나, 모두 이상하게 여기고 있는 집안이다.
"모두 출가했네."
한 사람 한 사람, 어디로 출가했는지를 말한 다음, 미조부치는 앉음새를 고치며 나카지마 사쿠타로에게 한 말을 되풀이했다.
"번도 많이 달라졌어."
료마는 끄덕이면서 그 말을 들었다.
"가이세이 관(開成館) 얘기는 들었나?"
"음……."
들었다는 뜻으로도 그 반대의 뜻으로도 생각할 수 있는 대답이었다. 하기는 미조부치로서는 그 어느 편이든 상관없는 일이었다.
"굉장한 시설이야. 가가미 강(鏡川)변에 마치 성 같은 건물을 지었으니까 말이지."
가이세이 관은 노공 요도와 참정 고토 쇼지로가 새 정책의 일환으로서 세운 것이었다. 요컨대 도사 번의 근대 산업화와 부국강병을 꾀하기 위한 중심 기관이다.
부국강병에는 우선 돈이 필요하다고 보고 일체의 번영 사업을 여기서 통할 지휘한다. 도사 번의 주요 생산물이 종이와 장뇌(樟腦)의 제조 판매 등 모두 이 기관에서 통제하는 것이다.
뿐만 아니라 여러 가지 부국(部局)이 있었다. 이를테면 금, 은, 동 등 지하자원을 탐색 개발하는 광산국, 고래를 잡는 포경 부문, 외국의 서적과 기계를 구입하는 부문, 서양의학을 연구하는 부문, 특히 이와 관련해서 성 밖 고다이 산(五臺山)에는 부속병원까지 만들었다.
그리고 해군국(海軍局)도 있다.
"료마! 모두가 자네 구상대로 되어가고 있네."
"그래?"

료마는 고개를 끄덕여 보이고 화제를 바꾸었다.

"구파(舊派)들이 어지간히 귀찮게 굴 텐데."

신분의 상하를 물을 것 없이, 어느 번에서나 거의 미신에 가까울 만큼 완고하고 보수적인 양이 사상을 지닌 자들은 미처 쓸어버릴 수 없을 만큼 득실거렸다.

신국(神國)인 일본이 서양 오랑캐들의 흉내를 내다니 말이나 될 일이냐는 패들이다. 근왕파인 다케치 한페이타마저 그런 고루성을 버리지 못하고 있었다.

"귀찮을 정도가 아니라……."

미조부치는 말했다.

"피비린내 나는 변란이 벌어질 것만 같네. 가이세이 관 정책을 밀고 나가고 있는 참정 고토 쇼지로는 완고한 막부파들로부터 생명의 위협을 받게 되어, 그것을 피하려고 밀항해 지금 상해에 가 있네."

"허어……."

"노공(老公)의 배려로 고토는 상해로 난을 피한 후 그곳에서 포함(砲艦) 구입을 위한 교섭을 벌이고 있는 중일세."

"재미있는 사나이야."

료마는 오늘날의 도사 번을 짊어지고 있는 그 젊은 수상에게 흥미를 느꼈다.

"고토씨는 머지않아 상해를 떠나 이곳 나가사키로 돌아올 걸세. 그런데 그는 오래전부터 마치 연인을 그리듯이 자네를 만나고 싶어 하고 있어."

미조부치가 노린 점은 바로 그것인 것 같았다.

고토 쇼지로.

덴포(天保) 9년 생이어서 료마보다는 3살 아래니까, 만 28살이 되는 셈이었다.

그는 앞으로 료마와도 깊은 인연을 맺게 된다. 따라서 잠시 그를 위해 붓을 돌릴 필요가 있을 것 같다.

난세의 영웅이라고 할 수 있다.

머리의 짜임새가 거칠어서 세밀한 계획은 세울 수 없었으므로 치세(治世)의 능리(能吏)라고는 할 수 없으리라.

대신, 난세에는 적합했다. 사물을 대체적인 면에서 파악하며, 과감한 행동력과 담력을 지니고 있었다. 사람을 조금도 겁내지 않는다. 고토 집안은 전국시대의 호걸 고토 마다베에(後藤又兵衛)의 후예라고도 하지만, 쇼지로 같은 사나이도 전국시대에 태어났더라면 좀더 재미있는 인물이 됐을지도 모른다.

막부 말기도 난세이기는 하다.

그러나 사회 제도가 완고한 막부 체제에 놓여 있어서 전국시대와는 상황이 달랐다. 다만 그 막부 체제도 시대의 물결과 더불어 이제는 어쩔 수 없는 단계에까지 이르고 있었다.

일례를 들면 도사 번의 노공 요도는 번의 군대를 서양화하려고 했고 일부 상급 무사들에게도 서양식 총을 배우게 했다.

이것이 그들의 반발을 샀다.

"노공이나 주군께서는 우리를 잡병으로 만드실 생각인가?"

전국시대 이래 총은 말단 병졸들이 가지게 마련이어서, 신분이 높은 무사들은 말을 타고 창을 드는 것에 자부심을 가졌다. '창만으로 대를 이어 온 가문'이란 말도 그런 데서 나온 것이었다.

다시 말하면 지니는 무기에 따라 신분과 계급이 정해져 있었던 것이다. 서양 군대와는 그런 점이 다르다. 따라서 이것은 고위 번사들의 자부심을 손상시켰으며 믿어지지 않을 만큼 심각한 충격을 주었다. 맹렬한 반대론이 대두되었다. 반대론을 분류한다면 보수적인 양이론(攘夷論)이었다.

한 예를 들면 이런 식이었다. 이런 상태에서는 구태를 깨뜨리고 새 정책을 들고 나서자면 전차와 같은 실행력과 강인한 신경이 필요했다.

요도가 젊은 수상으로서 고토 쇼지로를 발탁한 것은 그런 데에 이유가 있었다. 고토의 역할은 구질서를 교묘히 파괴해 가면서 번내에 신체제를 수립하는 것에 있었다. 고토의 호탕하고 양성적이고 과감한 성격은 그런 일에 안성맞춤이었다.

"고토는 큰소리만 친다"는 뒷공론이 돌았다. 언변이 대단했으나 세부적인 것은 말하지 않고 항상 큰소리만 늘어놓음으로써 상대방을 어리둥절하게 하는 것이다. 고대 중국에 등장하는 동양적인 호걸이 별안간 일본의 막부 말기 시대에 나타난 감이 있었다.

막부 말기에 영국공사의 통역관으로서 활약한 어네스트 사토는 이 이야기의 다음 해, 도사 앞바다의 영국 군함 함상에서 고토와 만나고 그의 저서 '막말 유신 회상기(幕末維新回想記)'에서 이렇게 말하고 있다.

"공사(영국공사 퍼크스)는 완전히 고토에게 반해 버렸다. 지금까지 만나 온 일본인 중에서 가장 총명한 인물의 하나라는 것이다. 나 역시, 인격적인 박력을 지닌 사이고 다카모리를 제외하고는 그보다 나은 인물은 없으리라고 생각했다."

고토에게는 그런 총명성이 있었다. 시국을 통찰하고 기민하게 파악할 줄 알았으며, 분쟁을 조성하는 데 있어서도 상대방의 심리나 욕망을 교묘히 포착하여 마음대로 이끌고 가는 것이다.

기묘한 사나이가 기류 속에 뛰어든 셈이었다. 밑바닥에 구멍이 뚫린 큼직한 보자기(허풍선이라는 뜻)라고 할 수 있었다.

'구멍 뚫린 보자기'라고는 하지만, 막부 말기, 고토가 노공 요도의 위세를 업고 다니며 종횡무진 활약을 했을 당시에는, 별로 알아채는 사람이 없었다. 그러나 난세가 수습되고 유신이 일어나, 고토가 유신의 공신으로서 참의, 백작 등이 됨에 이르러―암만해도 고토 백작은 수상하다―고, 세상에서 보는 눈이 달라졌다. 항상 거창한 계획을 세우지만 무슨 일이든 실패만 하는 것이다.

돈을 물같이 쓰면서 이재(理財)의 관념은 전혀 없다고 해도 좋았고, 특히 돈에 대해서는 공사의 구별이 없었다.

"고토는 너무 인물이 크다. 중국의 황제쯤으로 태어났더라면 좋았을 뻔했다" 하고 가쓰 가이슈는 자주 말하곤 했다.

유신 당시의 혼란 중에 중신이었던 고토는 멋대로,

"도사 번의 오사카 번저와 에도 번저, 그리고 기선 같은 것도 모두 줄 테니 장사를 한 번 해 보아라" 하고 그가 사랑했던 번리 이와사키 야타로(岩崎彌太郞)에게 선뜻 재산을 주어 버리고 말았다. 이와사키가 영문도 모르고 고토로부터 받은 재산 중에는 료마의 가메야마 동문 재산도 적지 않게 들어 있었다. 이와사키는 그것을 바탕으로 하여 무일푼의 몸으로 입신해서 료마의 사업을 계승했고 후일 미쓰비시(三菱) 회사로 발전하는 기반을 쌓아 올렸다.

다만 고토식 방법의 재미있는 점은 "그것을 주는 대신 도사 번의 부채도 네가 짊어져라" 하고 일거에 번의 부채 문제를 해결해 버렸다는 점이다. 이와사키는 사업에서 얻은 이윤으로 구번의 부채를 금방 갚아버렸다.

고토는 유신 뒤에 정계에 욕심을 두었다. 그리고 그 자금원을 이와사키에게 두었다.

그가 하도 돈을 긁어가는 바람에 이와사키도 마침내 "더 이상 도와 드릴 수 없다"는 비명을 질렀다.

고토는 스스로 돈을 벌어 보려고 했다. 역시 료마의 사업과 구상을 본보기로 하여 오사카로 가서 호라이 사(蓬萊社)라는 외국 무역 상사를 창립했다. 창립할 때 이와사키를 비롯한 부상(富商)으로부터 막대한 돈을 빌렸으나, 금방 실패하고 말아 기록적인 채무왕이 되어 버렸다. 당시의 오사카 부(府) 예산보다도 많은 2백만 원이라는 거액이었다.

채권자들은 오사카의 숙소로 쇄도했으나 고토는 태연히 낮잠을 자고 있었다. 그를 위로하기 위해 번정(藩政) 당시로부터의 맹우인 이다가키 다이스게도 찾아왔으나, 고토의 태연한 낮잠을 보고는 입을 다물지 못했다.

고토는 말했다.

"영웅이란 이런 거다. 영웅은 일을 시작할 때 실패까지 고려하고 대비하지는 않는다. 그 때문에 나도 이 꼴이 됐네."

메이지 13년 파리로 외국여행을 떠났을 때, 청나라 공사 증기택(曾紀澤)과 만나 "귀국과 우리나라는 서로 싸워가면서 국력을 발전시켜, 동양의 기운을 크게 신장시키도록 하자" 하고 큰소리를 늘어놓아, 증기택을 아연실색케 했다. 대대적으로 전쟁을 일으키자는 말을 외교석상에서 하는 터무니없는 자도 흔치는 않으리라.

고토에게는 그와 비슷한 일화가 적지 않다. 요컨대 너무 기개가 호탕하여 세상에서는 써먹기 어려운 사나이였던 것이다.

'고토 쇼지로 이야기'를 계속하기로 하자.

그가 어떻게 도사 번 정계의 정점에까지 치솟았는가 하면, 우선 그의 출신이 상급 무사 중에서도 두드러지는 가문이었기 때문이다.

녹봉은 1백50석, 대대로 주군 경호역을 맡고 있었다.

1백50석이라면 대수롭지 않은 녹이기는 하다.

사실상 가산으로 본다면 향사인 료마의 사카모토 집안이 훨씬 유복했다. 사카모토 집안의 영지는 1백60석이어서 고토 집안보다 조금 많았던 것이다. 그러나 사카모토 집안의 경우, 집안 격식이 어디까지나 향사여서 계급적으로는 하급 무사에 속하므로 번정에 관여할 수가 없었으나, 상급 무사인 고토 집안의 경우는 능력 여하에 따라 참정이 될 수도 있는 가문인 것이다.

당장 쇼지로의 숙부뻘 되는 고(故) 요시다 도요(吉田東洋)도 그 정도의 가록으로부터 출발하여 참정에 발탁됨으로써 번의 독재 정치를 폈다.

쇼지로는 어렸을 때부터 이 요시다 도요의 눈에 들었다. 도요가 한 때 칩거의 신세가 되어 성 밖 나가하마(長濱) 마을에서 사숙(私塾)을 열었을 때, 고토는 이누이 다이스케 등과 같이 입학하여 그의 훈도를 받았다. 도요는 고토의 호탕한 성격과 머리가 좋고 날렵한 점을 사랑하여, 행정가로서의 자기 후계자로 만들 생각이었던 듯했다.

어느 날 도요는 학생들에게 숙제를 냈다.

무역론이라는 제목으로 논문을 작성해 오라는 것이었다.

고토에게는 장수가 될 만한 재능은 있어도 치밀한 논문을 쓸 수 있는 머리는 없었다. 묘책을 생각하여 가모다(鴨田) 마을에서 금방을 내고 있는, 아키(安藝) 고을 이노구치(井口) 마을 출신인 이와사키 야타로에게 답안 작성을 부탁했다.

도요가 낸 고토 답안을 보니 자기도 못 미칠 만큼 훌륭했다.

'설마 그 녀석이……'

그렇게 생각하여 불러 들여서 힐문한 결과 고토는 남이 써 줬다는 실토를 했다.

"누가 써 주었느냐? 무사 신분에 있는 자인가?"

"아닙니다. 지하 낭인(地下浪人)입니다."

지하 낭인이란 향사 신분에서도 떨어져 낭인으로 정착해 버린 자를 말한다. 칼을 차고 있지만 신분은 자작 농부나 다름없었다.

"그런 자 중에 이만한 인물이 있었던가?"

귀족의식이 강한 도요도 놀라서, 이와사키 야타로라는 미천한 자를 데려오게 했다. 이 이야기는 이미 앞에서도 쓴 바 있지만, 요컨대 야타로는 이것이 계기가 되어 도요와 고토와의 유대를 맺게 된 것이다. 그의 직책만은 번의 하급 경찰 관리에 지나지 않았지만—

고토는 도요의 번정 복귀와 더불어 소장 관료로서 점차 그 지위가 높아져, 도요가 다케치 한페이타 일파에 의해 암살된 후로는 노공 요도의 총애를 받게 되어

'장차는 도요의 후계자로서……'

이럴 정도의 신망을 얻기에 이르렀다.

이윽고 고토는 번의 경찰국장이라고도 할 수 있는 총감찰관으로 발탁되어, 요도의 명에 의해서 근왕파인 하급 무사들에 대한 일대 탄압을 단행했다.

다케치 한페이타를 죽인 것도, 기요오카 도쿠간류(淸岡獨眼龍) 등 23명의 지사를 죽인 것도, 직접적인 하명을 한 것은 이 고토 쇼지로였다.

근왕파인 하급 무사들은 요도를 원망할 수 없기 때문에 고토를 증오했다.

이윽고 고토는 참정으로 다시 발탁되었다. 물론 요도가 그 배경이었다.

고토 쇼지로의 유일무이한 보호자인 '노공' 요도는 이 젊은 재상을 감싸고 있었다.

"곱게 보면 곰보도 보조개로 보인다는 말이 있지만, 내 눈으로 보면 쇼지로의 엉터리 같은 행동이 바로 그렇다. 그것은 허풍이 아니라 호기활달(豪氣濶達)이라고 해야 한다."

호탕하기로 이름이 났고 영웅으로 자처하고 있는 야마노우치 요도는, 젊은 고토가 마치 자신의 분신처럼 보였던 것이리라.

금년 초에 고토는 요도에게 도사 번의 새로운 방침을 설명하면서 말했다.

"지금 천하는 혼란에 빠져 있습니다. 무엇보다도 중요한 것은 번의 실력을 배양하여 후일 천하를 태평케 할 기반을 만들어야 할 줄 압니다. 그러기 위해서는 외국 선박을 사들여 남양제도(南洋諸島)를 점령함으로써, 번의 영토를 넓히지 않으면 안 됩니다."

"허어."

이 고토의 거창한 안에 요도는 무릎을 치며 기뻐했다.

"그러자면 배가 필요하단 말이지?"

군함과 병력을 수송하기 위한 수송선이 필요했다. 그러나 도사 24만 석의 재정은 거의 파산 상태에 있었으며 서양식 선박을 사들일 돈 따위는 있지도 않았다.

그러나 요도는 매사에 초연한 사나이였다.

"그러자면 돈이 필요할 테지. 그대는 곧 노신들과 의논하여 돈을 있는 대로 긁어 가지고 나가사키에 가서 배를 구입하도록 해라."

그 '있는 대로 긁은' 돈이 고작 3천 냥이었다. 고토는 부하를 데리고 나가사키로 가자, 밤낮으로 호화판 주연을 벌임으로써 도사 번이 얼마나 부유한가를 선전한 다음, 외국 상인들로부터 연이어 총포 선박을 사들여 막대한 부채를 지고 말았다.

이 때문에 고토는 번비를 낭비한다는 소문이 본국에 퍼져, 감찰관이 나가사키까지 급파되는 소동마저 벌어졌으나, 고토는 그것을 기막히게 얼버무려 버렸다. 그러나 본국의 강경론자들은 그 정도로는 물러나지 않았다.

"주군을 위해 고토를 처치해야 한다"고까지 떠들어대기 시작하자, 요도는 고토의 신변을 염려하여 출장이라는 명목으로 상해로 피신시켰다. 상해에서도 고토는 그 버릇을 버리지 못하고 군함 세 척을 또 사들였다. 단 계약금만을 지불했을 뿐 대금을 지불하지 않았으므로, 그것은 모두 부채가 되는 것이었다.

이에 관해서 재미있는 이야기가 있다. 고토는 외국 상사가 대금 완불을 강력히 요구하기 시작하자, 난처해진 끝에 사쓰마 번으로부터 급전을 융통할 셈으로 나가사키로 와서 고다이 사이스케에게 회담을 신청했다. 고다이는 사쓰마 번에 있어서 양식기계 구매담당관이었다.

고토는 빚을 얻으려는 회견 석상에서 엉뚱하게 도사 번이 얼마나 부유한가를 떠벌리기 시작하여 크게 허풍을 떨었다.

"우선 생산품만 해도 장뇌, 종이, 고래기름 등이 있소. 천하제일이라고 해도 좋을 거요."

"그러니 도사 번에는 마음 놓고 돈을 꾸어 줘도 좋다"는 말을 고토로서는 하고 싶었던 것이었을 테지만 고다이는 역이용하였다.

"그토록 부자라면, 실은 우리 번에서 어쩌다 예산에도 없는 것을 사가지고 대금 지불 때문에 골치를 앓고 있는 배가 있으니, 그것을 대신 사줄 수 없겠소?"

이렇게 물고 늘어지는 바람에, 마침내 고토는 거꾸로 고다이 때문에 사만 냥 짜리 배 한 척을 더 사야 했다는 것이다.

요컨대 도사 번의 나가사키 출장 번리 미조부치 고노조는, 료마와 고토 쇼지로를 만나게 하려는 것이 목적이었다.

"부탁하네, 료마, 도사 번을 위해서일세."

"도사 번을 위해서 말이지······."

료마는 고개를 갸웃거렸다. 고작 한다는 말이 도사 번을 위해서라는 것이 마음에 들지 않았다.

"고노조, 나는 말일세, 도사 번이 싫어서 떠난 사람이야. 도사 번에서도 나를 좋게 생각하지 않는 증거로, 한 때는 경찰 관리인 이와사키 야타로가 오사카까지 쫓아와서 내 신변을 염탐하고 다니지 않았나?"

"그건 할 수 없었던 일일세. 번에서는 자네를 요시다 도요 살해범의 한 사람으로 보고 있었던 거야. 그럴 수밖에 없었던 것이, 자네의 탈번은 분큐 2년 3월 24일이고 도요가 피살된 날이 같은 해 4월 8일이니 시기로 봐서도 부득이하지 않았겠나?"

"그러니까 화가 난단 말이야."

"어째서?"

"이 사카모토 료마가 남을 암살이나 하고 다니는 위인으로밖에는 안 보인단 말인가? 고향 사람들이 그렇게 생각한다는 사실만으로도 분하기 짝이 없는 일일세. 고노조, 도사 번에 대한 원한은 바로 그거다."

"그것뿐인가?"

"사내대장부란, 자신이 믿는 자신의 아름다움을 지키기 위해서는 죽음도 불사하는 거야. 이 사카모토 료마는 언제나 떳떳한 사나이라고 스스로 믿고 있다. 암살 따위나 하는 사람관 다르단 말일세. 가만히 보니 오히려 고향에서 이 료마라는 사람을 몰라주는 것 같네."

"고향이란 그런 것 아닌가?"

미조부치 고노조는, 료마의 감상도 아니고 분노도 아닌 기묘한 감정에 끌려들어 자기도 모르게 눈시울이 뜨거워지는 느낌을 금치 못하고 있었다.

"료마, 고향이란 그런 것일세. 바꾸어 말하면 고향에 대한 자네 생각도 역시 그런 게 아닌가? 그립기도 하고 원망스럽기도 하고, 이 생각 저 생각하는 동안에 그리움과 원한이 범벅이 된다. 도사 번에 대한 자네의 태도는 사랑하기 때문에 그만큼 원한도 커진 걸세."

"미조부치, 역시 나이를 먹더니 내 마음을 뒤집어보듯이 찍어내는군."

"당연하지. 자네만큼 더 없이 활달한 사람이 도사 번에 관한 한 유난히 구질구질한 말을 한다면, 그런 심정이 있는 증거가 아니겠나?"

"과연 조롱박이야."

"그 소리는 집어치우게."

미조부치는 언짢은 기색을 보였다. 뛰어난 재능을 지닌 사나이지만 얼굴이 터무니없이 긴 탓으로 고향 사람들로부터는 공연한 놀림감이 되곤 한다.

"나도 모르게 불평을 늘어놓았네. 좋아, 참정 고토 쇼지로를 만나기로 하지."

"만나 주겠나? 고토씨와 자네가 손을 잡게 된다면 그건 천하의 정사일세. 천하의 풍운은 그 두 사람이 불러일으키게 될 거야."

"나는 나대로 생각이 있네. 도사 번을 위해서가 아니라 천하인인 이 사카모토의 이익을 위해서 만나는 거다. 그 점을 고토에게도 미리 말해 주게. 나는 도사 번의 가신이 아니라는 사실을 말이야."

"알고 있네."

"그리고……."

료마는 말했다.

"고토 쇼지로는 다케치 한페이타를 죽였어. 우리 동지가 고토를 죽일지도 모르네. 그러니 나가사키에서는 밤 외출은 삼가라고 전해 주게."

그 다음다음날이었다.

가메야마 동문의 나카지마 사쿠타로가 상업상 볼일로 오우라(大浦) 해안에 가자, 상해에서 배 한 척이 들어와 있었다.

'낯 익은 배인걸……'

마스트에는 영국기가 게양되어 있었다. 자네히 보니 나가사키의 영국계 상관 리처드슨의 배로, 상해와 나가사키 사이를 부정기적으로 왕래하는 아미스티 호(號)라는 것을 알 수 있었다.

이윽고 해안에 있는 상관에서는 손님을 맞기 위해 보트를 저어 나간다.

'가만 있자, 어쩌면……'

나카지마는 화물 그늘에 몸을 숨겼다.

기선을 살펴보고 있노라니까, 보트에 손님들이 옮겨 탄다. 손님은 다섯 명이어서, 영국인이 넷이며 그 중 하나는 양산을 쓴 귀부인 차림의 여자였다. 나머지 한 사람은 일본인 무사다.

의젓하게 큰 칼을 지팡이삼아 보트 앞쪽에 서 있었다. 곁에 있는 영국인이 연방 말을 건네지만 무사는 도도한 자세로 대답조차 잘 하지 않았다. 그것이 유난히 의젓하게도 보이고 당당하게도 보였다.

'저 자가 혹시 고토 쇼지로가 아닐까?'

확인해 보리라는 생각을 했다.

이윽고 고토로 짐작되는 사나이가 상륙했다. 가문(家紋)이 새겨진 검은 명주 웃옷에 센다이직(仙臺織) 하카마, 하얀 칼자루, 은장식, 남빛 칼집의 대소도(大小刀)와 붉은 칼끈, 하얀 다비(버선)에 흰 끈이 달린 짚신—마치 어느 영주의 공자 같은 호화로운 차림새였다.

'뚱뚱보구나.'

비대하다고까진 할 수 없었지만 어깨가 두툼하고 허리가 우람스러웠다. 키는 보통 키. 용모는 눈썹이 굵고 두 눈이 큼직한 것이 과연 두둑한 뱃심을 보여주는 인상이기는 하지만, 어딘가 개구쟁이 같은 애교도 없지 않았다. 아직 서른도 안 된 나이다.

'고토임에 틀림없다.'

나카지마는 한편으로 대단한 거물이라는 생각도 했다. 도사 24만 석의 참정의 몸이면서 훌쩍 상해까지 밀항도 할 수 있는 사나이다. 다른 번에서라면 생각도 할 수 없는 일이다.

고토는 리처드슨 상관 직원의 영접을 받으며 해안에 있는 상관으로 들어갔다.

나카지마는 그것까지 확인했다. 더 이상은 들킬까 두려워 급히 바닷가를 지나 가메야마 동문으로 걸음을 재촉했다. 동지들에게 알려서, 죽여야 한다면 죽여 버리리라 생각한 것이다. '다케치의 원수'라는 의식이 젊은 나카지마의 피를 끓게 하고 있었다.

한편 상관으로 안내된 고토는
"도사 번 사람들을 불러 주실까?"
응접실에 앉자마자, 영국인들에게 오만한 자세로 말했다.
"곧 부르러 보내겠습니다."
영국인은 통역인 청국인을 통해서 대답했다.
"여러분들은 자이쓰야(財津屋)에 묵고 계시죠?"
고토의 부하들은 자이쓰야에 머무를 예정이었다.

고토는 일본에 돌아오면 큰 번의 참정이었다. 혼자서 나다닐 수는 없었다.

"그럼 기다리고 있겠소."

대접하는 커피를 한 모금 마시고 찻잔을 내려놓았다. 뭐가 이리 쓸까—하고 생각했으리라.

세이후 정

얼마 기다리지 않아서 도사 번의 부하들이 나타났다.
"대감, 무사히 돌아오셔서 반갑습니다."
야마사키 나오노신(山崎直之進)이라는 번리가 일행을 대표해서 인사를 했다. 그밖에 다카하시 가쓰에몬(高橋勝右衞門), 미조부치 고노조 등이 있었다.
"상해는 어떠했습니까?"
"에도와는 다르더군."
고토는 웃지도 않고 말했다.
"그야 물론 다르겠죠."
"고치와도 달랐어."
"그렇습니까?"

"황공한 말이지만 교토와도 다르더군."
"그렇습니까?"
모두 어이가 없었다.
"어디가 다른가 하면 두 가지가 있다. 첫째, 그것은 침략자들이 만든 항구 도시다. 침략을 당한 청국인들은 개돼지나 다름없는 신분으로 전락해 있다. 참으로 가엾은 일이야. 정신을 차리지 않을 때는 우리도 그 꼴이 된다. 상해는 일본인으로서는 눈앞에 제시된 교훈이다."
"옳은 말씀입니다."
"이 작자들이……."
고토는 곁에 있는 영국인을 턱으로 가리키며
"우리들의 주인이 되어, 상해에서 말하듯 쿠리(苦力)로서 우리를 부리려고 할 게다. 하기야 일본 무사는 그 꼴은 당하지 않을 테지만."
"우리들 일본 무사는 허리에 이 칼이 있지 않습니까?"
미조부치 히로노조가 말했다.
"그렇지. 우리는 허리에 칼이 있다. 그러나 내 두 눈으로 보고 나서의 감상이지만, 상해에 가 보니 항구 안에는 지구상에서 위세를 떨치고 있는 7개국의 군함, 상선들이 빈틈없이 뱃전을 맞대고 정박해 있었다. 그것을 보고 나는 허리의 칼만으로는 어떻게 할 수도 없다는 생각을 했네."
"흐음……."
"본국의 노신들과 고루한 양이파들은 내가 가이세이 관(開成館)을 세우고 번을 서양화하려는 것만 가지고도 서양 오랑캐를 숭상하려는 짓이라면서 암살을 계획하고 있다. 내 목을 잘라 버리는 것도 좋지만, 그 다음은 어떻게 하려는 건가. 서양 오랑캐의 군함과 대포 앞에 짓이겨질 뿐이 아닌가? 금후 일본은 될 수 있는 대로 빨리 서양 문물을 받아들여서, 거꾸로 서양 오랑캐의 발호를 억제해야 하며, 나아가서는 청국으로 쳐들어가 상해, 홍콩 등지에 있는 서양인을 몰아내고, 청국인들을 까닭 없는 질곡에서 구출해야 한다."

"예……."

"그런 것을 느꼈네."

고토는 흰 부채를 펼치더니 훨훨 목덜미를 부치기 시작했다.

"대감, 그럼 슬슬……."

"아, 그래?"

고토는 천천히 일어났다. 변리들은 이 젊은 참정 주위에 찰싹 달라붙듯하며 걷기 시작했다.

"덥다. 좀 떨어져 오너라."

말했으나 그들은 떨어지지 않았다.

"이곳에 근거를 두고 있는 사카모토의 부하 가운데는 다케치 한페이타의 원수를 갚아야 한다고 떠들어 대는 자가 있습니다."

"고치에서의 원수를 나가사키에서 갚는단 말인가?"

고토는 어울리지 않는 농을 하면서 리처드슨 상관의 현관을 나섰다. 그때 우연히 포도(鋪道)에 바퀴 소리를 울리면서 외국인 마차가 지나쳤다.

소동은 바로 그때 일어난 것이다.

진기한 소동이었다.

마차에는 프러시아인 키네프르라는 상인이 타고 있었다.

참고로 말한다면, 프러시아는 독일연방 중 최대의 영토를 가진 나라로서 특히 철, 석탄 등 천연자원이 많은 덕분에 산업혁명 이후 유럽에서는 중요한 위치를 차지하게 되었다. 특히 근년에 이르러 빌헬름 1세가 황제의 자리에 앉자, 참모총장 몰트케, 육군대신 론 등의 천재적 군인을 기용하여 군비 확장에 노력했고, 나아가서는 최근 철혈재상(鐵血宰相)이라고 일컬어지는 비스마르크가 군비 확장을 위해 의회를 정지시키고 독특한 구상으로써 군국주의 국가를 세워 가고 있어서, 그 국위는 바야흐로 노쇠한 영국이나 프랑스를 능가하는 것이었다.

자연히 외국에 나가 있는 상인들도 그 국위를 내세워 콧대가 대단했다.

멀리 극동에 있는 섬나라의 나가사키에까지 와 있는, 모험을 즐기는 상인 키네프르는 그 전형적인 프러시아적 난폭성을 지니고 있었다.

"고토, 고토!"

험악한 얼굴로 마차 위에서 소리쳤다.

'골치 아픈 놈을 만났군.'

고토는 그런 얼굴로, 못 들은 체하고 유유히 가 버리려고 했다.

이유가 있었다.

고토는 언제나처럼 제멋대로의 정책으로 금년 초 나가사키에 와서 키네프르와 직접 담판하여 엔필드 총 천 정을 구입하는 계약을 했다. 한 자루에 30냥이라는 값이었다.

한편, 앞서 료마의 중개로 영국인 글래버로부터 조슈의 이토 슌스케(伊藤俊輔), 이노우에 몬타(井上聞多) 등이 산 값은 한 자루에 18냥이었다.

두 배 가까운 값이었다. 프러시아인은 이렇듯 날도둑 같은 장사를 했기 때문에 동양에 있어서의 산업 활동은 결국 영국처럼 뻗어가지 못하고 말았다.

그러나 고토는 아무것도 몰랐다. 그 값이 터무니없다는 것도 모르고 계약을 맺고 말았다. 그런데 문제는 돈이다.

"장뇌(樟腦)라면 있다."

고토는 태연자약하게 말했다. 장뇌로 신식 총 천 정을 사들이려는 고토의 뱃심 또한 대단했다.

그런데 키네프르는 상인이었다. 장뇌가 유럽에서는 비싼 값으로 팔린다는 것을 알고 있었다.

"장뇌는 금이 아니다. 그러니 장뇌를 받고 총을 팔수는 없다. 그러나 3만 냥어치를 이 나가사키까지 가져온다면, 그것을 담보로 해서 총 3만 냥어치를 대여해 주겠다. 금은 그 뒤에 주선해 와도 좋다."

그런 식으로 상담을 성립시켰다.

그러나 도사 번에는 3만 냥에 해당하는 대량의 장뇌는 있지도 않았을 뿐더러 키네프르의 총값이 터무니없는 것도 알게 되어, 고토는 계약의 이행을 회피하려고 했다.

키네프르는 격분했다. 그러는 사이에 고토가 상해로 밀항하여 소식을 알 수 없게 되자 키네프르는 더욱 격분했다.

"고토를 붙들고 말 테다."

그렇게 떠들고 다녔다.

그 고토 쇼지로가 지금 리처드슨 상관에서 나온 것이다.

"고토, 계약을 깨뜨린다는 것은 도둑질보다 더한 범죄라는 것을 모르는가!"

마차에서 뛰어내렸다.

키가 크고 뚱뚱한 사나이였다. 오른손에 지팡이를 들고 있었다.

키네프르는 돌이 깔린 길바닥을 지팡이로 두드리면서 소리쳤다.

"장뇌는 어떻게 됐는가……."
순식간에 사람들이 여기저기 둘러서서 이 소동을 바라보고 있었다.
고토는 걸음을 멈췄다. 부채를 폈다 접었다 하며 호통을 쳤다.
"값 자체가 터무니없었다. 그런 물건을 살 수 있으리라고 자네는 생각하는가?"
키네프르는 독일어, 고토는 일본어였다. 그래도 이상하게 그 어조만으로도 두 사람은 통하는 듯했다.
키네프르는 더욱 격분하여, 데리고 다니던 청국인 통역에게 영을 내렸다.
"이렇게 말해라."
영을 내렸다.
그 언사가 대단했다.
"계약을 이행하지 않을 때는 상해에 있는 프러시아 동양함대를 도사 우라도 만(浦戶灣)으로 파견할 테다."
같은 말을 세 차례나 소리치게 하여, 진짜 공갈로써 대하려고 했다.
"군함?"
고토는 코웃음 쳤다.
"도둑놈이 군함을 보낸다는 건가? 더욱 재미있군. 올 테면 와 보아라."
큰소리를 치며 키네프르의 얼굴을 거들떠보려고도 하지 않았다.
"고토, 모욕할 작정인가!"
"모욕하고 있지 않다. 자네야말로 모욕적이고 공갈까지 하고 있다. 모욕과 공갈에 대해서는 일본 무사가 어떤 태도를 취하는지 모르는가?"
고토는 하얀 다비를 신은 발을 한 걸음 앞으로 내디뎠다.

키네프르는 당황했다.

"베지는 않겠다. 이 나가사키는 막부 관하에 있는 곳이어서 유혈을 삼가는 거다. 그러나 지금 자네는 군함을 도사에 파견하리라고 했다. 올 테면 얼마든지 와 보아라. 일본도 자네들에게 실컷 맛을 보여 줄 테니까."

"어쨌든 나는 본국 정부에 제소할 작정이다."

"값을 고쳐 가지고 다시 오너라. 그래도 전쟁을 해야겠다면 얼마든지 응해 줄 용의가 있다."

"고토"

키네프르는 갑자기 태도를 바꾸었다. 고토의 만만치 않은 태도에 적이 난처해진 모양이었다.

"자네는 상업 관습, 상도덕을 모른다. 일단 계약한 것은 천지가 무너져도 변경할 수 없는 거다. 그것이 상업의 기본이 되는 거다. 자네는 잘못 생각하고 있는 거야."

"여기는 길거리다."

고토는 체면 관계가 있었다.

"이 소동을 듣고 시중의 양이파 낭사들이 자네를 베어 버리려고 몰려올지도 모른다. 할말이 있거든 장소를 바꾸어서 내 부하들과 천천히 이야기 해 보도록 해라."

그림—하고 한 마디 내던진 채, 유유히 걸음을 옮기기 시작했다.

자이쓰야 여관에 이르자, 목욕을 하고 옷을 갈아입은 다음, 번리 두세 명을 데리고 시안 다리(思案橋)를 건너 마루야마(丸山)의 환락가로 갔다. 그런 놀이를 무엇보다도 좋아하는 고토였다.

"여행으로 뒤집어쓴 먼지를 씻는 거다. 자, 너희들도 따라 오너라"

"키네프르는 그 태도로 보아 정말 군함을 도사로 보낼지도 모릅니다."
 번리들은 환락가를 걷고 있으면서도 안절부절 못하는 듯했다.
 고토는 잊어버린 것 같은 얼굴이었다.
 이윽고 그들은 가게쓰 루(花月樓 : 引田屋)에 들어가, 단골 기생들을 몽땅 불러 놓고 떠들어 대기 시작했다.

 같은 날 밤.
 이제 겨우 초경(初更)의 종이 울린 무렵이었다.
 료마가 모토하카다 거리(本博多町)의 집을 나와 가메야마 동문으로 가자, 봉당에서 대여섯 명의 가메야마 동문 동지들이 칼을 살펴 보고 짚신 끈을 매는 등 유난히 긴장된 빛을 보이고 있었다.
 "왜들 이러는 거냐?"
 "아, 료마, 하필 이런 때에……"
　스가노 가쿠베에는 당황하였다.
　사와무라 소노조(澤村惣之丞)도 있었다. 료마의 조카인 다카마쓰 다로(高松太郎)도 있다. 그밖에도 야스오카 가네마(安岡金馬), 노무라 다쓰타로(野村辰太郎), 이시다 에이키치(石田英吉), 게다가 가메야마 동문에서는 가장 뛰어난 한양일(漢洋日) 각 방면의 학자이며 신중하기로 이름난 나가오카 겐키치(長岡謙吉)마저 한몫 끼어 있었다.
　모두 도사 번을 떠난 자들이었다. 다시 말하면 2백 수십 년 동안 상급 무사들에게 고통을 받고 철저한 차별 대우를 받아 온 도사 향사들에 속하는 패들이었다.
　료마는 일순 모든 것을 눈치 챘다.
 '죽이러 갈 작정이구나.'
 ─고토 쇼지로를.

"료마, 말리지 마라."

스가노 가쿠베에가 선수를 치듯 말했다. 죽이지 않으면 안 된다는 것이었다.

"다케치 한페이타의 넋을 달랠 길이 없다. 노네 산에서 죽은 23명 열사들의 넋도 달랠 길이 없다. 고토 쇼지로를 죽이지 않는 한, 동지들의 넋은 헛되이 장천(長天)을 헤매게 되는 거다."

이 마지막 한 마디는 할복한 도사 근왕파의 영재(英才) 마자키 데쓰마(間崎哲馬:滄浪)가 숨을 거두기 전에 읊은 시구에서 나온 말이었다.

　　보아라, 광풍음우(狂風陰雨)의 밤에
　　표표(飄飄)히 혼백은 장천을 헤매리라.

번청이나 상급 무사들에 대한 원한을 품고 죽은 지사들의 심정을, 이 시는 남김없이 나타내고 있었다.

그 데쓰마의 유시(遺詩)를, 봉당에 모여 있는 한 패인 다카마쓰 다로는 문득 생각한 모양이었다. 소리를 참으며 울기 시작했다.

"노공에게는 보복을 할 수 없다."

스가노 가쿠베에도 눈물어린 목소리로 말했다.

"그래서 고토를 베려는 거다. 놈을 베서 하늘에 있는 영령을 위로하고, 아울러 우리들 향사의 기개를 보여 주는 거다."

과연 스가노가 그렇게 말하는 것도 무리가 아니었다. 고토 쇼지로라는 뛰어난 자가 대감찰이 되어 근왕파 탄압을 시작하지 않았던들, 다케치 한페이타도 어떻게든지 빠져나갈 구멍이 있었을 것이었다.

당시 노공 요도는 끝까지 다케치를 죽이려고 했었다. 그러나 다케치를 재판하는 재판관이 하나같이 무능했기 때문에 요도의 기대는 어긋나고 말았다. 그러나 고토가 기용됨으로써 쾌도난마와 같은 솜씨로 사건을 처리하여, 도사번 미증유의 정치 사건을 요도의 뜻대로 해결하고 말았다. 고토가 더욱 요도의 총애를 받게 되어 마침내 참정의 지위에까지 오른 데에는 이 사건 당시의 공적이 크게 영향을 미쳤던 것은 말할 것도 없다.

"고토는 지금 가게쓰 루(花月樓)에서 술을 마시고 있다. 돌아오는 길을 노렸다가 깨끗이 해치울 작정이다. 그의 숙부 요시다 도요와 같은 운명이 되는 거다."

스가노 가쿠베에는 그렇게 말했다.

"료마, 눈감아 줘야겠어."

스가노 가쿠베에는 계속 말했다. 고토 쇼지로를 살해하도록 묵인하라는 것이다.

스가노도, 이시다도, 사와무라도, 료마가 가슴이 섬뜩할 만큼 무서운 표정을 하고 있었다. 도사 향사들의 상급 무사에 대한 원한은 비정상이라고 할 만큼 뿌리 깊은 것이었다.

'이렇게까지……'

같은 도사 번 출신인 료마마저 질린 듯한 느낌으로 그들의 눈을 바라보았다.

모두 비정상이었다. 사람의 눈이 아니었다.

'2백여 년 동안, 엔슈 가케가와에서 온 상급 무사들은 토착 무사인 향사를 차별해 왔다. 개, 돼지와 다름없이 다루어 왔다. 동석하는 것마저 수치스럽게 생각했었다. 사람이 사람을 차별하게 되면 이토록 뿌리 깊은 원한을 사게 되는 것인가?'

다케치 등의 원수를 갚는다는 것은 이미 하나의 명분에 지나지 않았다. 근본은 차별의 역사에 있었다.

"그만두라고는 못하겠군."

료마도 같은 무리의 한 사람이다. 감정적으로는 그들과 공통되는 것이 있었다.

"못하고말고."

스가노도 말했다.

"과연, 료마 자네는 가메야마 동문의 책임자야. 가메야마 동문의 일원인 우리는 무슨 일이든 자네와 의논하지 않으면 안 된다. 자네 명령을 받지 않으면 안 된다. 그러나 이것은 가메야마 동문의 사업과는 다른 일이야."

"이거라면 고토 살해를 두고 하는 말인가?"

"물론. 고토를 죽이려는 것은 우리들의 동지인 다케치를 비롯하여 노네 산에서 죽은 23명에 대한 원수를 갚으려는 거다. 우리들의 사사로운 일이다. 그대는 말릴 수 있는 자격이 없어."

"그래?"

료마는 정색을 하고 말했다.

"할 테면 해도 좋겠지. 나는 이 문제를 두고 왈가왈부하지 않겠다."

"그렇다면 비켜 주게."

스가노는 말했다.

'어려운 고비인걸……'

료마는 생각했다. 이것을 억지로 제지하면 나중에 감정 문제가 남게 되어 가메야마 동문의 결속에 금이 간다.

그때 무쓰 요노스케와 시라미네 슈메(白峰駿馬)가 어슬렁거리며 나타났다가 이 광경을 보고 눈이 휘둥그레졌다. 무쓰는 기슈 사람, 시라미네는 에치젠 사람으로서, 이 암살 계획과는 아무 관계도 없었다.

"무슨 일입니까, 스가노형?"

무쓰가 물었다. 무쓰와 사이가 가까운 다카마쓰 다로가 간단히 내막을 설명했다.

그것을 듣자 무쓰는 상식론을 내세우며 반대했다.

"무슨 소리를!"

스가노는 화를 냈다.

"기슈인은 잠자코 있어!"

"뭣이?"

그런 말을 듣고 물러날 무쓰가 아니었다.

"가메야마 동문에는 기슈고, 도사고, 에치젠이고 그 따위 구별은 없는 터이다. 그것이 우리 가메야마 동문의 뚜렷한 기치가 아닌가? 60여 주 중에서 우리만이 일본인이라는 것이 우리 가메야마 동문의 신조가 아닌가?"

자칫하면 칼을 뽑아 들고 맞싸울 기세에 이르렀다.

"그만둬!"

료마가 말했다.

그 료마만이 아직 의견을 밝히지 않고 있었다.

스가노 가쿠베에 등이 료마를 밀어 제치듯이 하며 밖으로 나가려고 했다.

"난 왈가왈부하고 싶지는 않지만, 그러나……."

료마는 그 등에 대고 한 마디 했다.

"머지않아 나는 고토와 만날 거다."

스가노 일행은 깜짝 놀랐다.

"뭐라고?"

"내가 고토를 만날 때까지 고토를 살려 두는 것이 나를 위해서나,

가메야마 동문을 위해서나, 일본을 위해서나 유리한 일이야."
"뭐?"
"고토가 다케치의 원수라는 것은 나도 알고 있다. 그러나 그것은 그것이고 천하의 대사는 천하의 대사다."
"뭔가, 그 천하의 대사란?"
"나도 이젠 궁지에 몰렸어"
료마는 마루턱에 걸터앉았다. 봉당에 서 있는 스가노 일행을 올려다보는 자세가 되었다.
"이 가메야마 동문은 파산 직전에 있다. 하기야 가메야마 동문쯤은 하찮은 존재에 불과하다. 그러나 하찮고 작은 존재이기는 하지만 누룩의 한 알이다. 한 알의 누룩으로도 술을 빚을 수 있다. 이 가메야마 동문은 미미하기는 해도 내가 구상하고 있는 새로운 일본을 빚을 수 있는 한 알의 누룩이란 말이다. 이 누룩을 버리게 해서는 안 된다. 그러나 지금 버려지려 하고 있다."
"흐음……."
"지금까지 에치젠 번이나 사쓰마, 조슈 양 번으로부터는 무척 많은 원조를 받아 왔다. 그들은 마치 주주나 된 것처럼, 자기 번의 사업이나 다름없이 이 가메야마 동문을 지켜 주고 키워 주었다. 그러나 배가 침몰하고 어쩌고 하여 지금 사업은 난관에 부딪쳐 있다. 이쯤 되면 밉디 미운 도사 번이라도……."
료마는 일부러 과장된 표현으로 말했다.
"나는 손을 잡고 싶어졌단 말이다. 하찮은 우리들 향사의 감정은 새로운 일본을 건설하기 위해 버리지 않으면 안 된다고 나는 생각한 거다."
료마는 마루 끝에 책상 다리를 하고 올라앉았다.
"난 고토와 손을 잡을 작정이야."

"뭣이?"

"고토는 도사 24만 석의 참정이다. 요도공의 총애를 받고 있어서 번정을 손가락 하나로도 움직일 수 있는 지위에 있다. 나는 고토를 이용할 작정이다. 그러나 고토를 죽여 버려서는 아무 소용이 없다. 사람의 시체처럼 쓸모없는 것은 또 없지 않나?"

"이봐, 료마!"

"알고 있다. 나는 지금까지 도사 번 따위는 상대도 하지 않는다고 해 왔었다. 그 말을 나는 뒤집고 있는 거다. 식언(食言)을 한다고 욕해도 좋고 변절한(變節漢)이라는 말을 들어도 할 수 없다."

"그러나……."

"내 말을 좀더 들어 봐. 도사는 천하의 대번이다. 그러나 우리로서는 깊은 애증(愛憎)이 얽혀 있는 번이기도 하다. 잠시만 이 증오심을 억누르고 이 번을 가메야마 동문의 중심체로 만들고 싶은 거다."

"료마!"

"내 말을 들으라니까. 우리 가메야마 동문은 사쓰마와 조슈에 의해 유지되고 있다. 거꾸로 말하면 사쓰마와 조슈는 우리 가메야마 동문의 중개로 손을 잡은 거다. 여기에 도사 번까지 끼게 한다면 사쓰마 조슈 도사 세 번이 손을 잡게 되는 셈이다."

료마의 말은 열을 띠기 시작했다.

"사쓰마 조슈 도사 세 번이 결속하면 도쿠가와 막부도 쓰러뜨릴 수 있다. 그러자면 고토가 필요하다. 가쿠베에, 이런 말을 듣고도 계속 고토 암살을 주장할 텐가?"

그 무렵, 고토는 가게쓰 루에서 술을 마시고 있었다.

이럴 때 술자리에는 나가사키 말로 다요시(大夫衆 : 유곽의 고급 창녀)라고 하는 계집을 부르기 마련이다.
 그 다요시는 지카(千歌)라는 이름이었다. 고토 곁에 바싹 기대 앉아 있었다.
 교토, 나가사키, 에도, 오사카 네 도시의 환락가의 특색을 말한 이런 노래가 있다.

　교토 유녀(遊女)에 나가사키 옷을 입혀
　에도의 기질대로 시원스럽게
　오사카 청루(靑樓)에서 놀고 싶구려
　얼마나 멋있는 한량인가요.

 교토의 유녀는 미인이라는 정평이 있다. 무역 때문에 많은 돈이 떨어지는 나가사키에서는 유녀들의 의상이 두드러지게 화려하다고 한다. 에도 유녀는 뭐니 뭐니 해도 성품이 호기롭다. 오사카의 화류가는 건물이 호화롭다―그런 뜻을 지닌 노래인 것이다.
 '과연 노래대로군……'
 고토는 무엇이든 호화로운 것을 좋아했기 때문에, 곁에 앉은 지카의 의상이 눈부신 것에 만족했다.
 '이것만은 고치에도 상해에도 없으렷다.'
 지카는 희고 갸름한 나가사키형의 얼굴이었다. 미인이라고 하기에 손색이 없었다.
 머리 모양은 교토나 오사카식이 아니라 요시와라(吉原 : 에도의 유명한 유곽)식이었다. 그것은 나가사키가 막부령인 데다 오랫동안 막부가 독점했던 무역항이어서, 에도의 장군 직속 무사들의 부임이나 왕래가 잦았기 때문이다. 자연히 서부 지방이면서도 교토풍, 오사카풍을 건너뛰어 에도식이 되어 버린 것이리라.

지카의 머리를 살펴보니까 값비싼 별갑 동곳이 아홉 개, 그리고 은빛을 꽂고 있었다. 화려한 무늬가 놓인 겉옷에, 띠는 검은 벨벳, 그것을 앞으로 매고 있다.

그러나 주석 사이사이에 앉아 있는 다른 예기(藝妓)들은 달랐다. 그녀들의 역할은 유녀와 달라 밤자리의 시중을 드는 것이 아니고 다만 가무(歌舞)만을 맡는 것이기 때문에 어디까지나 조연자인 것이다.

그녀들은 조연답게 주역인 다요시가 돋보이도록 간단한 차림새를 하고 있었다.

머리는 시마다(島田)로 틀어올려 에도의 야나기바시(柳橋) 일대에 있는 기녀들의 모습과 별로 다르지 않았고, 화장도 엷고 수수했다.

그 중에서 굵은 줄무늬 겹옷을 입고 있는 예기 하나가 엷은 화장이면서도 유난히 귀엽게 보였다.

'유녀치고는 미인 아닌가.'

고토는 그렇게 생각하며 물어 보았다.

"넌 이름이 뭐냐?"

"오모토(元)예요."

예기는 입술을 오므리면서 대답했다.

곁에 있던 춤이 능한 나이 든 기녀가 고토에 대한 인사삼아 그런 말을 했다.

"오모토 아가씨는 도사 번의 무사님을 좋아한다고 늘 말하고 있었어요."

"도사의 누구를?"

"사카모토 료마님이에요."

나이 든 기녀는 말했다.

오모토는 당황했다.
"언니, 무슨 말을……."
그러나 이미 해 버린 말은 어쩔 수 없다. 고토는 오모토에게 잔을 내밀며
"그래? 사카모토는 아직 만나 보지는 못했지만 내 동지의 한 사람이야" 료마의 귀에 들어가라고 한 말일 것이다.

밤 10시가 지나서 고토는 묵지 않고 그냥 가게쓰 루에서 나와 버렸다.
이 역시 이 젊은 참정의 성격과 어디엔가 연관이 있는 행동이었으리라. 호화로운 놀이를 좋아하면서도 뒤가 구질구질하지 않았다. 유녀를 불러다 놓고 술만 마시고 돌아간다는 것은 드문 일이다.
"대감께서는 피곤하시다."
부하들은 가게쓰 루의 여자들을 위로했다.
시안 다리를 건너고 있을 때 고토는 미조부치 고노조를 불렀다.
"미조부치"
미조부치가 얼른 허리를 굽히듯하며 곁으로 갔다.
"반갑지 않은 녀석이 뒤따라오고 있는 것 같군."
"예?"
미조부치는 돌아다보려고 했다. 고토는 강 건너 불빛을 바라보면서 말했다.
"돌아다보지 말아라. 자객이란 속으로 겁을 먹고 있는 법이라 이쪽에서 알아챘다고 보면 무턱대고 들이쳐 오는 법이야."
조금도 서두르지 않고 걷고 있었다. 그리고 걸음을 옮기면서 덧붙여 말했다.

"미조부치, 자네는 향사 출신이다. 자객들과도 잘 통할지 모르니, 적당히 얼버무리고 오너라."
"녀석들은 사카모토의 가메야마 동문에 있는 자들일까요?"
"그렇게 밖에는 생각할 수 없지 않나?"
다릿목에 버드나무가 있었다. 서풍에 가지가 흔들리고 있다.
미조부치를 남겨 놓고 걸음을 서둘러 아부라야 거리(池屋町)로 빠졌을 때, 니시우라야(西浦屋)라는 무역상 가게 처마 밑에서 검은 그림자가 튀어나왔다. 요물처럼 길을 가로지르는 순간, 번쩍, 하고 칼날이 번뜩였다. 빼자마자 들이치는 날랜 솜씨였다.
고토는 아슬아슬하게 물러났으나, 옷깃이 세치 가량 베어져 있었다.
"내버려 둬라."
고토는 웃으면서 말했다.
"녀석들, 정말로 벨 생각은 없다. 지금 그 일격, 간격은 충분해서 진짜로 벨 생각이었다면 나는 두 동강이 났을 게다. 단순한 위협이야."
성큼성큼 걸음을 옮겨 간다.
"또 나타날 거야."
"또 말입니까?"
부하들은 모두 언제든지 칼을 뽑아 들 준비를 하고 있었다. 긴장한 탓인지, 골목마다 처마마다 어둠 속에서 사람의 숨소리가 들리는 것 같았다. 개가 짖고 있었다.
"지금 그 녀석이 개한테 쫓기고 있는 모양이군."
고토는 나지막하게 웃었다.
"자객은 사카모토가 보낸 건가?"
"그렇게 밖에는 생각할 수 없습니다."

"그렇다면 사카모토도 소문만큼 대단한 놈은 아니군."
고토는 근처의 어둠 속에 대고 들으란 듯이 큰소리로 말했다.
"하지만 대감"
야마다 신조(山田愼藏)라는 자가 분노를 머금은 어조로 말했다. 야마다는 상급 무사 출신이었다.
"그들 탈번 향사들은 대감으로서는 숙부님(요시다 도요)의 원수가 아닙니까? 이 기회에 그들을 추격해서 모두 처치해 버리는 것이 올바른 도리라고 생각합니다."
"그런 도리는 처음 듣는걸."
고토는 숙소로 돌아왔다.

고토의 숙소는 자이쓰야다.
"어쩌면 자객이 습격할지도 모른다."
그렇게 생각한 다카하시와 야마다는 종업원들에게 일러서 문단속을 엄중히 하게 했다.
고토는 욕실에 들어갔다.
그가 목욕을 하는 동안에도 만약을 위해 다카하시와 야마다는 욕실에 딸린 마루방에서 칼을 곁에 놓고 경계했다.
그때 미조부치 고노조가 돌아왔다.
"시안 다리에 나타났던 자객은 역시 사카모토의 가메야마 동문에 있는 자였습니다. 만나서 따졌더니, 사카모토의 지시가 아니라 다케치 한페이타의 보복을 위한 것, 다시 말하면 무사로서의 오기라고 했습니다."
"이름은 뭐라고 하는 자인가?"
욕실 안에서 고토가 물었다.
"그것은 말씀드릴 수 없습니다."

"뭣이?"

성을 낸 것은 마루방에 있는 야마다 신조였다.

"말할 수 없단 말인가? 상대방은 대감의 목숨을 노린 자가 아닌가. 그 이름을 밝히지 못하겠단 말인가?"

"이름은 말할 수 없소. 말해서 무슨 필요가 있다는 거요? 쓸데없는 마찰만 일으킬 뿐이오. 나도 잊어버리려는 참이오."

"미조부치 고노조!"

야마다는 눈을 부릅떴다.

"임자는 하급 무사인 향사 출신이다. 과연 핏줄은 어쩔 수 없는 모양이군그래. 보기 드문 발탁의 은덕을 입어 상급 무사 대접을 받고 있으면서도 여차하면 향사들을 싸고돈단 말인가?"

"그것은 억지요. 물론 나는 향사 출신이기는 하오. 파격적으로 발탁되어 번무(藩務)를 보고 있는 것도 사실이오. 그러나 이름을 말하지 않는 것하고 무슨 관계가 있다는 거요?"

"놈들을 감싸고 있지 않은가?"

"이것은 무사로서의 체통이오. 대감께서는 번의 참정이 아니시오. 이름을 말하면 일러바친 셈이 되오. 사나이로서 어디 할 짓이겠소?"

미조부치 고노조는 이른바 옹고집쟁이 같은 인물이었다. 일단 버티기 시작하면 벼락이 떨어지건 창이 들어오건, 한걸음도 물러나지 않았다.

그런 성격 때문에 그는 그만한 학재가 있으면서도 나중에 관직을 내놓게 되고, 유신 뒤에도 신정부에서 몇 차례인가 불렀지만 끝내 응하지 않은 채, 고치 성의 북쪽인 기타노구치(北口) 자택에서 세상을 등지고 한거하다가 메이지 42년 7월 4일에 사망했다.

"야마다, 너무 그럴 건 없다."

고토가 욕실 안에서 말했다.

"미조부치, 상대방의 이름은 묻지 않겠다. 그 대신 나와 사카모토가 만날 수 있도록 주선해라."

"대부님, 위험합니다."

야마다와 다카하시가 말했다.

"게다가 사카모토는 숙부님이신 요시다 도요 선생의 원수 중의 한 명이 아닙니까? 만일 만나시게 되면 본국 고위층에서 잠자코 있지 않을 겁니다."

"멋대로 떠들라지."

고토는 탕 속에서 나온 것 같다.

철썩, 하고 수건을 떨구는 소리가 들리더니 콧노래를 부르기 시작했다.

밖에는 비가 내리고 있는 것 같다.

료마가 동향 출신인 미조부치 고노조의 알선으로 도사 번 참정 고토 쇼지로와 만나기로 결정한 것은 그 다음날이었다.

"이제 안심이군."

사자인 미조부치는 긴 한숨을 내쉬었다.

워낙 큰 임무였던 것이다.

이 경우 료마는 향사들의 대표, 고토는 상급 무사의 대표라고도 볼 수 있는 존재였다. 향사와 상급 무사 사이에는 2백 수십 년간이나 쌓이고 쌓인 감정이 있는 데다, 특히 근년에는 근왕파와 막부파로 갈라져서 유혈극까지 되풀이하게 되어 원한은 양쪽 모두 컸다. 그 양파의 수령이 한 자리에 모여 손을 잡게 되는 것이다.

"이 일은 아마 도사 번으로서는 역사상 가장 큰 사건일 게다."

미조부치는 땀을 씻으면서 말했다.

"어쨌든 료마, 감사하네."
"감사할 건 없는 거야. 양쪽 다 속셈이 있는 거니까. 고토는 나를 이용하려는 생각이다. 나도 고토를 이용할 생각이야. 이런 필요가 생겼다는 것은 시운(時運)이라고 해야 할 테지."
"또 자네의 시운론인가?"
"시운처럼 무서운 건 없기 때문일세."
"어쨌든 천하 국가를 위한 경사다."
"그건 그럴지도 모르지."
료마는 솔직히 수긍하고, 자리를 마련한 미조부치 고노조의 노고를 치하했다. 료마의 주장에 의하면 시운을 재빨리 통찰하고 그것을 움직이는 자야말로 영웅이라는 것이었다.
"그런 뜻으로 보면 자네는 영웅적인 사업을 한 셈이야."
"그 대신……."
미조부치는 따분하다는 얼굴이 되며 말했다.
"상급 무사, 향사, 양쪽에서 배신자나 다름없는 눈으로 나를 볼 걸세."
"세상의 도량이란 좁은 법이야. 그것만은 어찌할 도리가 없네. 도량이란 말이 나왔으니 말인데, 나중에 들은 얘기지만 내 가메야마 패들이 고토에게 칼춤을 보여 줬다면서?"
"음."
미조부치는 씁쓰레한 얼굴을 했다.
"하지만 고토도 쓸 만한 데가 있더군."
료마는 말했다.
"보통 사람이라면 그 일만 가지고도 나를 만나려고 하지 않을 거다. 역시 보통 사람과는 다른 모양이야."
"그렇지. 보통 사람과는 다르다."

"배짱도 있고."

료마는 그 점에 탄복하고 있는 듯했다. 그 정도의 인물이라면 더불어 불 속에 뛰어들 수 있으리라고 생각한 것이었다.

"그래, 회담은 내일인가?"

"그렇지. 내일 내가 데리고 오겠네."

"기다리고 있겠다고 고토에게 전해 주게."

"알았네. 하지만……."

미조부치는 말했다.

"고토 쇼지로님은 24만 석의 참정으로 계시는 분이야. 석상에서는 지금처럼 함부로 이름을 부르지 말아 줬으면 해."

"괜찮네."

료마는 남의 말이라도 하듯이 대답했다.

"난 도사 번의 녹을 먹는 사람은 아니야. 고토에게 벌거숭이가 되어 와 달라고 해 주게."

나가사키에는 아부라야 거리(油屋町)라는 곳이 있다. 오사카로 말하면 센바(船場), 에도로 말하면 니혼바시(日本橋)쯤에 해당할지도 모른다.

이 아부라야 거리에 오우라(大浦)의 오케이(慶)라는, 일본 차를 수출해서 큰 재산을 모은 여자 상인이 살고 있었다.

"그 집을 회담 장소로 해 주게."

미조부치 고노조는 다음날 저녁, 료마를 데리러 와서 말했다.

"오우라의 오케이라고 하면 나가사키에서도 손꼽히는 미인이라고 하지 않나?"

료마는 그 이름을 알고 있었다.

"바람둥이로도 유명하지."

미조부치도 그런 소문을 듣고 있었다. 말하자면 나가사키의 명물이었던 것이다.
"상술도 나가사키에서 첫째간다는 소문이야."
미조부치는 말했다.
"재미있는 여자라는 점에서는 일본에서도 첫째갈지도 모르지."
"흐음"
료마는 미조부치 일행과 함께 근거지인 니시하마 거리의 도사야(土佐屋)에서 나왔다. 비는 이미 그쳤으나 길은 아직 젖어 있었다. 그 비에 젖은 돌바닥에 저녁놀이 아름답게 비쳐 있었다.
골목에서 아이들이 우르르 달려 나왔다.
앞장선 아이가 나가사키 사투리의 동요를 부르고 있다.
료마는 나가사키 사투리에 다소 익숙해지고 있었다.

빨간 것
예쁜 것
그것은 모두
네덜란드에서 보내 준 것.

그런 뜻의 노래인 것 같았다.
예쁘고 진기한 것은 모두 남방에서 전해진 것이라는 어떤 동경이 이 거리의 아이들의 노래에까지 스며들어 있는 것이다.
오우라의 오케이라는 여자도 빨갛고 예쁘다는 점에서는 그야말로 나가사키적이었다.
'오케이도 나가사키가 아니고는 태어날 수 없는 여자다.'
그런 생각을 하면서 걷고 있는데, 미조부치 고노조도 역시 오케이에 대한 생각을 하고 있었는지 다시 그 화제를 꺼냈다.

"오케이가 말일세……."
이 딱딱한 학자풍의 사나이는 말했다.
"자네를 알고 있다더군."
"나를?"
료마는 놀랐다.
"난 전혀 모르는데."
"저쪽에서는 알고 있어. 알고 있는 정도가 아니라 한번 만나게 해달라는 부탁을 나한테 하더군. 그런 까닭도 있고 해서 오늘 밤은 오케이의 집을 빌리기로 했네."
료마는 잠자코 있었다. 정색을 한 미조부치는 료마의 얼굴을 들여다보면서 말했다.
"오케이는 하룻밤이라도 사내 없이는 못 잔다는 기녀(奇女)야. 혹시 오케이는 자네한테 반한 것이 아닐까?"
"무슨 소리야!"
료마는 아이들의 노래에서 느낀 몽상에서 깨어났다.

미조부치 고노조는 "오우라의 오케이"에게 어지간히 관심을 가지고 있는 듯, 다시 말을 계속했다.
"여자이면서 그만한 상재(商才)가 있다는 것은 드문 일이야."
"그래?"
"그것도 가난한 처지에서 입신한 것이 아니거든. 나가사키의 차(茶) 도매상으로서 오우라(大浦) 집안이라고 하면 대단한 호상(豪商)이야. 그 외동딸로 태어나 유모 밑에서 애지중지 자란 여자가 말일세. 대담하고 민첩한 대상인이 됐다면……."
오우라의 오케이는 분세이(文政) 11년 6월 19일인, 오우라 댁이 있는 오우라 거리(大浦町) 1번지에서 태어났다. 만으로 서른아홉이지만 미조부치의 말에 의하면 자그마하고 살결이 흰 탓인지 아무리 봐도 스물두셋밖에는 보이지 않는다는 것이었다.
 스무 살이 채 되기 전에 부모가 데릴사위를 들여왔지만 오케이는 전혀 마음에 들지 않았다.
 그 남편 역시 나가사키의 호상에서 맞아들인 사나이였으나, 교양이 없고 궁색해 보이는 인상이어서, 혼례 때도 연방 방정맞게 발을 떨어댔다. 그런가 하면 소름이 끼칠 만큼 징글맞은 젊은이이기도 했다.
 "예, 예, 정말 황공한 일이옵니다."
 그래서인지 오케이에 대해서도 화류계의 접대역 사나이 같은 말투를 쓰며 손을 맞비비면서 비위를 맞추곤 했다.
 오케이는 질려 버리고 말았다.
 원래부터 그녀는 남자에 대한 선택 기준이 까다로웠다.
 "깎은 대나무처럼 날카로운 남자가 난 좋아요."
 늘 그런 말을 하곤 했는데, 머리가 예민하고 꿋꿋한 사나이가 좋다는 뜻이었으리라. 뒷날 그녀는 그런 사나이를 발견하면 앞뒤를 가리지 않고 자기 것으로 만들어 버리곤 했다.
 어쨌든 남편으로 맞아들인 데릴사위가 마음에 들지 않자, 워낙 뛰어난 행동력을 지닌 여자라 식을 올린 지 겨우 2, 3일이 지났을 뿐인데 선언을 했다.
 "당신은 아무리 봐도 제 남편감이 아닌 것 같아요. 인연을 끊을 테니 집으로 돌아가 주셔요."
 그리고 쫓아 버렸다.
 그 뒤로는 줄곧 독신이다.
 가에이(嘉永) 6년이었다고 하니까, 오케이가 스물네댓쯤 됐을 때이리라. 네덜란드인 테키스톨이라는 사람과 가까워져, 무역이라는 것이 얼마나 많은 이윤을 가져오는가를 알았다.

그러나 당시는 막부가 엄중한 쇄국 체제를 취하고 있는 때여서 현실적으로는 무역이란 불가능했다. 쇄국하에서 막부만이 네덜란드와 청국을 상대로 소규모의 관영 무역을 하고 있었을 뿐인 것이다.

그러나 오케이의 행동력 앞에는 그런 체제쯤 문제도 되지 않았다.

히젠(肥前 : 長崎縣, 佐賀縣)에는 우레시노(嬉野)라는 차의 명산지가 있다.

'일본차는 어떨까?'

그런 생각을 하고 테키스톨과 의논했으나 대답은 불확실했다.

"유럽 사람들이 과연 좋아할지, 시장조사를 해 보지 않으면 모르겠소"

오케이는 그 시장조사를 위해 상해로 밀항할 계획을 세웠다. 물론 들키는 날에는 책형(磔刑)에 처해진다.

오케이는 나가사키의 청국인에게 부탁하여 수출용 표고버섯 상자에 몸을 숨기고 정크로 상해까지 밀항을 감행했다. 그리고 그것이 성공했다.

오케이가 상해로 밀항한 가에이 6년이라면 지금부터 14년 전이었다.

료마로서도 잊을 수 없는 해다. 나이 열아홉 살에 고향을 떠나 에도의 지바(千葉) 도장에 입문한 해인 것이다. 페리가 에도 만에 나타나 천하가 발칵 뒤집힌 해이기도 하다.

료마는 자신의 과거를 회상하고 있는 것이 아니었다.

'멋진 여자다.'

그렇게 생각한 것은 조슈 근왕파의 시조가 된 고 요시다 쇼인(吉田松陰)에 관한 일을 생각했기 때문이었다.

쇼인은 위기론자였다. 천하를 두루 돌아다니면서 여러 명사들과 만나 일본의 앞날에 대한 자신의 구상을 정리하다가, 마침내 그는 "외국 사정을 알지 못하면 내 구상은 완성될 수 없다"는 점에 생각이 미쳐 단연 밀항을 결의하고, 이 가에이 6년에 마침 나가사키에 들른 러시아 군함과 교섭하여 밀항 건을 부탁해 봤다. 그러나 러시아 군함은 쇄국주의로 일관하고 있는 막부를 자극할까 두려워 쇼인의 청을 거절했다.

다음해 쇼인은 시모다 항(下田港)으로 가서 배를 타고 페리 함대 중의 한 척으로 다가가 앞서와 같은 밀항 희망을 말해 봤으나, 미국측 역시 러시아와 같은 이유로 그 청을 거절했다.

그런데 같은 무렵에 오케이는 훌륭히 성공하고 있었던 것이다.

물론 쇼인과 오케이는 그 동기가 달랐다. 한 사람은 행동적 사상가이고 다른 한 사람은 투기 상인이다. 그러나 목숨을 건 모험 정신이란 점에서는 조금도 다를 바 없었다.

쇼인은 형장의 이슬로 사라지고 오케이는 무사했다.

'멋진 여자다!'

료마가 감탄을 한 것은 마쓰카게와 비교되었기 때문이다.

오케이는 상해로 가서 외국상인들을 닥치는 대로 만나고, 일본차를 시음하게 했다. 가져간 상품견본을 마구 뿌리고는 나가사키로 돌아왔다.

나가사키에 돌아오자 일본 전국은 페리제독으로 인한 충격으로 아수라장이 되어 있었다. 양이론이 들끓고 있었다.

'세상의 흐름을 거스를 수는 없어.'

아직 스물댓 밖에 되지 않은 이 여인은 앞으로의 일까지 꿰뚫어 보고 있었다.

'무역이 가능해지겠지.'

예상대로 막부는 서구 열강에게 몇 군데의 항구를 개방하게 된다. 1856년, 상해에서 올트라는 영국 상인이 오우라초(大浦町)의 오케이 집을 찾아왔다.

"당신의 견본이 돌고 돌아 내 손에까지 들어왔소. 히젠 우레시노의 차를 꼭 사고 싶소."

그리고는 오케이가 놀라 자빠질 정도의 양을 주문하는 것이었다.

오케이는 즉시 산지로 달려갔다. 그러나 우레시노의 차는 기껏해야 규슈 일대에만 공급되는 것으로, 올트가 주문한 양의 1퍼센트에도 못 미쳤다. 오케이는 급히 서둘러 각 지역에 지배인을 파견하고, 겨우 만근을 긁어모아 수출할 수 있게 되었다.

그 후로 산지를 돌며 차 생산량을 높여 수출량 또한 늘려갔고, 지금에 와서는 어마어마한 부를 쌓게 되었다.

'마쓰가케도 대단하지만, 오케이도 만만치 않아.'

료마는 그렇게 감탄하였다.

"어쨌든 한 번 만나 볼 만하네."

미조부치는 말했다. 오케이를 두고 한 말이다.

"만나 볼 만하다고?"

료마는 아부라야 거리로 이어진 다리를 건너면서 킥킥 웃었다. 미조부치 같은 딱딱한 학자 기질의 사나이가 오케이에 대해 대단한 관심을 가지고 있는 것이 우스웠던 것이다.

"그런데, 미조부치"

료마는 다소 의아스러웠다.

"자네 어쩌다가 오케이와 깊은 사이가 됐나?"

"깊은 사이? 천만에!"

미조부치는 적지않이 당황했다.

"난 오케이를 존경하고 있을 뿐이야. 오케이의 집에 영국인들이 오기 때문에 공부삼아 그 통역을 맡아주면서 알게 된 것뿐일세."

"뭐, 그렇게 변명할 건 없네."

"누가 변명을 해? 오케이는 손님을 좋아해서 집에는 언제나 천객만래(千客萬來)야. 넓은 집이 손님으로 덩굴져 있네."

"덩굴처럼 얽혀 있단 말인가?"

미조부치의 표현이 재미있어서 료마는 소리 내어 웃었다.

"주로 어떤 손님들인가?"

"사쓰마 사람들이 많네."

허어, 하면서 료마는 미조부치를 바라보았다. 사쓰마 사람들은 잽싸고 일에도 빈틈없다는 장점을 가지고 있지만, 약점은 여자를 좋아하는 것이었다.

"사쓰마 사람들이 말이지?"

료마는 갑자기 폭발하듯 웃음을 터뜨렸다.

"아니야, 이 사람, 오케이는……."

미조부치는 그녀를 위해 변명했다.

"아닌 게 아니라 사내를 좋아해서 사내 없이는 하룻밤도 못 잔다는 여자이기는 하지만, 그렇다고 사내라면 누구든지 받아들이는 건 아니야. 오케이가 딱 질색인 것은 얼빠진 부잣집 도련님과 허세만 떠는 같잖은 관원이라더군."

"남편을 내쫓은 정도의 여자니까 그럴 테지."

"이가 맞을 만한 사내라야 좋아하는 걸세. 그러니까 특히 오케이는 무사 중에서도 천하를 주름잡는 지사들을 좋아하네."

좋아할 뿐 아니라, 용돈까지 주어 가면서 재우기도 하는 등, 적지않이 편의를 봐 주는 모양이었다.

"오케이에게는 또 하나 특기가 있네. 사람을 볼 줄 안다는 점이야. 신분 여하를 막론하고 남자로서 일류급이라고 할 수 있는 인물을 좋아하는 모양일세."

"누가 오케이의 사랑을 받고 있나?"

"사랑이라고 해도 어느 정도의 깊이인지 난 모르지만 사쓰마의 마쓰가다(松方)와 사가의 오오쿠마(大隈)는, 이층에 각각 방을 얻어 가지고 하숙을 하다시피 하고 있네."

마쓰가다의 이름은 스케자에몬(助左衞門)이었으나 후에 마사요시(正義)로 고쳤다. 유신 정부의 사쓰마파 중진이 되어 내각을 조직한 일도 있다. 유신 뒤에는 공작.

히젠 사가 번의 오쿠마는 통칭 야타로(八太郎). 유신 뒤 시게노부(重信)라고 개칭했다. 후작. 와세다 대학(早稻田大學)의 창립자이다.

"흐음. 버릇이 좋지 않은 친구들이지."

"그 두 사람은 오케이가 목욕할 때 등까지 밀어 준다는 말이 있네."

"그래? 마쓰가다와 오쿠마를 때 미는 시중꾼으로 거느리고 있다면, 과연 상당한 인물인걸."

료마는 고토 쇼지로보다도 오케이를 만나게 되는 것에 차라리 더 흥미를 느끼기 시작했다.

다리를 건너 아부라야 거리의 네 거리로 빠졌다.

그 네 거리 저편에 긴 담장을 둘러치고 있는 것이 오케이의 저택이었다.

"어떤가. 무슨 영주의 저택 같지 않나?"

오케이에게 반해 버린 미조부치 고노조는 말했다. 과연 개인의 저택으로서는 료마가 묵고 있는 고소네 댁에 다음 갈 만한 규모였다.

대문도 대단했다.

말을 타고 그대로 들어갈 수 있을 만큼 높직했고, 문 곁에는 외등이 있었다.

그 외등이 또한 색달랐다. 네덜란드식 호화로운 청동 석유등으로 이미 환히 불이 켜져 있었다.

대문을 들어서자 현관까지는 오른쪽에 큼직한 후피향나무가 심어져 있었다. 후피향나무 밑에는 나가사키식 자그마한 등롱이 푸른 이끼를 비추고 있었다.

"이리 오너라."

미조부치는 현관에서 불렀다.

곧 궁전의 시녀 모양으로 차린 하녀가 달려 나와 무릎을 꿇으며 머리를 숙이면서 말했다.

"고토 대감께서는 와 계십니다. 제가 안내해 드리겠습니다."

현관에서 내려서더니 촛대를 받쳐 든다. 이리 오십시오, 하면서 우거진 관목 사이를 앞장서 갔다. 곧 쪽문 하나를 지났다.

쪽문을 들어선 곳은 안뜰이어서 군데군데 등롱이 켜져 있었다.

세이후 정(淸風亭)이라는 것은 그 뜰 안에 있는 다정(茶亭) 이름이라는 것을 료마는 비로소 알았다.

사립문이 있었다.

그 사립문 곁에 초롱불을 든 자그마한 부인이 하나 서 있었다. 하녀는 그 부인에게 료마와 미조부치를 인계한다.

부인은

"제가 정주(亭主)입니다."

어딘가 물기를 머금은 듯한 음성으로 말하고는 그대로 앞장서서 걷기 시작했다.

뒤따라가는 료마와 미조부치의 코에 향내가 풍겨왔다.
"프랑스제 향수구나."
향수를 좋아하는 료마는 그것을 알 수 있었다. 이 '정주'라고 자칭한 부인이야말로 고명한 오우라의 오케이임에 틀림없었다.
미조부치는 어색하게 굳어진 표정으로 걷고 있었다. 이 학자 기질의 사나이는 자기 나름으로 오케이를 사랑하고 있는 것도 같았다.
"오케이 부인, 이 사람이 바로······."
사카모토 료마요, 하고 미조부치는 걸어가면서 소개하려고 했으나 오케이가 말을 끊었다.
"미조부치님, 나중에······."
오케이는 미소 지으며 료마에게 무언의 인사를 건넸을 뿐, 계속 앞장서서 걸어간다. 어두워서 그 표정까지는 알 수 없었다.
세이후 정으로 들어갔다.
다실(茶室)이라기보다는 공경들의 저택에서 흔히 보는 학문 연구소 같은 건물이었고 방은 다섯 개쯤 되는 듯했다.
료마와 그 비서격인 무쓰 요노스케는 그중 한 방에서 기다리게 되었다.
고토 일행은 보나마나 다른 방에서 기다리고 있으리라.
미조부치는 이 양쪽의 연락을 위해 분주히 복도를 왕래했다.

마치 밥상을 나르는 심부름꾼처럼 미조부치는 부지런히 복도를 왕래하고 있다.
그의 두통거리는 좌석 문제였다. 고토를 윗자리에 앉혀야 하느냐, 료마를 윗자리에 앉혀야 하느냐 하는 문제인 것이다.
'어려운 일인걸.'
원칙대로라면 고토는 도사 24만 석의 참정이니 당연히 윗자리에 앉아야 한다. 료마 정도는 그를 감히 알현도 할 수 없는 향사 출신이므로, 이것이 만약 본국이라면 윗자리는커녕 고토와 동석하는 것조차 어려운 일이다.

그러나 지금의 료마는 천하의 낭인이다. 그뿐만 아니라 바다의 낭인단을 거느리고 반막부파 진영 가운데서는 적지 않은 세력을 가지고 있으며 그 이름은 근왕파, 막부파를 막론하고 널리 알려져 있는 것이다. 보기에 따라서는 고토쯤은 시골중신에 불과하다고도 할 수 있었다.

미조부치는 난처해진 끝에 무쓰 요노스케를 복도로 불러냈다.
"야단났군. 자리 문제로 쌍방의 감정이 대립된다면 될 일도 되지 않는다. 무슨 좋은 생각이 없겠소?"
"어느 쪽이 초대한 거요?"
"그야 고토님이지."
"그렇다면 사카모토님은 손님 아니오? 손님이라면 당연히 윗자리에 앉혀야 할 게 아닌가요?"
"그렇게 문제가 간단하지 않소. 도사 번에서는 계급 문제에 얽힌 피비린내 나는 역사가 있소. 좋은 수가 없을까?"
"글쎄요……."

무쓰는 후일 근대 일본 사상 불세출의 외무대신에까지 오르게 되는 인물이다. 이런 문제에 대해서는 천부적인 재질을 지니고 있는 듯했다.

"사카모토님을 윗자리에 앉혀야 합니다."
단호히 잘라 말했다.

료마가 윗자리에 앉지 않으면 금후 도사 번과의 관계에서는 항상 가메야마 동문이 저자세를 취하게 될 염려가 있는 것이다.

"무슨 일이든 시초가 중요한 법이오. 이 점은 분명히 하지 않으면 안 됩니다. 더구나 고토님은 이 쪽에 청을 드리려는 입장에 있지 않소?"
"그러나……."
미조부치는 울상이 되고 말았다.
"고토님에게는 여러 명의 상급 무사들이 딸려 있소. 그들이 응낙하지 않을 거요. 게다가 이 자리 문제가 본국에 알려질 때는 큰 소동이 벌어지오."
"그것은 1개 도사 번의 사정입니다."
기슈인인 무쓰는 냉담하게 말했다.
"가메야마 동문이 알아야 할 일은 아니오. 사카모토 료마를 당연히 윗자리에 앉혀야 하오."
"피를 보게 될지도 모르오."
"그렇다면 좋은 수가 있소."
무쓰는 능숙한 솜씨를 보였다. 밀대로 밀어붙이고 나서, 한 발짝 물러나서 해결책을 제시하는 것이다.
"아래쪽 자리에 앉는 고토 대감 일행은 하오리와 하카마를 벗고 평상복만 입으시도록 하시오. 이쪽은 윗자리에 앉는 대신 예의를 갖추어 하오리, 하카마 차림으로 대하겠소."
"흐음, 괜찮은 방법이군요."
미조부치는 손뼉을 치며 복도로 뛰어나갔다. 나중에 무쓰가 이 일을 료마에게 말했을 때 료마는 그저 씁쓰레한 웃음만 지을 뿐 아무 소감도 말하지 않았지만, 속으로는 가엾은 생각이 들었다.
'미조부치 녀석, 어지간히 애를 먹겠구나……'
미조부치는 그만한 학재가 있으면서, 결국은 남의 심부름이나 하다가 일생을 마칠 사나이가 아닌가, 하는 생각이 문득 떠오르기도 했다.

"여어!" 하면서 료마는 방 안에 들어섰다. 여어, 한 것은 고토에 대해서가 아니었다.

방 안에 오모토가 앉아 있었기 때문이다. 료마도 뜻하지 않던 일이라 놀라지 않을 수 없었다.

"어떻게 된 일이냐?"

"대감께서 불러 주신 거예요."

오모토는 기녀(妓女)인 주제에 숫처녀처럼 얼굴을 붉혔다.

'고토 녀석, 솜씨가 제법인걸……'

료마는 생각했다. 고토는 크기만 하고 사방에 구멍이 뚫린 보자기로만 알고 있었는데, 대인 관계에서는 이렇듯 세심한 배려도 할 줄 안다는 것을 이 한 가지 사실로 짐작할 수 있었다.

사실상 고토는 료마와의 대면에 대해서 많은 신경을 썼다. 료마가 오모토를 좋아하는 것을 알고는 부하에게 영을 내렸다.

"서강에 오모토를 부르도록 해라."

그러나 마침 오모토의 예정이 여의치 않았다. 이날 나가사키의 어떤 집안의 부름을 받아 결혼 피로연 석상에 나가지 않으면 안 됐던 것이다.

"그러니 전 도사 번 대감 자리에는 나갈 수 없어요. 좋도록 거절해 주셔요."

오모토는 가게쓰 루의 여주인에게 부탁했다.

가게쓰 루의 여주인은 그 사실을 고토의 부하에게 전하고, 부하는 그것을 고토에게 보고했다.

"야단났는걸!"

고토는 진정으로 난처한 표정을 지었다. 이 점이 고토의 재미있는 점이어서 "오모토, 이 자리의 주빈은 료마야. 그래도 너는 오지 않을 작정이냐?"라는 말을 하지 않는 것이다. 그 말만 하면 오모토는 두말없이 결혼 피로연 쪽을 거절하고 이쪽으로 달려 올 것이 틀림없었으나, 일부러 그것을 밝히지 않은 것이다.

"천하의 도사 번이다. 한낱 기생을 부르는 데 료마의 이름을 빌어야 할 필요가 있느냐?"

고토는 이런 생각이 있었던 것이리라.

부득이 고토는 오우라의 오케이에게 청을 넣어 오케이 자신이 그 피로연석에 나가게 하고 오모토는 빼도록 했다. 생각하면 적지 않은 애를 먹은 셈이다.

동시에 고토는 료마를 초대하기 위해 그토록 배려를 한 것이다. 료마도 나중에 그런 내막을 미조부치를 통해서 들었다.

료마는 스스로도 이상해질 만큼 그 사실에 감동했다. 도사에서는 말단 무사 축에도 가까스로 끼는 향사를 위해 일번의 중신이 그토록 신경을 쓴 것이다. 믿을 수 없는 일이었다.

'고토는 보통 인물이 아니다.'

료마가 이렇게 생각하게 된 것도 무리가 아니었다. 이 점, 고토의 정치 수완은 보기 좋게 주효한 셈이다.

어쨌든 료마가 나타난 것을 보고 오모토는 내심 놀라지 않을 수 없었다.

거기에다 료마는 윗자리에 앉았다. 자연히 오모토는 이 주빈 곁으로 가서 대접을 하지 않을 수 없게 되었다.

료마와 고토는 서로 목례를 나누었다. 이점 또한 미묘한 것이었다.

따지고 보면 서로 원수지간인 것이다.

이 세이후 정의 회합이 고향에 알려졌을 때, 상급 무사들은 물론 향사측도 크게 분개했고, 료마의 누님인 오토메(乙女)마저 대노했다.

"너를 사나이라고 보고 있었던 내가 잘못이었던 것 같다. 나는 너를 그렇게 보지는 않았었다. 고토 쇼지로는 한페이타님을 비롯하여 많은 근왕 지사들을 살해한 사람이 아니냐. 너는 그 원수와 손을 잡았다. 혹시 너는 그 흉악한 놈한테 속고 있는 것은 아니냐?"

오토메 누님은 편지를 부랴부랴 보내 왔을 정도였다.

고향에서는 어지간한 타격이었던 모양이다.

료마는 누님의 질책에 대해 다음과 같은 내용의 편지를 보냈다.

"나 혼자서 5백 명이나 7백 명쯤 거느리고 천하를 위해 일하는 것보다는 24만 석을 거느리고 천하를 위해 일하는 것이 훨씬 나을 것이며, 황공하오나(하고 료마는 익살을 부렸다) 이 점 누님께서는 아직 생각이 미치지 못했으리라 생각합니다."

그런 대면이다. 료마로서는 사쓰마 조슈 연합을 이룩했을 때보다도 이때가 훨씬 의미가 컸다.

"천하지사(天下之事)를 어떻게 다루어야 할 것으로 보오?"

고토가 먼저 말을 꺼냈다.

"우선 귀하의 의견을 듣고 싶소."

료마는 무뚝뚝하게 반문했다. 검술에서의 타류시합과 비슷하다. 상대방의 검질(劍質), 버릇, 약점 등을 자세히 살펴본 후에 행동을 개시하는 것이 타류시합에서의 요령이다.

"듣고 싶소."

료마는 거듭 말하고, 오모토가 따라 주는 대로 연거푸 잔을 비웠다.

고토는 개화론을 늘어놓기 시작했다.

일본은 개화하지 않으면 멸망한다, 양이론자들의 혈기만으로는 해결될 일이 아니다, 라는 것이 고토의 의견이었다. 이 점, 료마에게도 이론이 있을 까닭이 없다.

그러나 그것은 대외론이다.

대내론에 이르자 고토의 의견은 대번(大藩)의 중신답게, 논의의 여지없이 막부 옹호론으로 기울어지는 것이었다.

"공론(空論)입니다."

료마는 비로소 논쟁을 시작할 준비를 했다.

"귀하의 말은 공론에 지나지 않소. 막부 옹호론은 이미 아무 뜻도 없는 것입니다."

료마는 말했다.

개화론은 좋다. 서양 각국은 산업혁명 이래 국력을 신장시켰다. 일본도 산업을 일으키고 무역을 진흥시켜서 나라를 부(富)하게 하고 병력을 강화하여 서양 각국의 침략에 대비하지 않으면 안 된다. 이 점에 이의가 있을 수 없다. 그러나 그런 근대 국가로 재건하기 위해서는 통일 국가를 만들지 않으면 안 된다. 지금과 같은 조정과 막부의 이중 구조를 가지고는 나라의 기틀이 서지 않으며, 서양 각국과 어깨를 겨룰 수 있는 강력한 국가는 세울 수 없다.

고토의 주장을 이렇게 일일이 논박하자, 고토는 그 말에 단 한 마디도 반박하지 않았다. 료마의 주장에 일일이 끄덕이기만 하더니, 마침내 말했다.

"나도 료마와 한패가 되겠소"

그것은 료마가 어리둥절할 만큼 기막힌 전향이었다.

'알 수 없는 사나이로구나.'

료마는 고토의 너무나도 어이없는 굴복과 전향에 오히려 경계심이 일었다.

 아무리 설득되었다고는 해도 막부파가 순식간에 근왕파로 돌아설 수 있단 말인가?

 "이상하지 않나?"

 료마는 눈을 내리깔며 무쓰에게 소근거렸다.

 "잔꾀를 부리려는 게 아닐까요?"

 "어지간한 괴물인 모양이야."

 고토가 앉아 있는 자리와는 멀어서 그런 귓속말은 들리지 않았을 것이다. 아무것도 모르는 고토는 어딘가 웅대한 데가 있는 풍모를 웃음으로 누그러뜨리며 연거푸 료마에게 잔을 권해 왔다. 어지간한 주량이었다. 주호(酒豪)라고 해도 좋았다.

 잠시 후 미조부치가 잔을 들고 료마 곁으로 왔다.

 "미조부치, 참정 고토 쇼지로라는 인물은 대체 어떻게 된 인물이냐?"

 료마는 웃으면서 물었다.

 미조부치도 료마의 말뜻을 알 수 있었다. 너무나도 어이없는 전향을 두고 한 말이리라.

 "아니야, 사실은 까닭이 있네."

 미조부치는 나지막한 소리로 변호했다. 그 변호에 의하면, 고토는 지난 몇 달 동안 부하를 조슈나 사쓰마로 파견하기도 하고 직접 그들과 만나 보기도 하여, 전향을 위한 바탕이 충분히 만들어져 있었다는 것이다.

 "그러나 그렇다손 치더라도……."

 료마는 웃기 시작했다.

 "하기는 나도 그전에 지바 주타로와 함께 가쓰 선생을 베어 버리려고 아카사카(赤坂) 히카와(永川)에 있는 댁으로 찾아갔다가 그 자리에서 설득당해 개국론자가 되어 버렸으니까, 고토의 전향에 웃을 수도 없는 형편이기는 하지만 말일세."

그러면서도 여전히 소리를 죽여 웃고 있다.

이 무렵 료마는 혁명가인 동시에 또한 사상가로서의 풍모가 갖추어지기 시작하고 있었지만, 고토는 철두철미 정치가적 성격만으로 이루어져 있었다.

막부 조슈 전쟁에 있어서의 조슈의 승리를 계기로 고토는 이미 완전히 생각을 달리하고 있었다. 시국은 지금까지 막부파가 인식해온 것과는 너무나도 거리가 먼 방향으로 흘러가고 있는 듯했다. 그것을 고토는 재빨리 꿰뚫어 봤다.

'사쓰마와 조슈가 천하를 차지할는지도 모른다.'

그렇다면 도사 번으로서도 우두커니 보고 있을 수만은 없었다. 무슨 일이 있든지 틈 사이를 비집고 들어가 다케치 한페이타 당시의 '삿조도(薩長土) 삼 번' 시대로 되돌릴 필요가 있었다. 그러나 번내의 근왕파를 탄압해 온 도사 번으로서는 이제 와서 새삼스럽게 전향하기도 어려운 일이었다.

부득이 1개 낭인의 몸이지만 사쓰마 조슈 양번과 대등한 교분을 나누고 있고, 무적자(無籍者)이기는 하지만 도사 번을 대표하고 있는 료마에게 의지할 수밖에 없었다. 료마를 앞세움으로써 사쓰마, 조슈의 틈 사이로 뚫고 들어가려는 것이다.

고토의 속셈은 그것이었다. 따라서 사상이고 뭐고 없었다. 정치가인 고토로서는, 사상이니 절의(節義)니 하는 것은 필요할 때나 붙이는 고약과 같은 것이었다.

술을 나누고 있는 동안에 료마도 차차 고토의 그런 전모를 짐작할 수 있었다. 그러나 료마는 그런 고토를 경시도 중시도 하지 않았다.

'회천의 대업에는 이런 사나이도 필요하다.'

그런 생각을 하기 시작했던 것이다.

료마와 고토 쇼지로의 최초의 회담은 말하자면 얼굴을 익히는 정도로 끝났다. 그것이 당초의 목적이기도 했다.
모토하카다 거리의 고소네 별저로 돌아오니 도사계(土佐系)의 동지 일동은 한자리에 모여서 그를 기다리고 있었다.
"어떻던가?"
스가노 가쿠베에가 동지를 대표해서 질문했다. 눈 하나 꿈쩍이지 않고 료마를 바라보고 있다. 경우에 따라서는 료마를 용서할 수 없다는 기색마저 느껴졌다.
"내 머리에 뭐가 붙어 있나?"
료마는 일동의 긴장이 우스꽝스러워서 벌렁 큰 대자로 드러누웠다.
대소도(大小刀)도 아무렇게나 내던졌다.
"취했어."
료마는 말했다. 대소도를 내던진 것은, 못마땅하거든 나를 죽이라는 뜻으로 생각할 수도 있었다.
"오늘 다케치의 원수를 비로소 똑똑히 볼 수 있었다. 무사의 체면만으로 생각한다면 그 자리에서 베어 버려야 했을 테지만, 얘기를 나누고 있는 동안에 인물이 하도 재미있어서 깜빡 그것을 잊어버리고 말았어."
"얼버무려 넘기려면 안 돼. 료마, 좀더 진지하게 얘기해 주게."
"그러나 그대들의 그 정색을 하는 모습이 나로서는 도무지 견딜 수 없군. 진지한 것이 좋을 때도 있지만, 오히려 일을 망쳐 버릴 때도 있다."
"고토 쇼지로는 다케치 한페이타의 원수가 아닌가?"

"다케치에 대해서는 후일 내가 저승에서 사과할 작정이다. 원수 이야기는 이제 그만하기로 하세."

"그러나 다케치를 고토가 죽였다는 것은 덮어버릴 수 없는 엄연한 사실이 아닌가?"

"가쿠베에, 그것은 이쪽에서 하는 말이야. 고토는 고토대로 우리를 숙부 요시다 도요의 원수로 알고 있다. 적어도 그런 입장에 있어."

"요시다 도요는 막부파의 간사한 사람이다."

"저쪽에서는 저쪽대로 여러 가지 말을 할 수 있다. 피차가 서로 원수라는 말만 되풀이하고 있다면 미도 번(水戶藩)의 당화(黨禍)의 전철을 밟을 뿐이다."

미도 번은 근왕 양이의 선구 번이었으면서도 근왕파와 막부파가 서로 죽여 대는 바람에 마침내 인물의 씨가 말라, 지금은 시대 흐름에서 까마득히 뒤떨어져 잊히고 있었다.

"고토가 변변치 않은 인물이라면 다케치의 원수로서 베어 버려도 좋다. 그러나 그는 오늘날의 혼란한 천하를 수습하는 일에 큰 역을 할 수 있는 인물이다. 이제 막 막이 열리려는 판인데 출연 인물을 죽여 버리면 죽도 밥도 안 되지 않나?"

"어떤 사나이였나?"

"도사 번에도 그런 녀석이 있으리라고는 생각지 못했어."

"결국 어떻다는 거지?"

"훌륭한 녀석이야."

"어떻게 훌륭하다는 건가?"

"녀석으로서는 이 사카모토 료마는 숙부의 원수의 일당이라고 생각할 수 있다. 그런데 그는 그토록 오랫동안 술자리에 마주 앉아 있으면서도 지난 얘기는 단 한 마디도 하지 않았다. 다만 장래만을 이야기했다. 이것은 상당한 인물이 아니고는 못해 내는 일이야."

"그뿐인가?"

"또 하나 있다. 나와 대화하는 동안, 반은 내 화제에 따르고 반은 자신의 화제에 따르게 하면서 결코 나한테 끌려 다니지 않았다. 이런 능력을 지닌 자는 천하를 다룰 수 있는 능력도 있으리라고 보는데, 가쿠베에는 그렇게 생각하지 않나?"

다음날, 뜻밖의 인물이 찾아왔다.

찾아온 손님은 오케이였다.

오케이는 궁중의 시녀처럼 사치스럽게 차린 예쁜 아가씨를 둘 데리고 있었다. 이 여걸은 외출할 때는 늘 이 두 아가씨를 데리고 다니며 그녀 자신 이 아가씨들을 시녀라고 부르고 있었다.

오케이는 그 예쁜 두 시녀를 밖에서 기다리게 하고 혼자 고소네 댁으로 들어왔다.

"다른 일로 나왔다가 들렀어요."

오케이는 말했다.

"사카모토님과 무쓰님은 계신가요?"

"예."

고소네 댁 지배인은 허둥거렸다.

그럴 수밖에 없는 것이, 오케이는 나가사키 제일의 부자였고 이름난 여자인데다 미인이기도 했기 때문이다.

지배인은 영주의 공주라도 들이닥친 것처럼 당황하여, 오케이를 방으로 안내한 뒤 부리나케 복도로 달려가 무쓰 요노스케에게 알렸다.

"곧 가지."

무쓰는 평소에는 까다로운 성품의 젊은이였으나 이때는 곧 오케이의 방으로 가서 인사를 했다.

"어제는 여러 가지로 폐가 많았습니다."

"무슨 말씀을. 여러분의 도움만 된다면야……."

오케이는 자그마한 얼굴로 환히 웃었다. 웃으면 눈이 감겨 버리는 것이 이 미인의 결점이었다.

옷을 고르는 안목과 차림새가 서부 일대에서도 으뜸이라는 소문대로, 오늘도 사치스런 옷을 입고 있었다. 얼핏 보면 여염집 여자가 아닌 것 같은 인상을 주는 요염한 차림새를 좋아했고 특히 검은색을 즐겨 입는다. 오늘도 마름 무늬의 검은 비단옷을 입고 있었다.

'굉장한 여자다.'

한 번 남의 눈에 보인 것은 두 번 다시 입지 않는다는 소문도 있다. 그 때문에 나가사키 시중의 여자들은 이렇게 서로 이야기한다.

"오늘 오케이님을 봤어요. 옷은 청국에서 건너온 이러이러한 감이고 띠는 이러이러한 것이었어요."

내친 김에 말해 본다면, 오케이는 메이지 17년, 57살로 죽었는데, 죽은 후 유족들이 가재를 정리하다 보니까, 안과 겉을 다른 천으로 댄 옷띠만도 스무 개나 옷궤 속에 들어 있었다고 한다.

"실은 말이죠……."

오케이는 말했다.

"어제는 고토님께서 초대하셨지만, 이 오케이도 한번 초대하고 싶어서 사정이 어떠신가 여쭤 보려고 들렀습니다."

"저희들을 초대한다는 건가요?"

"사카모토님과 당신을 말예요."

"무슨 까닭으로 초대하는 겁니까?"

"어머나, 아직 소문 못 들으셨나요?"

"무슨 소문인데요?"

"제가 남자분을 좋아하는 거 말예요."

오케이는 웃지도 않고 말했다.

"사카모토님과 하룻밤 동침해 봤으면 하는 거예요. 사카모토님이 싫으시다면 당신이라도 괜찮아요."

대낮에, 술도 마시지 않고, 오케이는 그런 말을 점잖은 나가사키 사투리로 천천히 하는 것이었다.

"그럼, 내일 밤 방문하겠습니다."

무쓰는 당황한 나머지 료마의 승낙도 얻지 않고 멋대로 약속해 버렸다.

재녀

나중에 그 말을 듣고 료마는 기가 막혔다.
"자네, 승낙해 버렸단 말인가?"
무쓰에게 말했다.
오우라의 오케이는 희대의 재녀(才女)이기도 하지만 희대의 바람둥이라고도 한다. 사쓰마 번의 마쓰가타나 히젠 사가 번의 오쿠마까지 오케이의 등을 밀어 줄 정도로 흠뻑 빠져 버렸다고 하지 않는가?
"오케이는 나에게도 등을 밀어 달라는 건가?"
"보나마나 그럴 테죠."
무쓰는 천연스럽게 웃고 있었다. 무쓰는 아직 젊으므로 강한 호기심이 고개를 쳐든 것이었다. 료마가 이 문제를 어떻게 처리할지 흥

밋거리였다.

"천하의 사카모토 선생께서 오케이의 등을 밀고 있는 모습은 아마 다시없는 절경(絶景)일 겁니다. 고향에 계신 오토메 누님께도 잊지 말고 알려 드려야 할 일입니다."

"난 오토메 누님의 등이라면 밀어 준 일이 있네."

"그렇다면 익숙하시겠군요."

"아냐, 그게 열한 살 때야. 누님은 워낙 몸집이 크기 때문에 아무리 밀어도 끝이 없었어. 나중에는 울고 싶어진 기억이 있네."

"오케이는 자그마합니다."

"누가 오케이의 등을 민다고 했나?"

"아, 아닙니다. 어쨌든, 등을 밀고 안 밀고는 별문제로 치고, 오케이의 초대만은 받아 주셔야겠습니다."

"흠."

료마는 콧등을 문질렀다. 결단을 내릴 수 없을 때 그가 하는 버릇이다.

"응하시지 않으면 저는 식언(食言)을 한 셈이 됩니다. 무사는 일구이언을 안 한다는데, 제가 거짓말을 한 셈이 됩니다."

"멋대로 승낙하니까 그렇지 않나?"

그런 말을 료마는 하지 않았다. 무쓰와 같은 젊은이에게 그 정도의 일로 자존심을 상하게 하고 싶지는 않았다.

한편으로 료마는 나가사키에서도 일류 무역상인 오케이와 가까워지고 싶은 생각도 있었다. 가메야마 동문의 일면이 무역 상사인 이상, 오케이와 긴밀한 유대를 맺는 것은 해로운 것이 없었다. 차라리 적극적으로 오케이에게 접근하고 싶은 생각도 있다.

'그런데 상대방이 난봉꾼이라서 말이야.'

사카모토 료마쯤 되는 자가 제 발로 어슬렁거리고 오케이를 찾아갔다가 마침내 살을 섞고, 그 때문에 가메야마 동문이 원조를 받았다는 소문이 나돈다면 난처한 일인 것이다.
"어떡하시렵니까?"
무쓰는 거듭 물었다.
'유난히 물고 늘어지는걸.'
료마는 무쓰를 바라보았다. 이 녀석이 혹시 오케이한테 반한 것은 아닌가, 하는 생각이 든 것이다.
"좋다."
료마는 선선히 대답했다.
"곧 오케이에게 편지를 내서, 내일 밤 방문하겠노라고 전해 두어라."
"바로 그겁니다."
무쓰는 손뼉을 쳤다.
"사카모토 료마의 좋은 점은……솔직히 말해서 사카모토 선생이 거절하신다면, 고작해야 계집 하나 가지고 그 초대를 받아들이지 못하다니 무슨 도량이 그러냐고 웃어줄 판이었습니다."
"자네도 제법 모사가 다 됐군."
료마는 그리 유쾌하지 않은 얼굴로 이마를 문질렀다. 그 부분이 점점 빨개진다.

료마가 사무를 보고 있는 니시하마 거리(西濱町) 도사야(土佐屋)는 나카지마 강(中島川) 하구에 있었다.
다음날 저녁 료마가 집무를 하고 있는데 창밑 강물이 불어 오르기 시작했다.
"시각이 됐는데요."
가메야마에서 내려 온 무쓰 요노스케가 검은 비단 하오리를 입고 나타났다. 료마는 얼른 허리춤에서 시계를 꺼내 봤다. 과연 다섯 시를 가리키고 있었다. 그 시계는 사쓰마의 고다이 도모아쓰(五代友厚)로부터 선사 받은 영국제였다.

"다섯 시군."

료마는 점잔을 빼며 말했다.

"시계 따위는 보지 않아도, 밀물 냄새로 알 수 있습니다."

"아무튼 다섯 시야."

료마는 이런 새로운 문물을 아주 좋아했던 것이다.

"무쓰, 자네에게 권총을 주지."

료마는 서양식 사무용 책상 서랍에서 신품인 회전식 탄창이 달린 권총을 꺼내서 무쓰에게 주었다. 따로 총알도 두 통 준다.

"어디서 난 겁니까?"

"사쓰마 번의 고다이 사이스케의 선물이야."

"하지만 전 필요 없습니다. 아직 하찮은 존재이니까요. 무쓰 요노스케의 목숨을 노리려는 미친놈은 없을 게 아닙니까?"

"어쨌든, 가지고 있어."

료마가 그렇게 말한 것에는 까닭이 좀 있었다. 그러나 굳이 그 까닭을 설명하지는 않았다.

료마는 거무칙칙하게 녹이 슬기 시작한 자기 권총을 배 근처에다 깊숙이 찌르고, 애도(愛刀) 무쓰노카미 요시유키를 허리에 찼다.

두 사람은 길거리로 나섰다.

이윽고 그들은 오우라 거리에 있는 오케이의 집으로 들어갔다.

오케이는 현관에서 그들을 맞이하여, 손수 초롱불을 들고 저택 안의 세이후 정으로 안내했다.

곧 술상이 마련되었다.

"오늘은 저도 마시겠어요."

오케이는 그렇게 말하고, 그녀의 '시녀'들에게 술을 따르게 했다.
료마와 오케이는 무역에 관한 의견을 서로 나누었다.
"차(茶)만 교역한다는 건 시시해요. 와지마(輪島) 섬에서 산출되는 칠기가 좋은 것 같아요. 서양 사람들에게 견본을 보였더니 아주 좋다고 했는데, 문제는 와지마 섬이 가가 번 영내여서 물건을 모아들일 방법이 없거든요."
오케이는 말했다.
"이쯤 되면 3백 영주들이 모두 방해물입니다."
오케이는 대단히 큰소리를 쳤다.
과연 오케이와 같은 무역상의 입장에서 본다면 봉건체제라는 것이 사업을 방해하고 있는 것은 틀림없으리라.
"훤히 일본의 이익을 내다볼 수 있는데도, 지금과 같은 제도 아래서는 어떻게 해볼 도리가 없어요."
"나라를 일단 쓰러뜨렸다가 다시 세워야 한다고 오케이님은 생각하는 거요?"
"저희들 입장에서 본다면요."
"그러나 그런 소리를 하고 다니다가 막부의 귀에라도 들어가게 되면 오케이님은 목이 달아날걸요."
"당신 앞에서는 괜찮아요. 원래 당신은, 상사(商社) 경영이란 간판뿐이고 사실 천하를 노리는 엉큼한 분이니까요."
오케이는 까르르 웃어 젖혔다. 료마는 조롱이라도 받고 있는 것 같은 느낌이었다.

오케이는 어지간히 취한 듯했다.
"이제 그만 체면 따위는 집어 치우지요."
그녀는 중얼거리더니, 그래도 손님들의 양해를 받고 금부채를 펼쳐 들며 춤을 추기 시작한다.
 무슨 춤인지 료마는 알 수 없었다.
 '시녀'의 한 사람이 샤미센을 뜯고 다른 한 사람은 속요(俗謠)를 부르고 있다.
 춤을 마치자 오케이는 료마 앞에 무너지듯 앉았다.
 "한 잔 주세요."
 잔을 청한다.
 "오케이님은 어지간히 마시는군."
 "나가사키 여자 아녜요? 도사의 시골 무사한테 질 수 있겠어요."
 단숨에 들이켜고 료마에게 넘긴다. 료마는 이미 술맛을 모를 정도로 취해 버렸으나 오케이는 끄떡도 없었다.
 "한 잔 주세요."
 "그 조그만 몸에 잘도 들어가는군."
 료마는 또 따라 주었다.
 "고맙습니다."
 오케이는 두 손으로 받쳐 들고 잔을 입술에 갖다 대고는 맵시 있게 마시곤 했다. 취하긴 했지만 그 취한 모습에 어떤 품위가 있었다.
 "자, 제 잔도 받으세요."
 잔을 돌려주면서 오케이는 "오늘 밤은 여기서 주무세요"라는 뜻의 말을 했다.
 "흐음……."
 료마는 잠꼬대 같은 소리를 내며 오케이를 바라보았다.
 "전 당신이 좋아요."
 "나도 그래."
 "어물어물 넘기긴가요?"

오케이는 골을 내기 시작했다.

"전 진심이에요."

"나도 그래. 언제나."

"언제나라니, 어떤 여자에 대해서나 그렇단 말인가요?"

"남자에 대해서도 마찬가지지. 하긴 사람에 따라서는 나를 바람둥이처럼 보기도 하는 모양이지만 말이야."

"제 말을 하고 있는 거예요. 남에 대해서야 어떻든 전 아랑곳없으니까요."

"취했어. 오케이님, 우리 서양춤이나 춥시다. 알죠?"

오케이의 손을 잡고 일어났다.

료마는 나가사키에 와서 서양 사람들의 댄스를 배운 적이 있었다. 가르쳐 준 것은 오우라 해안 부근에 상관을 가지고 있는 오울트라는 늘 침울한 영국인이었다.

"그건 음곡(音曲)이 필요해요."

오케이도 나가사키에서 배운 듯, 조금은 알고 있었다.

"그렇지. 자, 샤미센으로 천천히 춤가락을 뜯어 줘."

시녀에게 부탁하고 오케이와 함께 춤을 추기 시작했으나, 통 제대로 되지 않는다.

"이 딱딱한 건 뭐죠?"

"권총이오."

그런 대화를 끝으로 한바탕 웃고 집어치워 버렸다.

오케이는 료마가 전혀 끌려오지 않기 때문에 답답해진 듯 깨끗이 단념하고 무쓰 쪽에 달라붙기 시작했다.

무쓰는 어딘가 서양사람 같은 인상을 주는 얼굴이어서, 살결이 희고 콧날이 선 것이 가메야마 동문 안에서도 손꼽히는 단정한 용모였다.

오케이는 무쓰 곁으로 가서 술을 마시기 시작했다.
 잠시 후 료마는 변소에 가는 척하고 자리에서 일어났다. 되돌아가지 않고 그대로 오케이의 집에서 나와 버렸다.

 다음날 아침, 무쓰 요노스케는 료마가 집무하고 있는 도사야로 돌아왔다.
 "어떻던가?"
 료마가 묻자, 무쓰는 멋쩍은 얼굴을 한 채 잠자코 있었다.
 료마는 더 이상 오케이에 대해서는 말하지 않았다.
 며칠이 지났다.
 암만 해도 무쓰 요노스케는 그 뒤에도 오케이에게 불려가고 있는 눈치였다.
 닷새째 되는 추운 날 밤, 무쓰는 고소네 댁의 료마의 방으로 찾아오더니 말했다.
 "오케이는 아주 이상한 여자던데요."
 무슨 소리냐고 물었더니, 오케이는 무쓰를 통해서 동문의 곤란한 사정을 듣자, 그렇다면 3백 냥쯤 꾸어 줘도 좋다는 말을 했다고 한다.
 "3백 냥이라……."
 숨을 돌릴 수 있겠다고 료마는 생각했다. 고용하고 있는 수부들에게도 임금을 지불할 수 있다.
 "그 정도만 있으면 도움이 되겠지만, 가까운 장래에 갚을 능력은 없는데."
 "갚을 수 있는 힘이 생겼을 때 갚도록 하라는 겁니다. 이자도 필요 없고요."
 "무서운 돈인걸."

료마는 쓴웃음을 지었다. 이런 종류의 돈이 무섭다는 것은 잘 알고 있었다. 혹시 오케이가 가메야마 동문을 타고 앉으려는 속셈이 있는 것은 아닐까?

"그런 돈을 받을 수 없어."

"아닙니다. 무슨 엉큼한 속셈이 있는 것은 아닙니다. 진정으로 가메야마 동문에 도움을 주려는 거니까요."

"그런 상인은 마음을 놓을 수 없는 거야. 무사에게 무사로서의 절도가 있듯이, 상인에게는 상인으로서의 절도가 있는 법이다. 상인의 절도란 돈을 꾸어 줄 때 이자, 반제 방법, 담보 같은 것을 명백히 해 두는 거야. 오케이 정도의 상인이 그것을 모를 까닭이 없는데, 그럼에도 불구하고 납득할 수 없는 조건으로 돈을 꾸어 준다면 오히려 믿을 수 없는 일이야."

"믿을 수 있습니다."

"이상하게 편을 드는군."

료마는 쓴웃음을 지었다.

"담보도 잡지 않는 돈을 어떻게 믿을 수 있단 말인가?"

"사실은……."

무쓰는 거북한 듯이 말했다.

"담보는 넣습니다."

"그래? 담보를 넣는다면 이쪽은 그리 큰 신세는 지지 않는 셈인데, 문제는 그 담보가 없지 않나?"

"있습니다."

"어디 있어? 이 집은 빌려 든 집이고 가메야마에 있는 동문도 마찬가지, 니시하미에 있는 도사야도 그렇지 않나? 단 한 척의 배도 없다. 하기야 약간의 쌀이 남아 있기는 하지만, 그것은 당장 먹고 살 양식이야."

"담보는 접니다."

뭣이? 하고 료마는 순간 놀라지 않을 수 없었으나, 얼굴이 붉어진 무쓰를 한동안 바라보다가 이윽고 온통 주름투성이가 되며 크게 웃었다.

"담보는 자네란 말인가. 하하하……그렇다면 얼마든지 넣지."

"이거 너무하십니다. 이 무쓰 요노스케는 사나이로서의 체면이 서는가, 못 서는가의 막다른 골목에 놓인 셈인데……."

오케이처럼 엉뚱한 생각을 하는 여자는 아마 그 예가 없을 것이다. 기략종횡(機略縱橫)이라는 말을 듣는 료마도 언뜻 그 저의를 파악할 수 없었다.

자세한 이야기를 무쓰에게 들어 보니 실은 그런 말이 나온 것은 어젯밤이었던 모양이다.

"무쓰님……."

오케이는 등불 밑에서 말했다.

"전 지금까지 아무도 못한 일을 여러 가지로 해 왔지만 아직 못해 본 일이 있어요."

그런 뜻의 말을 자그마한 귀여운 얼굴로 말했다.

'그야 물론 여러 가지 기발한 짓들을 해 왔을 테지.'

무쓰는 생각했다. 이를테면 사쓰마 번의 마쓰가다, 히젠 사가 번의 오쿠마 등은 모두 번내에서는 이름을 떨치고 있는 지략의 소유자들이다. 그 두 사람을 때밀이처럼 욕실에서 등을 밀게 한다는 것은 그들의 영주라도 못할 일이었다.

"아직 못해 본 일이라면?"

무쓰는 다분히 경계하며 물었다.

"아이, 잘 아실 텐데?"

오케이는 무쓰의 뺨을 새끼손가락으로 찔렀다.

"모르겠는걸."

"어쩌면, 무쓰님도 모르는 게 있었나요? 현명하다는 것이 무엇보다도 자랑이면서?"

"모르겠어."

"생각해 봐요. 전 천하제일의 때밀이까지 두고 있지만 아오모치(靑餠)가 없어요."

"나더러 아오모치가 되란 말인가?"

'아오모치' 또는 '샨스(相想)'라는 것은 연인, 정부(情夫) 같은 것을 뜻하는 나가사키 말이다.

"하지만 단순한 아오모치로서는 재미없어요. 이쪽에서 싫증이 날 때가 있으니까요."

오케이는 말했다.

오케이의 말을 털어놓고 풀어 보면 이런 뜻이다.

"나는 단순한 때밀이가 아닌, 남자 첩이 필요해요. 하지만 단순한 남자 첩으로는 곤란해요. 이쪽이 싫증이 났을 때 난처해지니까요."

어지간히 남자를 업신여기는 수작이었다. 그러나 이 정도까지 업신여김을 당하고 보니 무쓰는 오히려 무언가 후련한 것을 느꼈다.

"그래, 어떡하자는 거요?"

"무사를 하나 담보로 잡고 싶어요."

오케이는 그렇게 말하고 까르르 자지러지듯이 웃었다.

"담보라……."

남자 첩보다도 더 처량한 대접이다. 이미 남자라는 것을 사람으로 보지 않는 수작이었다.

"그것도, 보통 무사로는 재미없어요. 무쓰님은 평소부터 늘, 일본에서 으뜸가는 재사는 사카모토 료마고 두 번째는 무쓰 요노스케라고 했는데, 그런 훌륭한 젊은 무사를 담보로 잡고 싶어요."
"흐흠."
화를 낼 수도 없었다. 오케이의 천진스런 얼굴을 보면 화를 낼 생각도 안 나는 것이다.
그런 내막에 약간의 정사(情事)와 애정 문제도 얽혀서, 마침내 3백 냥이란 돈이 오케이로부터 료마의 손에 넘겨지게 된 것이다.
료마는 선선히 그것을 받기로 했다.

나가사키에서는 오케이를 "귀여운 얼굴은 하고 있지만 속은 엄청난 여자"라는 평가를 하고 있었다. 과연 얼굴만은 그 나이에도 소녀티가 가시지 않은 앳된 표정이었지만, 배포는 엄청나게 두둑했다.
자기 집에 사쓰마나 히젠의 무사를 묵게 하고 있는 것도, 한편으로는 남의 일을 잘 돌봐 주고 사내를 좋아하는 탓도 있었지만, 다른 한편으로는 속셈이 있기 때문이다.
'사쓰마나 히젠 같은 선진 번 지사들을 이용해서 장사를 멋지게 해 보리라.'
"전 근왕파니 막부니 하는 따위는 통 몰라요" 하면서도 오케이는 그들 대번의 외국과의 은밀한 관계에 대해서는 놀라울 만큼 자세히 알고 있었다.
그녀는 심복 여지배인인 고마쓰(小松) 아키에게만은 털어놓고 있다.
"사쓰마 번에서도 사가에서도 곧잘 약삭빠른 밀무역을 하고 있다. 난 그런 걸 죄다 알고 있어."
이 고마쓰 아키만 해도 실은 히젠 사가 번의 나베시마(鍋島) 아무개라는 중신의 사생아로서 본국에는 데려갈 수 없기 때문에 오케이가 많은 것이며 학문이 있어서 비서로 쓰고 있었다.

요컨대 오케이만큼 서부 대번들의 밀무역에 관한 비밀을 속속들이 알고 있는 사람은 없었다.

그런 비밀이나 정보는 잠자리에서 듣는 수도 있고 상용으로 접촉하다 듣기도 한다.

사쓰마나 히젠 사가 번은 막부 때문에 내놓고 외국 상사와 거래를 할 수 없을 때는 오케이의 손을 빌었다.

오케이의 업체에서 매매한 형식을 취하여 그들에게 밀무역을 시키는 것이다. 물론, 오케이의 업체에도 상당한 수수료가 굴러 들어온다.

밀무역을 감시하고 있는 것은 나가사키 일원 행정청의 포도군관들이지만 이들은 나가사키 출신의 관원들이었기 때문에, 오케이의 손으로 적당히 구슬려져 있었다. 그들 관원이 밀무역 범인으로서 체포하는 것은 대개가 네덜란드인 주거(住居)에 드나드는 공인(工人), 소상인(小商人) 등이고, 오케이쯤 되는 대상인은 손을 대지 않았다.

그런 오케이가 료마와 그의 가메야마 동문의 움직임에 둔감할 까닭이 없었다.

"무사가 상적(商敵)이 됐구나" 하고 처음에는 유쾌하지 않았으나, 그 동태를 염탐시켜 보니, 료마의 일파가 생각하고 있는 상법은 오케이와는 비교도 할 수 없는 것이었다. 상사 경영에 관한 이론도 당당한 것이어서, 건축에 비한다면 성을 짓는 것과 살림집을 짓는 정도의 차이가 있었다. 게다가 한때는 군함까지 가지고 있었다고 하지 않는가?

'졌다!'

그런 생각이 들었고, 동시에 료마 일당에 대한 흥미를 가지기 시작했다. 그렇게 되자 오케이는 경영상의 흥미뿐만 아니라 그 사나이들 자체에까지 흥미를 느끼는 버릇 때문에, 길거리에서 료마를 보거나 하면 늘 이렇게 말했다.

"그 사나이와 하룻밤 자 보고 싶다."

그러면서, 밤새도록 고마쓰 아키를 붙들어 놓고 몸부림치기도 했다는 것이다.

무쓰 요노스케는 말하자면 료마의 대용품이었다. 그러나 대용품이라도 쓸모는 있었다.

잠자리에서 뜻하지 않은 정보를 얻기도 했고 가메야마 동문의 내정도 알 수 있었다.

무쓰는 눈치가 빨랐다.

'암만 해도 오케이는 마음을 놓을 수 없다.'

그런 생각이 들기 시작했다. 마음을 놓을 수 없다고 해서 오케이에 대해 악의를 품기 시작했다는 뜻은 아니다.

악의는커녕 처음에는 단순한 장난에서 하게 된 정사였는데 차차 진심으로 오케이에게 끌리기 시작했다. 그가 연령적으로 어린 탓이었는지도 모른다.

어느 날, 무쓰는 료마에게 말했다.

"암만 해도 전 오케이를 좋아하고 있는 것 같습니다."

"그래?" 료마는 통명스럽게 끄덕이었다. 남의 정사에는 별로 흥미를 느끼지 않는 성미였다.

"오케이도 자네를 좋아하고 있나?"

"그런 것도 같습니다."

"잘됐군."

"하지만, 제겐 너무 벅찬 상대인 것 같아서."

무쓰는 바로 그 말을 하고 싶었던 것 같았다. 오케이와 잠자리에서 나눈 말을 료마에게 들려주었다.

―사쓰마, 도사, 히젠

하고 오케이는 말한 것이다. 동침한 사나이들의 번적(藩籍)이었다.

'도사'란 무쓰를 두고 한 말이다. 무쓰는 기슈 도쿠가와 번의 탈번자였지만 평소부터 도사인으로 자처하고 있었으므로 도사라고 해 둬도 좋으리라.

"그런데 조슈가 없어요."

오케이는 말했다.

"조슈 무사와 한 번 자 보고 싶어요."

"좋지 않은 취미야."

무쓰가 말하자 오케이는 구김살 없는 웃음을 짓고, "삿, 조, 히(長土肥)가 손을 잡으면 천하도 손에 쥘 수 있어요"라는 이상한 소리를 했다는 것이다.

"생각해 보면……."

무쓰는 말했다.

"우리 가메야마 동문도 근왕파 여러 번을 규합하여 일대 상사를 일으키려는 데 목적이 있지만, 오케이도 그것을 노리고 있는 것 같습니다."

"음?"

"오케이의 속셈으로는 이 가메야마 동문을 타고 앉을 생각이 있는지도 모릅니다."

"허어!"

료마는 깜짝 놀란 체했다.

"타고 앉는다?"

"오케이에게는 그만한 재력도 있습니다."
"뿐더러 내 비서인 무쓰 요노스케를 끌어들이는 데 성공했고……."
"무슨 말씀을…… 전 선생님 대역으로 간 셈이 아닙니까."
"나쁠 것도 없는 대역이지."
"그건 그렇고……."
무쓰는 잠자리에서 들은 또 하나의 오케이의 제안을 이야기했다. 잠자리에서 나눈 말치고는 너무도 거창한 이야기였다.

오우라 해안에 상관을 가지고 있는 영국인이 범선 한 척을 팔려고 내놓았는데, 그 값이 아주 싸다는 것이다.

1만 2천 냥이라고 했다.

"그 범선을 말입니다. 오케이가 가메야마 동문을 위해서 사 주겠다는 건데요."

이래도 놀라지 않을 테냐, 하는 표정을 이 젊은이는 지었다.

과연 료마도 이 말에는 적잖이 놀랐다.

"흐음, 정말 오케이는 타고 앉을 속셈인 모양인걸."

'배'라는 말을 듣자 료마는 가슴이 설레지 않을 수 없었다. 그것은 마치 굶주린 자가 손이야 발이야 빌면서 먹을 것을 구하는 심정과 흡사했다.

"오케이가 타고 앉더라도 할 수 없다. 아무튼 배가 있어야겠다."

료마는 무쓰에게 오케이와의 교섭을 일임하는 한편, 다음 날 오우라 해안으로 가서 문제의 범선을 보기로 했다.

오우라 해안에는 식민지풍의 목조 양옥이 일고여덟 채 나란히 서 있었다.

그 건물 사이를 빠져서 바닷가로 나가자 과연 세 개의 마스트가 달린 종범식(從帆式) 범선이 정박하고 있었다.
 마스트 끝까지 흰 페인트가 새로 칠해져 있었지만 선교(船橋) 부근의 녹빛을 보니 어지간히 낡은 배 같았다.
 '그렇더라도 1만 2천 냥은 싸다.'
 료마는 그 길로 곧 사쓰마 저택으로 갔다.
 본국에서 젊은 참정 고마쓰 다데와키(小松帶刀)가 와 있다는 것을 료마는 알고 있었다.
 고마쓰와 만났다.
 "또 돈 얘깁니다만……."
 료마는 거북한 듯이 말했다.
 그럴 수밖에 없는 것이, 사쓰마 번에 7천8백 냥이나 내게 해서 산 프러시아 선 와일 웨프 호를 료마는 첫 항해에서 침몰시키고 만 것이다. 거북하지 않을 수 없었다.
 "조금도 주저하실 것 없습니다. 어서 말씀하십시오."
 고마쓰 다데와키는 호의에 넘치는 미소를 보여 주었다.
 "실은 이런 이야깁니다."
 료마는 오케이의 제안을 설명했다.
 "흐음, 그래요? 오우라 오케이가 1만 2천 냥을 낸다는 겁니까?"
 "그렇습니다. 그런데 앞으로는 또 모르지만 현재의 빈약한 가메야마 동문으로서는 함부로 사인(私人)의 돈을 빌리고 싶지 않습니다. 훗날 무슨 화근이 될지도 모르니까요."
 "옳은 말씀이오."
 "하지만 이쪽은 돈이 필요합니다."
 "흐음."
 "그래서 이런 방법을 생각해 봤습니다."
 료마는 설명했다. 오케이에게는 배를 살 돈을 그냥 얻는 것이 아니라 빌리는 형식으로 하고 싶다. 앞으로 가메야마 동문에서 번 돈으로 갚을 작정이다.

그러나 빌리자면 보증인이 필요하다.

"그 보증인 역을 사쓰마 번이 맡아 줄 수 없겠습니까?"

"좋습니다."

고마쓰 다데와키는 흔쾌히 응낙했다.

"사카모토님, 나는 당신을 걸고 큰 내기를 하고 있습니다. 사쓰마 번으로서는 가능한 모든 원조를 할 테니까 주저하지 마시고 말씀해 주십시오. 그런데 돈을 빌리자면 보증인만으로는 안 될 텐데요. 담보가 필요할 게 아닙니까?"

"산 배를 담보로 할 작정입니다. 물론 배는 보통의 경우라면 담보물이 될 수 없습니다. 차츰 낡아가고 때로는 침몰하는 수도 있으니까요. 사실은 달리 담보가 필요할 테지만, 이 점은 오케이와의 교섭에서 적당히 해결 지을 수 있으리라 생각합니다."

있으리라고 생각되는 정도가 아니라, 그 담보로서 바로 무쓰 요노스케가 있는 것이다. 오케이는 당연히 승낙해 줄 것이다.

교섭은 원만히 진척되어 세 개의 마스트가 달린 하얀 범선은 마침내 료마의 손에 들어왔다.

배 이름은 다이쿄쿠마루(大極丸)라고 지었다.

'오케이야말로 구세주로군.'

료마는 멀리 오우라 쪽을 향하여 합장이라도 하고 싶을 만큼 기뻤다.

그 오케이는 료마가 생각했던 것보다도 훨씬 거물이었다.

"마침 근처에 볼일이 있어 왔다가……."

오케이는 그렇게 말하면서 이따금 니시하마 거리의 가메야마 동문에 들르기도 했지만, 언제나 담배만 두세 모금 빨고는 분주히 일어나 버리곤 했다. 료마가 처음에 다이코쿠마루에 관한 사례를 하자, "그 따위 사소한 일을 일일이……" 하고 웃어 버리면서 화제를 딴 데로 돌려 버렸다. 사소한 일이라고 웃어넘기기는 하지만, 1만 2천 냥이라는 막대한 돈이 오케이의 손에서 나온 것이다.

—어디에 배꼽이 붙었는지 통 알 수 없는 여자다.

동문에서는 그런 말들을 했다.

오케이는 료마를 손아귀에 쥐고 사쓰마 조슈 도사의 합병 회사를 꿈꾸고 있는 건가, 아니면 단순히 무쓰 요노스케가 마음에 든 나머지 1만 2천 냥을 '용돈'으로 내던진 건가?

꼭 한 번 료마에게 가슴이 섬뜩할 만큼 교태 어린 눈을 보내며 나지막하게 말한 적이 있었다.

"사카모토님, 언젠가는 사카모토님을 이 오케이의 포로로 만들어 보일 테니 단단히 각오하고 계세요."

료마는 너털웃음만 터뜨렸을 뿐, 대답하지 않았다.

어쨌든 료마는 이 배를 입수한 덕분에 오래간만에 활기띤 움직임을 보였다.

선장 시라미네 슈메(에치젠 탈번)

부선장, 노무라 다쓰타로(도사 탈번)

즉각 사령을 내려 이렇게 정하고, 그밖에는 가메야마 동문에서 놀고 있는 자들을 그때그때 승무 사관으로 쓰기로 했다.

수부들은 이미 고용해 둔 바 있다. 취사부로는 오케이가 알선한 "오차상"을 두 사람 채용했다. 나가사키에서는 중국인을 "오차상"이라고 불렀다.

다만 이번에는 조선(操船)에 신중을 기하기 위해 당분간 조선 지도원 같은 것을 고용하기로 했다.

"서양 사람이 좋을 거다. 어디서든 구해 오도록 해라."

이시다 에이키치(石田英吉 : 도사)에게 명했더니, 이시다는 기묘한 서양사람 둘을 구해가지고 왔다.

둘 다 수부였다. 한 사람은 하늘을 찌를 듯한 거인인데 이름은 나이라고 했다. 또 한 사람은 키가 자그마한 홉킨즈라는 사나이였다. 둘 다 미국인이고 남북전쟁 당시에는 패배한 남군의 해군이었다고 한다.

군인이었다고는 해도 장교가 아닌 수병이었던 모양이다. 나이는 상해에서 넣었다는, 괴물처럼 과장된 청국 사자의 문신이 오른 팔에 있었고, 홉킨즈는 전라(全裸)의 미인을 배에다 문신하고 있었다.

"나이(없다)란 궁상맞은 이름이다. 너는 아루(있다)라는 이름으로 고쳐라."

료마는 영을 내렸다. 둘 다 동양 천지를 휩쓸고 다닌 떠돌이꾼이었지만, 이상하게 료마에 대해서는 공손하여 료마를 '보스'라고 불렀다.

료마는 이 유일한 배인 다이쿄쿠마루를 어떻게 쓸 것인가 골치를 앓았다.

한 가지 안이 없지 않았다.

'목화가 적당하다.'

료마는 생각하고 있었다. 규슈의 목화를 동부 지방으로 실어간다면 적지 않게 이익이 남으리라는 생각이었다. 목화는 미국의 남북전쟁 때문에 세계적으로 크게 오름세를 보이고 있다는 것도 료마는 알고 있었다.

나가사키라는 국제 경제 도시에서 날카롭게 촉각을 움직이고 있는 료마는 이미 호쿠신잇도류(北辰一刀流)의 명수만은 아니었다.

어쩌면 일본에서는 유일한 인물일지도 모르는 무역가로서 성장하기 시작하고 있었다.

목화 값이 국제적으로 올랐기 때문에 외국 상인들은 요코하마를 통해서 일본 목화를 사들이고 있었고, 이 때문에 오사카 이동(以東)의 목화 가격은 계속 큰 오름세를 보이고 있었다.

그 경기에 대해서는 오사카의 사쓰마야, 시모노세키(下關)의 이토(伊藤) 등 그가 '지점'으로 삼고 있는 해상 운송점에서 보고가 들어와 있었다.

규슈의 목화는 아직 오르지 않고 있었다. 이것을 서양식 범선에 실을 수 있는 대로 실어 가지고 오사카로 내려간다면 두 배의 이익을 남길 수 있었다.

마침내 '목화다' 하는 결심을 하자, 대소도(大小刀)를 늘어뜨려 허리에 차고 오우라의 오케이를 찾아 갔다.

"오케이님, 목화요. 목화야말로 좋은 장사거리요. 당신 돈으로 목화를 삽시다."

그는 그 이유를 설명한 다음, "이익은 가메야마 동문과 반반씩" 이라고 했다.

오케이도 상인이다. 곧 이해하고 응낙했다.

이리하여 오케이의 업체 종업원들과 료마의 가메야마 사 무사들이 사방으로 뛰어다니며 닥치는 대로 목화를 거두어 들여 다이쿄쿠마루에 실었다.

맑게 갠 어느 추운 날 아침, 다이쿄쿠마루는 새하얀 돛에 잔뜩 바람을 안고 나가사키 항을 미끄러져 나갔다.

"부디 성공해라."

료마는 바닷가에 서서, 그 돛이 멀리 항구 밖으로 사라질 때까지 바라보았다. 그리고 얼마 후 무쓰 요노스케, 나가오카 겐키치, 나카지마 사쿠타로 등 문관적인 재능을 지닌 젊은이들을 데리고 니시하마 거리를 향해 걸어갔다.

료마 이외에는 모두 가메야마 동문의 제복인 흰 하카마를 입고 있었다. 흰 하카마는 해상 근무에 편리하기 때문에 제복으로 정한 것이었다.

"가메야마의 흰 하카마들이 지나간다."

시민들은 뒤에서 수군거리곤 했었다. 나가사키에서는 다른 번의 막부파 번사들과의 싸움 소동 때문에 '흰 하카마' 하면 싸움꾼들의 대명사처럼 불리고 있었다.

마루야마(丸山) 산 밑 모도 싯쿠이 거리까지 왔을 때, 저쪽에서 도사 번 참정인 고토 쇼지로가 부하 대여섯 명을 거느리고 오고 있었다.

한가운데 다리가 있었다.

그 다리 위에서 쌍방이 맞부딪쳤다. 그전 같으면 상급 무사와 향사들 사이에 대판 싸움이 벌어졌을 것이었다.

"여어, 마침 잘 만났군."

고토는 아직 나이도 많지 않은 주제에 지나친 관록이 엿보일 만큼 뚱뚱한 몸으로 다리 한가운데로 나오더니 말했다.

"사람을 보내려던 참이었소. 지난번 세이후 정에서의 회담 결과를 본국에 알려서, 본국의 의견도 참작하여 여러 가지로 생각한 결과 어떤 복안을 얻었소. 오늘밤 만나 줄 수 없겠소?"

"만납시다."

료마는 무뚝뚝하게 대답했다.

해원대

그 뒤 사흘 동안, 료마는 저녁만 되면 집을 나가 고토와 회담했다. 만나는 장소는 언제나 오케이의 세이후 정이었다.
사흘째 되는 날, 고토는 말했다.
"정말, 이젠 손들었네. 그렇게 도사 번에 복귀하는 게 싫은가?"
"그런 셈이지."
료마는 턱을 문지르면서 씁쓰레한 웃음을 지었다.
"세상엔 낭인 신세처럼 자유로운 것은 없어. 고토형은 낭인이 돼본 적이 없기 때문에 그것이 얼마나 편한가를 모르는 거요."
"그렇지만 자네는 관도(官途)에 올라 본 적이 없지 않나? 관원은 관원으로서 좋은 점이 있는 거야."
"당신은 아직 내 성미를 몰라. 관원이 될 수 있는 위인인지, 이 얼굴을 자세히 보시오."

요컨대 고토는 료마를 그 가메야마 동문과 함께 번의 조직에 말아 넣고, 료마에게 적당한 녹과 지위를 줌으로써 번의 유력한 일익으로 삼으려는 것이었다. 료마로서는 사람을 어떻게 보고 하는 말이냐고 핀잔이라도 주고 싶은 심정이었으리라. 이젠, 설사 중신의 대우를 해 준다 해도 천하의 사카모토 료마에 대해서는 모욕이라고 할 수 있었다.

"관리는 사양하겠어."

말을 하면서도 료마는 머릿속에서 분주히 생각을 하고 있었다.

"관도에 오르라"는 고토의 제안 자체는 전혀 흥미 없는 것이었지만, 다른 의미에서 매력이 있었다.

가메야마 동문의 경영이라는 점이었다. 도사 번과의 관계를 보다 짙게 할 수 있다면 무척 운영이 수월해질 것이었다.

"고토형."

료마는 자신의 대망을 설명했다.

대망이란 첫째로, 사설 함대를 만들어서 천하의 풍운을 다스리는 것, 둘째로 그 사설 함대는 어디까지나 자주 독립의 형식을 취하여 경비 일체를 평소의 무역, 운수에서 거두어들인다는 것, 이 두 가지였다.

"사카모토군, 자네는 일본 정권에 야망을 가지고 있는가?"

"응?"

료마는 고토를 똑바로 바라보았다. 솔직한 놀라움이었다. 고토라는 사나이를 어지간히 도량이 큰 인물로 봤었는데, 고작 그런 생각을 한다면 역시 1개 관료에 불과했구나 하는 약간의 실망을 금치 못했다.

"없어."

료마는 화로를 끌어당겼다. 사실 일본의 위기를 구하기 위해서는 도쿠가와 막부를 쓰러뜨려야 한다고 믿고 있다. 그러나 그 다음에 수립되는 혁명 정권의 책임자 따위가 된다는 것은, 료마로서는 생각지도 않고 있는 일이었다.

"내게는 좀더 큰 뜻이 있어."

"어떤?"

"일본의 난이 해결되면 이 나라를 떠나서 태평양과 대서양에 선단을 띄우고, 세계를 상대로 하는 대사업을 하고 싶은 거야."

"무엇이?"

고토는 눈이 휘둥그레졌다. 이런 터무니없는 꿈을 꾸는 사나이가 일본에 있으리라고는 생각조차 못했던 것이다. 그런 웅대한 꿈 앞에는 근왕파니 막부파니 하는 싸움도 초라한 풍경으로 오므라드는 느낌이었고, 더구나 자신이 제시한 도사 번 관리에 관한 말 같은 것은 부끄러울 만큼 조그마한 일이었다는 것에 고토는 생각이 미친 것이다.

그러나 료마도 보통내기가 아니었다. 고토가 제시한 안을, 자기도 유리하고 도사 번에도 유리한 안으로 바꾸기 위해 머리를 짰다.

이윽고 료마는 말을 꺼냈다.

"고토형, 이건 어떻겠나?"

그는 종이를 꺼내 놓고 붓끝을 한동안 들여다보고 있더니, '해원대(海援隊)'라고 굵직하게 내리썼다.

"뜻은 바다에서 도사 번을 돕는다는 거지. 바다란 해군, 그리고 무역. 해원대가 도사 번을 돕는 대신, 도사 번도 해원대를 원조한다."

"결국 동격이란 말인가?"

고토는 역시 눈치가 빨랐다. '원(援)'이란 글자에서 동격이란 냄새를 맡은 것이다.

"그렇지, 동격이지."

"그렇다면, 료마, 황공한 말이지만 그대와 영주님이 동격이란 결론이 되지 않나."

"물론이지!"

료마는 봉건 시대의 무사로서는 경천동지(驚天動地)의 발언을 하고 말았다.

"미국에서는 장작을 패는 하인과 대통령이 서로 동격이라고 한다. 나는 일본을 그런 나라로 만들고 싶은 거다."

"료, 료마, 너무 큰 소리로 떠들지 말게."

배포가 두둑한 고토도 이 너무나도 극렬하고 위험한 사상에 얼굴이 창백해지고 말았다. 근왕이니 막부를 쓰러뜨리니 하는 것조차 각 번에서는 전율할 정도로 위험한 사상인데, 료마는 한 걸음 더 나아가서 사람은 모두 평등해야 한다는 주장을 하고 있지 않은가.

"료마, 자네는 난신적자(亂臣賊子)군. 그렇다면 천황도 인정하지 않는다는 건가?"

"지금 그런 논의는 필요 없어. 요컨대 사람이란 모두 평등해야 한다는 말을 했을 따름이야. 사람은 모두 평등한 권리를 지니는, 그런 세상을 나는 만들고 싶은 거다."

"막부도 그러기 위해서 쓰러뜨리는 건가?"

"물론이지. 단순히 도쿠가와 집안을 쓰러뜨리는 것뿐이라면 아무 뜻도 없지."

"영주도 쓰러뜨리는 건가?"

"때가 오면 쓰러뜨리게 될 테지. 도사 번도 쓰러뜨리고 마는 거다. 영주도 중신도 상급 무사도, 모두 없어지는 세상을 만들 테다."

"자, 자네는……그, 그렇다면 료마, 자네가 내세우고 있는 근왕은 거짓인가? 지금은 근왕을 부르짖고 있지만, 언젠가는 교토에 계시는 천자마저 쓰러뜨리자는 건가?"

고토는 료마라는 사나이가 다른 근왕 지사와 다른 점을 비로소 들여다본 듯했다. 료마도 아직 자신의 동지들에게도 이런 의중의 비밀은 밝혀 보인 일이 없었다. 밝히면 그는 동지들에 의해 살해되리라. 다만 고토 쇼지로만은 그 뜻을 알아 줄 것 같았던 것이다.

이 무렵의 료마는 이미 사상가로서 고고한 경지에 들어서기 시작하고 있었다.

밤이면 아무도 모르게 수첩에 적곤 하는 비밀 어록이 있었다.

"세상에 생을 얻는 자는 모두 중생이므로, 그 상하가 있을 수 없다. 이 세상에서는 오로지 자신만을 최상으로 여겨야 한다."

개인주의의 확립이라고 해도 좋았다.

"이 나라에서는 천자를 제외하면 모두 동일한 구성원이다. 아무도 문제 삼을 것이 없다."

일군만민(一君萬民) 사상이라고 할 수 있었다. 천자 밑에는 모두 상하의 구별 없는 평등한 연민이라는 것이다.

의견은 좀처럼 합치되지 않았다.

고토는 료마가 말하는 해원대를 도사 번 지배 아래 두려고 했고, 료마는 번과 동격 형식으로 제휴해야 한다는 주장이었던 것이다.

그러나 양쪽이 다 타협의 명인이었다.

"팥 만두 모양이 어떻든 무슨 상관인가. 피차가 혀를 늘여 단팥을 핥을 수가 있으면 되지 않겠나."

료마는 말했다. 단팥이란 본질적인 것을 말한다. 이 경우 '이익'

이라고 해도 좋았다.
"그렇지. 단팥만 서로 핥을 수 있다면야……."
고토 쇼지로도 끄덕이면서 말했다.
"그런데 그런 만두를 만들 수 있나?"
"못 만들 것도 없을 테지."
그날은 거기서 이야기를 끊고, 술을 몇 잔 더 나눈 다음 그대로 헤어졌다.
료마는 니시하마 거리의 도사야로 돌아오자, 가메야마 일동을 소집해 놓고 고토와의 회합 경과를 보고했다.
"반대합니다."
맨 처음 말한 것은 도사 번 향사 출신이 아니라, 뜻밖에도 기슈인인 무쓰 요노스케였다. '반대합니다'라고 그는 되뇌었다.
"우리 가메야마 동문은 천하에서 독립해야 합니다. 도사 번의 소속이 되어서는 안 됩니다. 그것은 우리가 그만큼 작은 존재가 되는 것을 뜻합니다."
"옳은 말이야."
료마는 말했다. 그러나 그 이상이 암만해도 현실화되지 않는다, 현재의 실정을 보아라, 이렇듯 경영난에 부딪치고 있지 않은가, 라고 말했다.
"무쓰군! 그 이상을 우리는 좀더 장래에 두기로 하자. 지금은 일시적인 편법이 필요해."
무쓰는 불만이었으나 입을 다물 수밖에 없었다.
무쓰뿐만 아니라 전원이 그리 반가운 얼굴을 하고 있지 않았다.
"서양에는 '로우(법률)'라는 것이 있어서 국가 운영은 그것을 바탕으로 하고 있다. 국가뿐이 아니라, 이를테면 한 상사가 다른 상사와 제휴할 때도 로우를 만든다. 우리가 도사 번과 로우를 만들어서 서로 그것을 지키도록 한다면 우리의 독립성도 확립되고, 장차 이를테면 도사 번에 의해 흡수된다는 염려도 없을 거다. 어떤가, 나한테 그 로우를 만드는 일을 일임해 주지 않겠나.”

두령인 료마가 그렇게 말하는 이상, 부하들은 더 이상 말을 할 수 없었다.

“일임한다.”

결론이 내려졌다.

료마는 곧 초안 작성을 위한 조수로서 가메야마 동문에서도 가장 뛰어난 학자인 나카오카 겐키치를 택했다.

나카오카 겐키치는 료마보다 한 살 위였다. 도사 번 우라도(浦戶)의 촌의(村醫)의 집에서 태어나, 오사카의 오가다 고안(緖方洪庵)의 학숙에서 네덜란드 의학을 익혔다. 그 뒤 나가사키로 오자, 유명한 시볼트 밑에서 네덜란드 학문을 더욱 닦았으며 시볼트의 사랑을 받아 그 아들 알렉산더에게 일본어를 가르치기도 했다.

후에 천주교도라는 의심을 받게 되자 귀국하여 산속에 몸을 숨긴 채 불우한 나날을 보내고 있었으나, 료마가 부르자 다시 나가사키로 와서 이 가메야마 동문의 문관으로 있게 된 것이었다. 유신 후 공부성(工部省)에 출사했으나, 얼마 되지 않아서 병사했다.

료마는 이 겐키치와 함께 그날 밤부터 그가 말하는 ‘로우’의 초안을 작성했다.

다음날 그것이 만들어지자, 품속에 넣고 다시 고토를 만났다.

고토와 만나기는 했으나, 여러 말은 하지 않고 초안만 넘겨 준 다음 료마는 곧 헤어지고 말았다.

“료마, 어째서 설명을 하지 않았나.”

돌아오는 길에 나카오카 겐키치는 불만스런 어조로 말했다.

"설명 말인가."

료마가 말했다.

"설명을 하면 내 말이나 태도가 자칫하면 간청이 되기 쉽다. 그것이 두려웠던 거야."

그 때문에 초안만을 내던지고 그쪽에서 검토해 보라는 형식을 취했던 것이다.

도사야로 돌아와서 차를 마시고 있는데 귀한 손님이 찾아왔다.

눈매가 날카롭고 얼굴은 여행 중에 볕에 그을려 시커메졌으나, 전신에 활력이 넘치고 있는 인물이었다.

나카오카 신타로다.

'마침 잘 나타나셨군.'

료마는 기쁨으로 가슴이 벅찼다. 동시에 새로운 계획이 떠올랐다. '해원대만으로는 부족하다. 육원대도 만들어서 해륙 양면으로 낭인 결사를 출현시켜, 금전적인 부담을 도사 번에 맡기는 거다. 그 육원대 대장을 이 나카오카 신타로에게 맡겨 보면 어떨까.'

"료마, 오래간만일세."

나카오카는 마루 끝에 털썩 걸터앉아 짚신을 풀기 시작했다. 도사야의 하인이 물을 담은 대야를 가지고 왔다.

"씻어 드릴깝쇼?"

발을 씻어 주겠다는 것이다. 보통은 여인숙의 하녀라도 손님의 발은 씻어 주지 않는데, 이것은 나가사키 사람들의 기질이리라.

나가사키처럼 손님 접대에 성실한 곳은 또 없다고 한다.

"고맙다. 하지만 나는 내 손으로 씻는 걸 좋아해."

그것은 또한 나카오카의 성미였다. 워낙 그는 자기 신변에 관한 일은 바느질까지 손수 하는 사람인 것이다.

나카오카는 찬찬히 발을 씻고 닦은 다음, 이번에는 하오리를 벗어서 여행 중에 묻은 먼지를 털고 다시 그것을 걸쳤다. 꼼꼼하기는 했지만 그러나 그 동작이 기민하여 어설픈 데가 없었다.
"배가 고픈걸."
나카오카는 돌아다보면서 말했다.
"알았네, 곧 차리도록 하지."
료마는 저도 모르게 목소리에 활기가 넘쳤다. 마음 맞는 친구를 오래간만에 만나는 것보다 더 기쁜 일은 없구나, 하는 것을 료마는 느끼고 있었다.
같이 저녁을 먹었다.
나카오카와의 대화는 료마로서는 이미 쾌락에 가까웠다. 아무 거리낌 없이 얘기를 할 수 있었고, 피차 눈치가 빠르기 때문에 말하는 그 이면까지 훤히 알아들을 수 있었다.
"도사 번은 변하고 있어."
나카오카가 말했다. 나카오카는 교토에서 도사 번 관료들의 사상 전환 공작에 몰두하고, 그것을 거의 성공으로 이끌고 나서 나가사키로 온 것이었다. 료마는 료마대로 고토가 접근해온 내막을 털어놓았다. 이야기는 재미있을 만큼 서로 일치해 갔다.

"육원대(陸援隊)."
이 말을 료마가 입 밖에 냈을 때, 전화 속에서 스스로를 단련해 온 혁명아 나카오카 신타로는 순간적으로 그 내용을 직감했다.
"좋겠지."
나카오카가 말했다.
"허어, 육원대란 말만 듣고도 알았단 말인가."
"그렇네."
"기막힌 친구군."

"그렇고 말고!"

나카오카는 웃지도 않고 도사 사투리로 나직이 그런 뜻의 감탄사를 토했다. 스스로도 자기가 기막힌 사나이라고 생각하는 모양이다.

"밤낮으로……."

나카오카가 말했다.

"천하를 어떻게 다룰 것인가, 고심해 왔다. 칼과 창이 번뜩이는 가운데서도 생각했고, 총알이 빗발치는 가운데서도 생각했으며, 방방곡곡으로 찾아다니며 각 번의 지사들과 만나 보면서도 생각했다. 마음에는 그 한 가지 밖에는 없네. 그 때문에 자네 입에서 육원대라는 말이 떨어지자마자 곧 내 마음 속에도 자연히 크게 공명하는 것이 있었던 걸세."

"흐음"

료마는 술 대신 꿀물을 마시고 있었다. 나카오카도 술은 마시지 않고 차만 마시고 있었다. 두 사람을 취하게 하는 것은 이미 술보다도 혁명 계획뿐이었던 것이다.

"천하는 이제 어떻게 해야 하는가, 그것을 비로소 파악했네. '싸움'이란 두 글자뿐이야."

"싸움이란 두 글자."

나카오카는 되뇌었다. 가에이(嘉永), 안세이(安政) 때 이래, 여러 가지 구국 사상이 나돌았다. 근왕론, 양이론(攘夷論), 개국론 그리고 이들의 복합 사상. 그러나 이미 나올 대로 다 나와 사상으로는 일본을 구할 수 없다는 데에까지 이르렀다. 모든 악의 근원인 도쿠가와 막부를 쓰러뜨리는 것 이외에는 다른 방법이 없다.

협조론도 있다. 공무합체론(公武合體論)이라는 것이 그것이다. 그러나 그런 사상은 언뜻 들으면 타당한 것 같으면서도 사실은 세상을 현혹시키고 혼란만 더 가져오게 하는 백해무익의 근원이다. 싸움이란 두 글자가 있을 뿐, 막부를 군사적으로 쓰러뜨리는 것밖에는 이미 아무런 길도 없다고 나카오카는 말했다.

"이것은 내가 칼날과 총알 사이를 뚫고 다니면서 도달한 결론이다. 료마, 어떻게 생각하나?"

"옳은 말일세."

대답하면서 료마는 나카오카 신타로의 송곳처럼 날카로운 정신과 두뇌에 탄복했다. 그러나 탄복하면서도 한편으로는 이런 생각이 들었다.

'세상에는 외길이란 있을 수 없다. 길은 백 갈래 천 갈래 있다. 하나뿐이라고 믿으면서 저돌하는 나카오카와는 언젠가는 갈라서야 할 때가 올지도 모르겠다. 그러나 막부를 쓰러뜨릴 때까지는 이 친구와 같은 길을 갈 수 있으리라.'

그러나 입 밖에는 내지 않고, 나카오카의 너무나도 날카로운 한 마디 한 마디에 크게 끄덕이곤 했다.

"해원대의 본거지는 나가사키에 둘 건가?"

"역시 무역의 중심지니까."

"육원대의 본거지는 교토에 두어야 할 거다. 교토를 점령하면 천하의 일은 끝나니까."

나카오카는 육원대를 쿠데타 부대라고 해석하고 있는 듯했다. 물론 료마의 구상도 바로 그것이었다.

한동안 료마는 가메야마 동문의 상업 업무에 쫓겨서 거의 나가사키 한 곳에만 머물러 있었지만, 그에 비해 나카오카 신타로의 행동력은 실로 경탄하지 않을 수 없는 것이었다.

"나카오카는 금두운(金斗雲)을 가지고 있다"고 흔히 지사들 사이에서는 말하고 있었다. 금두운이란《서유기》의 손오공이 타고 다니는 그 구름을 말한다.

 이번에도 교토, 시모노세키, 진수부, 가고시마, 히젠 오무라 등을 거쳐서 나가사키로 온 것이었다. 그는 기선이 있으면 기선에 편승하고 말이 있으면 말을 타고 뛰어다니면서, 근왕파의 공경과 각 번 지사들을 찾아가 급속히 혁명의 기운을 불러일으키고 있었다. 천하에 있어서의 그의 존재는 이미 막부로서는 거대한 한 적국을 이루고 있다 해도 좋을 정도였다.

 뛰어다니는 동안에도, 그는 몇 차례인가 논문을 썼다. 나카오카가 도사 번에 제출한 '번정 개혁론'은, 서양 근대사에 있어서의 양이와 혁명을 예증으로 들어가면서 번으로 하여금 막부로부터 독립된 강력한 군사력을 기르도록 한 것이었고, 이것이 바로 도사 번의 새 방향에 적지 않은 영향을 미친 것이었다.

 요컨대 그가 주장하는 것은 "혁명전쟁이 있을 뿐"이라는 것이었다. 첫째도 싸움, 둘째도 싸움, 그러기 위해서는 모든 문명의 이기를 손에 넣지 않으면 안 된다는 것이었다.

 시대는 격변하고 있었다. 그 시대의 변화에 가장 큰 영향을 미친 것은 고메이 천황(孝明天皇)의 죽음이었다.

 지난 12월 12일, 감기로 짐작되는 높은 신열이 나기 시작했다. 전의(典醫)는 땀을 내기 위한 약을 올렸고 많은 땀을 내기도 했으나, 14일에도 열은 계속됐고 15일에 이르자 전형적인 천연두 증상이 나타나기 시작했다.

 얼마 전 근시(近侍)의 자식 가운데 천연두에 걸렸던 자가 있어서, 천황은 평소부터 '혹시 옮는 것이 아닌가' 두려워하고 있었는데, 그 예감이 적중한 셈이었다.

 17일, 얼굴이 붓기 시작하며 자주 구역질이 일어났고, 갈증이 심한 데다 가래가 끓고 식욕이 없어지더니, 마침내 25일 밤 열시에 붕어(崩御)하기에 이른 것이다.

고메이 천황은 막부 말기 당시의 가장 거물급 막부파라고 할 수 있었다.

준법주의자라고 해도 좋으리라. 이에야스 이래 막부는 교토의 조정이 전혀 활동할 수 없도록 물샐 틈 없는 규제를 만들어, "천황은 조상에 대한 제사와 학문, 가도(歌道)에만 전념하고 있으면 된다"는 규정을 내리기까지 한 정도였다.

일본의 정치와 군사 문제는 천황이 임명한(형식적인 것에 불과했지만) 정이대장군(征夷大將軍)이 맡아 보며, 일단 위임한 이상 천황은 간섭해서는 안 된다는 구실이었으나, 고메이 천황은 이것을 준수했다.

선조인 고도바(後鳥羽) 천황이나 고다이고(後醍醐) 천황처럼 무인정권을 전복시키려는 생각은 꿈에도 하지 않고, 오히려 그런 뜻을 지니고 있는 공경이나 지사들을 미워했다.

그 천황이 붕어한 것이다.

당연히 궁중에는 변화가 있을 것이다. 근왕파 공경들이 다시 고개를 들 것이 틀림없다.

"정세는 크게 달라진다"고 나카오카는 말하는 것이다.

고메이 천황의 붕어는 막부 말기 최대의 정치적 사건의 하나였다. 료마가 그것을 안 것은 나카오카 신타로를 통해서였다.

"이토록 가슴 아픈 일이 어디 있겠나."

정열가인 나카오카는 그 풍문을 전하면서 내뿜듯이 눈물을 흘렸다. 나카오카는 그런 사나이였던 것이다.

그는 촌장 출신이었다. 도사 번의 촌장은 다른 번의 촌장과 달리 막부 말기 이전부터 번에 대해서는 비판적이었고, 일찍부터 근왕 사상을 지니고 있어서 막부 치하의 태평 세대에도 '촌장연맹'이라는 비밀 동맹을 번내에서 결성하고 있었다.

 "무사는 물론 영주의 부하다. 그러나 농민은 천황의 신하이지 번주의 사유적인 존재가 아니다."

 그 비밀 동맹은 그런 사상을 근본적으로 가지고 있었다. 일종의 자유 민권 사상이라고 할 수 있다. 그런 사상 때문에 촌장들은 빈번히 번의 영민(領民) 정책에 반발해 왔으며, 막부 말기에 이르러서는 이들 촌장 계급에서 몇 명인가 풍운아를 배출하기도 했다. 덴추조(天誅組) 주모자의 한 사람이었던 요시무라 도라타로(吉村寅太郎)가 그랬고, 이 나카오카 신타로 역시 그랬다.

 따라서 나카오카의 핏줄에 흐르고 있는 유전적인 사상은 이러했다.

 "나는 번으로부터 성(姓)을 쓰고 칼을 찰 수 있도록 허락된 신분이기는 하지만 영주의 가신은 아니다. 내가 섬길 분은 오로지 천황이 있을 뿐이다."

 이것은 도사 번의 향사와 촌장들의 대표적인 사상이라고 할 수 있었다.

 나카오카의 경우는 그것이 한층 강했다. 그 때문에 고메이 천황의 죽음을 몹시 슬퍼했다. 그러면서도 혁명아 나카오카 신타로는 그 두뇌까지 격정에 물들지는 않고 있었다.

 "황공한 일이나 이 붕어로 말미암아 일본의 기나긴 밤은 밝아질지도 모른다."

 "아니, 틀림없이 밝아지네."

 료마는 뜻밖일 만큼 냉정한 어조로 말했다.

 료마 역시 젊었을 때는 나카오카와 같은 정열을 지녔었고 그 정치적 이상도 나카오카식으로 생각을 했었지만, 지난 몇 년 동안 미국식 공화제에 흥미를 가지기 시작하여 이런 사상으로 바뀌어 가고 있었다.

"천황을 유일한 존재로 받드는 절대 군주 국가야말로 일본의 내일의 모습이어야 한다."

"일본은 천황을 중심으로 하여 통일되어야 한다. 그러나 그 통일 혁명을 위한 피는 천황을 위해 흘릴 것이 아니라 일본 만민을 위해 흘려야 한다."

메이지 시대적인 표현을 한다면 나카오카는 국권주의자고 료마는 민권주의자라고 할 수 있으리라. 료마가 유신사(維新史)의 기적적인 존재라고 일컬어지는 것은 이렇듯 막부 붕괴 이전부터 이미 공화 제도를 꿈꾸고 있었고, 자유 민권 사상을 가지고 있었기 때문이리라. 물론 료마의 지식은 그 출처가 따로 있었다. 가쓰 가이슈, 요코이 쇼난(橫井小楠) 등이 료마에게는 그런 지식의 잡화도매상격 존재였으며, 또한 그가 그런 지식과 사상을 실제로 확인한 것은 이 나가사키에서 외국 상인을 접촉하기 시작한 후부터였다.

"료마, 이제부터 바빠지네."

나카오카는 냉정을 되찾으며 말했다.

"자네와 내가 손을 맞잡고 일본의 기나긴 밤에 동이 트게 하세. 목숨을 몇 개씩 가졌다 해도 모자랄 대사업일세."

어쨌든 시국은 크게 움직이고 있다. 둑이 무너져 홍수가 산과 들에 가득 차 오는 상태라고 할 수 있으리라.

이 홍수가 어느 방향으로 어떻게 흘러갈 것인지는 아무도 알지 못한다.

천황의 죽음, 어린 황태자의 등극, 그보다 앞서서는 장군 이에모치(家茂)의 죽음과 요시노부의 습직(襲職)이 있었다. 이것은 거의 동시에 온 것이었다. 시대가 달라졌다는 느낌은 농민이나 일반인에게까지 미치고 있었다.

이러한 세태는 료마가 즐겨 쓰는 '시운(時運)'이란 말에 해당하는 것이리라. 이 시운이라는 홍수를 교묘히 유도하면, 어쩌면 회천(回天)의 기적도 이루어질지 모르는 것이다.

지금까지 막부파적인 태도를 고수하고 있던 도사 번이 크게 당황한 것도 이러한 정세의 변화를 피부로 느꼈기 때문임에 틀림없다.

피부로 느끼려면 젊음이 필요하다. 따라서 그것을 제대로 느낀 인물들은 노공 요도가 사랑하고 있는 젊은 관료들이었다. 고토 쇼지로, 이누이 다이스케, 후쿠오카 도지(福岡藤次 : 후일의 孝悌), 다니 모리베(谷守部 : 후일의 干城), 사사키 산시로(佐佐木三四郎 : 후일의 高行) 등 수는 많지 않았지만, 능력은 번론을 충분히 움직일 만했다.

물론 그들의 변화에는 나카오카의 설득이 크게 작용하고 있었다. 그들은 새로운 방향을 결정했을 때, 그 새 방향의 첨병(尖兵)으로서 료마와 나카오카를 이용하려고 했다.

해원대, 육원대의 결성을 번은 기꺼이 받아들였고, 오히려 번이 간청하는 형태를 취했다.

그 전에, 두 사람의 탈번죄를 사면해 두지 않으면 안 되었다. 그것을 재빨리 행정화하여, 고토 쇼지로로 하여금 료마에게 통보하게 한 것은 나카오카가 나가사키를 떠난 다음이었다.

그 공문서를 번역하면 다음과 같다.

사면장(赦免狀)

향사 곤페이(權平)의 동생
사카모토 료마

기다가와(北川) 고을 촌장
　겐페이(源平)의 아들
나카오카 신타로
　우자(右者), 전일 규율을 범하고 타국에 출범했으나 깊은 배려 밑에 특별히 그 죄를 사면함

　이 두 사람의 사면에 대해서 번 내에서는 그들의 부형을 번청까지 소환하여 통고했고, 국외에 있는 본인들에게는 각각 사면장을 보내 주었다.
"이건 뭐야?"
　료마는 도사야 안방에서 그것을 읽자, 아무렇게나 구겨서 휙 집어 던졌다. 번이란 것이 지니고 있는 우스꽝스러울 정도의 거드름에 화가 나지 않을 수 없었던 것이다.
　젊은 고급 관리들이 료마를 보는 그 뱃속에는 계급적인 멸시가 있었다. 이를테면 료마와의 연락을 위해 나가사키를 향해 떠난 후쿠오카 도지가 본국 동료에게 보낸 편지 가운데도 이런 대목이 있다.
"료마를 이용할 방법도 마련되어 있는 터입니다."
　원숭이 곡예사가 원숭이를 부리는 정도로 생각하고 있는 모양이었다.

　료마의 신변은 갑자기 분주해져, 이 일 저 일로 게이오(慶應) 2년이 저물고 3년의 정월도 지나, 습도가 낮기로 이름난 나가사키에도 안개가 끼는 날이 많아지기 시작했다.
"고치에서 후쿠오카 도지가 온다"는 연락을 료마가 받은 것은 이나사 산(稻佐山)이 저녁 안개 속에 잠겨 있는 무렵이었다.
　번의 기선인 고초마루(胡蝶丸)로 온다고 한다. 용건은 해원대에

관한 규약을 체결하기 위한 것이었다.
 '후쿠오카라…… 보기 싫은 녀석이 나타나는군.'
 료마는 내심 그렇게 생각했으나, 동지들의 계급적인 감정을 자극할까 두려워서 내색은 하지 않았다.
 후쿠오카는 료마의 기억에 의하면 어렸을 때부터 학문에 재질을 보였던 젊은 무사였다.
 료마가 아직 탈번하기 전, 친구와 함께 하리마야 다리(播磨屋橋)를 건너려고 하는데, 지나쳐 가던 도지가 불렀다. 분을 못 참겠다는 듯 부채로 다리의 난간을 두드리면서 말했다.
 "이봐! 어째서 인사를 안 하는 거냐!"
 상급 무사를 만나고도 향사 따위가 어찌하여 모른 체하고 지나치느냐는 것이었다. 그때의 얄팍하고 흰 얼굴이, 료마의 눈에는 아직도 선하게 남아 있었다.
 친구는 허둥지둥 인사를 했고 료마는 끝내 모르는 체 지나쳐 버렸다.
 나중에 료마가, 저 사람이 대체 누구냐고 친구에게 물었다.
 "니시히로(西廣) 골목에 집이 있는 후쿠오카 도지야."
 친구는 분한 듯이 말했다. 료마는 그 정도의 기억밖에는 없었다.
 약간의 관계가 없지는 않다. 후쿠오카 도지의 집안은 중신 후쿠오카 집안의 분가로서, 도지는 '후쿠오카의 다즈 아가씨'의 먼 친척에 해당하는 것이다. 료마가 태어난 사카모토 집안은 대대로 후쿠오카 집안 밑에 있는 향사였기 때문에 그런 의미에서 전혀 인연이 없는 것도 아닌 것이다. 어쩌면 도지는 그런 생각을 하고 있었는지도 모른다.
 "료마는 말하자면 우리 일족의 부하격이다."
 도지는 지금은 젊은 영주 도요노리(豊範)의 측근이었다. 노공의 총애도 받고 있었고, 번의 관료로서는 젊은 나이면서도 상당한 위세를 떨치고 있었다. 유신 후 도사 벌(土佐閥)을 대표하여 신정부에 출사했으며, 메이지 17년에 자작이 되었다가 다이쇼(大正) 8년, 85살로 죽었다.

이 후쿠오카 도지가 이틀 뒤 나가사키에 왔다. 수행원은 모두 10명이었고 그 가운데는 이와사키 야타로도 있었다.

"사카모토를 불러 오너라."

사람을 보냈으나, 심부름꾼은 곧 되돌아오더니 복명한다.

"용무가 있으면 그쪽에서 찾아오라는 료마의 말이었습니다."

"뭣이?"

후쿠오카 도지는 얼굴을 찌푸렸으나, '료마를 이용한다'는 것이 자기의 임무였으므로 화를 낼 수도 없는 일이었다.

"내일 아침에 방문하겠다."

다시 사람을 보내서 전하게 했다.

곁에 있던 수행원 하나가 그런 뜻의 충고를 했다.

"향사라고 한 마디로 업신여기지만, 그들은 지금까지 국사를 위해 많은 피를 흘렸고, 그 업적을 바탕으로 하여 오늘날의 도사가 이름을 떨치고 있는 거요. 그것을 이제 번에서 이용하려는 것이니 말하자면 뻔뻔스런 얘기고, 따라서 그 점을 십분 참작하여 그들의 감정을 자극하지 않도록 하는 것이 좋을 거요."

규약 회의는 료마가 하숙하고 있는 나가사키의 호상 고소네 에이시로(小曾根英四郎) 댁 서원에서 열렸다.

윗자리에는 물론 영주의 측근인 후쿠오카 도지가 앉았다.

그 곁에 도사 번 일행이 쭉 늘어앉게 되어, 이와사키 야타로마저 상석에 앉아 있었다. 야타로는 이 회의 직전에, 미천한 출신이면서도 고토 쇼지로의 특별 배려로 상급 무사격이 되어 나가사키 주재관으로 발탁되어 있었다.

료마 일행은 아랫자리에 있었다.

동문 28명이 아랫자리에 빈틈없이 늘어 앉아 있다. 가메야마 동문은 공동 운명 아래 생사를 같이한다는 원칙을 살려, 참석할 수 있는 자들을 료마가 모두 이 자리에 부른 것이었다. 그 자리의 순서 또한 멋대로였다. 료마 자신, 아랫자리의 맨 뒷줄에서 책상 다리를 한 채 턱을 쓰다듬고 있었다.

"가메야마 동문에는 상하가 없다"는 것이 결당 이래의 원칙이다.

료마는 가메야마 동문을 통솔함에 있어 항상 평등을 원칙으로 했고 회계마저 공개적인 방법을 취했다. 인건비는 공평히 분배한다. 료마 자신도 물론 예외는 아니었다. 이를테면 사쓰마 번으로부터 원조를 받고 있는, 대원 일인당 월 석 냥 두 푼의 수당도, 료마나 다른 대원이나 모두 똑같았다.

봉건적인 계급 사회에서 살고 있는 무사들의 집단으로서는 이례적인 것이라고 할 수 있었다.

같은 낭인의 결사라도 도쿠가와 체제를 지키기 위해 결성된 보수 단체인 신센조는, 같은 동지들이면서도 직위와 계급으로 통제하고 있었다. 대내를 특수한 직위와 그 강제력으로써 통제하고 있는 점은, 어쩌면 프랑스 육군의 중대 조직을 참고했던 것인지도 모른다.

료마의 동문은 전혀 달랐다.

언뜻 보면 오합지졸인 것도 같다. 지나치게 평등해 보이기도 한다. 신분상의 계급은 물론, 직무상의 계급조차 없어서 선장도 그때그때 선발하도록 되어 있었다.

따라서 일동은 순위에 의해 늘어앉는다든가 하는 일 없이 그저 되는 대로 앉아 있었다.

료마 자신도 나카오카 겐키치를 중심으로 하는 입안위원(立案委員)을 표면에 내세우고 자신은 뒤쪽에 앉아 있었다.

"규약 초안에 대한 것은 나는 모르오. 이 사람들이 잘 알고 있소."

후쿠오카 도지는 자연히 나카오카 등과 담판을 벌이게 됐는데, 어쩐지 이 회의석 전체가 뒤에 앉은 료마에 의해 감시되고 있는 것만 같아 거북하기 짝이 없었다.

'안 되겠는걸.'

도지는 몇 번이고 그렇게 생각했다. 장본인인 료마의 모습이 뒷자리에 숨어 있기 때문에 이야기를 진행시키기가 몹시 난처했던 것이다.

"료마, 듣고 있나?"

그렇게 한 번 소리친 일이 있었다.

료마는 뒷자리에서 코를 후비며 대답했을 뿐이다.

"응."

나카오카는 학자였고 무쓰는 면도날처럼 날카로운 논객인 데다 나카지마 사쿠타로는 상대방의 심리를 교묘히 유도하는 재능을 지니고 있어서, 상급 무사측은 이리 밀리고 저리 밀리고 했다.

그 때문에 해원대 규약은 약간의 어구 수정이 가해졌을 뿐, 후쿠오카 도지는 원안대로 받아들이는 결과가 되었다.

해원대 규약은 매우 논리적인 문장으로 씌어 있다. 이런 종류의 문장으로서는 메이지 초년쯤 같은 종류의 문장에 비해도 참신하다고 할 수 있었다.

다섯 개 조항으로 되어 있었다.

제1조는 우선 대원들의 자격을 규정하여, 일찍이 본번(本藩 : 도사번)에서 탈번한 자 및 타번에서 탈번한 자, 해외에 뜻을 두고 있는 자,

그 모두를 대원으로 편입시킨다고 되어 있다. 탈번 낭사들을 대원으로서의 자격으로 정한 것은 해원대의 독립성을 명확히 한 것이라고 말할 수 있다.

또한 대의 목적은 제1조에 명기되어 있다.

"운수(運輸), 사리(射利), 개척, 투기 및 본번에 대한 응원을 그 주목적으로 한다."

사리란 브로커적인 상행위를 말한다. 본번에 대한 응원이란 막부를 쓰러뜨림을 둘러 싼 해군 활동을 말하는 것이다.

제2조는 다음과 같다.

"대내 일은 일체 대장의 처분에 일임한다. 이는 결코 위배될 수 없다. 만일 난동이나 망령된 행동으로 일을 그르치고 해를 끼쳤을 때는, 대장은 이에 대한 생사권을 가진다."

또한 별항을 두어 도사 번과 해원대와의 관계도 교묘하게 명문화하고 있다.

"번에 속하지 않고 이면(裏面)에서 출기관(出崎官)에 속하는 것으로 한다."

출기관이란 도사 번의 나가사키 파견관을 말한다.

"출기관에 속한다"고는 했지만 출기관은 해원대에 대한 지휘권은 없었다. 말하자면 심부름꾼 같은 것이어서, 이를테면 해원대의 운영비에 적자가 생겼을 때 그것을 대장의 요청에 의해서 메워 주는 정도의 역할을 하는(규약 제5조) 법적 지위밖에는 갖지 않았다. 요컨대 해원대는 '본번의 응원'을 그 목적으로 내세우면서도 도사 번에는 속하지 않는다는 것을 명기하고 있는 것이다. 또한 "이면에서 출기관에 속하는" 것으로 한다는 점도 도사 번과의 미묘한 관계를 교묘히 나타내고 있다.

이 경우, 도사 번에만 속하는 것으로 해 버리면 그전부터 원조를 계속해 온 에치젠, 사쓰마, 조슈에 대한 입장이 난처해지고, 앞으로도 그들 대변을 계속 '대주주'로 삼는 데 어려움이 있기 때문에 그런 표현을 취한 것이리라.

규약의 협정이 끝났을 때 후쿠오카 도지는 가장 중요한 문제에 대해 언급했다.

"배는 어떻게 하는가?"

이것도 단 5분만에 해결지었다. 사쓰마 번을 보증인으로 하여 오우라 오케이로부터 1만 2천 냥을 빌어 입수한 다이쿄쿠마루의 차용금을 도사 번이 대신 떠맡는다는 결론을 얻은 것이다.

이상으로 도사 번과의 규약 체결이 끝나, 가메야마 동문은 '해원대'로 개칭되었다. 이날, 일을 모두 끝내고 나서 기슈인인 무쓰 요노스케는 몇 번이고 같은 말을 료마에게 했다.

"이상한 기분입니다."

료마는 그 뜻을 곧 알아챌 수 있었다. 그러나 귀찮아서 잠자고 있었는데, 하도 여러 차례 되뇌므로 무엇이 그렇게 이상한 기분이란 것인지 물었다.

"오랫동안 혼자서 가난을 견디어 오던 여자에게 갑자기 나이 많은 영감이 생긴 것 같은 기분이군요."

"안심도 되고 우스꽝스럽기도 한 상태이지."

료마가 말하자 무쓰는 크게 웃어 젖혔다.

야타로

얼마 동안 이와사키 야타로가 료마와 재회하게 되는 경위를 말해 보려고 한다.

료마와 기묘한 작별을 한 것은 이미 오래전 이야기다. 4년 전인 분큐(文久) 3년, 료마가 탈번하여 오사카로 왔을 때의 일이었다.

─요시다 도요 암살 사건과 관련이 있는 것은 아닐까.

그런 혐의 아래, 번의 경찰 관리로서 이와사키 야타로가 뒤쫓아 왔다.

혼자 쫓아 온 것이 아니라 동료인 이노우에 사이치로(井上佐一郎)와 동행이었다. 오사카의 두 번저(藩邸)를 살피고 다니다가 사이치로는, 후일 근왕파에서 이른바 '사람백장 이조'라고 불리는 오카다 이조(岡田以藏) 등 네 명에 의해, 도톤보리(道頓堀) 냇가인

구로에몬 거리(九郎右衞門町)에서 살해되고 말았다.
야타로는 현명했다.
'내가 그래 이따위 시시한 짓이나 하고 다녀야 한단 말인가.'
게다가 위험하기도 했다. 이노우에 사이치로가 살해되기 얼마 전, 잽싸게 걷어치우고 고향으로 돌아가 버리고 말았다.
료마는 야타로와 이노우에 사이치로가 오사카로 온 직후, 우와지마 다리(宇和島橋)에서 그들 두 사람을 만난 일이 있다.
이노우에가 먼저 칼을 빼고, 이어서 야타로도 칼을 뺐다. 그 꼴을 보고 료마는 웃음을 터뜨렸다.
"야타로, 정말 칼을 뺐나? 용감한걸."
그러고 나서 료마가 이노우에의 칼을 쳐 떨어뜨렸을 때, 야타로는 잽싸게 어둠을 틈타 도망쳐 버렸다.
그 후로 두 사람은 한동안 만난 일이 없었다.
야타로는 개성이 강했다.
그 나름의 인생이 이 사나이에게도 있었다. 번에서도 근왕파에서도 한 걸음 떠나, 그는 독특한 방향으로 나아가기 시작한 것이다.
고향으로 도망친 후, 그는 관리를 집어치우고 칼도 내던진 채, 주판을 들고 재목상을 시작했다. 무사로서는 어지간히 결단성 있는 전향이라고 할 수 있었다. 나이 서른이었다.
'시대는 바뀐다.'
분큐 3년, 당시 고토와 오사카를 보고 이 놀라울 정도로 정력적인 사나이는 생각했다. 장군이니 영주니 하는 봉건적 장식물은 멸망하게 되리라고 본 것이다. 시대가 바뀐다는 것을 꿰뚫어봤다면 누구나 근왕 운동에 뛰어들었을 텐데, 야타로는 한 걸음 더 앞지른 세상을 이미 내다보고 있었다.
―상인들의 세상이 온다.

그것이었다.
도사는 큰 장사를 하기가 어려웠다. 왜냐하면 도사 번에서는 재목, 종이, 가다랭이 말림, 고래잡이, 장뇌 등 중요 산업은 모두 번의 전매제로 되어 있고, 일반 상인에게 허용되어 있는 활동 범위는 극히 좁았다.
야타로는 먼저 자금을 긁어모은 뒤, 번의 산업 관계 관원에게 뇌물을 주어 전매법을 위반함으로써 크게 한몫 보려고 했다. 착안은 좋았다.
그러나 일은 제대로 들어맞지 않았다. 실패였다. 결국 자금은 모두 날려 버리고 마침내 호농집에 날품팔이 인부로 고용되는 신세까지 되고 말았다.
그러나 시국은 이 사나이를 언제까지나 실의에 빠져 있게 하지 않았다.
야타로는 다시 대소도를 차고 산업 관계 하급 관원으로서 일하게 된 것이다.

고치 성 아래의 가가미 강(鏡江) 기슭에 가이세이 관(開成館)이라는 거대한 건물이 세워졌음은 앞서 말한 바 있다.
번의 전매국이라고 해도 좋았다.
동시에 서양 의술에 의한 병원과 학교를 경영하고, 번역국(飜譯局)도 설치되어 외인 교사를 초청하여 번의 자제들에게 영어와 프랑스어를 가르치게 되어 있었다.
이와사키 야타로가 일하게 된 곳은 이 가이세이 관이라는 신설 관청이었다.
부서는 산업 관계로, 그는 출신이 미천하여 하찮은 말단 관원이었다. 관청에서는 연일 회의만 거듭하고 있었다.

"가이세이 관을 어떻게 운영하는가?"

이것이 한결같은 의제였다. 그럴 수밖에 없는 것이, 이 가이세이 관은 번이 서양식 산업 국가로 새로 발족하려는 중심 기관이었던 것이다. 중요하기 이를 데 없는 기관이었으나, 익숙하지 않은 일이라 모두 무슨 일을 어떻게 해야 좋을지 몰랐다.

그러므로 회의가 계속 열렸다.

'회의란 무능한 자의 시간 낭비에 불과하다. 예부터 회의에 의해 성사된 일이 있었던가.'

야타로는 그런 생각을 가지고 있었다. 일을 만드는 데는 한 사람의 두뇌가 있으면 충분하다.

"어중이떠중이가 백 명이 모여 봤자 시간 낭비에다 차(茶)의 낭비이고, 변소에 무능자들의 소변만이 괴어갈 뿐이다."

그 '한 사람의 두뇌'란 누구를 말하는가.

야타로의 말을 빌리면 그것은 바로 자신이었다. 그만한 자부심이 그에게는 있었다. 포부도 있었다. 그러나 유감스럽게도 이 사나이는 보잘것없는 말단 관원이었다.

회의에 출석할 수는 있었다. 그러나 발언은 삼가야 할 천직(賤職)이었다. 주로 회의 내용을 필기하는 서기에 지나지 않았다.

'어리석은 소리만 늘어놓는구나.'

야타로는 상좌의 상급 무사들의 발언을 듣고 있다보니 어처구니가 없었다.

굴욕을 느끼기까지 했다.

'역시 관원이 되는 것이 아니었다.'

그런 생각을 했다. 형편없이 무능한 자가 상급 무사라는 것 때문에 상관이 되어, 두부 장수 같은 소리로 횡설수설함으로써 일을 다 한 것처럼 생각하고 있는 것이다.

'이런 세상은 깨끗이 망해 버려라.'
그런 생각을 하지 않을 수 없었다.
그러나 그것을 이루는 것은 료마와 같은 무리들일 것이다. 야타로는 그 망하고 난 뒤의 새로운 세상에서 크게 날개를 뻗칠 작정이었다. 그리고 그것을 생각함으로써 가까스로 자신의 굴욕을 달래려고 했다.
어느 날 부채질을 하면서, 회의석상에서 윗자리에 있던 가와사키 세이지로(山崎淸三郞)라는 뚱뚱보가 문득 말석에 있는 야타로를 바라보며 의젓이 말했다.
"어떤가, 자네에게도 무슨 의견 같은 것은 있을 테지. 이 기회에 한번 말해 보게."
그 무능자의 거드름이 야타로의 분노를 이상할 정도로 꺾어 놓았다.
야타로는 잠시 마음을 가라앉히고 있다가 이윽고 공손히 머리를 숙이며 말했다.
"황공하오나 아까부터 여러분의 의견을 들으면서 그 높은 식견에 그저 놀라고 있을 뿐입니다. 저 같은 미천한 자가 참견할 일이 못 되는 줄 압니다."
그 뒤에 "워낙 재주가 없어 소임을 감당할 수 없다"는 이유로 사표를 써 던지고 하숙으로 돌아와 버리고 말았다.

"대대로 1백 석이니 2백 석이니 하여 높은 녹을 받고 있는 자들과는 같이 일을 도모할 수가 없다."
료마도 말한 적이 있었다.
"봉록이란 새의 먹이와 같다. 선조 대대로 먹이나 받아먹고 자라 온 새장 속의 새들이 무엇을 할 수 있겠는가?"
그런 말을 한 적도 있다.

모두 상급 무사를 가리켜서 한 말이었다. 료마는, 거드름만 피는 주제에 무능하고 기개도 없는 그들 귀족을 일종의 폐인처럼 보고 있었던 것 같다.

"일을 해내려면 야생조(野生鳥)이어야 한다"는 말을 한 일도 있었다.

산업 관계 말석 관원으로 취직했던 이와사키 야타로의 경우는, 야생조가 새장에 들어가서 새장에서 자라 온 새들과 같이 어울리게 된 형국이나 다름없었다.

'마을로 돌아가자.'

그렇게 결심하고 하숙으로 돌아와 짐을 꾸리고 있을 때 야마자키 쇼로쿠(山崎昇六)라는 상사가 찾아왔다.

야마자키는 같은 부서의 상사였다. 역시 상급 무사 출신이었지만 다소 기개도 있고 이해력도 지닌 사나이였다. 무엇보다도, 미천한 출신인 야타로의 능력을 인정해 주고 있었다.

"야타로, 다시 한번 생각해 보게."

극히 만류했으나, 야타로는 완강하게 듣지 않았다. "도저히 저로서는 감당해 낼 수가 없습니다" 하고 말했다.

"번청이라는 데는 저 같은 미천한 자가 일할 수 있는 세계는 아닌 것 같습니다."

그대로 이노구치 마을로 돌아가 버렸다.

그 뒤 번청 개혁이 단행되어 젊은 패기를 지닌 고토 쇼지로가 참정이 되자, 번의 인사를 점차적으로 문벌주의에서 능력주의로 바꾸기 시작했다.

특히 고토는 번의 산업 체제를 갖추는 데 있어 절실히 인재가 필요했다.

"이와사키 야타로를 불러 왔으면 하는데."

고토 쇼지로는 야마자키 쇼로쿠나, 야타로를 이해하고 있는 다카하시 가쓰에몬(高橋勝右衞門) 같은 사람들과 의논해 봤으나, 둘 다 고개를 흔들었다.

"야타로는 응하지 않을 겁니다."

그 자존심이 강한 사나이는 더 이상 미관(微官)으로서는 출사하지 않으리라는 것이었다.

이 때문에 이야기는 일단 중단되었다.

그런 때에—

료마의 가메야마 동문을 번으로 끌어들이자는 제안이 나오고, 그와는 별도로 나가사키에 번립(藩立) 무역회사를 만들자는 안이 나왔다.

〈도사상회(土佐商會)〉

이 명칭으로 정했다. 상회장은 번에서 파견하는 나가사키 주재관이 담당하기로 했다. '주재관'이라면 번의 대사, 또는 공사에 해당하는 것으로서 에도, 교토, 오사카에 나가 있었으며, 상급 무사 중에서 선임되는 중직의 하나였다.

삼도(三都)의 주재관은 각각 그 맡은 바 소임이 달랐다. 에도는 막부 관계의 각종 교섭을 주로 담당하고 있었고 교토는 조정 관계, 오사카는 상업 관계를 담당하고 있었다.

나가사키는 당연히 무역에 능통한 인사가 아니면 안 된다.

"야타로를 기용하기로 한다."

고토는 3백 년의 전통을 깨뜨리고, 상급 무사 이하의 계급에서 경천동지의 대발탁을 단행했다. 야타로는 그것을 받아들였다.

어쨌든 이와사키 야타로가 나가사키 주재관으로 발탁됐다는 것은 도사 번 개벽 이래 처음 있는 파격적인 인사였다.

"정말, 오래 살 일은 아니구나……."

고치 성 아랫거리의 상급 무사 노인들은 모두 그런 말을 했다. 향사나 미천한 낭인들이 번의 중직을 차지하고 있는 것이다. 20세기인 오늘의 예를 든다면, 미국 흑인이 프랑스 주재 미국 대사로 발탁된 경우와 그 심리적인 충격도가 비슷했다.

그러나 야타로 자신은 별로 기뻐하지 않았다.

그에게는 대망이 있었다. 그 대망은 아직 성운(星雲) 상태여서 자신도 어떻게 될지 알 수 없었지만, 어쨌든 봉건 체제 밑에서는 날개를 펼 수 없는 포부였다.

'시대는 움직이고 있다. 참아 보자.'

스스로 그렇게 달랬다. 이와사키 야타로로서는, 나가사키 주재관이란 자리는 어떤 의미에서도 영달은 아니었다. 그러나 장래의 야망에 대한 한 디딤돌로서의 구실은 될 수 있을지도 모른다고 생각했다.

야타로는 시무룩한 표정을 짓고 있었다.

나가사키로 떠나는 배 안에서였다.

그의 부임을 위한 항해는 영주의 근시(近侍)인 후쿠오카 도지 등과 동행이었다. 후쿠오카는 나가사키에서 료마와 해원대에 관한 규약을 체결하기 위해 떠나는 것이었다.

야타로는 그 후쿠오카와 별로 말을 하지 않았다. 후쿠오카는 그 태도가 적지않이 마음에 걸렸던지 멍청이 같은 소리를 했다.

"이와사키, 사양하지 말고 얘기를 하게."

야타로는 비천한 출신이지만 이제는 상급 무사가 되었다. 말하자면 동격이 됐으니, "사양하지 말고 얘기를 해도 좋다"고 친절한 말을 한 것이다.

후쿠오카 도지는 번내의 젊은 상급 무사 중에서도 으뜸가는 수재였다. 유신 직후, 유리 기미마사(由利公正∶三岡八郎)와 더불어 "만기(萬機)는 공론(公論)에 따라 결정하라"는 유명한 다섯 개 조항의 서문(誓文)을 기초한 사람이다. 다시 말해 훗날에는 료마 등의 공론주의(公論主義)에 감화될 만큼 유연한 두뇌를 가지고 있었는데, 이 후쿠오카마저 도사류의 완고한 계급의식에서는 벗어나지 못하고 있었던 것 같다.

그런 후쿠오카의 말에 야타로는 웃었을 뿐, 아무 대답도 하지 않았다.

"허허······."

상대방의 경박성에 대한 멸시, 자신의 신분에 대한 굴욕감, 그리고 무서울 정도의 자존심이 이와사키 야타로의 표정을 항상 찌푸린 것으로 만들고 있었다.

"이와사키, 주재관으로 발탁됐으니 얼마나 기쁜가?"

며칠이 지나, 후쿠오카는 다시 말한 일이 있었다.

이때도 이와사키는 그 사자처럼 험악한 얼굴이 거의 시퍼렇게 변해 버렸다.

"이 이와사키는 지구 위에 있다는 것을 알아주십시오."

"무슨 뜻인가?"

"하찮은 주재관에 임명된 것쯤, 별로 기쁠 것도 없는 일이란 말입니다."

지구 위─라는 말은 당시 도사 번에서는 유행어처럼 되어 있었다. 지난 2월 16일, 사쓰마 번의 사이고 다카모리가 배를 타고 고치까지 찾아와서 노공 요도를 찾아뵙고, 자신의 막부파적 국가관을 설파한 일이 있었다. 요도도 마지막에 가서 끄덕이며 이런 대답을 하면서 사이고의 주장에 거의 동의한 일이 있었다.

"우리 도사 번은 그대의 사쓰마 번에 비해서 도쿠가와 집안의 은고를 많이 입어 온 터다. 그러나 이미 시대는 한 번, 한 가문의 정의(情義)를 초월해야만 하게 된 것 같다. 나는 근래에 이르러서 내가 지구 위에 살고 있다는 것을 절실히 느끼게 되었다."

나가사키에 도착한 이와사키 야타로는 도사 번의 지정 숙소인 자이쓰야에 투숙했다.

야타로는 곧 나가사키 주재 상무관(商務官)으로서 활동을 시작했다. 장부도 보았다. 드나드는 상인과도 의견을 나누어 봤다. 거래처인 외국 상관(商館)으로도 찾아가 서양 사람들을 만나 보기도 했다.

물론 전임자인 고토 쇼지로(고토는 참정과 나가사키 주재관을 겸임하고 있었다)와도 몇 차례 만나서 이야기했다. 그 결과, 그는 놀라운 사실을 발견했다.

'이 무슨 낭비인가.'

고토가 해 온 짓이 말이다. 번 재정은 궁핍 상태에 빠져 있는데, 고토는 번비를 나가사키에서 물처럼 써 버리고 있는 것이다.

물론 술과 계집에 말이다.

'터무니없는 사나이다.'

야타로는 화가 난다기보다, 고토라는 사나이가 인간이 아닌 무슨 도깨비처럼 보이기까지 했다.

나가사키의 환락가인 마루야마(丸山)에서는 '도사 번 참정 나리'라고 하면, 부호라는 정도를 넘어서 요술 방망이로 얼마든지 황금을 쏟아 놓는 신령님 같은 존재가 되어 있었다. 그것이 고작 27, 8세 정도의 젊은이이고 보니, 배짱이 크다고 할까, 원래부터 담 같은 것은 가지지 않고 태어났다고 할까, 도무지 짐작조차 할 수 없었다.

고토는 나가사키와 상해에서 닥치는 대로 군함과 총포를 구입했지만 지불한 것은 고작 장뇌와 교환한 3만 냥 정도이고, 나머지는 마루야마에서 놀자판을 벌이고 있을 뿐 외국인들에게도 그 돈을 지불하지 않고 있었다.

"군함을 산다"고 하여 번으로부터 돈을 끌어낸 다음, 마루야마에 가서 마구 뿌려 대는 식으로 놀기만 하는 것이다.

야타로는 곧 장부를 정리하여 출비(出費)를 계산해 봤다. 그리고는 소스라치게 놀랐다.

구매 관계

31만 7천 900냥……군함, 기선 7척.

4만 3천 223냥……총기, 탄약

5만 5천 998냥……융(絨) 제품

2천 314냥……도서, 의료 기구

계 41만 9천 435냥

연간 경비

4천 75냥……상관(商館) 건축비의 잡비

1천 458냥……직원 봉급 및 수당

3천 35냥……증여 및 연회비

1천 930냥……유키(結城) 및 오오바(大庭)의 외국행 여비

계 1만 1천 816냥

그밖에도 내외 상인들에 대한 순수 부채가 18만 냥 정도 있었고 용도 불명의 지출만도 5천 냥 가량 되었다.

"대체 이것을 어떻게 하실 작정입니까?"

야타로가 고토를 힐문하자, 고토는 그런 대답을 했다.

"난 모르네."

곧 히죽이 웃으면서 다시 말했다.

"자네를 발탁한 이유를 알겠나?"

요컨대 그가 발탁된 진상은 고토의 직권을 남용한 낭비가 번에 알려지지 않도록, 그 뒤처리를 시키기 위한 것이었다.

'정말 고토는 엉터리다.'

야타로는 그렇게 생각하지 않을 수 없었다.

연회비가 인건비보다 천 냥이나 더 많다는 것은 너무하지 않느냐면서 야타로가 고토에게 장부를 내보였지만, 고토에게는 오히려 역효과였다.

"응? 겨우 요 정도밖에 안 썼던가."

거기에도 이유가 없는 것은 아니었다.

"호화판으로 벌이고 다님으로써, 과연 대 도사 번은 다르다—는 소문을 내는 것이 지금으로서는 중요한 일이야. 도사 번은 쩨쩨하다는 소문이 난다면 천하를 상대로 하는 큰일은 할 수 없어."

"그러나 파산하면 어떻게 하시렵니까?"

"그것을 막는 것이 자네가 할 일 아닌가?"

야타로는 기가 막혔다.

고토의 놀이 비용은 어쩔 수 없다 치고, 그 밖의 경비에 대해서는 금고 뚜껑을 굳게 닫고 단 한푼의 지출도 아끼기로 했다.

이것이 야타로의 평을 나쁘게 했다.

이런 예가 있다.

나카에 조민(中江兆民)이라는 메이지 시대의 자유사상가가 있었다. 루소의 〈민약론〉을 번역하고, 이다가키와 더불어 자유당에서 활동하기도 했으며, 만년에는 〈일년유반(一年有半)〉〈속 일년유반(續一年有半)〉 등을 저술하기도 하여 메이지의 사상계에 강력한 영향력을 미친 인물이다.

'아쓰스케(篤助)'라고 불린 소년 시절부터 평생을 두고 괴짜로 유명했다. 고치 성 아래의 야마다(山田)가 생가(生家)이며, 그가 어렸을 때는 요시다 도요 암살 사건 등이 일어나 소위 근왕양이(勤王攘夷)에 관한 논의가 시끄러울 무렵이었다.

"경박한 소동이다."

아스쓰케는 그렇게 말하면서 친구들과도 어울리지 않으며 두문불출, 독서에만 열중하고 있었다.

열아홉 살에 뜻을 세워, 남이 별로 관심을 가지지 않는 프랑스어를 배우려고 나가사키에 왔다.

처음 얼마 동안은 료마의 거처에서 식객 노릇을 하고 있었는데, 만년에 그는 료마를 회상하면서 이런 말을 한 일이 있다.

"그 무렵, 그는 몹시 가난했으나 항상 초연한 태도였다. 내가 평생 동안 만난 인물 중에서 그처럼 인상에 남는 인물은 또 없다."

그 조민이 문득 에도에 가서 다시 공부를 해보리라는 생각이 들었는데, 그에게는 여비가 없었다. 에도까지 가자면 25냥쯤은 필요했다. 료마에게 의논했더니, 야타로가 금고지기를 하고 있다고 가르쳐 주었다. 그 야타로에게 돈을 꾸러갔다.

야타로는 대뜸 호통을 치며 졸라 볼 여지도 없는 표정으로 말했다.

"너 같은 스무 살도 못 된 서생에게 25냥이나 꾸어 줄 수 있느냐 말이다."

조민은 화가 나서 소리쳤다.

"이 아쓰스케의 몸 하나가 25냥의 값어치도 안 나간단 말이오? 앞으로 난 평생을 두고 당신 얼굴을 보지 않겠소!"

그런 말을 내던지고 나오자, 이번에는 고토 쇼지로를 찾아갔다. 시 한 수를 읊어서 돈을 빌리려는 뜻을 전하자 고토는 빙그레 웃으며 25냥을 건네주었다.

조민과 같은 말 많은 사나이도 고토에 대한 평가는 좋았다. 그 대신 야타로를 미워했다.

난처한 것은 야타로일 수밖에 없었다.

야타로가 겪는 기막힌 일은 고토 쇼지로의 낭비벽만이 아니었다. 부하들이 좀처럼 움직이지 않는 것이다.

"하찮은 낭인 출신 따위가……."

그런 태도가 부하들에게는 있었다. 부하라 해도 신분은 상급 무사인 것이다.

야타로는 나가사키 주재관이기는 했지만 이례적인 조치에 의한 '임시적인 상급 무사'에 불과하여 상사(上司)로서의 무게가 없었다.

"이래서야 무슨 일을 한단 말이냐!"

야타로는 화를 잘 냈다. 야타로와 같은 분노는 다른 도사 향사들도 가지고 있었고, 그렇기 때문에 근왕 운동에 몸을 던진 것이다. 근왕 운동은 계급 사회를 뒤엎으려는 점에서 혁명 운동이라고도 할 수 있다.

그러나 이와사키 야타로라는 사나이의 특징은 아무리 화가 나더라도 그런 운동은 거들떠보지 않는 데에 있었다. 어디까지나 실무가인 것이다.

"지금 상태 같아서는 모처럼 발탁되기는 했으나 실무를 처리해 나갈 수 없습니다. 해 나갈 수 없다면 해 봐야 헛수고에 그칩니다. 헛수고라면 안 하는 것이 차라리 낫습니다."

야타로는 고토에게 이렇게 선언을 하고는 임시 집무처인 자이쓰야에도 나오지 않고, 금고에서 돈을 꺼내어 그 자신 마루야마에서 진탕 놀아나기 시작했다.

고토의 흉내를 내기 시작한 것이다.

당연히 부하들과 료마의 해원대 대원들은 맹렬한 비난을 퍼붓기 시작했지만, 야타로는 태연했다.

"야타로를 베어 버릴 테다."

부하들 가운데는 그런 말을 하는 자마저 있었다.

야타로의 진의는 "직분에 알맞도록 신분을 올려라"—하는 데 있었지만 차마 거기까지는 자신의 입으로 말할 수 없었다.

고토는 쓴웃음을 지으면서 그런 야타로를 지켜보고 있었으나 그렇다고 그의 낭비를 힐책하려는 기색은 안 보였다.

오히려 좋은 친구가 생겼다고 기뻐하는 눈치여서 이런 권고를 하기까지 했다.

"야타로, 나가사키 여자들은 좋은 데가 있어. 하나 데리고 살아 보지 않겠나?"

농담이려니 했으나 고토는 진심이었다. 그 다음 날 곧바로 야타로를 부르더니 고토는 말했다.

"오이마쓰(老松)는 어떤가?"

야타로도 그 말에는 놀라지 않을 수 없었다. 오이마쓰란 원래 마루야마의 신축루(新築樓)에 있던 기녀로서, 고토가 기적(妓籍)에서 빼내어 같이 데리고 사는 여자였던 것이다.

"대감을 모시던 중고품을 처리해 달라는 말씀입니까?"

"여자는 중고품이고 신품이고가 없어. 목욕만 시키면 언제든지 신품이야."

"놀라운 말씀이군요."

"뭐, 조금도 놀랄 것 없어. 실은 나는 요즈음 오아사(淺)라는 기녀와 가까이 지내고 있지. 그러니 자네가 오이마쓰를 맡아 준다면 내게는 큰 도움이 되겠는데."

야타로는 오이마쓰를 맡기로 했다. 오이마쓰는 후일 아오야기(靑柳)라고 이름을 고치고 평생을 야타로 곁에서 떠나지 않았다.

얼마 후 야타로는 고토의 진력으로 영주 경호역이라는, 고토와 같은 가격(家格)으로 승격하여 덕분에 부하들도 원만히 통솔할 수 있게 되었다. 야타로의 본격적인 활약은 이때부터 시작된다.

이와사키 야타로의 일솜씨는 오만불손한 그의 성미에도 불구하고 매우 기지가 있었다.

그가 맨 먼저 해야 할 일은 외인 상사들의 빚 독촉을 어떻게 막아 내는가, 하는 것이었다.

채권자 중 가장 큰 것은 영국 상관 주인인 오울트였다.

처음에 신임 인사를 갔을 때부터 오울트는 좋은 낯을 보이지 않았다.

"도사는 신용할 수 없소. 고토는 허튼 소리만 하고 다녔소. 어쨌든 도사 때문에 나는 골탕만 먹고 있어서 귀하를 어느 정도 신용해야 할지, 나는 그것부터 모르겠소."

"나라는 사람을 사귀어 보면 알 거요."

그렇게 말하고 오울트를 마루야마로 끌고 가서 극진하게 접대했다. 그러나 오울트는 술자리에서도 빚 독촉을 했다.

"나를 믿으시오."

야타로는 말했다. 틀림없이 빚을 갚는다, 앞으로 두고두고 사귀게 될 사이인데 너무 그리 조급하게 몰아세우면 난처하지 않느냐— 야타로는 그런 말을 몇 번이고 되풀이했다.

"지불이 조금쯤 늦었다고는 해도 도사는 일본에서 가장 큰 번의 하나요. 믿어 주시오."

"고토도 항상 그런 말을 했소. 그런 말은 백만 번을 듣는다 해도 나는 조금도 기쁘지 않소. 게다가 실례지만, 귀하는 나이트(騎士) 계급 출신도 아니라고 하지 않소? 귀하의 개인적인 능력에 대해서도 그리 믿음이 가지 않소."

어느 날, 야타로는 오울트를 기마(騎馬) 소풍에 끌어냈다. 나가사키 항을 동쪽에서 안고 있는 니시소노키 반도(西彼杵半島)의 서쪽 끝, 노모사키(野母崎)까지 가서 경치를 구경하자는 것이었다.

"좋소. 하지만 괜찮을까요?"

오울트가 염려한 것은, 그 근처에 외국인이 가지 못하도록 금지되어 있었기 때문이었다. 이른바 나마무기(生麥) 사건이라고 하여 서양 사람들이 크게 봉변을 당한 일도 있었으므로 양이파 낭인들이 칼부림을 해 올지도 모른다는 생각이 들었던 것이다.
"염려 마시오. 내가 알아서 할 테니까."
이와사키 야타로는 그것으로 자신의 능력을 오울트에게 과시할 생각이었다. 오울트에게 신임 나가사키 주재관은 만만치 않다는 인상을 주어야만 앞으로의 교섭이 수월하게 되는 것이다.
두 사람은 말머리를 나란히 하고 출발했다.
노모사키는 크고 작은 많은 섬들이 기슭 가까이에 떠 있고 멀리 앞바다에는 고지마(五島) 군도가 줄지어 있어서 바다 경치가 뛰어난 곳이었다.
거기에 막부 초소가 있다.
"오울트씨, 초소 앞을 말로 달려가 보시오. 물론 관원들이 법석을 떨 테지만, 뒷일은 내가 책임지겠소."
오울트는 다분히 장난기가 있는 사나이라, 말에 채찍질을 가하더니 곧장 초소 앞으로 달려 나갔다. 당연히 초소의 막부 관원들은 떠들어 댔다.
야타로는 천천히 그들 앞으로 나아가 그들을 위협했다.
"저 자는 질이 나쁜 불량 양인이어서 나도 많은 애를 먹고 있다. 법대로 붙들어서 다스려도 좋지만, 그렇게 하면 나중에 막부와 영국 사이에 골치 아픈 분규가 일어날지도 모른다."
관원들은 모두 얼굴이 새파래지며 말했다.
"못 본 것으로 해 두겠소. 당신도 비밀로 해 주시오."
오울트는, 이런 일이 있은 후로는 야타로를 상당한 실력가로 보게 되었다.

료마는 웬일인지 이 이와사키 야타로가 못마땅했다.

'왜 그럴까?'

때때로 생각해 보았지만, 자신도 그 이유를 알 수 없었다.

원래 료마는 각 번 유지들 사이에도 '도량이 실로 바다 같은 인물'이라는 평이 있을 정도로, 남을 좋아하고 싫어하고를 일체 겉으로 나타내지 않았다. 그런 점이 있어서 따르는 사람이 모여들었고, 료마 밑에 있는 한 누구든 편히 숨을 쉴 수 있었고 마음대로 재질을 발휘할 수도 있었던 것이다.

이런 예가 있다.

고조(耕藏)라는 에치젠(越前) 탈번 낭인이 있었다.

성은 고다니(小谷)다. 에치젠 마쓰다이라 집안(松平家)이라면 도쿠가와 가문의 일족으로서 상당히 높은 가격(家格)이었다. 그런 번 출신이었으므로 자연 극단적인 막부파였다.

동문 대원은 모두 막부 타도론자들이다.

"고조를 베어 없애야 한다."

모두들 떠들어댄 일이 있었다.

료마는 그것을 억누르며 말했다.

"고조의 몸에는 손가락 하나 대어도 안 된다. 사오십 명쯤 모이고 보면 한 사람쯤은 이단자가 나타날 수도 있다. 나타나는 것이 당연하다. 그 한 사람의 이단자를 동화시킬 수 없는 자신들을 부끄러워하라."

역시 도량이 바다 같았다.

또한 그가 만든 동문 규칙 자체가 자유로운 사상을 허용하고 있었다. 그것을 여기에 옮겨 보면 이런 내용이었다.

"나라를 발전시키는 길은, 전쟁을 하는 자는 전쟁을, 수련(항해의)을 쌓는 자는 수련을, 상업에 종사하는 자는 상업을, 각각 전력을 다하여 완수해야 한다."

해원대의 성격은 다각적이어서 막부 타도를 위한 결사, 사설 해군, 항해 학교, 해운 업무, 내외 무역 등 다섯 가지의 얼굴을 지니고 있었다.

"각자가 자신의 뜻대로 살아가야 한다"는 것이 료마의 뜻이었다. 따라서 만약 장사는 좋아하지만 전쟁은 싫어한다면, 굳이 싸우지 않아도 좋다는 말을 하고 있었다.

그 다섯 가지 얼굴을 료마가 하나로 묶어서 통솔하고 있는 것이다. 바꾸어 말하면 료마에게도 그 다섯 가지 얼굴이 있는 셈이었다.

따라서 성격적으로도 관대한 인물인 데다 사회적 존재로서도 다섯 개의 얼굴을 가지고 있으므로 대개의 사람은 포용할 수 있었다.

그런데 야타로에 대해서만은 이상하게 얼굴을 찌푸리곤 했다.

"야타로" 하며 내뱉듯, 나가사키 주재관인 이 번의 고관을 함부로 불러 댔다.

자연히 야타로도 호감을 갖지 않았다.

얼굴을 맞대고 있을 때는 단 한 마디도 료마에 대해 말을 하지 않는 야타로였지만 돌아서면 얼굴을 찌푸리며 말했다.

"나하고 료마는 우선 학식에 차이가 있다. 하고 있는 사업도 차이가 있다. 내가 하는 사업은 무역이다. 그러나…… 료마가 하고 있는 것은 해적 상법이다."

그러나 막상 마주치면, 료마는 내놓고 야타로를 우롱했지만, 야타로는 목을 움츠리듯 하며 이상하게 기가 죽어서 제대로 대꾸도 하지 못했다.

뱀과 개구리의 관계와 흡사했다.

이로하마루

료마의 사업은 크게 번성하고 있었다.

예를 들면 단고(丹後 : 교토)의 다나베 번(田邊藩)과도 거래가 성립되었다.

다나베 번은 3만 5천 석의 작은 번으로서, 영주는 마키노 마사나리(牧野誠成)였다.

이런 작은 번에서도 번의 관리를 나가사키에 파견하여 무역으로써 이익을 얻어 보려고 기를 쓰게 됐다는 것은 역시 시대의 추세 때문일 것이다.

다나베 번의 나가사키 출장관은 마쓰모토 겐키치(松本檢吉)라는 인물이었다.

나가사키에 오자 곧 료마를 방문한 것은, 료마의 해원대가 '여러 번의 상법 안내소'와 같은 인상을 세상에 주고 있었기 때문이리라.

이들 소번의 출장관들이 꼬리를 물고 료마를 찾아오기 시작했다.
"알겠소, 알겠소."
료마는 그들의 번이 외국에 팔 수 있는 생산품을 같이 의논해 주고, 또한 그것을 사갈 외국 상인을 알선해 주곤 했다.
"편리한 기관이 생겼군."
작은 번으로서는 여간 도움이 되는 것이 아니었다.
더욱 편리한 것은 수송 문제까지 떠맡아 주는 것이었다.
"그 물건을 우리가 실어다 드리기로 하죠."
작은 번들은 크게 기뻐했고, 료마 역시 덕분에 더욱 번창할 징조가 보이기 시작했다.
단고 다나베 번의 마쓰모토 겐키치와의 계약은 다나베 번에서 긁어모은 단고, 단바, 와카사 방면의 물산을 해원대의 다이쿄쿠마루로 나가사키까지 운반해 주는 것과, 다나베 번에서 필요로 하는 서양 기계를 나가사키에서 구입해 주는 것이었다.
이 계약에 따라, 해원대의 유일한 소속선인 다이쿄쿠마루는 굉장한 활약을 했다.
그러나 바빠지기 시작하자 배가 모자랐다.
"배가 더 있었으면……."
료마는 늘 같은 말만 하고 있었다. 다이쿄쿠마루는 범선이었다. 더도 말고 한 척이라도 증기선을 손에 넣었으면 해서, 여러 가지로 궁리를 하고 있었다.
그런 때에 이요(伊豫)의 오즈 번(大洲藩)에서 안면이 있는 구니시마 로쿠자에몬(國島六左衛門)이란 자가 상무로 나가사키에 나타났다.
이요의 오즈 번은 6만 석으로, 가토 도토우미노카미 야스아키(加藤遠江守泰秋)라는 사람이 영주였다.

"오즈 번도 무역에 눈을 떴나?"

료마는 크게 기뻐하며 의논에 응해 주었다. 료마는 젊었을 때부터 도사 번의 이웃인 이요에 대해 친근감을 느끼고 있었으며, 우와지마 번(宇和島藩)이나 오즈 번에는 아는 사람도 많았다.

구니시마 로쿠자에몬도 그중 한 사람이었고, 오즈에서는 많지 않은 근왕파이기도 했다.

"어떻소? 오즈 번은 차라리 증기선을 한척 사시지."

료마는 말했다. 구니시마는 놀라며 말했다.

"무슨 소리를. 오즈는 산골이오. 더구나 증기선을 사도 운전할 사람이 없지 않소?"

"운전은 우리가 해 주지."

료마는 열심히 권했다.

구니시마는 차차 솔깃해지기 시작했다.

아무튼 료마의 경우, 해원대 대장이 되기는 했으나 별달리 대(隊)에 예산이 있는 것은 아니었다.

자연히 남의 것을 이용하려는 궁리만을 하게 된다. 요컨대 브로커 같은 사업이었다.

"좋소."

며칠 후에 이요 오즈 번사인 구니시마 로쿠자에몬은 승낙했다.

"아무리 우리 오즈 번이 산골이라 해도, 증기선 한두 척쯤 히지 강(肱川) 하구에 매 두어 나쁠 것은 없겠지."

이 협약을 맺은 장소는 마루야마(丸山) 가게쓰루의 뜰 안 한복판이었다.

자객에 대비한 것이었다. 방 안은 위험하다고 료마는 본 것이다. 이런 요정의 방은 보통 삼면이 미닫이였다. 삼면의 미닫이가 일제히 열리며 자객이 돌입한다면 검성(劍聖)으로 이름 높은 미야모토 무사시(宮本武藏)나 지바 슈사쿠(千葉周作)라도 손을 들지 않을 수 없다는 것을 료마는 알고 있었다.

그러나 넓은 뜰은 마음을 놓을 수 있다. 사방이 환히 트여 있어서 수상한 인물을 쉽게 발견할 수 있다. 맞싸울 장소도 넓고, 방패로 이용할 수 있는 나무와 바위도 많다.

자위 관념이 희박한 료마가 어째서 그런 배려를 했는가 하면, 상대방인 구니시마가 위험하기 때문이었다.

구니시마 로쿠자에몬은 오즈 번에서도 가장 과격한 근왕파여서, 막부파인 가신들로부터도 심한 반감을 사고 있었고, 그 때문에 본국에 있을 때도 몇 차례인가 자객의 습격을 받은 일이 있었다. 나가사키에도 같은 오즈 번에서 막부파 인사들이 출장해 와 있기 때문에 언제 그들이 암살자로 돌변할지 모르는 상황 밑에 있었던 것이다.

"알맞은 배가 없을까 해서 오우라 해안의 외국 상관을 쭉 알아보게 했더니, 네덜란드인 볼드윈이란 자가 적당한 배를 한 척 가지고 있었소."

"어떤 배인데?"

"물론 증기선이지. 45마력에 160톤, 조금 작은 감이 있지만 세도내해(瀨戶內海)를 항해하는 데는 충분하오."

"만사 맡기겠소."

"참고삼아 다짐해 두지만, 오즈 번이 선주고, 해원대가 그 배를 빌리는 셈이 되는 거요. 세는 한 번에 5백 냥, 어떻소?"

"좋소."

선적은 해원대에 속하게 된다. 이것은 국제적인 관례여서 구니시마로서도 이의가 있을 까닭이 없었다.

다음날 료마와 구니시마는 항구로 가서 정박 중인 증기선을 살펴

보았다. 고물에 미녀상(美女像)이 새겨져 있었다. 항해의 안전을 지켜 주는 수호신 역할을 하는 것이라고 했다.

"이것은 뭐요?"

구니시마가 선주인 볼드윈에게 묻자

"아비소라는 미인이오. 나는 이 아비소가 지켜 줘서 오랫동안 무사히 항해를 해 왔소."

볼드윈은 말하면서 그 아비소에게 작별의 키스를 던지고 한바탕 우는 시늉을 해 보았다. 헤어지기가 아쉽다는 뜻이리라.

이윽고 구니시마는 이요의 오즈로 돌아갔으나 그 뒤 그에게 불행이 닥쳐왔다.

번외의 근왕파와 내통하고 있다는 이유로 막부파의 힐문을 받고 할복하고 말았던 것이다. 료마가 구니시마의 죽음을 안 것은 훨씬 나중의 일이었다.

증기선을 입수한 해원대는 크게 활기를 띠게 되었다.

"정말 물결 같다는 말이 옳구나."

평소에 감정을 잘 드러내지 않는 료마도 이때만은 깊이 감동하여 그런 말을 했다.

사람의 운명은 물결과 같다. 바로 얼마 전까지만 해도, 배도 없고 돈도 없고 수부까지도 해고하려고 했던 료마의 동문이, 이제는 범선 한 척에 증기선 한 척을 소유하게 된 것이다. 막부나 대번이라면 모르되, 민간으로서 두 척이나 서양 배를 가지고 있는 것은 료마의 해원대 밖에는 없으리라.

"이제는 세도 내해를 제압할 수 있다."

료마는 그렇게 생각했다. 세도 내해의 해상 운수업체는 모두 일본 배뿐이었다.

서양식 배를 가지고 있는 업체는 단 한 군데도 없는 것이다.

증기선은 '이로하마루'라고 이름 지었다.

"어째서 그런 이름을 붙였습니까?"

무쓰 요노스케가 묻자, 료마는 대답했다.

"이제부터 시작이라는 뜻이야."

말할 것도 없이 '이로하'는 첫걸음을 뜻한다. 따라서 '이로하'부터 다시 시작한다는 것은 첫걸음부터 다시 내딛는다는 뜻이 될 수 있다. 료마는 이 배에 의해 해원대 사업의 초석을 마련하려고 한 것이었으리라.

"해적선인가?"

배를 구경하러 온 이와사키 야타로는 무감동한 어조로 말했다. 야타로는 번의 나가사키 주재관으로서 해원대 회계관도 겸하고 있었다.

"헐뜯자는 건가?"

료마는 해안에 선 채 돌아다봤다.

"칭찬하고 있는 거야."

"그렇다면 좋아."

료마는 만족스럽게 끄덕이었다. 그는 자신의 수첩에다 어록으로서, "해적은 해군을 위한 수업이다. 항상 유의하여 소홀히 넘기는 일이 없어야 한다"는 말을 적어 두고 있었다. 해적선이라는 말을 들었다 해서 별로 언짢을 것도 없었다.

그건 그렇고, 이 배에 실을 짐에 관해서다.

얼마든지 있었다.

이를테면 사쓰마 번으로부터 주문받고 있는 신식 총기와 탄약이 있었다. 그것을 구입하여 오사카까지 수송하지 않으면 안 되는 것이다.

후에 이들 총기와 탄약은 교토에서의 쿠데타에 큰 역할을 할 것이었다.

료마는 그 수송을 이로하마루의 첫 항해로 삼으려 했다.

다음에는 인원 배치였다.

계급제를 취하고 있지 않기 때문에 그때그때 선장이나 고급 사관을 정하기로 되어 있었다.

선장은 오즈 번사 구니시마 로쿠자에몬으로 정했다. 물론, 명예 선장이었다. 그는 이미 귀국하여 나가사키에 없었기 때문이다.

사무장이라는 직명은 아직 없었다. 료마는 비서관인 나카오카 겐키치에게 적당한 말을 만들게 하여 그에 해당하는 직책에 '부주관(簿籌官)'이란 어려운 이름을 붙였다. 부주관은 나가사키의 호상(豪商) 고소네 에이시로로 정했다.

료마는 이 고소네의 별저에 하숙하고 있었기 때문에 교섭은 간단했다.

"기꺼이 맡겠습니다."

매사에 점잖은 에이시로는 말했다.

항해사는 미도 번 낭사 사야나기 다카지(佐柳高次), 기관사는 에치젠 낭사 고시고에 지로(腰越次郎)였다.

료마는 이로하마루의 승무 사관에게는 양복을 입혔다. 곤색 양복에 소매에는 금테가 둘러져 있다.

나가사키 시중의 중고품 가게를 온통 뒤져서 사들인 것으로써, 영국식도 있었고 프랑스식도 있었다. 그것을 다시 고쳐서 몸에 맞도록 했다.

"난 싫소."

고시고에 지로 같은 사람은 반대했다.

이로하마루 161

원래 대복(隊服)은 흰 하카마였다. 그대로가 좋지 않으냐고 고시고에는 말하는 것이다.
"양복을 입는 편이 움직이기에 편하다."
이미 그런 양복은 신기한 것도 아니었다. 장군 요시노부도 프랑스의 나폴레옹 3세가 보내준 원수복(元帥服)을 입고 사진을 찍은 일도 있었고, 막부 보병도 병졸에 이르기까지 통소매 양복을 제복으로 정하고 있었다. 막부 해군 역시 네덜란드에서 돌아온 에노모토 다케아키(榎木武揚)의 디자인으로 사관복을 제정한 바 있다.
조슈의 각 부대들 중 기병대(奇兵隊) 등은 간단한 일본식 양복을 입고 있었고, 멋 부리기를 좋아하는 사쓰마의 양식 보병과 포병들은 몸에 어울리는 군복을 입고 있었다.
이로하마루는 수부장 우메키치(梅吉)만이 양복은 절대로 싫다고 하는 바람에 그 전과 같은 수부 차림을 하기로 했다.
료마 역시 그랬다.
"나는 상관없을 테지."
료마는 자신이 정해 놓고도, 여전히 검은 무명옷에 낡은 하카마의 낭인 차림에다, 신발만은 구두를 신고 있었다. 배 안을 걸어 다니자면 구두가 편리했기 때문이다. 그러나 양복을 입게 되면, 단추를 잠가야 하는 것이 료마에게는 고통이었다. 웬일인지 료마의 손가락으로는 단추가 제대로 구멍에 들어가지 않는 것이다.
선기(船旗)는 새로 제정했다.
'빨강, 하양, 빨강'이란 간단한 도안이다. 이것이 료마가 입버릇처럼 말하는 '세계의 해원대'의 대기(隊旗)였다.
막부 함선의 선기는 일장기였다.
사쓰마 번은 가문(家紋)대로 동그라미에 열십자. 도사 번 역시 가문대로 세 잎의 떡갈나무고 그 밖의 다른 번에서도 대체로 가문을 쓰고 있었다.

료마는 대장이지 선장은 아니었다.

선장은 오즈 번의 구니시마 로쿠자에몬에 대한 의리로서 그의 명의로 정하고 있었으므로, 료마는 선장을 대행한다는 형식을 취했다.

료마도 증기선에 대해서는 충분한 지식을 익혔다.

또한 배의 운행에 필요한 만국공법(국제공법)에 대해서도, 그는 일본에서 손꼽힐 실무적인 지식의 소유자가 되었다.

비결이 있었다.

료마 밑에는 영어에 능한 나카오카 겐키치가 있는 것이다. 지난 수개월 동안 그 나카오카에게 만국공법을 구두로 번역케 하여, 그것을 머릿속에 간직해 두었다. 사물은 우선 그 본질부터 이해하려는 성격인 료마였으므로 그만큼 터득이 빨랐다.

선장으로서 그의 능력은 거의 전문가 못지않았다.

이로하마루가 나가사키 항을 출항한 것은 게이오 3년, 4월 19일이었다.

목적지는 오사카였다.

료마는 이 항해의 목적을 총기 탄약의 운반 외에 미숙한 사관의 훈련에도 두고 있었기 때문에 출항하자마자 분주했다.

"좀더 천천히. 이런 속도로 항내를 달리면 안 된다."

그런 말을 하기도 하고, 풍속과 습도도 조사시키며 그야말로 눈코 뜰 새 없었다.

항구 밖으로 나오자 나카노 섬(中島)과 이오섬(伊王島) 사이를 빠져서 항로를 북쪽으로 취하게 하고, 속력을 느리게 하는 대신 돛을 올리게 했다.

하늘은 맑았다.

배는 순조롭게 물결을 헤치기 시작했다.
'우리의 배다!'
이렇게 생각하자 료마는 기뻐서 견딜 수가 없었다. 그래서 갑판으로 뛰어내리면서 말했다.
"자, 모두 함께 불러!"
전날 밤 출항을 축하하는 연석에서 자신이 작사 작곡한 뱃노래를 부르게 한 것이다.
마스트 위에 올라가 있는 자도 있었고, 닻줄을 끌어당기는 자도 있었다. 기관실에 들어가 있는 자도 있다. 그들은 모두 노래하기 시작했다.

　　오늘은 첫 항해다, 떠나는 배는
　　첫 걸음을 내딛는 이로하마루

단순하기 이를 데 없는 노래였지만, 해풍을 맞으며 노래하면 가슴이 설렐 만큼 즐거워진다. 어쩐지 이 이로하마루가 일본의 새아침을 향해 출항하는 것만 같은 느낌이었다.
"자, 불러라!"
료마는 다른 가사를 선창했다.

　　의사* 양반 머리 위에 참새가 앉는다.
　　앉을 수밖에 없지, 야부(숲 속)이니까.

모두가 진지한 얼굴로 부르고 있다.
료마 역시 진지한 표정이었다.
첫날은 히젠(肥前)의 아이노우라(相浦)를 통과할 무렵에 날이 저

물었다. 다음날 아침, 동이 트자마자 곧 고물 쪽에서 기상을 알리는 북이 울리고, 전원이 그물 침대를 개어 올린 뒤 고물 쪽 판에 정렬했다.

거의 군함에서의 생활과 같다.

금빛 술로 장식된 양복을 입은 에치젠 탈번자 고시고에 지로가 료마 앞으로 한 걸음 나서며 선 채로 경례를 했다.

"전원 이상 없습니다!"

곧이어 해원대 선기가 선미에 게양되었다.

"격식대로 하려면 여기서 '예식'이라는 가락의 서양북을 울려야 하는 거야."

료마는 게양되는 선기를 바라보면서 일동에게 설명했다. 막부 해군은 네덜란드 식을 따라 그런 격식을 취하고 있다는 말을 료마는 가쓰한테서 들은 일이 있었다.

"흐음, 서양 북을 말입니까?"

기관 사관인 고시고에 지로는 머리를 끄덕이면서 감탄해 보였다. 흉내만 내는 가난한 사설 해군에게는 그런 사치스런 소도구는 없었다.

배는 이틀째 되는 날, 시모노세키 해협을 넘어 세도 내해로 들어갔다.

날씨는 대체로 좋은 편이었다.

23일 밤에도 이로하마루는 여전히 진로를 동쪽으로 취한 채 계속 항해하고 있었다.

"아직 달이 안 뜬 모양이로군."

선장실에서 료마가 나카오카 겐키치에게 말한 것은 오후 여덟시 경이었다.

나카오카는 둥그런 선창을 통해서 바깥을 내다봤다. 하늘도 깊은 어둠 속에 잠겨 있었다.

"아직 뜨지 않았군요."

배는 이요(伊豫 : 愛媛縣) 앞바다를 달리고 있었다. 내일 새벽이면 오사카 만에 도착할 수 있으리라.

오사카의 해원대 출장소인 도사보리(土佐堀)의 사쓰마야에는 대원 이시다 에이키치와 스가노 가쿠베에, 나카지마 사쿠타로 등이 화물 인수, 인계 사무를 보기 위해 먼저 가서 기다리고 있었다.

"계속할까요?"

나카오카 겐키치는 원서(原書)를 펼쳤다. 미국의 의회 제도에 관한 책이었다.

나카오카가 번역해 간다.

료마는 침대에 누운 채 끈기 있게 듣고 있었다. 나카오카의 번역은 신통치 않아서 때로는 한 줄을 옮기는 데도 적지 않은 시간이 걸리곤 했지만 그래도 료마는 지칠 줄 몰랐다. 그는 영국, 미국, 네덜란드 등 3개국의 정치 체제를 이해함으로써 일본의 새로운 국가 운영 형태를 모색하려는 것이었다.

료마는 문득 돌아누우며 말했다.

"나카오카군, 해원대에서 책 하나 내 볼까?"

지금 별안간 착상한 것이 아니었다. 일찍부터 료마는 계몽적인 출판 사업을 해 보리라는 생각이 있었다.

해원대는 말하자면, 바다에서 막부를 쓰러뜨리는 것을 목표로 삼은 회사였다. 무력과 재력을 축척할 뿐 아니라, 사상 연구소이기도 해야 했다. 그러기 위해서는 크게 문제를 제기할 수 있는 평론서를 출판할 필요가 있을 것 같았다.

"좋은 안입니다."

나카오카는 적극적인 반응을 보였다.

그 뒤 두 사람은 이 출판 사업에 대한 계획을 열심히 의논했다.

훗날, 이 출판 계획은 얼마 되지 않아 실현되었다. 료마는 '번론(藩論)'이라는 새 국가 구상에 관한 평론을 구술하여 나카오카에게 문장화하도록 했고, 나카오카 자신도 '한수록(閑愁錄)'이라는 종교 문제를 다룬 평론을 썼다. 양쪽 다 저자명은 밝히지 않고 해원대 명의로 출판했다.

밤 10시가 지나, 료마는 배안을 둘러보고 조타실로 가서, 당직 사관인 미도 낭사 사야나기 다카지를 만났다.

"벌써 사누키(讚崎) 앞바다인가?"

"예, 곧 간논 사(觀音寺) 앞바다를 통과하게 될 것입니다."

"진로는?"

"동남동입니다."

"한두 시간쯤 지나면 시아쿠(鹽飽) 군도를 누비게 되겠군."

"예."

대답한 것은 시아쿠 출신의 수부장 우메키치였다.

시아쿠 군도로부터 쇼도 섬(小豆島)에 이르는 사이는 이른바 다도해(多島海)여서 해로가 협소하고 아슬아슬한 암초들도 많았다. 료마는 그것을 걱정한 것이었다.

"우메키치, 부탁하네."

"염려 마십쇼. 이 근처의 바다는 제 고향이라, 밤중이긴 해도 절대 실수는 없습니다."

안개가 끼기 시작하고 있었다.

료마는 그 안개가 마음에 걸렸다.

료마는 선장실로 되돌아와 침대에 걸터 앉자 무쓰노카미 요시유키를 칼집에서 빼들고 손질을 하기 시작했다.
 그는 원래 칼에 대해서는 특별한 애착을 느끼고 있지 않아, 무사들의 그런 식의 취미 역시 우스꽝스러운 것으로 여기고 있었다. 그러나 배를 타고 있으니까 해풍 탓인지 2, 3일만 손질을 안 하면 녹이 슬곤 했다.
 "허어, 웬일이십니까?"
 무쓰 요노스케가 들어왔다. 료마의 그런 꼼꼼한 모습을 보는 것이 무쓰에게는 신기했던 것이다.
 "머지않아 이런 것을 차고 다니지 않는 세상이 올 거야."
 "그럴까요?"
 "지금도 그렇지 않나. 무기라기보다는 자신의 상징처럼 되어 버렸어. 이 대소도(大小刀) 덕분에 무능한 녀석들도 그럭저럭 일을 해 넘긴다. 그러나 이제 머지않아 그렇게는 안 될 때가 와."
 "하기는 신발 장수를 장군으로 만들려는 것이 선생님의 소원이었으니까요."
 무쓰는 료마의 그런 사상이 아주 마음에 드는 것이었다.
 신발 장수라도 능력만 있으면 선거를 통해 일본 최고의 행정관이 될 수 있다. 그러기 위해서는 우선 권문 세도가의 세습제를 모조리 타파해야 하는 것이다.
 "그렇게 되면 실력뿐인 세상이 된다."
 "대대로 녹을 받아먹고 살던 영주, 무장, 각 번의 번리들이 모두 들고 일어날 테죠."
 "그들은 벌써 3백 년이나 그 세록(世祿)을 먹으며 지내 왔어. 더 이상 먹으려는 것은 지나친 욕심이다. 그런 것에 매달리려는 자는 역사의 천벌을 받을 거다."
 "하지만 어수선해질 겁니다."

녹을 먹고 산다는 것은 새장의 새와 마찬가지여서, 스스로 먹이를 찾는 고생을 하지 않아도 먹이통에까지 먹이가 날라져 오는 것이다. 그런 습성이 몸에 익은 이상, 별안간 새장에서 놓여나 스스로 산과 들을 헤매며 먹이를 찾아야 하게 된다면 당황할 것이 틀림없으리라.

"지금 해원대 가운데서……."

무쓰가 물었다.

"칼을 떼어 놓고도 먹고 살 수 있는 사람은 누구누구일까요?"

"두 사람밖에는 없을 거다."

무쓰는 숨을 삼켰다.

"누구와 누굽니까?"

"자네와 나야."

료마는 칼 손질을 하면서 무심히 한 말이었으나, 무쓰는 그의 두령이기도 하고 스승이기도 한 이 료마의 한 마디가 평생을 두고 잊혀지지 않았다.

"아직 안 자나?"

"예, 모두 자지 않고 있습니다. 워낙 안개가 짙어서요."

"어떤 상태인가?"

"점점 짙어집니다."

해상에서는 첫째가 폭풍, 둘째가 안개라고 한다. 항해 중에는 무엇보다도 무서운 적인 것이다.

"현등(舷燈)은 켜져 있을 테지?"

"염려 마십시오."

"만약을 위해 또 한 번 살펴 주게. 오늘밤은 혼자서만 당직을 해 가지곤 안 되겠어."

료마는 까닭 모를 불안감에 자꾸 가슴이 두근거렸다.

조타실에는 료마의 시계가 있다.

그 시계가 11시를 가리켰다.

그때 별안간 해면이 부풀어 오르듯하며 시커멓고 거대한 그림자가 정면에 나타났다.

'섬인가?'

당직 사관인 사야나기 다카지는 순간 그렇게 생각했다. 배의 진로는 여전히 동남동이다. 우현(右舷)에는 사누키의 하코사키 곶(箱崎岬)이 있을 것이었다. 이 근처에는 섬이 있을 까닭이 없다.

'배다!'

사야나기는 비로소 생각이 미쳤다. 배라면 어지간히 큰 배다.

다음 순간 사야나기는 "기적!" 하고 고함을 질렀다. 수부장 우메키치가 허겁지겁 달려가 기적 끈에 매달렸다.

금방은 울리지 않았다. 그러나 잠시 후 가냘픈 소리를 내기 시작했다.

조타수는 긴베에(金兵衛)였다. 경험이 많고 시아쿠 섬 출신이어서 세도 내해에 대해서는 자기 집처럼 훤한 인물이었다.

그 긴베에가 창백해진 얼굴로 키를 돌리기 시작했다.

틀림없이 선체였다. 마스트 위의 하얀 장등(檣燈)과 우현에 푸른 현등을 확인했다. 거대한 배다. 무서운 속도로 접근해 오고 있다.

나중에 안 일이지만 그 기선은 기슈(紀州) 도쿠가와 집안이 그 재력을 기울여서 구입한 배로서, 메이코마루(明光丸)라고 했다.

영국제 새 선박이며 원명은 바하마 호였다. 15만 5천 달러를 내고, 분큐 원년에 기슈 번에서 사들인 것이었다. 150마력, 887톤, 이로하마루에 비하면 다섯 배에 가까운 크기였다.

선장은 다카야나기 구스노스케(高柳楠之助)로, 나가사키로 가려고 이날 아침 기슈의 시오쓰(鹽津)를 출발한 배다.

"미친놈들!"

소리치면서 이로하마루 조타수 긴베에는 정신없이 키를 돌렸다. 긴베에는 전방 오른쪽에서 메이코마루를 봤기 때문에(즉 메이코마루의 우현 등을 봤기 때문에) 급히 키를 왼쪽으로 돌림으로써 그것을 피하려고 했으나, 무슨 생각인지 메이코마루는 더욱 오른쪽으로 선회해 왔다. 일직선으로 돌입해 왔다고 해도 좋았다.

이로하마루는 왼쪽으로 회전하는 중이었기 때문에 우현 선복을 상대방 앞에 드러낸 위치가 되었다. 그 우현 선복을 향해 메이코마루의 선수가 요란스런 소리와 함께 떠받았다.

처참한 충돌이었다.

메이코마루의 선수는 이로하마루를 타고 앉아 증기 기관실을 파괴하고 굴뚝을 꺾어 버렸으며 중앙의 마스트도 송두리째 꺾어 버렸다.

"앗!"

료마가 칼을 허리에 찌르면서 선장실에서 뛰쳐나왔을 때는, 배는 크게 기울어지면서 폭포처럼 물이 흘러 들어오고 있었다.

'아뿔사!'

료마는 자신의 불운에 탄식했다. 그러나 재빠른 행동을 개시하고 있었다.

"모두 저 배에 옮겨 타라!"

료마는 갑판 위에서 외쳤다. 걷잡을 수 없는 분노가 료마의 전신에서 살기를 내뿜게 했다.

기관사 고시고에 지로는 보트용의 조그만 닻을 메이코마루 뱃전에 던져 걸고 재빨리 기어 올라가기 시작했다.

모두 그 뒤를 따랐다.

료마는 검사(劍士)이니만큼 그 행동이 바람처럼 민첩하고 정확했다. 기울어져 가는 이로하마루에서 로프 한 끝을 쥐자, 두 발로 하늘을 걷어차며 날아올라 상대편 뱃전에 늘어져 있는 밧줄을 다시 발로 붙잡았다. 눈 깜짝할 사이에 메이코마루 갑판 위로 뛰어올랐다.

갑판에는 아무도 없었다.

'기슈 번 범선이구나.'

그는 갑판 위에 놓여 있는 천막의 가문을 보고 알았다.

놀라운 일이지만 메이코마루는 조타수 한 사람에게만 맡겨놓고 선장 이하 모두가 선실에서 자고 있는 눈치였다.

'이런 법이 있단 말이냐!'

료마는 갑판 위를 달려갔다.

문득 돌아다보며 말했다.

"수부들은 갑판에 있어라. 고시고에는 이 뱃전에 지켜 서 있다가, 일어나 나오는 이 배 사관들의 언동을 자세히 듣고 기억해 둬라. 사야나기 다카지는 내 뒤를 따라와."

료마는 분주히 지휘했다.

마치 서양의 해적선 선장 같은 모습이었다.

사실 료마는 그럴 각오였다. 걷잡을 수 없는 노여움이 일었다. 모처럼 희망을 걸었던 이로하마루는 눈 깜짝할 사이에 침몰하고(아직 완전히 침몰하지는 않은 상태지만), 수만 냥에 이르는 총기와 기타 화물이 바다 밑에 가라앉으려는 순간인 것이다.

그러나 료마는 '이젠 틀렸다'라고 생각하지 않았다. 이 사나이의 특이한 점은 등골이 용수철로 되어 있는 것 같다는 점이었다. 절망하기에 앞서, 다음 단계에의 도약이 더 빨랐다.

해적으로 돌변했다고나 할까, 아무튼 이렇게 된 이상 기슈 번을 상대로 하여 한바탕 싸움을 벌일 수밖에 없었다.

경우에 따라서는 무력에 호소할 작정이었지만, 우선 료마의 장기인 만국공법에 의해 압력을 가할 대로 가해 볼 작정이었다.
 이 료마의 배와 기슈 번 메이코마루의 충돌 사건은 일본의 근대 해운 사상 최초로 벌어졌던 사건이었다. 그 이전에는 없었다.
 국제법에 의해 결말을 지으려는 것이 이 비경(悲境)에서 도약한 료마의 새로운 희망이었다. 기슈 번은 물론, 모든 일본인이 '만국공법' 따위를 알 리 없었다.
 해난 재판이라는 개념도 모를 것이었다.
 그것을 가르치고 설복하고 이해시켜 배상금을 받아냄으로써, 일본의 해난 사고에 '법'이란 것을 확립하려는 것이 이 순간부터 타오르기 시작한 료마의 힘이었다. 물론 기슈번이 '만국공법'을 무시하고 대한다면 무력을 써서라도 정의를 관철하려는 최악의 경우까지도 료마는 각오하고 있었다.
 료마는 갑판 위의 당직 사관실로 뛰어 들어가자 항해 일지를 찾아냈다.
 "사야나기, 여기서 이 일지를 지키고 있어라. 칼부림을 하게 되더라도 넘겨줘서는 안 된다. 대신, 우리 일지와 교환하는 거다."
 서로 가필을 하지 못하게 하려는 것이었다.
 갑판으로 돌아오자, 이 배의 수부 3명이 나타나서 고시고에 지로와 얘기하고 있었다.
 "어느 번의 배냐?"
 료마가 대들어 따졌으나, 수부들은 입을 다문 채 대답하지 않았다. 아직 사관들도 나타나지 않고 있었다.

 이 소동 중에 더욱 고약한 일이 벌어졌다. 메이코마루의 조타실에서 거듭 조타를 잘못한 것이다.
 충돌에 기겁을 한 때문이리라. 허둥지둥 후진으로 바꾸더니 왈칵

물러났다.

　그 때문에 두 배를 연결하고 있던 밧줄이 끊어져서 이로하마루에는 몇 사람이 그냥 남게 되었다.

　사고는 그뿐만이 아니었다. 일단 후진한 메이코마루가, 무슨 생각을 했는지 다시 한번 전진해 와서 이로하마루에 격돌한 것이다.

　"무, 무슨 짓이냐!"

　메이코마루 갑판 위에서 고시고에 지로는 비통한 고함을 질렀다. 조타가 서툰 탓이다.

　조타수는 일찍이 막부 군함 간린마루(咸臨丸)에도 탄 일이 있는, 사누키 시아쿠 섬 태생인 어부 출신 나가오 모도에몬(長尾元右衞門)이었다. 기슈 번에 고용되어 사적(士籍)에도 올라 있었다. 경력은 꽤 오래된 사람인데 도대체 어떻게 된 일일까.

　메이코마루의 선장은 기슈 번사, 다카야나기 구스노스케라는 중년의 사나이였다.

　그 무렵, 막부나 여러 번은 기선이라는 새로운 배가 출현했기 때문에, 그 전까지 배를 담당하고 있던 무사나 그 밖의 인원들이 소용없게 되자, 그 방면의 기술자를 팔방으로 손을 써 다투어 고용하고 있었다.

　따라서 선장 다카야나기 구스노스케도 원래는 기슈 번사가 아니었다. 안도(安藤) 집안의 의원 아들이었다.

　젊었을 때, 네덜란드 학문에 뜻을 두어 유명한 이토 겐보쿠(伊東玄朴) 밑에서 네덜란드어와 의학을 배웠으며, 그 뒤 하코다테(函館)로 가서 서양인을 통하여 항해술을 배웠다고 한다. 의술은 그렇다 치고 항해술은 도무지 신통치 않은 경력이었다.

　그러나 그 정도의 인물이라도 '서양 기계의 숙련자'로서 능히 통할 수 있었던 시대였다.

그 무렵에야 기슈 번 사관들이 갑판으로 올라오기 시작했다.
"선장은 누구요?"
료마가 물었다.
"나요."
다카야나기는 무딘 목소리로 대답했다. 친번(親藩) 삼가(三家)의 한 가신이라는 의식이 강력히 작용하고 있었다. 기슈, 오와리(尾張), 미도(水戶) 등 소위 친번 삼가의 가신은 장군 직속 무사에 준하는 격으로서 3백 년 동안 행세를 해 왔다. 역시 그 의식이 앞서지 않을 수 없었던 모양이다.

료마는 우선 그런 태도에 화가 났다. 이쯤 되면 소속 번을 밝히는 것이 유리하리라 생각하고 말했다.
"난 도사 번의 사카모토 료마요. 지금 당신의 배가 떠받아 버린 저 조그만 증기선의 선장이오."
이어서 다그치듯 말했다.
"화급한 때요. 즉각 이 배의 선장으로서의 귀공의 조치를 듣고 싶소."
"우선 인명을 구조하겠소."
다카야나기는 사관들에게 명하여 보트를 내려 구조 작업에 착수토록 했다.
"그것만 가지고는 안 되오. 짐이 있소. 저 배가 아주 침몰하지 않도록 로프로 두 배를 연결해 주시오."
"그, 그건 안 되오."
같이 가라앉는 것을 다카야나기는 두려워했다. 료마는 다시 요구했으나 다카야나기는 강력히 거절했다. 그 아니꼬운 태도는 친번이라는 위세를 내걸고 있는 것으로밖에는 볼 수 없었다.

두 차례나 충격을 받았으니 볼 것도 없었다. 이로하마루는 크게 기울었다. 갑판 위의 보트가 요란한 소리와 함께 미끄러지기 시작하더니, 이윽고 바다 속으로 굴러 떨어졌다.
'침몰이다.'
료마는 침통한 얼굴로 바라보았다. 그토록 기대를 걸었던 증기선이 이렇게도 어이없이 침몰해 버리다니 도대체 이 무슨 일이란 말인가.
'내 운명은 어디까지나 극적이구나.'
그런 생각을 하지 않을 수 없었다.
극적이라면 최후까지 배에 남아 있던 수부장 우메키치와 조타수 긴베에가 기적 끈을 힘껏 당겨 묶어 둔 것도 극적이었다.
기적은 요란하게 울부짖었다. 그것은 마치 료마가 그토록 사랑했던 이 배가 료마에게 최후의 작별을 고하고 있는 것도 같았다.
우메키치와 긴베에는 바다에 뛰어들어 메이코마루로 헤엄쳐 왔다.
료마는 뱃전으로 몸을 내밀고 칸델라를 끈에 묶어 늘어뜨려서 줄사다리의 위치를 비쳐 주었다.
두 사람은 줄사다리를 타고 올라왔다.
우메키치는 빨강, 하양, 빨강의 해원대 기를 거두어 몸에다 두르고 있었다.
배는 가라앉고 말았다.
사누키의 하코사키 곶 위에는 가는 눈썹 같은 달이 떠 있었다. 안개는 여전히 깊었다.
"다카야나기 구스노스케님이라고 하셨지."
료마는 기슈 선 선장을 보고 말했다.
"우리 배는 가라앉았소. 사후 처리를 위한 의논을 하고 싶소."
"이 배는 나가사키로 가는 길이오."

오사카로 가려던 료마의 배와는 정반대의 방향이었다. 다카야나기는 료마에게 나가사키까지 가는 도중 배 위에서 협의하면 되지 않느냐는 뜻으로 그런 말을 한 것이었다.

"그건 안 되오."

료마는 말했다. 해난 사고는 사고 현장에서 해결하는 것이 국제적 상식이다. '국제적 상식'이라는 것을 좋아하는 료마는 그런 것을 잘 알고 있었다.

"이 근처의 항구라면 빈고(備後)의 도모(鞆 : 현재는 福山市에 편입되어 있음)가 있을 뿐이오. 그곳까지 배를 돌리시오."

"번명(藩命)이 있소."

다카야나기는 말했다. 기슈 번은 나가사키에서 새로 기선을 사들일 예정이었으나, 그 문제로 나가사키에서 상업상의 분규가 일어나 있었다. 그것을 해결하기 위해 메이코마루는 급거 나가사키로 향하고 있는 도중이다. 해결을 위한 번 고위 관리들, 재무감독관 시게타 이치지로(茂田一次郎)를 비롯하여 서기관장 야마모토 고타로(山本弘太郎), 회계관 시미즈 반에몬(淸水伴右衛門), 구매관 하야미즈 히데주로(涑水秀十郎) 등이 탑승하고 있었다.

선장 다카야나기의 심경으로서는 크게 기세를 돋우지 않을 수 없는 입장이었다.

"도모에는 기항할 수 없소."

마침 갑판으로 올라 온 재무감독관 시게타 이치지로도 등 뒤에서 말한다.

"다카야나기, 협의는 배 위에서 하도록 해라. 어서 배를 출발시켜."

료마는 격분했다. 다짜고짜 칼자루에 손을 얹으며 험악한 기세를 보였다.

"그렇게 일방적인 말만 하긴가? 〈만국공법〉이라는 것이 있소. 그것을 지키지 않겠다면, 여기서 당신네들을 닥치는 대로 베어 버리고 나도 할복할 생각이오. 단단히 각오하고 대답하오."

그러자 메이코마루 측도 부득이 선수를 도모로 돌릴 수밖에 없었다.

도모는 예부터 세도 내해 최대의 상업 항구의 하나로서 번창해 온 곳이다.

마스야(枡屋)라는 해상 운송점이 있다. 마침 해원대 부주관인 나가사키의 고소네 에이시로가 주인 세이자에몬(清左衞門)과 가까웠기 때문에, 대원 서른네 명은 그곳에 숙소를 정했다.

"배의 원수를 갚을 작정이다."

료마는 모두에게 선언했다.

곧 그날로 도모의 에치고 거리(越後町)에 있는 사카나야 유베에(魚屋由兵衞)의 집을 담판 장소로 하여 메이코마루의 선장 다카야나기 구스노스케와 다시 만났다.

"사건은 법과 공론에 의하여 해결하고 싶소."

료마는 다카야나기에게 원칙을 제시했다.

"그 점, 귀번에서도 이의가 없을 테죠?"

"말씀하시는 뜻을 잘 알 수 없소."

"일본에도 앞으로는 이런 종류의 충돌 사고가 많아질 거요. 그때를 위한 선례를 남기기 위해서 양자만의 적당한 타협은 하지 않으려는 뜻이오. 모든 것을 법과 공론에 따르자는 거요. 어디까지나 원칙을 거기에 두고 해결하자는 말이오. 이의는 없겠지요?"

료마가 말했다.

"나는 기슈 도쿠가와 집안의 가신이오. 나로서는 어디까지나 주군과 번명에 따를 뿐이오."

"법과 공론에 따르는 것이 싫단 말이오?"
"무사로서는 생각할 수 없는 일이오."
"그렇다면 전쟁이 될 뿐이오."
료마는 이야기를 비약시켰다. 가해자인 다카야나기가 번명에만 따르는다면, 해결할 길이 없어지고 결국은 무력에 호소할 수밖에 없어진다는 뜻이었다.
"그뿐 아니라."
료마는 말했다.
"번, 번 하지만, 귀공은 선장이라는 것을 잊지 마시오. 선장이 모든 책임을 지게 되어 있소."
"그 원칙을, 따르기로 하겠소."
다카야나기는 내던지듯이 말했다.
"다만, 나는 지금 주명(主命)에 의하여 앞길이 바쁜 사람, 이 도모에서 오랫동안 담판하고 있을 수는 없소."
"그런 말이 어디 있소? 남의 배를 침몰시켜 놓고 앞길이 바쁘다는 것은 무슨 말이오? 친번이라면 해상에서는 멋대로 행동해도 좋다는 뜻인가?"
"주명이오."
"이쪽 입장을 생각해 본 일이 있소? 우리는 배를 잃고, 실었던 화물을 잃었소. 그래도 주명을 내세우고, 바쁘다는 말만 하기요?"
"바쁘오."
다카야나기는, 이제는 친번의 권위를 가지고 버티지 않으면 안 되리라고 생각했다. 그런 태도가 더욱 료마를 격분케 했다.
"해결을 볼 때까지 도모에 묵으시오."
료마는 다가들며, 한 걸음도 물러서지 않았다.

다카야나기도 굽히지 않았다. 두 사람은 점점 큰 소리로 다투었으나, 적당한 때를 노려 갑자기 료마는 타협안을 제시했다.

"그렇다면, 나가사키에서 담판합시다. 그러나 우리는 배도 화물도 금고도 잃어서 무일푼이 되어 버렸소. 우선 이 급한 불을 꺼야 할 테니 만 냥을 내놓으시오."

다카야나기는 놀라는 눈치였다. 즉석에서 대답하기는 어렵다고 하며, 어쨌든 메이코마루에 타고 있는 번의 재무감독관 시게타 이치지로와 의논을 하겠다면서 자리를 떴다.

'녀석들은 도사 번 자체와는 다르다.'

기슈 번측은 이런 생각을 하고 있었다. 료마의 해원대의 성격에 대해서이다. 도사 번이 아니라 단순한 낭인 결사이며, 활동의 편의상 도사 번을 앞세우고 있는 것에 불과하다……

"결국, 녀석들은 부랑자들이야."

배에 타고 있던 재무감독관 시게타 이치지로가 말했다. 상대가 도사 번이라면 번 외교상 귀찮은 일들이 생기게 될 테지만, 낭인들의 사적인 결사인 이상 대수로운 일은 없으리라는 것이었다.

"위자료조로 금일봉을 집어주면 그것으로 흐지부지 될 테지."

"옳은 말씀입니다."

선장 다카야나기도 그 정도로 짐작하고 저녁 때 다시 료마를 찾아갔다.

"자, 우선 이것을……."

료마에게 금일봉을 내놓으면서 말했다.

"급한 불이나 끄시라고……."

스물대여섯 냥쯤 들어 있을 듯했다. 배 한척을 침몰시키고 화물을 깡그리 잃어버린 료마에 대한 인사가 고작 그것이었던 것이다.

료마는, "담판이 끝날 때까지 배는 출항시키지 말 것, 우선 구원금으로서 만 냥을 낼 것" 등을 요구했으나 기슈 번은 완전히 그것을 무시한 것이다.

"뭐요, 이건?"

료마는 분노로 얼굴이 창백해졌을 정도였다. 화를 내면 그는 무서운 얼굴이 되었다.

"다카야나기, 당신은 그래 가지고도 무사요? 그런 심부름을 다닌다는 게 부끄럽지도 않소?"

료마는 그 금일봉에 손가락 하나 대지 않고 다카야나기를 쫓아 버리고 말았다.

다음날 다카야나기는 나타나지 않았다. 대신 나루세 구니스케(成瀨國助)라는 사관이 찾아와 말했다.

"만 냥을 대신 내 드리기는 하겠습니다. 그 대신 언제 갚아 주실지 반제 기일을 명시해 주십시오."

"기슈 번은 도둑놈인가?"

료마는 너무나도 오만하고 몰상식한 상대방의 태도에 차라리 어리둥절한 느낌이었다.

"도둑? 말을 삼가시오."

"싸움을 걸 작정인가?"

료마는 천천히 말했다.

"나루세군, 귀번의 재무감독관은 도둑놈 근성을 지니고 있어도 자네는 그렇지 않을 테지. 그렇게 믿고 하는 말이다. 만 냥을 대신 내겠다는 건 무슨 말인가? 배와 화물을 침몰시켜 놓고, 그래도 모자라서 돈을 꾸어 줄 테니 그 반제 기일을 명시하라고? 분명히 말해 보게. 친번 삼가(三家)의 하나인 기슈 집안에는 해상에서 함부로 남을 해쳐도 좋다는 허락이 내려 있는가?"

료마는 이어서 말했다.

"내가 말하는 만 냥이란 배상금 일부를 선불하라는 거다. 반제 기일은 무슨 놈의 반제 기일인가?"

"그렇다면 이쪽 생각과는 다르오."

나루세 구니스케는 자리에서 일어나 버렸다. 담판은 모두가 결렬 상태에 빠져 버리고 만 것이다.

그 직후 료마측 사관인 사야나기 다카지와 고시고에 지로 두 사람이 격분한 모습으로 말했다.

"대장님, 우리를 탈대(脫隊)시켜 주십시오!"

이제부터 메이코마루로 쳐들어가겠다는 것이다.

"쳐들어간다고?"

료마는 마스야 세이자에몬 집 이층에서 사야나기, 고시고에 두 사람과 마주앉아 있었다.

방은 남향이다. 열어젖힌 장지문 너머로 도모 항의 전경이 내다보인다. 항구에는 기슈 번선 메이코마루가 유들유들하게 여겨질 만큼 그 거대한 선체를 드러내 보이고 있었다.

"저 배에는 재무감독관, 선장 등을 비롯해서 약 백 명의 인원이 타고 있어. 대번에 지고 말거야."

"물론이죠!"

미도 사람인 사야나기 다카지는 평소에는 온화한 젊은이였는데, 딴 사람처럼 험악한 표정을 짓고 있었다.

에치젠의 고시고에 지로도 마찬가지다. 사야나기는 침몰한 배의 항해장이었고 고시고에는 기관장이었다. 사고에 대한 책임도 느끼고 있었고 그만큼 기슈 번의 태도에 대해서 누구보다도 격렬한 분노를 느끼고 있었다.

"물론 목숨을 내던질 각오는 하고 있습니다."
'이 친구들, 정말 쳐들어갈 작정인걸.'
료마는 생각했다.
"지는 싸움은 안하는 것이 현명해. 할 때는 기슈 번을 짓이겨 버릴 결의를 하고 차근차근 손을 써야 하는 거다."
"그렇지만……."
"자네들 두 사람이 메이코마루 갑판에서 죽어 봤자, 배도 화물도 돌아오지 않는다. 내가 알아서 하지. 만일 진다면, 그때야말로 칼을 뽑아 주게. 물론 나도 뽑는다. 그러나 칼을 뽑을 때는 기슈 번 그 자체를 짓이겨 버릴 계획을 세운 다음이야."
두 사람은 불만스러운 듯이 입을 다물었다.
'과연 그런 일이 가능한가.'
하는 듯한 표정이었다. 금일봉으로 얼버무리려는 기슈 번을 상대로 몇 만 냥이란 배상금을 받기는 다 틀린 것 같았고, 더구나 낭인 결사인 해원대의 무력으로 55만 5천 석의 기슈 도쿠가와 집안을 과연 짓이길 수 있단 말인가?
"이긴다!"
료마는 단호히 말했다.
"이 사건은 내 생각대로 맡겨 주게. 어젯밤, 밤새도록 궁리한 끝에 마침내 좋은 생각을 얻었네."
료마가 말했을 때, 돌연 고시고에가 바다를 바라보고 앗, 하고 외쳤다. 항내에 계류되어 있는 메이코마루의 굴뚝에서 연기가 치솟기 시작한 것이다.
"도망칠 작정이다!"
고시고에는 당장이라도 달려갈 기세였다.
'설마……'

료마는 근시의 눈을 가늘게 뜨며 항내의 메이코마루를 바라보았다. 과연 굴뚝에서 연기가 치솟고 있다.

'녀석들, 그렇게까지 얕봤단 말인가?'

이렇게 생각하자, 료마도 이제는 가만히 앉아만 있을 수 없었다.

"사야나기군, 고시고에군, 곧 보트를 타고 저 배에 타 주게. 감시를 하기 위해서다. 기슈측이 나가사키로 간다면 가도록 내버려 둬. 나는 다른 편으로 나가사키로 간다. 모든 일은 나가사키에서 해결한다."

"알겠습니다."

사야나기와 고시고에는 뛰어나갔다.

료마는 이때 이미 죽음을 각오하고 있었다. 조슈 지번(支藩)인 조후(長府)의 미요시 신조(三吉愼藏) 앞으로, "만일의 경우에는 오료를 부탁한다"는 편지를 써서 급편에 보내기까지 했던 것이다

료마는 유신 후 그의 전기작가에 의해 '한혈 천리구(汗血千里駒)'라는 표현을 들었다. 한혈이란 '한서(漢書)'의 무제기(武帝紀)에 있는 말로서, 아라비아 산(産)의 명마를 말한다. 피처럼 붉은 땀을 흘린다는 데서 나온 말이었다. 그것은 어쨌든—

덴포(天保) 6년에 태어난, 이제는 그리 젊다고도 할 수 없는 이 사나이는 그 무렵부터 그 이름대로 천 리를 뛰어다니는 초인적 역량을 보이기 시작하고 있었다.

료마는 33살이다. 십대 초기에는 바보에 가까웠고 이십대 초기에는 어딘가 멍청한 인상이었다. 당시의 그를 아는 사람은 서른셋이 된 오늘날의 료마가 전혀 딴 사람 같았으리라. 그러나 예외가 없지는 않다. 그의 맹우(盟友)인 다케치 한페이타 만은 이십대 초기 때의 료마를 꿰뚫어보고, '도사 같은 시골에는 어울리지 않는 인물'이라는 평을 했다. 그리고 사상을 달리하는 이 손아래 친구를 위해 아

름다운 시를 지어 주었다.

    그 간담은 웅대하고
    기지는 스스로 샘솟는 도다.
    날고 잠김을 뉘라서 알리오
    용(龍)이란 그 이름 부끄럽지 않으리.

그렇게 보아 주기는 했지만, 당시 료마의 친구들은 그렇게 말하고 웃어넘겼을 뿐이었다.
"료마에게는 과분한 시다."
향당(鄕黨)의 친구들은 대개 료마를 그리 신통하게 평가하지 않았고, 그것은 또한 당연하기도 했다. 많은 동지들이 덴추조(天誅組)를 위해 피를 끓어 올리고 있을 때, 이 천재적인 검객은 항해술에 열중하고 있었다. 격동하는 시대의 추세와는 도무지 걸음이 맞지 않아, 언뜻 보면 멋대로 길가의 풀만 뜯고 있는 보잘것없는 말처럼 보였다.
료마가 다케치의 예언대로 '용이란 이름에 부끄럽지 않은' 활약을 겨우 시작한 것은, 33살이 된 해부터였다.
그는 유례없는 활동가가 되었다.
일본 지도 위를 밟고 뛰어다니는 것 같은 신출귀몰의 활약상을 보이기 시작했다.
마침 도모에 입항해 있던 오사카로 가는 사쓰마 번의 배를 찾아내자, 그는 장문의 편지 두 통을 맡겼다. 한 통은 사이고 다카모리 앞으로 보내는 것이고, 또 한 통은 오사카의 동지들 앞으로 보내는 것이었다.
오사카에는 해원대의 스가노 가쿠베에와 다카마쓰 다로가 상무를 보고 있었다. 료마는 배가 침몰한 경위를 보고하고, 자신의 사건 처리를 위한 결의를 밝히면서 당부했다.
"자세한 것은 사이고에게도 써 보냈으니, 사쓰마 번저(藩邸)로 찾아가서 그것도 아울러 읽어보도록. 나는 이제부터 나가사키로 간다. 나가사키에서 결말을 지을 작정이다. 어차피 피를 보지 않고는 끝장이 나지 않을 것 같다. 만약 기슈 번과 해원대가 싸움을 벌이게 될 때는 여론의 지지가 필요하다. 사이고에게 편지를 보낸 것도 그 때문이다. 여러분은 교토와 오사카에서 여론을 일으켜 주기 바란다."
뒤이어 시모노세키로 향하는 조슈 번의 배가 입항했다. 그 배를 타고 시모노세키에서 내리자 조슈 번 친구에게 같은 취지의 말을 했다.
"좋다. 만약 싸움이 일어난다면 우리 번에서도 보고만 있지 않겠다."
가쓰라 고고로의 확약을 얻은 그는 곧 영국 화물선을 타고, 메이코마루를 뒤쫓아 나가사키로 갔다.

료마가 나가사키에 도착한 것은 5월 13일이었다.
고소네 별저로 가자 현관에서 오료를 불렀다. 그리고 그 자리에 버티고 선 채 말하고는 있는 대로 돈을 털어놓았다.
"만일 내가 죽으면 임자는 아무 소리 말고 조후(조슈 번의 지번)의 미요시 신조를 찾아가도록 해."
오료가 깜짝 놀랐을 때, 이미 료마는 등을 보이고 있었다. 그 등이 분주히 움직이더니 눈 깜짝할 사이에 어디론가 사라져 버리고 말았다.
'무슨 일일까, 저이가……?'

오료는 현관에 뛰어내린 채 우두커니 서 있었다. 료마의 그런 태도가 제정신으로는 보이지 않았다.

그러나 만약 그 자리에 사카모토 집안의 오토메 누님이 있었다면, 그런 료마를 충분히 이해하고 오료에게도 알아듣도록 타일렀으리라. 무사 집안의 전통적인 행동으로서, 그런 경우가 있는 것이다. 이를테면 어쩔 수 없는 결투를 하게 됐다든가 할 때, 집에 돌아와 잠깐 아내를 불러서는 말한다.

"알겠소? 뒷일은 이렇게 처리하도록 하오."

간단한 몇 마디를 남긴 채 나가 버린다. 오래 앉아서 이 얘기, 저 얘기 하면 한바탕 눈물소동이 벌어질 염려가 있기 때문이다.

훗날, 유신 후 사이고와 더불어 관(官 : 육군소장)을 내던지고 가고시마로 떠나 버린 기리노 도시아키(桐野利秋 : 나카무라 한지로)에게도 비슷한 일화가 있다. 기리노는 당시 독신이어서, 허름한 집에서 서생들과 더불어 살고 있었다. 그러나 그가 좋아하는 여자에게 다른 마을에 따로 살림을 주어 가끔 함께 지냈다.

어느 날 말을 타고 나타나더니 말에서 내리지도 않고 여자를 불렀다.

"여보!"

여자가 현관으로 달려 나가자, 기리노는 품속에서 단도 한 자루와 가지고 있는 돈을 꺼내 주며 말했다.

"잠깐 사쓰마에 다녀오겠소. 아마 도쿄에는 돌아오지 못하게 될 거야."

이 말을 끝내자, 말머리를 돌려 달려가 버리고 말았다. 그 말대로 기리노는 세이난 전쟁(西南戰爭)을 일으켜 마침내 돌아오지 못하고 말았다.

료마도 한낱 낭인의 몸으로 친번인 기슈 번을 상대로 큰 싸움을 벌이려는 이상, 목숨은 없을 것으로 각오하고 있었다. 적은 당연히 자객을 보낼 것으로 짐작되었다. 따라서 오료가 있는 고소네 댁을 거처로 하고 있을 수는 없었다.

'만약 습격당하게 되면 오료까지 말려들게 된다.'

그런 생각을 했기 때문에 소동이 끝날 때까지는 가까이하지 않을 작정이었다.

료마의 거처는 기슈 번에서도 모른다.

도사야에 있는가 하면 번의 도사상회에서 자는 때도 있고, 마루야마의 가게쓰루에서 묵는 일도 있었다.

그것은 어쨌든—

기슈 번과의 제1회 담판이 열린 것은 15일이었다.

해원대에서는 료마를 비롯한 8명이, 기슈 번에서는 선장 다카야나기 구스노스케 외 9명이 참석했다.

격론을 벌인 끝에 료마는 우선, "메이코마루는 충돌 당시 갑판 사관이 없었다. 또한 두 차례에 걸쳐 우현을 들이받았다." 두 조항을 인정케 했다.

기슈 번은 나가사키에 번저(藩邸)를 가지고 있지 않았다. 그 때문에 여관을 이용하고 있었다. 나카지마 강(中島川) 강변인 조큐다리(長久橋) 앞에 그 여관이 있었고, 얼마 가지 않아서 바다였다.

료마와의 첫 담판이 결렬됐을 때, 이 해풍이 불어오는 여관에서는 비밀회의가 열렸다.

"다카야나기군, 각오는 되어 있을 테지?"

번의 재무감독관인 시게타 이치지로가 말했다. 재무감독관이라면 번의 고위 관리다.

"각오라고 하시면……?"

선장 다카야나기는 물었다.

"이미 우리가 기슈 집안이라는 것이 세상에 알려진 이상, 이 싸움은 결코 질 수 없단 말이야."

"알고 있습니다. 그러나 각오라고 하신 것은 제가 할복을 해야 한다는 뜻이 아니었습니까?"

"자네가 배를 갈라서 수습될 수 있는 일이라면 문제는 간단하다. 그러나 섣불리 할복이라도 하면 이쪽의 잘못을 천하에 실토하는 셈이 되니, 더욱 큰 창피를 겪게 되는 거야."

시게타 이치지로는 한낱 서기에서 발탁되어, 서기관장 등을 거쳐 재무감독관으로까지 승진한 사나이였다. 번 내 으뜸가는 재사였다.

"료마의 동문은 도사 번을 내세우고 있지만 실은 단순한 부랑배들이라면서?"

"그런 것으로 알고 있습니다."

"정면으로 맞서서 싸우는 것조차 창피한 일이야."

시게타가 말했다. 과연 그랬다. 낭인들을 상대로 하여, 3백 제후 중에서도 가장 격이 높은 기슈 가문이 정면으로 담판한다는 것은 그 자체가 쑥스러운 일이었다.

"다카야나기군, 자네는 절대로 후퇴해서는 안 되네. 나는 나가사키 행정관을 움직여 볼 테니까."

시게타는 말했다. 기슈 가문의 권위를 가지고 대한다면 나가사키의 막부 행정관도 움직일 수 있으리라.

나가사키의 막부 행정관은 규슈에서는 가장 높은 막부 기관이었다. 일단 내란이나 외적의 침입 등, 전시 상태에 돌입했을 때는 규슈 여러 번에 대한 지휘관마저 장악하게 된다.

"또한……."

시게타는 말을 이었다.

"상대방이 부랑자인 이상, 다른 각오도 필요하다."

"무슨 말씀이신지……?"

"이건 내놓고 할 말은 못되지만……."

시게타는 다른 자들을 물러나게 하고 다카야나기만을 가까이 불러 말했다.

"료마를 죽이는 거다."

그 말에는 다카야나기도 놀랐다.

"그것이 제일 빠른 해결 방법이다. 다만 기슈 번에서 해치웠다는 눈치를 보이면 안 된다. 무슨 좋은 수가 없겠는가? 나가사키 시중에는 돈 받고 그런 일을 해 주는 자가 없을까?"

"궁리해 보겠습니다……."

다카야나기는 진땀을 흘리고 있다. 원래 학자라서 이런 화제에는 어울리지 않는 것이다.

"나도 하겠네. 이런 일에는 온갖 수단을 다 써야 해. 나가사키에 번저를 두고 있는 여러 번, 이를테면 히젠 사가, 지쿠젠 후쿠오카, 히젠 고지마, 히젠 히라도 등 각 번의 주재관들을 마루야마(丸山)에 부르도록 하게. 우리 번에 대한 지원을 요청해야 할 테니까."

료마에게 나가사키 행정청에서 출두 명령서가 온 것은 그 다음날이었다.

보나마나 용건은 이번 사건 때문이리라고 짐작했다. 기슈 번이 친번이란 위세를 가지고 나가사키에서의 최고 막부 기관을 움직이고 있는 것이리라.

"괘씸한 것들이!"

료마는 그 출두 명령서를 곧장 얼굴로 가져가더니 그대로 코를 풀어 버리고 말았다.

대원들은 파랗게 질려 버렸다. 해원대 문관이란 직함을 지니고 있는 나카오카 겐키치도 보다 못해 나무랐다.
"료마님, 어쩌자고 그런 짓을……."
결국, 도사 번 대표로서 이 나카오카와 이와사키 야타로가 출석하기로 했다.
이와사키는 사자 같은 용모를 지닌 사나이여서, 행정청 관원들은 그 얼굴만 보고도 질린 듯 예상 외로 정중했다고 한다.
나카오카는 변설에 능한 사나이였다. 조용히, 그러나 조금도 빈틈 없는 답변을 하여 관원들이 비집고 들어갈 틈을 주지 않았다. 마침내 나이 많은 포도군관이 중얼거렸을 정도였다.
"그리고 보니, 잘못은 기슈측에 있군요."
지체하지 않고 이와사키는 물었다.
"지금 그 말씀…… 이쪽에 기록해도 좋겠습니까?"
그러자 관원들은 당황하여 말했다.
"지금 그건 하품이오."
이렇듯 재치 있게 얼버무리는 것이 막부시대 관료들의 버릇이었다.
"그렇습니까? 나가사키 관료분들은 재미있는 하품을 하시는군요."
이와사키는 역시 그답게, 상대방의 감정을 자극하고 빈정대는 투가 아니라, 연방 사자 머리를 흔들면서 탄복해 보였다. 그것이 너무 지나친 것 같아 나카오카가 옷소매를 잡아당겼을 정도다.
"이와사키님, 그만해 두시죠."
그러나 이와사키는 계속 탄복하고 있었다.
"나가사키의 하품은 도사와 달라 아주 길군."
하면서 중얼거렸다. 이와사키의 속셈은 뻔했다. 나이 많은 포도군관의 혼잣말이 정식 발언은 아니었다 해도, 동석한 관원들에게 그런 해학을 통해 철저히 인상을 짙게 하려고 했던 것이다. 인상만 짙게 해놓는다면 그것은 기록과 마찬가지가 되리라.

마지막으로 나카오카는 못을 박는 질문을 했다.

"행정청으로서의 입장은 어떻습니까?"

이 해난 사건에 막부가 그 위세를 내걸고 개입할 작정이냐, 하는 뜻이 그 말 속에 있었다. 원래 막부의 행정사상은, 번 서로 간의 시비에 대해서는 천하의 치안을 문란케 하지 않는 한 막부로서는 개입하지 않는다는 것이었다. 나카오카는 그 점을 이 기회에 분명히 해두고 싶었던 것이다.

"뭐, 별다른 뜻이 있었던 것은 아니오. 다만 두 번의 시비가 커져서 뜻하지 않은 사태에 이르지 않도록, 직책상 내막을 들어 봤을 뿐이오."

행정청 측의 태도가 아주 부드러워졌다.

나카오카와 이와사키는 행정청에서 나왔다. 이만하면 더 이상 말썽은 없으리라고 보았다. 막부 측에서는 앞으로 기슈 번을 두둔하여 쓸데없는 간섭은 하지 않으리라고 본 것이다.

이 점은 성공한 셈이었다.

료마를 노리는 자가 있다는 소문이 시중에 떠돌았다.

나가사키 시민들 사이에서 소문이 퍼지기 시작한 것 같다. 이 고장은 당시의 여러 도시 중에서도 어딘가 색다른 성격을 지니고 있었다.

3백 년 동안 외국 무역을 독점해 온 도시여서 시민들 중에는 부유한 자가 많았다. 영세한 직공들도 한두 가락쯤 노래나 악기를 배워가지고 다니는 자가 많았고, 모두 놀기를 좋아해서 시중의 기분은 늘 태평스러웠다.

　수입이 좋고 게다가 천령(天領 : 막부령)이어서, 영주들의 번과 달리 주민들에게 쩨쩨한 행정을 하지 않았다. 만사에 여유만만하다.

　그런 까닭에 대낮에도 할 일 없이 거리를 어슬렁거리고 다니는 자가 많았고, 그것을 노래한 이 고장 노래로서 '어슬렁타령'이라는 것이 있을 정도다.

　그렇듯 한가한 시민들의 화제는, 요즘에는 기슈 번과 해원대 사이의 시비 문제에 집중되어 있었다.

　두 패로 나누어 편을 들었다.

　당연히 해원대 편이 압도적으로 많았다. 그럴 수밖에 없는 것이 해원대는 낭인들의 결사로서, 계급적으로 본다면 평민에 가까웠다. 당연히 그들을 동정하고 싶었다.

　게다가 조그만 조직이었다. 55만 석의 기슈 번에 비하면 깨알만한 크기에 지나지 않는다. 그 깨알이 3백 제후의 필두인 기슈 번을 상대로 싸움을 걸고 있는 것이다. 힘없는 민중의 감정으로서는 더 없이 통쾌한 일이었으리라.

　한가하고 친절한 사람이 많은 고장이라, 니시하마 거리의 해원대 본부(도사야)까지 찾아와서 한 마디씩 던지고 가는 사람들이 매일 그 수를 셀 수 없을 정도였다.

　"기운을 내시기 바랍니다."

　그런 사람 중 한 사람이, "사카모토님을 노리고 있는 것 같은 낭인들이 있습니다" 하고 가르쳐 주었다.

　대원이 그게 누구냐고 물어 보자, 나가사키로 흘러들어 온 부랑자인 것 같은데 얼굴이 낯설었다고 했다. 요리아이 거리(寄合町)의 요정에서 그런 의논을 하고 있더라는 것이다. 이름은 알 수 없지만, 그 중 한 사람은 분명히 용담초(龍膽草) 무늬의 가문이 든 옷을 입고 있더라는 말도 했다.
"용담초 무늬의 가문이라면 어디서나 볼 수 있는 자가 아닌가?"
료마는 상대도 하지 않았다. 가문 중에서는 가장 흔한 종류의 하나였던 것이다.
"내가 이 일을 하면 할수록 목숨을 노리는 자가 많아지는 것은 당연해."
기묘한 소리를 하며, 료마는 언제나 혼자서 시중을 나돌아 다녔다.
그런 어느 날, 해원대 본부에 의젓한 차림을 한, 한 무사가 찾아 왔다.
조슈의 가쓰라 고고로였다.
"잘 왔네."
료마는 현관으로 뛰어 내려가자, 가쓰라를 끌고 거리로 나갔다. 마루야마의 가게쓰 루로 가려는 것이었다.
어깨를 나란히 하고 걷고 있으면서, 이 친구도 분큐(文久) 3년 8월의 궁문 정변 이래, 막부가 눈이 뻘개가지고 찾아다니고 있는 사나이라는 것을 생각하자, 어쩐지 우스워서 견딜 수가 없었다. 그러나 그 심정을 료마 자신은 적절히 설명할 수 없었다. 결국, 목숨이 위태로운 녀석들이 사이좋게 어깨를 나란히 하고 저물어 가는 거리에서 술집을 찾아가고 있다는 것이, 일종의 희화(戱畵) 같은 느낌을 주었기 때문이었으리라.

가게쓰 루에는 중국풍의 방이 있었다. 바닥에는 기와를 깔고, 천장, 창문, 장식등, 그 밖의 비품들이 모두 중국식이며, 식탁과 의자가 놓여 있었다.
료마와 가쓰라는 그 방에 마주 앉았다. 여느 때처럼 기녀로는 오모토가 불려와서 술시중을 들었으나 두 사람이 이야기를 시작하자

뜰로 나갔다. 그녀는 그녀 나름으로 불의의 습격자를 경계하려는 것이었다.

"사카모토군, 너무 마시지 말게."

가쓰라가 말했다. 가쓰라는 잔을 놓은 채, 한 방울도 마시고 있지 않았다. 만약의 경우를 위한 대비였다.

"알고 있네."

료마는 말했다. 하기야 가게쓰 루에서는 단골손님이 아니면 받지 않았고, 특히 이 집은 료마에 대해 호의를 가지고 있어서, 료마가 오면 오모토뿐만 아니라 접객 담당인 여자들끼리 여러 가지로 배려해 주기 때문에 안심할 수 있었다.

"이로하마루 사건은 그 뒤 어떻게 됐나?"

가쓰라가 물었다. 이 조슈 번의 지도자는 료마와 무기 구입을 위한 의논을 하려고 온 것이었지만, 한편으로는 그 문제도 역시 있었다. 경우에 따라서는 해원대를 도와 기슈 번과 일전을 나누어도 무방하다는 심경으로 기울어지고 있는 가쓰라였다.

"말뿐이 아니야."

가쓰라는 말했다.

"사실 그럴 각오로 있네. 그때는 사쓰마도 당연히 동맹군으로서 호응해 줄 거다."

료마는 가쓰라의 내심을 알 수 있었다. 제2차 막부 조슈 전쟁은 조슈의 승리로 끝났고, 막부는 장군 이에모치의 죽음을 구실로 하여 화친을 맺었었다. 그후 조슈 번은 계속 무기를 구입하고 군제를 정비하여 이제는 혁명전과 그 승리를 꿈꾸기까지에 이르고 있는 것이다.

혁명전을 일으키자면 그 계기가 필요하다.

그렇다면 료마와 기슈 번과의 싸움을 지원한다는 형식으로 개전

할 수도 있지 않은가?

기슈 번은 친번 삼가 중의 하나이다. 전 장군 이에모치도 기슈 가문에서 나와 종가를 이었다. 보나마나 막부는 가만 있지 않으리라. 반드시 일어나게 될 것이다. 그때를 노려 두들겨 부순다는 것이 가쓰라의 혁명 전략인 것 같다.

'조슈는 초조해하고 있군.'

료마는 그렇게 생각했다. 료마가 보는 바로도 초조하지 않을 수 없었을 것이다. 우선 조슈의 경제력에도 한도가 있는 것이다.

이 번은 보슈, 조슈 두 주(州)를 합해서 겨우 36만 9천 석이었다. 하기는 도쿠가와 3백 년 동안 열심히 개간하고 간척 사업을 진행시키는 한편, 제지(製紙), 제염(製鹽) 등 산업을 일으켜서 그 실력은 백만 석과 맞먹을 정도로 되기는 했다.

그러나 4개국 함대와의 싸움을 비롯해서, 하마구의 궁문(蛤宮門) 사변, 막부와의 전쟁 등, 연이은 전쟁 때문에 국력은 피폐하고, 그러면서도 군비를 확장하고 있는 것이다. 이렇게 된 이상 이제는 하루 빨리 혁명전을 일으키지 않으면 번은 그 과중한 군비 부담으로 자멸하지 않을 수 없는 형편이었다.

'도박은 어서 결판을 내어 버리자.'

이것은 가쓰라의 본심이었다. 만약 이대로 평화가 계속된다면 조슈라는 배는 과중한 화물 때문에 저절로 침몰하지 않으면 안 되는 것이다.

'시국은 더욱 격동하게 되겠군.'

료마는 조슈의 경제 사정과 그 몸부림을 알고 나자 장래를 그렇게 전망했다.

기슈 번측은 마침내 이쪽 교섭에 대해 회피책을 쓰며 응하지 않게 되었다.

료마측에서 사람이 가도, 책임자가 없으니 내일 오너라, 하는 식의 태도로 나왔다.

"습격합시다!"

대원인 사야나기와 고시고에는 다시 떠들어 대기 시작했으나 료마는 그것을 엄금했다.

'습격이라니 말도 안 된다.'

그것이 료마의 속마음이었다. 료마로서는 이 일본 최초의 기선 충돌 사건을 법적인 선례로 남겨 놓고 싶다는 것이 그의 정열의 방향이었다.

어느 날 료마는 대원들을 데리고 마루야마의 가게쓰 루로 몰려가, 오모토 외에 기녀 십여 명을 불러다 놓고 술자리를 열었다.

"내가 노래를 하나 지었어" 하더니, 샤미센을 안고 자신이 작사 작곡한 노래를 부르기 시작했다.

기녀들은 재미있는 듯 같이 따라 불렀고, 곧 그 노래는 나가사키 환락가에서 폭발적인 유행을 했다.

　　배를 침몰시킨 보상으로는
　　돈보다 나라를 받아내련다.

단순하고 소박한 노래였다. 요컨대 배가 침몰된 그 보상으로는 배상금 따위를 받지 않고 기슈 번 55만 5천 석을 타고 앉겠다는 뜻이다.

나가사키에서는 평민들뿐만 아니라 여러 번 번사들까지 료마를 동정하고 있었다. 그들은 밤이 되면 술자리에서 그 노래를 샤미센으로 뜯게 하며 같이 합창했다.

"나라를 받아 낸다는 그 기개가 대단한걸."

그것이 바로 주객들의 기분에 맞는 대목이었다. 3백 년간 거드름을 부려 온 기슈 도쿠가와 집안을 한낱 낭인이 타고 앉겠다는 것이다.

"멋지군!"

도사 사람들은 도사 사투리로 감탄했고, 히고 사람들은 히고 사람대로 "좋았어!" 하고 탄복했다. 무사다운 배짱이라는 뜻이리라.

이 선전에는 기슈 번도 질려 버렸다. 세론은 확실히 기슈 번에 불리했다.

그런 때, 도사 본국에서 참정인 고토 쇼지로가 나가사키로 왔다. 고토는 료마를 찾아가 해결책을 협의했다.

"어떤가, 문제 해결을 번에 맡겨 주지 않겠나?"

고토가 말했다. 료마는 승낙했다. 도사 번이 표면에 나서 준다면 기슈 번도 생각이 달라지리라고 생각한 것이다.

"고토형, 묘책이 있어."

료마는 그 묘책이라는 것을 설명했다.

지금 나가사키에는 영국의 동양함대가 입항해 있다. 그 사령관인 킹이라는 사람을 임시 중재자로 부탁해 보면 어떠냐는 것이다.

"물론 재판을 청하는 것이 아니라 참고인으로서 세계 공통의 공론을 들어 보자는 거지."

"좋겠군."

고토는 곧 기슈번에 대해 그런 제의를 했다.

놀란 기슈 번은 "검토해 보겠다"고 하여, 일단 고토를 돌려보냈다.

그동안 기슈 번 측에서도 결코 번의 위세에만 매달려 있지는 않았다.

기슈 번은 기슈 번 나름대로의 주장을 가지고 있었다.

"이로하마루의 잘못이 크다"고 그들은 믿고 싶었다. 충돌 당시, 이로하마루는 현등을 켜고 있지 않았다는 주장이었다.

또한 이로하마루는 다루기 쉬운 작은 배였다. 작은 배가 운전에 조심해서 피해야 하는 것이 당연하며, 그 점이 실책이었다는 것이다.

어쨌든 기슈 번측도 자신의 입장을 살리기 위해 필사적인 노력을 했다. 선장 다카야나기 구스노스케는 비밀리에 두 배의 항해 일지와 충돌 직전의 상황, 충돌 후의 쌍방의 주장 등을 장문의 영어로 작성했다.

당시의 일본인 어학 능력으로는 그런 내용을 영문으로 옮긴다는 자체가 벌써 큰일이었다. 물론 번역에 필요한 일영사전(日英辭典) 따위가 있을 리 없다.

네덜란드어는 알지만 영어는 겨우 단어를 아는 정도의 다카야나기가 그것을 하려고 했다.

나가사키 막부 행정청의 영문 번역관인 시나가와(品川)라는 사람이 거들기는 했지만, 어쨌든 이틀 밤을 새면서 번역을 마쳤으니, 그야말로 위업(偉業)이라고 하지 않을 수 없었다.

그 영문은 쇼와(昭和) 6년에 발간된 《난키도쿠가와사(南紀德川史)》 제4권에 16페이지에 걸쳐서 수록되어 있다. 신통치 않은 문장이기는 하지만, 뜻은 그럭저럭 통한다.

기슈 번은 그것을 나가사키에 입항중인 영국군함 함장에게 보였다. 다시 말하면, 만국의 관례에 비추어서 이 경우 어느 쪽이 옳고 그른가 하는 근거를 얻으려고 했던 것이었다. 그러나 그 노력은 헛된 것이었다. 영국 함장은 그것을 보자 "유감이지만 기슈 번은 유리하지 않다"라는 말을 했기 때문이다.

훗날, 이 기슈 번 메이코마루의 선장 다카야나기 구스노스케와 사관 오카모토 가쿠주로(岡本覺十郎)는 유신 후에도 오래도록 살아, 메이지 25, 6년께에 와카야마(和歌山)의 번사(藩史) 편찬자에게 사건 당시를 회고하며 이렇게 대답하고 있다.

"벌써 25년 이상이나 지난 일이라 기억에 분명치 않은 대목도 있다. 그러나 그 사이다니 우메타로(才谷梅太郎)는……."

료마를 그런 이름으로 부르고 있다. 료마는 이 사건에 관한 응대에는 모두 그 가명을 썼던 것이다.

"그 사이다니 우메타로는, 이제 생각하니 사카모토 료마였다. 아시다시피 막부 타도론자의 거두(巨頭)다."

그 때문에 기슈 도쿠가와 집안에 대해서 그토록 끈덕지게 물고 늘어졌으리라고 두 사람은 말한다. 두 사람은 료마에 대한 인상을 이렇게 말했다.

"응대하는 말투나 태도는 상당히 정직하고 온화했으며 타당한 대목이 많았다. 그러나 대담하기 짝이 없는 인물이어서, 정말 감당할 수가 없었다. 게다가 그의 휘하에 있는 해원대 대원들은 말할 수 없이 사나운 무리들이어서 이 사건 때문에 길길이 날뛰고, 걸핏하면 난폭한 협박을 가해 오곤 했다."

20여 년이 지나서도 이처럼 불쾌감을 감추지 못한 채 회고하고 있다. 기슈 집안이라는 품위 있는 대번으로 볼 때는 마치 미친개의 일당 같은 인상이었던 것이다.

"더 이상 해결 방법이 없을 때는 죽음뿐이다. 나도 죽고 상대방도 죽이는 거다."

그런 각오를 한 사람이 있었다.

기슈 번 메이코마루의 부선장, 오카모토 가쿠주로였다. 오카모토의 이런 결의에는 당시의 무사만이 이해할 수 있는 감정과 논리가 있었다.

'벨 수밖에 없을지도 모른다.'

무엇보다 아니꼬운 것은 도사 번 참정인 고토 쇼지로의 태도였다. 고토와 기슈 번 재무감독관인 시게타 이치지로가 최초로 쇼도쿠 사(聖德寺)라는 절에서 회담했을 때, 담판이 끝난 후 고토는 위협적인 어조로 이렇게 말했다.

"귀번에서 지금까지 취해 온 태도는 극히 무성의했소. 앞으로 귀번에서 계속 성의를 보이지 않을 때는 어떤 결과를 초래할지 모르게 되오. 이 점, 충분히 알아 두시기 바라오."

그때 오카모토는 말석에서 저도 모르게 칼자루에 손을 얹었다가, 곁에 있던 선장 다카야나기 구스노스케에게 제지를 받았다.

또 다른 불쾌한 일은, 나가사키의 환락가에서 유행하기 시작한 〈나라를 받아내련다〉는 노래였다. 그 노래는 술집에서뿐만 아니라, 골목에서 놀고 있는 아이들까지도 부르기 시작했다.

'이 무슨 도사의 괘씸한 장난인가!'

오카모토 가쿠주로는 그렇게 생각했다.

게다가 영국 함장에게 이번 사건을 문의한 결과, 기슈 번에게 불리하다는 결론이 내려졌다.

'이제는 틀렸다.'

그렇게 생각했다. 단지 거액의 배상금을 빼앗기는 데서 그치는 일이 아니었다. 기슈 번은 명예가 손상되고 세상의 웃음거리가 되는 것이다.

오카모토 가쿠주로는 혼자 결심했다. 번의 재무감독관 시게타 이치지로는 시정의 부랑배를 부추겨 료마를 쓰러뜨리려고 했던 모양이지만 오카모토는 생각이 달랐다.

'그런 방법은 미온적일 뿐 아니라 비겁하다.'

메이코마루의 고급 사관인 자신이 정정 당당히 료마를 찾아가 도전하여, 서로 칼을 잡고 순식간에 모든 것을 해결하리라고 각오했다.

그 계획을 스야마 도자에몬(須山藤左衞門)이라는 상사에게 실토했다. 스야마는 기슈 번의 구매 담당관이었다. 서양 기계를 구입하기 위해 생긴 새로운 직명이다.

"무사의 오기, 막을 수도 없는 일이 아닌가?"

스야마는 묵인했다. 스야마로서는 료마만 쓰러뜨리면 일은 끝나리라고 생각했던 것이다.

그러나 설사 오카모토가 료마를 쓰러뜨린다 해도 오카모토는 할복을 면하지 못하리라.

"어떻게 되든 제 목숨은 없는 겁니다. 다만, 마음에 걸리는 것은 고향에 계신 제 노모입니다."

"그 점은 염려 말도록"

스야마는 끄덕이더니, 자기가 차고 있던 칼을 오카모토에게 주면서 말했다.

"이름도 없는 비젠(備前)의 칼이지만 쓸 만은 하다."

오카모토는 그날부터 료마를 뒤쫓아 다녔다. 마침내 이틀째 되는 날 밤, 마루야마의 가게쓰루를 나와 고개를 내려오는 료마에게 덤벼들었으나, 순식간에 내던져지고 말았다.

"번도, 이름도 묻지 않겠다."

료마는 돌바닥 위에 쓰러져 있는 오카모토를 향해 빙그레 웃어 보이고, 그대로 성큼성큼 사라져 갔다. 그 뒤 오카모토는 두 번 다시 료마를 노리려 하지 않았다.

가게쓰 루의 고개 밑에서 료마에 의해 내던져진 기슈 번의 오카모
토는 료마가 칼을 뽑았었는지조차 기억나지 않았다.

어쨌든 오카모토의 기억은, 자신이 고개 밑의 버드나무 그늘에 숨
어 있었던 데까지는 분명했다.

고개를 내려 온 그림자는 하나뿐이었다. 비틀거리며 걷고 있었지
만 별로 술을 많이 마신 것 같지는 않았다.

'저 녀석이다!'

생각했을 때, 오카모토는 온 몸의 힘이 상반신으로 치솟았다. 중
심을 잃고 이상하게 몸이 가라앉지 않았다. 동시에 착란이 일어났
다.

착란이 일어났다기보다는, 엄밀히 말해 심신상실(心神喪失)의 상
태였으리라. 그 후부터는 통 기억이 없는 것이다.

오카모토는 칼을 빼 들자 곧장 돌격했을 것이다. 그 순간 몸이 허
공에 솟구치더니 그대로 돌바닥 위에 내던져졌다.

'죽는다!'

이 생각을 하며 잽싸게 몸을 일으키려고 했으나, 피가 머리로 솟
구치고 있을 뿐 손가락 하나 움직여지지 않았다.

그렇다고 상대방이 자신의 몸을 덮쳐누르고 있었던 것 같지도 않
았다.

다만 "번도 이름도 묻지 않겠다" 하고 말한 상대방의 목소리가
유난히 부드럽게 오카모토의 마음속에 남아 있을 뿐이었다.

상대방이 사라지고 나자, 오카모토는 겨우 몸을 일으켰다. 칼이
없었다. 상사인 스야마 도자에몬이 빌려 준 칼이다. 그것에 생각이
미쳤을 때에야, 오카모토는 비로소 당황할 수 있을 정도의 정신을
차렸다.

여기저기 찾아보니 칼은 훨씬 멀리 떨어진 소귀나무 밑에 나뒹굴

어져 있었다. 달려가서 주워들고, 황급히 주위를 둘러보았다. 가게 쓰루의 문전에 그림자가 하나 꼼짝도 않고 서 있었다. 여자였다. 기녀 차림이었던 것으로 생각된다.

'보고 있었구나……'

생각이 들자, 수치심이 비로소 그의 행동을 민첩하게 했다.

그동안 상대방 여자는 대수롭지 않긴 했지만 어떤 행동을 보였다. 마치 안면이라도 있는 듯이 고개를 숙이고 허리를 굽히며 가볍게 인사를 한 것이다. 오모토였다.

그러나 오카모토는 오모토를 알 까닭이 없었다. 정신없이 고개를 달려 내려와 여관으로 돌아왔다.

"실패했습니다."

스야마 도자에몬에게 말하자, 스야마는 대번의 중신답게 머리를 끄덕였을 뿐, 더 이상은 아무 말도 하지 않았다.

기슈 번은 이미 패배를 각오하고 있었다. 남은 일은 어떻게 해야 배상금을 적게 내느냐 하는 것뿐이었다.

적당한 조정자가 없을까 하고 물색하던 중, 기슈 번의 스야마와 가까운 사이인 이요(伊豫) 마쓰야마 번(松山藩)의 고무라 다이스케(小村大介)라는 자가 조언을 해 주었다.

"사쓰마 번의 고다이 사이스케가 좋을 겁니다."

즉시 고다이 사이스케와 교섭한 결과 고다이는 전권을 맡긴다는 조건으로 떠맡았다.

사쓰마의 고다이 사이스케는 그날 밤부터 조정 활동을 시작했다.

"료마는 어디 있는가?"

사쓰마 번 사람들을 시켜 료마의 거처를 알아보게 했더니, 뜻밖에도 고소네 별저에 있다고 한다. 고다이는 곧 가마로 달려갔다.

"오늘 낮 기슈 번에서 찾아오더니……."

고다이는 료마를 만나자마자 말했다.

"나한테 조정을 의뢰하더군. 도사는 어떤가? 나한테 맡겨 주겠나?"

'기슈 번은 이제 손을 들었구나.'

료마는 순간 그것을 알아챘다. 영국의 킹이라는 함대 사령관을 참고인으로 해서 문제를 공론에 호소하자는 도사 번측 제안을 일단 받아들여 놓고는, 갑자기 방침을 바꾸어 다른 번 사람을 조정인으로 내세우는 형식을 취한 것이다.

"기슈 번도 잘못은 인정하는 모양이다."

고다이는 말했다.

"내게 의뢰한 용건은 양쪽이 타당하다고 생각하는 배상금액을 정하는 일이다. 어떤가, 나한테 맡겨 주겠는가?"

"그건 난처한걸."

료마는 말했다. 고다이와는 친구 사이다. 그를 상대로 배상금의 많고 적음을 놓고 다투게 되면 나중에 감정 문제가 남을지도 모르는 것이다.

"이 사건은 이미 고토에게 맡겨 버렸네. 고토와 의논해 주게."

"그래? 고토하고 말이지."

고토와 고다이와는 마루야마의 기루(妓樓)에서 여러 차례 술을 마신 사이였다.

"알겠네."

고다이는 칼을 들고 일어났다. 그 길로 고토의 숙소를 향해 달려갔다.

고토는 고다이의 용건을 듣더니 강경히 그것을 거부했다.

"영국 제독을 참고인으로 하여 문제를 공론에 붙인다는 것은 기슈 번도 이미 받아들인 일이다. 이제 와서 귀공을 괴롭히다니 괘씸한 일이 아닌가."

다음날도 고다이는 찾아왔으나, 고토는 단호히 그 조정에 응하지 않았다. 고토는 흥정에는 천부적 소질을 지니고 있다고 해도 좋았다. 이 경우도 도사 측의 태도가 몹시 강경하다는 것이 상대방에게 알려지면 알려질수록 배상금은 그 금액이 커진다는 것을 훤히 내다보고 있었다. 과연, 네 번째 찾아왔을 때는 고다이 사이스케도 어지간히 지쳐 버린 듯 말했다.

"도사측 요구는 미력하나마 이 고다이 사이스케가 관철해 드리겠소. 그러니 툭 털어놓고 말씀해 보실 수 없겠소?" 고토는 그제야 겨우 태도를 누그러뜨리며 조건을 제시했다.

"무엇보다도 먼저 기슈 번측의 사과문을 받고 싶소. 배상금액은 귀공에게 맡기오. 귀공 같으면 얼마가 정당하리라고 생각하시오?"

고다이는 그 액수를 제시했다. 배 값과 화물 값으로 보아, 8만 3천 냥 정도면 어떻겠느냐는 것이었다.

'흐음, 예상 외로 많이 받아낼 수 있겠군.'

고토는 속으로 기뻐하며 고다이에게 모두 맡기기로 했다.

고다이로서는 자기가 제시한 금액이었다. 자연 기슈측에게 완강히 그 금액을 고집했다. 기슈 번도 받아들이지 않을 수 없게 되어 재무감독관 시게타 이치지로는 손수 고토를 찾아와, 그 문제에 대한 약정서를 교환했다.

나카오카 신타로

나카오카 신타로(中岡愼太郞)는 교토에 있었다.

단, 이제부터 말하려는 시기는 료마의 이로하마루 사건보다 조금 전인 게이오 2년의 연말 무렵이다. 나카오카는 사쓰마 번 저택이나 공경들의 저택에 드나드는 동안에 놀라운 정보를 입수했다.

고메이 천황(孝明天皇)이 세상을 떠난 소식이다.

'시대는 바뀐다.'

면도날 같은 날카로운 감각을 지닌 사나이는 곧 그렇게 직감했다. 천황은 양이주의의 주체라는 점에서 천하의 지사들을 분기시켰지만, 그러나 막부 반대론자는 아니어서 그 점이 도쿠가와 반대 세력에 혼란을 주고 있었다.

천황은 막부 반대론자가 아니었을 뿐만 아니라 오히려 막부의 위신을 회복시키고 막부 무력의 힘에 의해서 국내 질서를 확립시키고, 강력한 대외 정책을 밀고 나가게 하려는 태도였다. 자연히 막부 반대 행동을 취하고 있는 공경들을 증오하며, 분큐 3년 8월에는 산조 사네토미(三條實美) 등을 '간악한 적'으로 몰아 숙청하고, 궁중 인사를 막부파로 일신해 버렸다.

이 천황과 같은 주의를 내걸고 있는 집단은 교토 수호직인 아이즈 번(會津藩)이었다. 아이즈 번 휘하에 있는 신센조(新選組)도 천황과 같은 계열의 사상결사(思想結社)라고 해도 좋았다. 아이즈 번과 신센조는 천황의 수족으로서 동분서주하여 막부 반대 세력을 몰아내기 위해 전력을 다했다. 그들 정의의 거점은 고메이 천황이었다.

그 천황이 세상을 떠난 것이다. 뒤를 이은 것은 겨우 16살 난 소년 천황이었다.

"이 기회에……."

막부측도 생각했다. 막부측 역시 고메이 천황의 외국 혐오벽을 거추장스럽게 생각하던 참이라, 이미 프랑스 공사와 내약되어 있는 고베 개항에 대한 윤허를 소년 황제를 통해서 얻어 내려는 생각이었다.

"이 기회에……."

생각한 것은, 이미 막부 타도파 낭사의 한 사람이 되어 있는 나카오카 신타로도 마찬가지였다. 나카오카는 사쓰마 조슈 양번에 대해서는 가장 강력한 번의 참모가 되어 있었다.

때마침 사쓰마의 교토 주재 외교관 사이고 다카모리가 연말을 기하여 교토 번 저택으로 돌아왔다.

나카오카는 사이고를 만나 역설했다.

"천황께서는 고베 개항을 무엇보다도 싫어하셨소."

그 말대로였다. 이미 개항한 요코하마나 나가사키는 교토에서 먼 곳이었지만, 고베는 바로 교토의 목줄기 같은 곳이었다. 그런 곳에 외국인들을 거류시키면, 중국의 예를 두고 생각해 봐도 언제 그들이 수도를 습격할는지 모른다는 공포감이 천황에게는 있었던 것이다. 그 때문에 막부가 수차례에 걸쳐 개항 윤허를 얻으려고 했으나, 천황은 끝내 허락하지 않았다.

막부는 어서 개항하고 싶은 심정이었다. 통상에서 오는 이익은 막부가 그 태반을 독점하게 되어 있었고, 그 이익으로 막부의 경제적 체질도 바꿀 수 있다고 믿었던 것이다.

그렇게 되면 큰일이라고 생각하는 것은 나카오카 등 막부 타도파들의 입장이었다.

"이 기회에 막부로부터 외교방침 결정권을 빼앗아 버려야 하오. 그러기 위해서는 프러시아의 예도 있듯이 국가의 최고 문제는 조정이 소집하는 제후 회의에서 결정하도록 해야 한다고 생각하는데?"

나카오카는 역설했고, 사이고도 찬성했다.

막부 말기인 이 무렵, '제후 회의'라는 구상만큼 지사들을 흥분시킨 구국안은 또 없었다.

물론 나카오카의 창안도 아니고, 사이고나 료마가 생각해 낸 안도 아니었다. 그들은 모두 이에 대해 논의를 거듭하기는 했지만, 그런 안의 바탕이 된 것은 한 영국 청년의 논문이었다.

청년은 영국 공사관의 통역관인 어네스트 사토였다. 사토는 일본의 문서 같은 것도 줄줄 읽어 내려갈 수 있을 정도의 어학력을 지니고 있었고 무엇보다도 정세에 대한 뛰어난 분석력을 가지고 있었다. 그 사토가 요코하마에서 발행되는 〈재팬 타임즈〉에 일본의 혼란을 수습하는 한 방안을 기고한 것이다.

그는 일본의 장군에 대하여

"처음 외국 각국은 장군을 원수로 생각했었고, 막부 또한 그렇게 말하고 있었다. 그러나 실제로는 제후들의 장(長)에 지나지 않다. 그런데도 일본의 군주임을 자처하고 있었던 것은 분수를 모르는 일이며 기만이다."

그런 뜻의 주장을 하고, 그것을 역사, 법률 현실 면에서 논증했던 것이다.

요컨대 영국을 비롯한 열강은 일본의 원수가 아닌 장군과 외교 관계를 맺으려고 했던 것에 오늘날의 혼란이 일어난 원인이 있다고 주장하고,

"이것을 해결하기 위해서는 일본은 그 정치 형태를 개조하는 것이 좋다. 가장 적당한 방안은 장군이 그 본래의 위치인 대제후의 지위까지 되내려 가는 것이다. 그런 후에 천황을 받드는 제후 연합체가 지배 세력이 되어 정치를 담당하는 것이 가장 타당할 것이다."

그것이 사토의 결론이었다.

이 논문을 사토는 그 감독자인 공사에게 의논하지 않고 한 개인의 입장에서 발표했다. 물론 관리로서는 복무규정 위반이었지만 유신 후 사토는 그 회고록에서 말하고 있다.

"나는 그런 것까지 신경쓰지는 않았다."

말하자면 이 사적 논문은 사토의 일본어 교사였던, 아와 하치스카(蜂須賀) 집안의 가신 누마다 도라사부로(沼田寅三郞)에 의해 번역되었고, 자연히 그 사본이 세상에 퍼져 일본인들 사이에 널리 읽혔다.

그 표제도 어느 틈에 '영국책론(英國策論)'이라는, 극히 공적인 냄새를 풍기는 것으로 바뀌어져 있었다. 료마도 읽었고 나카오카도 물론 그것을 읽었다.

사이고의 경우에도 읽었을 뿐만 아니라, 고베 앞바다에 정박해 있는 사쓰마 기선에서 사토와 직접 대면하기도 했다. 사토는 사이고의

인품에 유난히 매력을 느끼고 있던 청년이었으므로, 일부러 대면하기 위해 찾아왔던 것이었다.

사토 논문이 어느 정도 영향을 미쳤는가는 별문제로 하고, 제후 회의라는 안은 막부에 대해 호의를 가지고 있는 자들 사이에서까지 논의되게 되었다.

막부는 이미 국정 담당력을 잃어 가고 있었다. 그것은 막부파에서도 인정하는 것이었다.

막부 타도로서는 이 기회에 '제후 회의'를 설치한다는 것이 반대파도 끌어들일 수 있는 절호의 기회였던 것이다.

"우선 본국으로 돌아가서 급히 번의 의견을 통일해야겠소"

사이고는 말했고, 나카오카에게도 가고시마로 갈 것을 권했다. 사이고와 나카오카의 활약이 시작되었다.

나카오카는 기민한 사나이였다. 그는 곧 오사카로 가서 도사보리(土佐堀)의 사쓰마 번 저택에 잠복해 있는 조슈 번의 이하라(井原), 시미즈(淸水) 두 사람을 데리고 고베로 가자, 마침 정박해 있는 사쓰마 번의 배를 빌려 진수부(鎭守府)로 향했다.

진수부에는 고메이 천황의 노여움을 사서 관위가 박탈된 산조 사네토미 등 다섯 명의 공경들이 근신하고 있었다. 그들에게 고메이 천황이 세상을 떠나신, 분큐 이래 최대의 정치 소식을 전하는 동시에 앞날을 위한 의논을 하기 위해서 였다.

사이고는 그보다 며칠 뒤늦게 다른 편으로 가고시마를 향해 떠났다.

이미 그 복안은 교토에서 같은 번의 고마쓰 다데와키(小松帶刀), 오쿠보 도시미치(大久保利通) 등을 비롯하여 나카오카 신타로와도 충분히 논의하여 마련되어 있었다.

'제후 회의'라고는 해도, 삼백 제후들을 모두 교토에 모이게 하자는 것은 아니었다. 고작해야 영주들이다. 그들 대부분은 무능하고 일정한 자기주장도 없었고, 구국을 위한 정치사상은 물론 정세에도 어두웠다.

다만 천하에 '사현후(四賢侯)'라고 일컬어지는 인물이 있었다. 일찍이 안세이(安政) 때 세상에 널리 알려진 사현후는 사쓰마의 시마쓰 나리아키라(島津齊彬)를 필두로 하여, 도사의 야마노우치 요도(도요시게), 이요 우와지마의 다테 무네나리(伊達宗城), 에치젠 후쿠이(福井)의 마쓰다이라 슌가쿠(松平春嶽) 등이었다. 그러나 지금은 나리아키라가 죽었기 때문에 그 아우이며 현 사쓰마 번주의 부친인 시마쓰 히사미쓰(島津久光)가 대신 손꼽히고 있다.

그 사현후가 회의를 여는 것이다.

물론 조정이 주최하며, 그 기초 공작은 이미 출발 전에 사이고가 해놓은 바 있었다.

사이고는 가고시마로 돌아오자, 히사미쓰와 다다요시 두 부자를 배알하고 말했다.

"과거의 장군 중심 정치로부터 조정이 소집하는 사현후 회의에 의한 정치로 전환시키는 것은 지금이 가장 좋은 기회인 것으로 압니다. 이 기회를 놓치면 막부는 어린 천황을 내세워서 무슨 짓을 하는지 알 수 없습니다."

그럴 가능성은 충분히 있었다. 첫째, 어린 천황의 섭정은 공경 중에서도 두드러진 막부파 인물, 니조 나리유키(二條齊敬)였던 것이다. 막부측이 조정을 완전히 손아귀에 쥘 우려는 상당히 있다고 보아야 했다.

"옳은 말이다."

사이고를 싫어하기로 유명한 시마쓰 히사미쓰도, 이 중대 정세에 대해서는 충분히 이해할 수 있었다.
"회의에는 무력이 필요합니다."
사이고는 말했다. 단순한 '사현후 회의'만 가지고서는 조정과 막부가 납득하지 않는다. 회의에 무게를 줄 수 있는 대군의 배경이 필요한 것이다. 다시 말하면 사현후가 각각 병력을 거느리고 급히 상경할 필요가 있다는 것을 사이고는 역설했다.
"그것도 옳은 말이다."
히사미쓰는 외치다시피 말했다. 풍운은 이미 일기 시작했다. 사쓰마 번으로서는 당연히 그 기회를 놓쳐서는 안 되는 것이다.
"곧 대군을 정비하여 바다로 상경토록 하겠다."
히사미쓰는 말했다. 다른 삼현후도 설복시키지 않으면 안 된다. 에치젠의 마쓰다이라 슌가쿠는 이미 교토에 와 있었으므로, 남은 것은 도사와 우와지마의 호응을 촉구하는 것뿐이었다.
"곧 다녀오도록 해라."
히사미쓰는 사이고에게 명을 내렸다. 사이고는 기선을 타고 도사로 향했다.

사이고가 가고시마를 떠나, 배를 타고 도사의 우라도 만(浦戶灣)에 도착하여 고치 성 아래 거리 산덴(散田) 번저에서 나이 지긋한 야마노우치 요도를 배알한 것은 2월 17일이었다.
이 이야기는 앞서도 잠깐 한 일이 있지만 굳이 반복하는 이유는, 나카오카 신타로의 일기가 이 양자의 대면 광경을 그야말로 여실하게 전하고 있기 때문이다.
상좌에 앉은 요도를 향하여 사이고 천하의 정세를 말하고, 사현후 회의의 필요성을 역설하자, 이해력이 빠른 요도는 시원스럽게 말했다.

"알겠소."

요도는 복잡한 사상을 가지고 있는 인물이었다. 막부파로 알려져 있기는 하지만, 그것은 정서적 막부파라고도 할 수 있는 것이어서, 이때도 사이고에 대하여 이런 말을 했다.

"사쓰마측의 노력은 존경해 마지않는 바이고, 의견 또한 타당한 것으로 생각하오. 다만 한 가지 이해해 줘야 할 것은, 이 도사의 야마노우치 집안은 사쓰마의 시마쓰 집안과는 달라, 창업 무렵 도쿠가와 집안의 은혜를 적지 않게 입었소. 이 점에 대해서만은 충분한 이해가 있기 바라오."

정치가 요도는 교토의 천황을 정점으로 하는 통일만이 구국의 길이라고 믿고 있었다. 따라서 그가 도사 번주가 되는 운명 아래 태어나지 않고, 만약 비천한 무인 집안의 차남쯤으로 태어났던들, 좀더 과격한 근왕주의자가 되었을 것이었다. 그런 체질을 가진 인물인 것이다.

"그런데……."

사이고는 다짐을 했다.

요도의 좋지 않은 버릇에 대해서다. 요도는 직감력이 풍부하고 지나칠 만큼 현명한 시인(詩人)이라, 회의를 같이 하다가도 그들이 한없이 바보처럼 보여서 그만 화를 내며 자리를 걷어차고 일어나 본국으로 돌아가 버리는 예가 과거에 한두 번 있었던 것이다.

"지금은 극히 중대한 시기에 처해 있으니만큼 그전처럼 일을 벌여 놓기만 하시고 돌아가시는 일이 없으시도록 부탁드립니다."

사이고로서는 영주에 대해 어지간히 대담한 소리를 한 셈이었다.

그러나 자칫하면 화를 내기 쉬운 요도도 사이고의 교묘하면서도 약간의 유머마저 섞은 그런 표현을 미소로 받아넘기면서 쾌히 끄덕이더니 대답했다.

"음, 알겠소."

그뿐 아니라 사이고가 물러가자, 곁에 있던 시신(侍臣) 후쿠오카 도지에게 말했다.

"이번에는 히가시 산(東山)의 흙이 될 작정이다. 다시는 도사에 돌아오지 못할지도 모르네."

이어서 오다 노부나가(織田信長)를 흠모하고 있는 이 행동주의자는, 사이고가 고치를 떠나기도 전에 이미 번에 상경을 위한 동원령을 내린 것이다.

사이고는 다시 배를 타고 도사 만에서 서쪽으로 크게 우회하여, 같은 시코쿠(四國)의 이요우와지마 10만 석의 성 밑거리로 들어가 사현후의 한 사람인 다테 무네나리를 배알했다.

무네나리는 '장면군(長面君)'이라는 별호를 들을 만큼 얼굴이 길었다. 더구나 나이도 많았고, 기질도 요도와 같은 다혈질이 아닌 담즙질(膽汁質)에 속하는 인물이었다. 따라서 도사의 경우와는 달리, 우와지마에서 사이고는 그리 유쾌한 대접을 받지 못했다.

이에 관해서는—

즉 '나카오카 신타로의 일기' 중 이 대목은 사이고를 통해서 들은 대로 나카오카가 조금도 더하지 않고 쓴 것인 듯하다.

이요 우와지마의 다테 무네나리는, 사쓰마 번이 제창하는 사현후 회담에 대해 매우 경계하는 태도를 취했다.

'사쓰마에 속을까보냐.'

이런 태도가 역력히 드러나 보였다. 무네나리 또한 현명하기 이를 데 없는 사람으로 행동력도 있었으며, 이 현후(賢侯)의 통찰안 역시 이미 막부의 명맥은 다해 가고 있다는 것을 충분히 꿰뚫어 보고 있었다.

그 점, 사쓰마 번의 생각과 일치한다.

그러나 그렇다고 막부에 대해 어떤 속셈을 지니고 있는지도 분명치 않은 사쓰마 번의 제창에 덩달아 날뛸 생각은 없었다. 이요 우와지마의 다테 집안은 비정통적인 번으로 센다이의 다테 집안과 일문이었으나, 무네나리 자신은 야마구치(山口) 집안에서 양자로 들어왔으며 막부 신하 출신이었다. 따라서 막부에 대한 생각이 사이고와 같지 않았다. 말하자면 근왕 막부파라고 해도 좋았으며, 이 점 요도와 같은 사상이었다.

"도대체 도사의 요도공은 무엇 때문에 상경하려는 거요?"

무네나리의 측신인 마쓰네 즈쇼(松根圖書)가 사이고에게 물었다. 요도는 사쓰마의 장단에 춤을 추는 것을 싫어할 텐데. 이런 짓궂은 의문이 마쓰네의 말투에서 풍겼다.

사이고는 불쾌했다.

"말씀드릴 것도 없지 않습니까? 요도공께서는 오늘날 조정의 위기를 신하 입장에서 보시다 못해 부득이 상경하시려는 겁니다."

공식론적인 대답을 했다.

결국, 다테 무네나리도 상경은 하게 되지만, 사이고와의 대면에서는 한다고도 안 한다고도 말하지 않고, 이를테면 시어머니가 며느리를 곯리는 것 같은 그런 태도를 보였다. 요도의 시원스런 응대와는 판이한 태도였다.

회담이 끝나자 주연이 베풀어졌다.

이 주연은 아주 이색적이어서, 전각에 많은 기녀들을 불러들여 술을 따르게 한 것이다.

"이게 바로 우와지마식이다."

무네나리는 웃었다.

그 좌석에서 무네나리는 사이고에게 놀리듯이 말했다.

"다카모리, 그대는 교토에 정부(情婦)가 있나?"

사이고는 그 무렵 정부라고 할 만한 존재는 없었으나 고지식한 대답도 우스울 것 같아서 말했다.

"있습니다."

무네나리는 계속 물고 늘어지듯 묻는다.

"이름이 뭐지?"

이런 질문에는 사이고도 대답할 마땅한 말이 없었다.

"그런 거야 말씀드려 봤자 아무 소용도 없는 것 아닙니까? 좀더 제게 도움이 될 수 있는 것을 물어 주시기 바랍니다."

그렇게 말했더니 무네나리는 내뱉듯이 말했다.

"그대는 고작 그런 식으로밖에는 말을 못하니 딱하단 말이야."

무네나리의 말은 사이고가 들은 대로를 나중에 나카오카가 옮겨 쓴 것이라서 그 뜻을 분명히 알 수는 없다.

"좀더 농담도 할 줄 아는 사람이 되어라"

이런 뜻이었다면, 사실 사이고는 농의 명수였다. 무네나리는 무언가 사이고를 잘못 알고 있었던 것에 틀림없다.

한편 나카오카 신타로는—

이 피로를 모르는 활동가는 혼자 쓰쿠시(筑紫) 가도를 거쳐, 이윽고 진수부에 다다랐다.

진수부에는 일본 최대의 정치범들이 유폐되어 있었다. 산조 사네토미 이하 5명의 과격파 공경들이다.

나카오카는 산조 사네토미의 숙소로 찾아가 그들을 만나 뵙고 천황이 돌아가신 소식을 전했다.

"사실이냐?"

사네토미 등은 소스라치게 놀라며 상좌에서 몸을 내밀 듯했다.
"사실입니다."
나카오카가 엎드린 채 고개 숙이고 대답하자 격정가인 사네토미는 소리 내어 울음을 터뜨렸다.
'뜻밖이다.'
그런 생각을 하지 않을 수 없었다. 사네토미 등은 막부 옹호파였던 고메이 천황의 질책을 받고 조정에서 쫓겨나 서국으로 낙향했으며, 지금은 막부의 지령에 의해 이 진수부가 있는 벽촌에 유폐되어 있는 것이다. 천황에 대해서는 원한이 쌓였을 텐데도 이 5명의 대신은 얼굴을 감싸고 울기 시작한 것이다.
나카오카의 수기에는 이렇게 기록되어 있다.
"다섯 공경의 통곡은 그칠 줄을 몰랐다. 나 또한 덩달아 눈물이 나와 고개를 들 수 없었다. 다른 말을 할 겨를도 없이 물러나고 말았다."
공경들의 뜻밖일 만큼 심한 슬픔으로, 천황이 돌아가신 뒤 정치 구상에 대해서 논의할 여지가 없었던 것이다.
다음날 나카오카가 다시 찾아갔을 때에야 비로소 사네토미는 다소 냉정을 회복하고 말했다.
"나카오카, 새 천황은 아직 어리시다. 막부가 만일 어린 천황을 앞세워 조정을 장악해 버린다면 그 권력이 백 년은 더 가리라. 그것을 생각하면, 내 심정은 안절부절못하겠다."
그 말을 듣고 나카오카는, 사쓰마 번이 교토에서 이번 일을 계기로 오경에 대한 징계가 풀리도록 공작을 하고 있으니까, 머지않아 용서될 것이라는 말을 했다. 사네토미는 고개를 끄덕였다.
"그렇다고 곧바로 교토로 돌아갈 수 있는 것은 아니잖나? 그 사이에 막부측이 천황을 끌어안아 버리면 꼼짝도 못하게 되는 거다.”
"그런 일이 없도록……."
나카오카는 사현후 회의를 일종의 임시정부로 삼는 안을 사네토미에게 말하자, 사네토미는 무릎을 치며 기뻐했다.
"어쨌든 나는 이런 중대시기에도 아직 유폐되어 있는 몸이다. 나카오카, 나는 그대를 내 대신처럼 생각하겠다."
다시 말하면 "내 대리인으로서 대변도 하고, 활동도 해 달라"는 말이었다. 그 증거로 사네토미는 자기가 어렸을 때부터 지니고 다녔다는, 비단으로 만든 부적 주머니를 나카오카에게 주었다.
나카오카는 그 길로 가고시마를 향해 떠났다. 가고시마에 이르자 사쓰마 번청과 타협을 마치고, 다시 걸음을 돌려 진수부로 돌아왔다.
산조 사네토미를 또 뵙고 크게 결의한 듯 입을 열었다.
"실은 매우 중대한 일이 있습니다만, 들어 주실는지 모르겠습니다."
"무슨 일인가?"
산조 사네토미가 물었다.
"궁중에 관한 일입니다만……."
나카오카는 말했다.
산조는 그 말만 듣고도, 나카오카가 하려는 말이 무엇인가를 알았다.
천황이 돌아가신 후의 궁중 공작을 누구에게 맡기는가, 그것이 문제인 것이다. 그 가장 중요한 문제에 대해서 실은 산조도 어떻게 해야 좋을지를 모르고 있었다.
아무도 없는 것이다. 현재 궁중의 요직을 차지하고 있는 공경들은 그 모두가 막부파여서, 차라리 적이라고 해도 좋았다. 과격 근왕파는 모두 쫓겨났지만, 어쨌든 그들 역시 천하 개혁에 필요한 궁중 공작을 해낼 만한 능력을 가진 자는 하나도 없었다.

"공경이란 어리석은 자들이야."

산조 사네토미는 길게 탄식했다. 그러나 공경의 협력 없이는 궁중 공작은 불가능했다.

"어떻습니까? 전(前) 우근위 중장(右近衛中將) 이와쿠라 도모미(岩倉具視)경을 써 보시면?"

나카오카는 될 수 있는 대로 표정이 움직이지 않도록 애쓰며 말했다. 중대한 뜻을 지니고 있는 이름이었다.

막부 말기 첫무렵에 궁중 막부파의 모사로서 활약한 인물이다.

이와쿠라는 안세이(安政) 때, 중신 이이(井伊)의 개국 강행책에 동조하여 막부와 조정의 융화를 위해 뛰어다녔고, 마침내는 천황의 누이동생 가즈노미야(和宮)를 장군 이에모치(家茂)에게 출가시키는 운동의 중심인물이 되었다.

이 때문에, 공경의 신분으로 있으면서 '천황의 누이동생을 막부에 팔아먹은 간악한 적'이라는 낙인이 찍혀, 지사들의 증오를 사게 되었다. 그 뒤 이이가 사쿠라타 문(櫻田門) 밖에서 살해된 뒤, 과격지사들은 계속 이와쿠라를 쫓아 다녔다. 하마터면 죽을 뻔한 일도 있다.

그 뒤 천황의 노여움을 사서 교토 북쪽 이와쿠라 마을에 은퇴한 채 가난에 쪼들리는 생활을 하고 있는 터였다.

그 이와쿠라를 나카오카는 끌어내자는 것이다.

"그는 악한 정적이 아닌가?"

산조는 부지중 언성을 높였다.

나카오카는 끄덕였다.

"저도 그렇게 알고 있습니다. 뿐만 아니라 분큐(文久) 때에는 저도 이와쿠라를 베어 버릴까 하는 생각을 했을 정도입니다."

"그런 이와쿠라를 어쩌자고?"

산조는 거의 창백한 얼굴이었다. 그토록 이와쿠라의 평은 나빴다. 그런데 사실은 나카오카가 가고시마에 갔을 때 이 이야기가 나온 것이다.

"유능한 공경이 없지 않은가" 하는 이야기다. 유능한 자라면 악명 높은 이와쿠라뿐이었다.

"바로 그 이와쿠라경이……."

오쿠보 도시미치는 말했다.

"은밀한 소문이기는 하지만, 과거의 잘못을 뉘우치고 지금은 천하 개혁의 뜻을 품은 유일한 공경이라는 소문이 있다. 이와쿠라 마을을 비밀리에 방문했던 미도 탈번자 가가와 게이조(香川敬三), 에도의 유학자 오하시 준조(大橋順藏), 그리고 탈번자 도쿠다 하야토(德田隼人)의 이야기다."

독이야말로 양약이 될 수 있다며 오쿠보는 말했고, 나카오카도 찬동했다. 그 때문에 지금 나카오카는 진수부의 산조와 이와쿠라 마을의 도모미를 동맹시키려는 권고를 하고 있는 것이다.

나카오카는 산조 사네토미에게 간청했다.

"이와쿠라경과 친분을 맺고 싶다는 편지를 써 주십시오. 그 편지를 가지고 저는 곧 교토로 올라가서 이와쿠라경의 거처로 찾아가 직접 경을 만나 보려 합니다."

"만나서 어떻게 하려는 건가?"

"먼저 인물을 보고 그 식견, 정열, 성품 여하를 제 눈으로 확인할 생각입니다."

"그리고?"

"그리고—제 생각에 이만하면 괜찮을 분이라는 확신이 들면 써 주신 편지를 내보이고, 두 분의 비밀동맹을 성사시킬 작정입니다."

요컨대 인물 시험을 하자는 것이었다. 인물 시험을 해보고 나서, 과격파인 산조와 천재적 모사인 이와쿠라와의 비밀동맹을 나카오카가 산조를 대신하여 맺으려는 생각이었다.

나카오카 신타로에게는 인물안(人物眼)이 있었다. 그의 인물평은 지사들 사이에도 유명하여 나카오카의 눈에 든 사람이라면, 그것만으로도 이미 일류급 인물로 취급되는 정도였다.

"그것이 천하를 개혁하는 일이라면 나는 이의가 없다. 그대에게 모든 것을 맡긴다."

산조는 감정을 억눌러 말하고는, 자리에서 일어나 그가 가장 증오했던 정적에게 보내는 편지를 썼다.

"나는 서부로 유배되어 모든 일이 여의치 않으니, 아무쪼록 경께서 중흥의 대업에 나서 주시도록. 나 또한 협력을 아끼지 않겠소."

그런 내용의 것이었다. 붓을 든 손이 줄곧 가늘게 떨린 것은 그의 성격에서 오는 것이었으리라. 원래 그는 뼈대가 꿋꿋한 데 비하여 감정이 풍부한 사람이라고도 할 수 있어서 다소 여성적인 데가 있었다.

나카오카는 그 편지를 받자, 종이끈처럼 꼬아서 속 옷깃 깊숙이 꿰매 넣고, 애용하는 삿갓을 쓰고 진수부를 떠났다.

도중 시모노세키에서 배를 내려, 마침 그곳에 와 있던 료마를 만나 요정 조타로(長太郎)에서 한껏 술을 마셨다. 이때 나카오카는 오랫동안 동지로서 같이 일해 온 다카스기 신사쿠가 병사했다는 소식을 들었다. 원인은 폐결핵이었다. 다카스기는 병이 무거워진 다음에도 번 내의 쿠데타와 대 막부전 작전 지휘를 위해 동분서주했고, 그 사이에도 말술을 사양치 않아 무리에 무리를 거듭했다.

료마와 술을 마시다가 나카오카는 서글픈 얼굴로 술잔을 하늘에 있는 넋에 바치며 중얼거리면서 눈물을 흘렸다.

"그대가 만약 지상에 없었던들 조슈는 전혀 별개의 것이 되어 있었으리라."

나카오카는 산조와 이와쿠라의 제휴 공작을 료마에게 대충 털어놓았다.

"산조는 승낙했나?"

료마는 눈이 휘둥그레진다.

료마가 느낀 바로는, 사쓰마 조슈의 비밀동맹 체결로 역사는 유신을 향하여 크게 첫걸음을 내디딘 셈이었다. 그 두 번째 걸음은 산조와 이와쿠라의 제휴라고 할 수 있을 것이다.

산조 사네토미 같은 단순한 과격파 인사들만 가지고는 궁중 개혁은 어려우리라는 것이 료마의 생각이었다. 그들이 필요했던 것은 혁명의 첫 실마리였다. 지금은 바야흐로 이와쿠라와 같은 뛰어난 모사가 필요한 때였다.

나카오카 신타로가 교토에 잠입한 것은 게이오 3년 3월 21일이었다.

시중에는 아이즈(會津) 번사와 신센조들이 창날을 번뜩이며 순시하고 있었다.

후시미를 거쳐 교토로 들어가자, 대불(大佛) 앞에서 신센조 순찰대의 검문을 받았다.

"어느 번이시오?"

신센조 대원이 물었다.

나카오카의 침착성은 정평이 나 있었다. 상대방의 얼굴을 빤히 들여다 본 후 나직이 짧게 대답했다.
"사쓰마."
긴 말을 하면 도사 번의 사투리가 드러날지도 모르기 때문이다.
"성함은?"
신센조는 맨 처음 출발은 낭인들의 결사였으나, 막부기관인 교토 수호직 소속이어서 법률상으로 당당한 경찰권을 가지고 있었다. 따라서 그런 질문에 대답하지 않을 수 없었다.
"이시카와 세이노스케(石川淸之助)."
나카오카가 늘 쓰는 가명의 하나였다.
"어디서 왔고 어디로 가는 길이시오?"
"오사카. 이제부터 사쓰마 번저로."
"사쓰마 번저는?"
"니혼마쓰(二本松)."
천천히 걸음을 옮겼다. 신센조는 다소 석연치 않은 점이 있기는 했으나, 사쓰마 번사라고 자처하는 자를 함부로 칠 수 없는 일이다.
기온(祇園) 돌층대 밑에서 나카오카는 순찰대의 심문을 받았다. 그 패는 신센조와는 달리 대원을 막부 신하의 자제들 가운데서 채용하는 것을 원칙으로 하고 있는 순찰대여서 태도도 몹시 오만했고, 대의 통솔면도 신센조처럼 정연한 것이 아니었다.
"당신, 어디서 왔소?"
하는 식으로, 턱짓을 하며 묻는 것이다.
"사쓰마."
여기서도 나카오카의 대답은 짤막했다. 사쓰마 번에 대해서는 막부도 눈치만을 보고 있는 때라, 이 번명은 무슨 부적 같은 효험이 있었다.
"실례하오."

나카오카는 태연하게 지나쳤다. 솔직히 말해서 호랑이 입을 빠져 나가는 것 같은 느낌이었다.

'아직 죽을 수는 없다.'

나카오카의 가슴에는 세상을 뒤엎을 비책이 있었다. 그 비책이 결실을 맺게 하여 역사의 대전환을 가져 오게 하지 않는 한, 죽어도 눈을 감을 수가 없는 것이다.

'다카스기는 복받은 친구다……'

이런 때는 늘 그 생각을 했다. 다카스기 신사쿠는 그의 역사적 역할을 마치고 승천했다는 느낌이 드는 것이다.

'나는 이제부터다.'

나카오카는 그렇게 생각하고 있다. 분큐 3년에 도사 번을 탈번한 이래, 즐풍목우(櫛風沐雨)와 같이 오랜 세월 객지에서 떠도는 생활을 계속해 왔지만, 그가 구상하고 있는 새로운 역사를 탄생시키는 일은 바로 이제부터인 것이다.

교토의 거리를 북쪽으로 이윽고 니혼마쓰(二本松)의 사쓰마 번저로 들어갔다.

"나요."

문지기에게 가볍게 인사하고, 나카오카는 성큼성큼 안으로 들어간다. 여기서 하룻밤을 묵으며 번저의 동지들과 이와쿠라 마을에 잠입할 방법을 의논해 봤으나, 이와쿠라 마을은 막부측의 경계가 오히려 시중보다도 더 삼엄하여 어렵다는 대답뿐이었다.

나카오카가 어떤 방법으로 이와쿠라 마을에 잠입했는가를 자세히 설명한다는 것은 다소 번거로운 일이다. 길은 있기 마련인 것이다.

"마에다 우다(前田雅樂)라는 사람이 있소."

사쓰마 번사 다카사키 사타로(高崎佐太郎)가 말했다. 마에다 우다는 궁중에서 일을 보고 있는 사람이다.

이와쿠라 도모미와 뜻이 통하는 인물이어서, 이와쿠라는 교토에 볼 일이있을 때는 이 마에다 우다의 집을 연락 장소로 삼고 있었다. 물론 이와쿠라는 선황제로부터 징계를 받고 있는 몸이라 자신이 교토에 들어갈 수 없었다. 이와쿠라의 충복이며, 이와쿠라 마을의 농부의 아들인 요조(與三)라는 젊은이가 밀사 역할을 하여 마에다의 집으로 오는 것이다.

"요조가 와 있으면, 연락을 할 수 있소."

다카사키는 나카오카를 데리고 마에다 우다의 집으로 갔다. 그들이 온 뜻을 전하고 있는데, 마침 수건을 쓴 농부 차림을 한 요조가 부엌 쪽으로 나타났다.

'운이 좋은 걸.'

나카오카는 가슴마저 설레는 듯했다. 하늘이 돕는 것이라고 생각했다. 이 한 가지 일로 자신이 품고 있는 비책이 운수대통하는 열쇠가 되는 것이 아닌가 하는 생각마저 들었다.

"요조, 부탁한다."

나카오카는 잠입을 도와 줄 것을 간청했다.

"해 보겠습니다."

요조는 긴장된 얼굴로 말했다. 이 젊은이는 만일 일이 탄로난다면, 목숨을 내놓아야 하는 것이다.

다음날 저녁, 나카오카는 어스름을 틈타 니혼마쓰의 사쓰마 번 저택을 나섰다.

교토를 벗어나 다나카(田中) 마을까지 오자 낙조의 붉은빛마저 사라지고, 그는 별빛만 가득한 길을 걸어갔다.

들길이다. 짚신 끝으로 가까스로 길을 찾으며 걸어간다. 초롱불도 켤 수 없었다. 혹시 자객이 따르고 있을지도 모른다는 점을 그는 염려한 것이다.

"도사의 별은 좀더 컸던 것 같은데…… ?"

나카오카는 원망스럽게 하늘을 우러러 봤다. 교토의 별은 작았다. 이 고장은 남국인 고향에 비해 습도가 높은 탓일까? 나카오카는 문득 고향에 남겨두고 온 늙으신 아버지와 아내를 생각했다.

숲이 우거진 가미가모 마을(上賀茂村)을 지나면 마쓰사키 마을(松崎村), 다시 그곳을 지나니 고갯길이 나타났다.

여우고개라는 곳이었다.

옛 노래에도 나오는 고개로, 지금도 그 이름처럼 흔히 여우가 나타난다고 한다. 이 고개까지 오면 이제 이와쿠라 마을은 멀지 않았다.

나카오카는 고개 중턱에서 쉬기로 하고, 대로 만든 물통을 꺼내서 물을 마셨다.

"나리."

기어오듯이 다가오는 그림자가 있었다. 요조였다.

"잘됐나?"

"예."

막부는 이와쿠라 도모미가 살고 있는 농가에서 길 건너 저 편에 감시소를 두고, 아이즈 번사 몇 명을 감시인으로 배치하고 있었다. 요조는 그들에게 이와쿠라의 단도(短刀)를 판 돈으로 술을 사다 주어, 지금 한창 마시고 있는 중이라고 한다.

나카오카는 요조의 안내를 받아 이와쿠라 마을로 들어갔다. 언덕으로 둘러싸인 평범한 마을이었으나, 어쩌면 이 마을은 앞으로 유신 개혁의 중심대가 될지도 모를 일이었다.

이와쿠라 도모미의 은둔처는 북쪽이 밭으로 되어 있었다. 남쪽은 쓰러져가는 대문이 길과 닿아 있었고, 삼나무 울타리 너머로 히에이 산(比叡山)이 바라다 보인다. 택지는 예상외로 넓어서 4백 평은 됨 직했다.
 집둘레는 진흙담으로 둘러싸여 있었다. 군데군데 무너지기도 했고 일부는 삼나무 울타리로 되어 있다.
 그 삼나무 울타리 사이로 나카오카는 개처럼 기어 들어갔다.
 집은 초라했다.
 마을 농부가 은둔처로 지은 집이어서 육조, 사조 반, 삼조의 세 방밖에는 없었다. 삼조 방은 충복 요조가, 육조 방에서는 주인인 이와쿠라가 기거하고 있는 듯했다.
 '이것이 전 중장의 거처란 말인가?'
 그런 생각을 하니 아무리 선제의 노여움을 산 죄인이기는 해도 나카오카는 동정을 금할 수 없었다.
 다행히 택지가 넓어서, 이와쿠라는 그 일부를 손수 일구어 야채를 심어 먹는다고 했다.
 수입은 물론 거의 없었다. 원래 녹봉은 150석이지만 실수입은 그 4할밖에는 안 된다. 그 정도의 수입으로 교토의 식구들이 살고 이곳까지 치다꺼리를 한다는 것은 여간 어려운 일이 아니었다.
 이와쿠라는 술을 좋아했다. 매일 세 차례 반 홉씩 술을 마셨다. 안주는 요조의 말에 의하면 두부뿐일 때가 대부분이라고 했다.
 생선을 좋아하는 듯했다.
 그러나 매일같이 생선을 살 여유가 없기 때문에 요조가 강에서 잡아 오기도 했다. 이따금씩 교토에서 찾아오곤 하는 아들 가네마루(周丸)와 야치마루(八千丸) 형제는 이곳에 오면 종일 강에 나가서 고기를 낚아, 부친의 식탁을 푸짐하게 해주고 있었다.
 나카오카는 어제 마에다 우다의 집에서 요조를 만났을 때 이와쿠라의 일상생활을 들은 바 있다.

이와쿠라는 자객의 습격에 대비하여, 해가 지면 문단속을 엄중히 하곤 했다. 그러던 어느 여름날 밤, 요조에게 안마를 받다가, 둘 다 깜짝 졸아 버려서 주종은 겹쳐지듯 쓰러진 채 그대로 잠이 든 일이 있었다.

―그래서?

나카오카는 물었으나 그 뒷이야기는 싱거웠다. 밤 1시가 지났을 무렵에야 문득 잠에서 깨어 둘이 허둥지둥 더듬어 가며 문을 잠갔다고 한다.

바람이 휘몰아치는 날도 있었다. 분큐 3년 9월의 어느 날 오후 갑자기 폭풍우가 몰려 왔다. 방문을 모두 열어 놓았던 참이라 이와쿠라도 요조도 당황했다.

미닫이고 그 밖의 문이고 모두 날아가 버리고 말았으나, 이와쿠라와 요조는 방안을 미친 듯이 뛰어다니며 문서를 손으로 붙잡고 발로 누르고 나중에는 온 몸으로 눌러 덮어 날아가지 못하도록 안간힘을 썼다. 비밀 서류가 분실될까 두려웠던 것이다.

'흐음, 과연 초야에 묻힌 생활이군.'

나카오카는 그런 생각을 했다.

초야에 묻혔다는 말이 나왔으니 말인데, 이와쿠라는 병적으로 천둥을 무서워했다. 그토록 담략을 지닌 인물이 천둥을 무서워한다는 것은 애교라고도 할 수 있긴 하지만, 천둥이 울릴 때는 요조가 어지간히 혼이 나곤 하는 모양이었다. 서둘러 모기장을 치고 그 안에 이와쿠라를 집어넣고는 이불을 덮어씌운 뒤, 천둥이 그칠 때까지 기다린다고 한다.

"이리 오십시오."

삼나무 울타리로 기어들어 온 요조가 어둠 속을 걷기 시작했다. 집으로 다가가자, 길 건너 저편에서 감시하고 있는 아이즈 번 감시원들의 눈을 속이기 위해서인지 덧문이 꼭꼭 닫혀 있었다.

집안 역시 등불마저 켜고 있지 않는 듯, 문틈으로 새어나오는 불빛도 없었다.

"고쇼(御所)님, 고쇼님!"

요조는 문틈에 입을 대고 불렀다. 고쇼님이란 교토 사람들의 공경(公卿)에 대한 경칭이다.

"기다려라. 곧 열 테니."

나지막한 소리가 안에서 들려 왔다. 이와쿠라의 목소리임이 틀림없었다.

이윽고 문이 빠끔히 열리기 시작했다. 그것이 석 자쯤 열렸을 때, 안에 있는 검은 그림자가 착 가라앉은 소리로 물었다.

"도사 번의 나카오카 신타로인가?"

나카오카는 땅바닥에 무릎을 꿇고 머리를 숙였다.

"도사의 나카오카 신타로입니다."

역시 나지막했으나, 그다운 분명한 목소리로 자기소개를 했다.

"이름은 진작부터 듣고 있었다. 들어오너라."

'괴물이라는 소문을 들었는데……'

나카오카는 속으로 생각했다.

'목소리가 유난히 부드러운 걸.'

나카오카는 안으로 들어가자 칼을 마루에 끌러놓고 사조 반 방으로 들어갔다.

요조는 문을 다시 닫고 있었고 이와쿠라는 부싯돌로 불을 켜서 호롱에다 옮기고 있다.

"그 방은 좁다. 이리 오너라."

이와쿠라는 자기가 기거하는 방인 육조 방으로 나카오카를 불렀다.

"무슨 말씀을……"

사양해야 할 일이었다. 귀인에 대해서는 문지방을 사이에 두고 옆방에 앉는 것이 당연한 인사였다.

"죄인이다. 게다가 나무꾼의 오두막 같은 집이야. 동석을 허락한다."

이와쿠라는 노름꾼 두목 같은 파격적인 공경이었지만, 그러면서도 법도에는 꽤 까다로웠다. 그 이와쿠라가 그런 말을 한 것이다. 상좌와 아랫자리로 나누어서 대담을 하게 되면 자연 말소리가 커지고 그것이 밖에 흘러나가지 않을까, 이와쿠라는 염려한 것이었다.

"그럼 황송하오나……."

나카오카는 육조 방으로 들어갔다. 책이 도코노마에까지 가득히 쌓여 있었다.

'독서가인가?'

그렇게 생각했으나, 그렇지도 않다는 이야기를 그는 듣고 있었다. 이와쿠라는 20살이 되기 전, 궁중 강당에서 다른 공경의 자제들과 함께 공부를 하고 있었는데, 어느 날 후쿠와라 센메이(伏原宣明)의 '춘추좌전' 강의가 있었을 때 동년배인 나카미카도 쓰네유키(中御門經之)를 붙들고 말했다.

―우리 장기나 두자.

그러더니 품속에서 손수 종이에 그린 장기판을 꺼내 놓았다. 착실한 학생이었던 나카미카도는 질겁을 하며 나무랐다.

"지금 선생님이 강의하시는 중이 아닌가? 어째서 공부를 게을리 하는 건가?"

이와쿠라는 코웃음 치며 말했다.

"난 이미 춘추의 대의를 이해하고 있어, 그런 건 대의만 알면 그만이다. 나머지 시시한 자구 해석이야 외어 본들 무슨 소용이란 말인가? 그보다도 장기나 두어 지략을 다투는 것이 훨씬 현명하다."
 요컨대 그런 사나이라 학문은 그리 좋아하는 편이 아닌 것이다.

 '믿음직한 얼굴이다.'
 나카오카는 반한 듯이 이와쿠라를 물끄러미 바라보았다.
 머리는 까까중이었다. 눈까풀은 엷고 두 눈은 번뜩이는 빛을 띠고 있다. 큼직한 입을 한일자로 꾹 다문 것이 어딘가 조개치레를 닮은 모습이다. 나이는 마흔 두셋쯤 됐으리라.
 '이런 사람이 공경이었던가?'
 싶을 만큼 이와쿠라는 그 출신 계급과는 동떨어진 인상을 주고 있었다.
 특이한 상(相)이었다. 좀처럼 그런 얼굴이 있을 것 같지 않았다. 그런 얼굴을 가진 자의 역할은 공경이나 영주 따위가 아니라 노름꾼이나 흥행사의 두목이면 알맞을 것 같았다.
 하기는 한때 이와쿠라는 정말 집 한 귀퉁이를 노름꾼에게 빌려 주어 노름판을 벌이게 하고 거기서 뜯어내는 돈으로 살아 간 일도 있다는 이야기를 나카오카는 들은 일이 있었다.
 "잘 왔네."
 이와쿠라는 그 얼굴을 웃음으로 누그러뜨렸다.
 이와쿠라는 나카오카의 이름은 물론 그 업적에 대해서도 자세히 알고 있었다. 미도 탈번자 가가와 게이조나 도사의 오하시 신조 등이 몰래 이곳을 찾아와 천하의 정세와 지사들의 동향을 얘기해 주곤 했기 때문이리라.
 "오늘 밤은 날이 새도록 이야기를 나누어 보세."
 이와쿠라는 일어나 부엌으로 가더니, 이윽고 큼직한 술병과 찻잔을 들고 들어왔다. 그 뒤로 요조가 오징어를 가지고 따라 들어왔다.

"도사 번 사람들은 술이 세다고 하던데, 그대는 주량이 얼마나 되나?"

"예, 별로······."

나카오카는 쓴웃음을 지었다. 료마도 나카오카도, 주량으로는 다른 동향인들보다 많이 뒤떨어진다.

"좌석에서도 각각 버릇이 다르다더군. 사쓰마 사람들은 기녀들과 즐겁게 놀고 조슈 사람들은 눈을 부릅뜨고 시를 읊고, 도사 사람들은 입에 거품을 물고 토론을 한다고 말이지."

"재주가 없는 탓이 아니겠습니까?"

나카오카는 더욱 쓴웃음을 짓지 않을 수 없었다. 도사 번은 왕조의 그 옛날부터 도깨비나라(鬼國)란 말을 들어 왔다. 사람보다도 도깨비들이나 사는 고장처럼 생각되었을 만큼 교토문화의 혜택은 받지 못하고 있던 것이다.

"어쩌면 그 말투에도 이유가 있을 테지."

이와쿠라가 말했다. 이와쿠라는 도사 말을 잘 알고 있었다. 도사 사투리는 발음이 분명할 뿐 아니라, 교토나 오사카의 말처럼 뜻은 분명치 않고 정감만을 전하는 말이 적었다. 그 점이 내용을 논리적으로 늘어놓기 좋은 유일한 방언이라고 할 수 있었다.

"도사 번 출신의 논객이 많은 것도 그 때문인지도 모르지."

이와쿠라는 말했다.

그 다음부터 시국 이야기로 옮아갔다. 이와쿠라의 말은 명백히 정권탈취론이었으며, 도쿠가와 가문 타도론이었다.

"안세이(安政) 이전에는 나도 막부지지파였다. 막부가 일본 정권과 무권을 장악하고 있는 이상, 이 나라를 외세로부터 지키려면 막부를 도울 수밖에 없다고 생각했기 때문이야. 그러나 지금은 정세가 다르다. 막부는 이미 그 힘을 잃었고, 오히려 그 존재가 일본의 존립에 거치적거리는 것이 되어 가고 있다. 잘라 버리지 않으면 이 나라는 멸망할 수밖에 없다."
그런 뜻의 말을 이와쿠라는 여러 가지 예증을 들어가면서 자세히 말하는 것이었다.

"멀리서 개가 짖어대는 격이지만……."
이와쿠라는 말했다.
"이 벽촌에서 집 안에만 틀어박혀 있는 지난 몇 해 동안, 약간의 소감을 글로 옮겨 여러 차례 궁중의 유지들에게 보내기도 했다."
소감이란 시국수습책이었다. 이와쿠라는 그중 두세 가지를 나카오카에게 보여주기도 했다. 그 모두가 눈부시게 빛나는 탁견(卓見)으로 가득찬 것이었고, 논지 또한 명쾌했다.
'세상에 이런 인물이 있었던가?'
나카오카는 새삼스럽게 이와쿠라의 그 까까중 모습을 다시 보지 않을 수 없었다.
논문에 대해서도 그랬지만 나카오카가 무엇보다도 탄복한 것은, 이와쿠라가 이렇듯 틀어박혀 있는 동안에도 그 두뇌와 신경의 활동을 쉬지 않고 있었다는 점이었다. 그 한 가지 사실만으로도, 이와쿠라가 범상한 인물이 아님을 알 수 있었다.
'보통 사람 같으면 세상을 비관하여 재주를 숨기고 한숨만 내쉬거나, 크게 깨닫기나 한 것처럼 무위도식했으리라…… 요컨대 잠자코 있을 수 없는 성미인 것 같다.'
그 잠자코 있을 수 없는 행동적인 성격이야말로 오늘날의 풍운이 요구하고 있는 성격인 것이다.
"늘 그런 생각만 하고 계시는 겁니까?"
"때로는 기가 죽을 때도 있지. 자꾸만 잦아드는 것 같은 답답한 그 심정은 이렇게 집 안에만 틀어박혀 본 일이 없는 사람은 모를 걸세. 열흘에 한 번 꼴로 그런 심정이 엄습하곤 해서, 숫제 죽어 버리려고 한 때도 있네."

"그런 때는 어떤 방법으로 자신을 구하십니까."

"별 도리 없지. 하지만!"

이와쿠라는 손을 등 뒤로 돌리더니, 쌓아올린 책 위에서 손수 꿰맨 것 같은 책 한 권을 집어 들었다.

이와쿠라 자신이 스스로를 위해 편집한 시가의 발췌장이었다. 시가는 모두 남의 작품들이었다.

그 작자들은 모두 죽은 사람이었다. 그리고 그 전부가 나랏일을 위해 쓰러진 근왕지사들인 것이다.

"이것을 읽으면서 내 속에 있는 뇌괴(磊塊)를 달래곤 하네."

이와쿠라는 말했다. 뇌괴란 돌덩어리란 말이다. 장부의 뱃속에는 모두 뇌괴가 있다고 옛 중국인들은 말했다. 남자가 물을 마시는 것은 그것을 태우기 위한 것이라고 한다. 울분이라고 해도 좋으리라.

나카오카가 놀라지 않을 수 없었던 것은 그 죽은 지사들의 이름이, 이와쿠라와는 반대 입장에 있었던 이른바 과격파 지사들의 이름뿐이라는 점이었다. 데라다야(寺田屋) 소동 때 죽은 사쓰마 사람 아리마 신시치(有馬新七), 덴추조(天誅組) 관계로 죽은 후지모토 뎃세키(藤本鐵石), 하마구리 궁문(蛤御門) 변란 때의 마키 이즈미(眞木和泉)와 구사카 겐즈이(久坂玄瑞) 등 대충 훑어봐도 30여 명의 이름이 있었다.

'이와쿠라의 진심은 의심할 여지가 없다.'

나카오카는 그렇게 보았다. 이야기 도중에 본론으로 들어가, 그는 진수부에서 칩거중인 산조 사네토미와 협력해 줄 것을 부탁하며, 산조의 편지를 내놓았다.

나카오카 신타로 235

읽고 나서 이와쿠라는 눈물을 글썽이며 말했다.
"이미 사쓰마 조슈가 연합했고, 이제 다시 산조경과 내가 제휴하게 되니, 천하지사는 이미 이루어진 것과 다름없다."

그들의 대화는 반드시 딱딱한 화제만은 아니었다.
이와쿠라는 그런 딱딱한 화제에 거치면 갑자기 말머리를 돌려서 무해무득한 마을 이야기를 늘어놓아, 평소에 좀처럼 웃는 일이 없는 나카오카가 배를 움켜쥐게 했다.
"시골은 시골대로 재미있는 일이 있는 걸세"
이와쿠라는 말했다. 이와쿠라와 같은 공경의 눈으로 보면 무지몽매한 미천한 자들의 생활에도 말할 수 없는 어떤 맛이 있는 것이다.
"여기서 조금 떨어진 곳에 하나조노(花園)라는 촌락이 있네. 그 곳에 구베에(九兵衛)라는 늙은 농부가 살고 있는데, 이 늙은이가 형편없는 귀머거리야."
하나조노 마을의 구베에는 이와쿠라가 어렸을 때 젖을 먹여 준 유모의 남편이었다. 이와쿠라는 한때 근왕파의 자객들에 의해 이 은둔처가 습격 받을 염려가 있자, 그 하나조노 마을 구베에의 집에 가서 몸을 숨긴 일이 있었다.
"그 무렵은 말할 수 없이 지루했네."
이와쿠라는 말했다. 하도 답답해서 종일토록 구베에 곁에 붙어 앉아 있었다.
"구베에는 나이는 많았어도 아주 바빴지. 매일 같이 벼 낟가리 곁에 나가서 새끼를 꼬는 거야. 나는 또 그 곁에 붙어서 진종일 구베에와 잡담을 나누곤 했지."
"허어……."
귀머거리를 상대로 해서 잡담이라도 하지 않을 수 없을 만큼 이와쿠라는 고독했던 것이리라. 하기는 구베에는 이와쿠라를 어렸을 때부터 알고 있는 노인이라, 이와쿠라로서는 누구보다도 마음 놓을 수 있는 대상이기도 했다.

"구베에는 무식하고 완고한 농부지만 오랜 세월 갖은 풍상을 다 겪었기 때문에 그 외모에는 공경이나 영주 따위보다도 훨씬 무게가 엿보였네. 말하자면 관록이라고 할까……."

"그래서요?"

"어느 날, 여느 때처럼 새끼를 꼬고 있는 구베에 곁에서 얘기를 하고 있자, 뜰에서 놀고 있던 수탉 대여섯 마리가 때를 알리기 위해서 한바탕 울어 대더군."

그때 구베에는 천천히 닭들을 향해 고개를 돌리더니 한어(漢語)를 섞어 가면서 중얼거렸다.

"세월이 흐르면 세상사도 모두 예전과 달라지는 모양이지요."

무슨 말을 하는 걸까 하고 이와쿠라는 귀를 기울였다.

"제가 젊었을 때만 해도 닭이 울면 반드시 '꼬끼요' 하는 소리를 내곤 했었지요. 한데 요즘 닭들은 모두 입만 벌릴 뿐 소리를 안낸단 말씀예요."

요컨대 구베에는 자신이 귀가 먹었다는 것을 잊어버리고 있었던 것이다.

"정말 재미있는 말씀입니다."

나카오카는 큰 소리로 웃어 젖혔다. 고집덩어리 구베에의 모습이 눈앞에 선히 보이는 듯했다.

"양민들 가운데도 멋들어진 녀석들이 있어"

이와쿠라도 큰 소리로 웃었다.

"세상에는 만사 그런 식으로 생각하는 사람이 얼마든지 있다는 것을 깨달았네. 만약 내가 그대로 궁중 생활을 계속했다면 그런 것은 모르고 말았을 거야. 이 은둔처에서의 생활도 많은 도움이 되고 있네."

이와쿠라도 이야기를 하면서 나카오카의 사람됨을 계속 살피고 있었다.

'강직한 지사인 것 같다.'

처음에는 나카오카의 외모로부터 그런 인상을 받았으나, 차차 그것뿐이 아니라는 것을 알기 시작했다. 나카오카가 가지고 있는 예민한 시대감각과 과단한 성격, 그리고 이와쿠라의 말에 대한 이해력 속도, 그에 적응해서 다른 이론을 전개하는 그 재치, 이와쿠라는 완전히 탄복하였다.

'능히 더불어 일을 꾀할 수 있는 인물이다.'

일단 그렇게 생각하자 이와쿠라는 아무한테도 말한 일이 없는 비밀 중의 비밀을 선선히 밝혔다.

이와쿠라는 보통 인물이 아니었다. 칩거중에도 그는 적당한 연줄을 통해서 계속 의견서를 써 보냈음은 이미 말한 바 있다.

이와쿠라의 연줄이라면 궁중인으로서는 나카미카도 쓰네유키가 있다. 쓰네유키와 이와쿠라는 죽마지우라는 것도 이미 말했다.

쓰네유키는 성실한 것만이 유일한 장점인 평범한 공경이지만, 무엇보다도 그는 죽마지우인 이와쿠라를 존경하여, 이와쿠라의 말이라면 무엇이든지 들었다.

이 쓰네유키가 멀리 이와쿠라 마을에서 보내오는 통신을 받아서는 그 지시대로 궁중에서 움직이고 있는 것이다.

그런 때 고메이 천황이 돌아가신 중대 사태가 일어났다. 이와쿠라는 그 소식을 들었을 때 크게 슬퍼했으나, 동시에 자신의 정치적 부활의 날이 다가왔음을 느꼈다.

'내가 조정에 들어서지 않으면 천하의 혼란을 구할 수 없다.'

그런 단호한 결의가 이와쿠라의 가슴에 끓어올라, 나카미카도 쓰네유키 앞으로 몇 번이고 밀서를 보냈다. 충복 요조는 연거푸 교토에 잠입했다.

우선 이와쿠라가 박아 놓은 최초의 말뚝은 어린 천황의 후견인을 두는 것이었다.

조정의 최고관은 간파쿠(關白)이다. 천황이 성인일 때는 간파쿠만으로 충분하지만, 어릴 때는 신변에서 부축하며 천황의 업적을 돕는 친권자와 같은 존재가 필요하다는 것이 이와쿠라의 의견이었다.

'그 친권자 역할을 하는 공경만 우리 진영에 끌어들이면 조정에서의 일은 뜻대로 된다.'

그렇게 이와쿠라는 생각했다. 왜냐하면 그 친권자적 인물이 어린 천황의 손을 부축하고 옥새를 찍게만 하면 칙서는 순식간에 만들어지기 때문이다. 이를테면 막부 타도의 칙서도 눈 깜짝할 사이에 만들어질 수 있는 것이다.

이와쿠라는 물론 그런 저의는 별문제로 하고, 성실한 나카미카도 쓰네유키에 대해서는 정면적인 이론을 내세워 그 대부(大傅—후견자)의 필요성을 역설했다.

"그런 역할에는 폐문중인 전(前) 태정차관(太政次官) 나카야마 다다야스(中山忠能) 경이야 말로 최적임자다. 그 사람을 내놓고는 알맞은 사람이 없다."

나카야마 다다야스는 어린 천황(메이지 천황)의 외조부에 해당한다. 다다야스의 딸 요시코(慶子)가 천황을 낳고, 천황이 아직 사치노미야(裕宮)라고 불리고 있던 어렸을 때부터 최근에 이르기까지, 나카야마의 저택에서 자라 온 것이다.

적임자임에는 틀림없으리라. 이와쿠라는 나카야마 다다야스와는 교분이 없었지만 다다야스에게 은혜를 입혀 두면 자신의 복직도 가능하리라고 보았다.
　일은 이와쿠라의 뜻대로 되어, 다다야스가 어린 황제를 곁에서 모시게 되었다.

　혁명이란 어떤 의미에서는 가장 거창한 음모라고 할 수 있다. 그것을 단행하려는 측에서는 신과 같은 음모의 천재가 필요했다.
　'이와쿠라 도모미경이야말로……'
　나카오카는 이런 생각을 했었는데 그 예상을 능가하는 모재(謀才)를, 이 까까머리의 공경은 지니고 있었다. 전신이 담략으로 이루어진 것 같은 느낌이었다.
　일본의 경우, 아득한 옛날인 다이카 개신(大化改新)이래, 정치, 사회의 대변혁은 모두 천황의 칙명을 얻음으로써 새로운 세력은 안정을 구할 수 있었다. 동시에 그들의 적은 역적으로서, 이를 토벌한다는 예가 되풀이되어 온 것이다.
　이 때문에 회천을 계획하는 측은 천하 개혁에 필요한 정세와 군사력을 정비하는 한편, 궁중을 장악하지 않으면 안 된다. 칙명을 얻어 적을 반역자로서 토벌하기 위해서다.
　도요토미 히데요시(豊臣秀吉)는 간파쿠가 됨으로써 일본의 통치자로서의 자격을 얻었고, 도쿠가와 이에야스는 정이대장군이란 천황의 명령을 받음으로써 일본의 통치자가 될 수 있었다. 에도 중기의 정치철학자 아라이 하쿠세키(新井白石)는 장군이야말로 황제라는 뜻의 말을 한 적이 있지만, '황제'가 되기 위해서는 교토의 천황 집안의 승인이 필요한 것이다.
　그러나 지금과 같은 막부 말기 정세 아래에서는 막부 타도파가 천황의 승낙을 얻는다는 것은 불가능한 일에 가까웠다.

왜냐하면 일본 역사를 돌이켜보면, 조정은 늘 무력이 우세한 편에 칙명을 내려온 것이다.

겐페이 전(源平戰) 당시의 경우만 해도 미나모도(源)쪽의 군사력이 교토에서 과소평가되고 있을 때는 다이라(平)쪽이 관군이었고, 다이라쪽의 군사력이 쇠약해졌을 때는 미나모도쪽이 관군이 되었다.

그러나 지금은 상황이 달랐다.

도막파는 삼백 제후 중에서 불과 사쓰마, 조슈의 두 번(藩)뿐인 것이다.

도쿠가와 막부는 정치 능력이 쇠약했다고는 해도, 군사력은 아직 국제적으로 공인된 일본 정부로서 당당한 위용을 갖추고 있었다. 설혹 3백 제후의 응원을 빌지 않더라도, 막부의 영지는 4백만 석이라고 일컬어지는 점으로 봐도, 사쓰마 조슈 두 번의 실력과는 비교조차 되지 않는 것이다.

이런 실력 비율로 보아 조정에 막부파 공경들이 압도적으로 많은 것은 당연했다. 그들은 늘 센 편에 붙는 것이다.

그것이 바로 곤란한 점이다.

―공경들이 미약한 막부타도파 측에 과연 가담할 것인가?

하기는 무슨 일이 있든지 가담시키지 않으면, 안세이 이래 역사 위에 무수히 쓰러져 온 지사들의 넋도 달랠 길이 없고, 유신 개혁의 꿈도 실현될 수 없는 것이다.

"그러니까 계책이 필요한 거다."

이와쿠라는 눈을 번뜩이며 끄덕임으로써 나카오카를 안심시켰다.

"조정에 관한 일은 나한테 맡겨 주기 바란다. 그러기 위해서는 내 자신, 궁중으로 돌아가지 않고는 암만해도 불편해서 안 되겠는데……."

실은 그 방면의 계책도 착착 진행중이라고 했다. 이와쿠라는 친구 나카미카도 쓰네유키의 활약을 통해서, 선황제의 노여움을 사고 폐문중인 많은 공경들을 조정에 복귀시켜 준 것이다. 그들은 흑막 뒤의 이와쿠라에 대한 은혜를 느끼고 있어, 머지않아 이와쿠라 자신도 사면될 희망이 보이기 시작하고 있다고 했다.

교토의 한길

료마는 나가사키에.

나카오카는 격동하는 교토에 있다.

나카오카 신타로의 교토 풍운 속에서의 움직임을 더듬어 보고자 한다.

"나카오카에게는 내가 흉내 낼 수 없는 것이 있다."

료마는 늘 그런 말을 하고 있었다.

세부적이고 구체적인 정치 운동이었다. 이를테면 료마는 도사 번을 뛰쳐나온 뒤 도사 번의 상류 인사들과는 진지하게 대할 생각조차 하지 않았지만 나카오카는 그렇지 않았다. 오히려 그는 도사 번을 움직이려 했고, 일개촌장 출신이면서도 노공 요도를 배알한 바 있으며, 또한 노공이 총애하고 있는 젊은 수재 관료들과도 접촉하여 그들의 사상을 전환시키고 그들의 정열에 새로운 반향을 주었다. 이런 점, 료마로서는 해 낼 수 있는 일이 아니었다. 나카오카 신타로야말로 실무가적인 혁명가로 태어난, 보기 드문 유형에 속하는 인물이리라.

요도 측근의 젊은 수재 관료들은 거의 모두 나카오카에 의해 감화되었고, 나카오카를 사실상의 스승처럼 대접하기 시작하고 있었다. 하기는 신분상의 관념이 까다로운 도사 번이니만큼 그들 상급 무사들은 여전히 "나카오카" 하고 이름을 막 부르기는 했지만, 그들의 태도는 나카오카를 존경하고 손위의 사람처럼 여기고 있는 듯했다.

그들의 중심적인 인물은 이누이 다이스케, 오가사와라 다다하치(小笠原唯八), 후쿠오카 도지, 다니 모리베(谷守部), 데라무라 사젠(寺村左膳) 등 근왕파 5명이었다. 나카오카는 그들을 통해서 도사 번 24만 석을 움직이려는 계획이었다.

움직인다는 것에 대한 나카오카의 최종 목적은 오로지 하나뿐이다. 어디까지나 유혈 혁명이라는 방식을 견지하고 있는 그는 도사 번을 사쓰마 조슈 양 번과 더불어 막부 타도의 전선에 내세우려는 것이었다.

이와쿠라 마을에서 돌아온 나카오카가 현 단계로서 가장 큰 관심을 기울이고 있는 것은 '사현후 회의'라는 것이었다. 그 무렵 이미 사쓰마 번의 시마쓰 히사미쓰는, 그가 자랑하는 서양식 보병 6개 대대와 서양식 포병 1개 대대를 거느리고 포차(砲車) 소리도 드높이 교토에 들어와 있었던 것이다.

에치젠의 마쓰다이라 슌가쿠는 이미 교토에 와 있었으며, 태도가 모호했던 이요 우와지마 번주인 다테 무네노리마저 들어와 있었다.

요도만이 아직 와 있지 않았다.

'여전히 속을 썩이는 양반이군.'

나카오카는 초조감을 금치 못하고 있었다.

어쩌면 막부 끝 무렵 누구보다도 시문에 뛰어났을 요도는 일찍부터 근왕 사상에 눈뜨고 있었으나 그 사상은 막부 타도에까지는 이르지 않고 있었다. 도사의 야마노우치 가문은 그 창립 무렵 이에야스의 은혜를 입은 바 크다는 것이 이유였다.

그 때문에 요도는 교토의 지사들로부터 '취하면 근왕, 깨고 나면 좌막'이라는 뒷공론을 듣고 있었다. 따라서 이 사현후 회의에서도 어떤 언동으로 나올지 아무도 예측할 수 없었다.

'그건 그렇고, 나는 서둘러야 할 일이 있다.'

재야 혁명군을 만드는 일이었다. 료마와 약속한 육원대(陸援隊)가 바로 그것이다.

이와쿠라 마을에서 교토로 돌아온 나카오카는 바삐 돌아다니고 있었다.

사쓰마 번저로 가서 사이고와 만나 이와쿠라의 인상을 이야기하고 앞으로의 방책을 협의한 뒤, 다시 도사 번저로 가서 오가사와라 다다하치 등과 요도 공에 관한 의논을 하기도 했다.

그동안 시중에서 몇 차례인가 신센조와 아이즈 번 순찰대를 만났다. 그들은 이 살결이 거무스름하고 눈썹이 날카롭게 치켜 올라간, 첫눈에도 민첩해 보이는 무사가 마침내는 역사의 방향을 바꾸어 버리는 사나이가 되리라고는 물론 꿈에도 생각하지 못했다.

며칠 동안 내렸다그쳤다 하던 비가 이와쿠라에서 교토로 돌아온 지 사흘 만에야 개었다.

그동안 나카오카는 어떤 중요한 인물과 만나기 위한 통신을 교환하고 있었는데, 마침 상대방에게서 연락이 왔다.

―좋다. 오늘 낮 히가시 산의 스이코 관(翠紅館)에서 만나기로 하자. 미행자가 없도록 조심하도록 해라.

그는 아침에 니혼마쓰의 사쓰마 번저를 나섰다. 그곳은 지금으로 말하면 이마데 강(今出川) 부근, 도시샤 대학(同志社大學) 구내에 해당할 것이다.

나카오카는 하마구리 궁문 앞을 지나 가와라 거리(河原町)를 남쪽으로 빠져서 시조(四條)로 나와, 다시 동쪽으로 구부러졌다.
 히가시 산의 아름다운 녹음이 눈앞에 펼쳐져 있었다. 산기슭에는 기온 사(祇園社)의 붉은 누문(樓門)이 여느 때 보다도 뚜렷이 두드러져 보였다.
 나카오카가 지금 찾아가고 있는 용건은 그 '중요 인물'로부터 사설 막부 토벌군인 육원대 편성을 위한 자금을 얻으려는 것이었다.
 '천하 개혁의 대업은 과연 언제쯤 이루어질까?'
 이토록 치밀한 계획 능력을 지닌 나카오카마저 이 생각을 하면 망연한 기분을 금할 수 없었다.
 도쿠가와 막부는 그 권위가 일본 열도 구석구석에까지 미치고 있는, 300년이나 묵은 정권이다. 300년 동안 일본인에게는 막부가 하늘이요 땅이었다.
 '그것을 내가 쓰러뜨리는 거다.'
 이렇게 안간힘을 써 봤자, 하늘땅을 완력으로 쓰러뜨리는 것 같은 일이다.
 '가능할까?'
 이런 의문이 늘 그의 머리에서 떠나지 않고 있었다. 그러나 하지 않을 수 없는 일이다.
 나카오카는 니혼마쓰를 나선 지 1시간쯤 후에 기온 사 남문쪽 고갯길에 다다랐다. 이때 갑자기 날씨가 험악해지며 장대 같은 빗줄기가 퍼붓기 시작했다.
 남문 앞에는 단골로 드나드는 자그마한 찻집이 있었다. 니켄(二軒) 찻집이라고 불렸으며, 된장을 발라 구운 꼬치 두부가 맛있기로 이름난 곳이었다.
 "비가 멎거든 나가시죠."
 주인이 친절을 베풀어 주었으나, 우산만을 빌려 가지고 거기를 나섰다. 기요미즈(淸水)에 이르는 오솔길로 접어들자, 비는 우산살이 휘도록 더욱 세차게 퍼부어 댄다. 나카오카는 비바람을 무릅쓰고 걸어가면서 짧은 시를 읊었다.

　　빗속을 간다, 동지들과 더불어
　　서두는 나그네길 강을 건너서

서두르지 않으면 비를 맞지 않아도 되는 것을, 동지들과 함께 굳이 젖으며 강을 건너간다. 그것이 남자로서 바라는 바가 아니겠느냐는 뜻이었다.

나카오카가 가고 있는 스이코 관은 히가시 산중턱, 교토 거리를 한눈에 내려다볼 수 있는 경치 좋은 곳에 지어진 건물이었다. 나무 숲이 우거지고 연못이 있는 넓은 정원이 특히 아름다웠다. 스이코 관은 니시혼간 사(西本願寺) 주지의 별장이었다. 막부 말기에 히가시혼간 사(東本願寺)는 막부파에 속하고 니시혼간사는 근왕파에 속했다.

이 때문에 니시혼간 사는 막부의 눈총을 받으면서도 지사들을 위해 자금을 대어 주기도 하고, 밀회를 위한 장소를 제공해 주기도 했다.

나카오카는 과거에도 스이코 관에서 사쓰마 조슈 도사의 지사들과 밀회를 한 적이 있었다. 료마와 가쓰라 고고로도 이 스이코 관에 발을 들여 놓은 적이 있다.

여담이지만 나카오카 등에게는 잊으려야 잊을 수 없는 이 건물도, 유신 후에는 임자가 바뀌어 효고 현(兵庫縣)의 재산가 사와노 데이시치(澤野定七)씨의 소유가 됐으며, 다시 제2차 세계대전 후에는 오사카의 요정 경영자의 손으로 넘어가 지금은 여관이 되어 버렸다.

건물은 거의 옛 모습을 남기고 있지 않지만, 다만 정원 안의 높직한 바위 위에 있는 소요정(送陽亭)이란 건물만은 유신 사적으로서 보존되어 있다.

나카오카는 기요미즈 산네이 고개(淸水產寧坂)를 올라가 스이코관 정문 앞에 섰다.

문전의 고갯길은 계속 올라가면 히가시 산 서른여섯 봉우리의 하나인 료산(靈山)에 이른다. 나카오카는 죽은 뒤에 교토 내려다보이는 이 료산에 묻히게 되지만, 그때의 나카오카로서는 물론 알 까닭이 없는 일이었다.

"나요."

문을 두드렸다. 이윽고 쪽문이 열리자 그는 안으로 들어갔다. 곧 넓은 숲과 연못이 나타난다.

그 사이로 뻗은 고갯길을 올라 가, 그는 소요정으로 안내되었다.

약속한 인물이 술을 준비해 놓고 기다리고 있었다.

"오래간만이군."

반지르르하게 상투를 틀어 올린 마흔 살쯤의 의젓한 무사가 말했다. 사치한 차림새가 대번(大藩)의 고위 가신 같은 인상이었다.

그 인물 역시 지사였다. 그러나 같은 지사들 사이에서도 그의 이름을 알고 있는 사람은 얼마 없었다.

"나는 이면에서 활동한다."

항상 그렇게만 말하고 있었다. 이름은 이타쿠라 지쿠젠노스케(板倉筑前介)라고 했다. 지쿠젠노스케라는 그 벼슬이름이 나타내듯이 공경을 섬기는 무사였다. 주가(主家)는 다이고(醍醐) 집안이었다.

원래는 에이 산(叡山)의 오오미(近江)쪽 기슭, 사카모토(板本)의 향사다. 일찍부터 근왕운동에 투신하여, 안세이 때 지사였던 야나가와 세이간(梁川星巖), 우메다 운핀(梅田雲濱) 등의 동지였던 것을 생각하면 나카오카보다는 훨씬 선배라고 해도 좋았고, 이타쿠라와 같은 시대의 동지들은 거의 죽고 없었다. 말하자면 초기 근왕운동 시대의 잔류자라고 할 수 있었다.

그 뒤 그는 조슈 사람들을 음으로 양으로 도와주고 있었으나 분큐 3년 막부에 의해 투옥되어 근래에야 겨우 출옥한 터였다.

본가는 사카모토에서 으뜸가는 부호였다. 그 돈은 교토에서의 활약에 거의 다 써 버리고 말았지만, 아직도 나카오카의 계획을 뒷받침할 정도의 돈은 있었던 모양이다.

"1천 3백 냥 준비해 뒀네."

이타쿠라는 태연히 말했다.

나카오카는 정세를 깊이 꿰뚫어보고 재빨리 손을 써 두고 있었다.

에도 번저에 있는 이누이 다이스케에게 급히 사람을 보내어 정세를 알리고, 서둘러 교토로 올라오라는 연락을 진작부터 해 두고 있었다.

'요도공이 막상 교토에 올라와 사현후 회의를 벌였을 때 무슨 말을 할지 모른다.'

이런 두려움이 있었다. 그 요도에게 죽음을 각오하고 간할 수 있는 용기를 지닌 자는 근왕파 상급 무사 중에선 이누이 밖에 없었다.

나카오카와 다이스케의 교분은 분큐 3년 가을부터 시작되고 있다.

분큐 3년 8월에 조슈 세력이 몰락한 뒤, 한때 나카오카는 도사에 돌아가 있었다. 이 무렵 교토에서는 과격 근왕파들이 그 세력을 잃고, 야마토(大和)에선 덴추조(天誅組)가 막부군 포위 아래에서 전멸하는 등 근왕파에게는 최악의 해였다.

탈번자 나카오카는 몰래 도사로 돌아와 동지들과 함께 재기를 꾀하고 있었는데, 어느 날 이상한 소문을 들었다.

"이누이 다이스케가 다소 생각이 달라지기 시작한 모양이야."

이누이라면 고토 쇼지로와 더불어 요도가 총애하고 있는 젊은 관료다.

"이누이가?"

나카오카는 놀랐다. 실인즉 나카오카는 막부파인 이누이를 베어 버리려고 교토 시절 노리고 다니기까지 했던 것이다.

"이 친구를 우리 진영에 끌어넣기만 한다면 천만의 원군을 얻는 거나 다름없네."

나카오카는 동지들에게도 말했다.

인간적으로 이누이는 의협심이 많은 사나이로서 사욕이 없고, 스스로 정의임을 믿은 다음에는 불 속에라도 뛰어드는 성격의 소유자다. 그 점을 정적이면서도 나카오카는 높이 평가하고 있었다.

"한번 속을 떠 보기로 하자."

나카오카는 탈번한 몸이면서도 대담하게 고치 성 아래 나카지마 거리(中島町)에 있는 다이스케의 집을 방문했다.

다이스케의 집 녹봉은 3백 석에 지나지 않았지만, 대대로 유복한 집안이어서 그 저택은 작은 번의 중신 저택 정도는 되는 크기였다.

나카오카가 방문하자 이누이는 자기의 서재로 그를 안내하고, 칼을 당겨 놓으며 대좌했다.

"천하의 정세는 근왕파에 불리하오. 도사 번만 해도 우리를 마치 도적처럼 대하고 있소. 그것을 귀하는 어떻게 생각하시오?"

그렇게 말하여 나카오카는 다이스케의 생각을 끌어내려고 했다. 다이스케는 묵묵히 말이 없었다. 자그마했지만 딱 바라지고 민첩해 보이는 몸집을 갖고 있었다.

"말을 하기 전에……."

다이스케는 말했다.

"해결해 둬야 할 문제가 있소. 그렇지 않으면 흉금을 털어 놓을 수 없소."

"해결?"

"그렇소. 금년 초에 있었던 일이오. 내가 교토에 있었을 때 그대는 나를 죽이려는 계획을 세웠었지?"

"무슨 말을!"

나카오카가 얼굴빛 하나 변하지 않고 말하자 다이스케는 큰 소리로 꾸짖으며 나무랐다.

"나카오카 신타로는 사나이가 아니었던가?"

나카오카는 다이스케의 기백에 눌렸다.

"졌소, 그 말대로요."

다이스케는 고개를 끄덕이며 비로소 미소를 보였다.

"자, 그럼 천하 문제를 논해 봅시다."

이누이는 그 뒤부터 한낱 향사 출신인 나카오카를 형처럼 대하게 되었다.

다이스케는 날로 과격해졌다. 그의 동료인 고토, 오가사와라, 후쿠오카 등 수재 관료들도 근왕 사상에 물들기 시작했지만, 다이스케는 더 비약하고 있었다.

"막부를 무력으로 타도해야 한다"는 사상이다. 이것은 나카오카의 사상 그대로였다.

노공인 요도는 자기측근에 모인 젊은 관료들이 과격해지는 것을 다소 난처하게 생각하지 않을 수 없었다.

원래 뛰어난 정열가이며 학문과 재주의 소유자인 요도는 이들 젊은 상급 무사들을 늘 곁에 있도록 하고,

"그대들을 영웅으로 만들어 줄 테다."

스스로 그들의 교사임을 자처하며 그들에게 요도식 영웅 교육을 실시해 왔다. 봉건시대의 영주로선 드문 태도라고 할 수 있다.
그들은 젊다. 자연히 영웅적인 기개를 지니게 되었다. 이런 시대에 영웅적 기개를 가진다는 것은 천하 개벽의 정열과 직결된다.
"모두 과격파가 돼 버렸어."
요도는 부랑자 같은 말투로 탄식을 한 일이 있지만, 그 중에서도 다이스케가 가장 심했다.
다이스케는 요도에게 대담한 진언을 한 일이 있다.
"나이 지긋하신 어른께서 참으로 우리 일본을 걱정하신다면 곧바로 병력을 일으켜 막부를 치도록 하십시오. 백가지 이론보다 지금 필요한 것은 한방의 총소리입니다."
요도는 노발대발했다. 크게 화를 내도 보통 영주들과는 달리, 다이스케의 멱살이라도 잡을 기세로 논쟁을 벌인다. 논쟁을 벌이면 요도 쪽이 훨씬 논리적인 데다가 그 논리에는 학식의 바탕이 있는지라, 반드시 다이스케가 지곤 했다.
"어떠냐, 다이스케, 생각을 고칠 테냐?"
요도가 몰아붙여도 다이스케는 분연히 고개를 들고 굽히지 않았다.
"필부라도 그 뜻을 빼앗지 못하는 법입니다."
미천하고 보잘것없는 사나이라도 일단 가슴에 품은 뜻은 힘으로 뺏을 수 없다는 뜻이다.
"다이스케, 네가 필부나 향사 따위의 흉내를 내겠다는 거냐. 너는 상급 무사야"
요도는 늘 꾸짖었다.
여러 차례 벌을 내리기도 했다. 그러나 요도는 다이스케의 그 꿋꿋한 기상을 사랑하고 있었기 때문에 지나친 벌은 내리지 않았고, 마침내 본국이나 교토에 두면 더욱더 사상이 격화할까 두려워하여 번 명령으로 에도로 보냈다.

다이스케는 에도에서 기마병을 중심으로 하는 서양식 전술을 배웠다.

뒷날, 이 젊은이가 보신 전쟁(戊辰戰爭) 때 관군을 거느리고 가장 뛰어난 야전 사령관으로서 활약할 수 있게 되는 바탕은 이때 생겼다.

그 다이스케를 나카오카는 에도에서 불러 낸 것이다.

'다이스케는 아직 한낱 도사 번의 지사에 지나지 않는다. 이것을 계기로 천하의 지사들에게 소개하여 명사로 만들어 줘야겠다.'

나카오카는 그런 생각을 하고 있었다.

이누이는 교토를 향해 밤낮을 가리지 않고 도카이도를 올라오고 있다.

그동안 나카오카는 교토에 있는 지사들을 찾아다니며 떠벌렸다.

"도사에 이누이 다이스케란 자가 있다. 사나운 말 같은 요도공의 고삐를 잡을 수 있는 용기를 지닌 자는 그밖에 없다. 지금 급히 상경하고 있는 중이니 그가 교토에 도착하거든 잘 지도해 주기 바란다."

후에 이타가키 다이스케로 개명하고 자유당 총리를 지낸 이누이는 만년에 이르러 측근에게 다음과 같은 말을 자주했다고 한다.

"오늘날 내가 이렇게 큰 인물이 된 것은 모두 사카모토, 나카오카 선생님들 덕분이지."

그러나 료마의 다이스케와의 관계는 그 정도 깊지 않았다. 다이스케가 풍운에 뛰어들도록 기초를 마련해준 것은 오히려 나카오카 신타로쪽이었다.

아직 보지 못했지만 사쓰마의 사이고 같은 사람도 이누이에게 적지 않은 기대를 걸고 있었던 듯하다. 왜냐하면 사이고의 염려는 바로 도사 번의 향방이었기 때문이다.

'사쓰마 조슈 도사가 보조를 같이하지 않으면 천하의 일은 이루어지기 어렵다.'

그렇게 보고 있었다. 도사 24만 석은 강한 병력을 가지고 있었고, 그뿐 아니라 그 군사제도는 급속히 서양식으로 변하고 있다. 이 대번을 혁명 진영에 참가시키느냐 못 시키느냐에 따라 역사의 방향은 크게 달라질 수 있는 것이다.

그 점 나카오카도 도사 사람이니만큼 안타깝기만 했다.

'우리들 도사 향사는 사쓰마와 조슈 양번의 지사보다 더 많이 풍운 속에서 쓰러졌다. 그러나 번 그 자체는 막부파이며 낡은 관습과 폐단을 버리지 못하고 당장의 편안함만을 바라고 있다. 바야흐로 칼 한 자루뿐인 낭사로선 아무 힘도 발휘할 수 없고 번 자체가 참가하지 않으면 안 될 때가 왔다.'

그 번의 움직임을 바꿀 수 있는 다소의 희망이 이누이에게 있었다.

"이누이란 그만한 인물인가?"

사이고조차 이 시기엔 간절한 느낌으로 이누이 다이스케라는 청년의 등장을 기다리고 있었다.

"그렇소. 날쌔고 용감하다는 말은 그를 위해 생긴 말이 아닌가 싶을 정도요. 천성적인 장군감이라 할 그릇의 인물이오."

"정말, 생각해 보면 귀번에서도 무척 많은 인물들이 죽었어. 이제 남은 것은 사카모토 료마와 나카오카 신타로……."

사이고는 긴 탄식을 하고 중얼거렸다.

"그리고 그 이누이 다이스케 정도인가?"

이누이는 너무나도 행운아적인 등장을 했다고 볼 수 있으리라. 그는 그 능력으로 볼 때 확실히 뛰어난 군사 지식이 있었다. 유신 후 육해군을 사쓰마 조슈가 차지했기 때문에, 유신 전쟁 당시 최대의 명장이라고 일컬어진 이 사나이도 정치가가 되지 않을 수 없었다. 하나의 협웅(俠雄)이라고 할 그에겐 정치가로서의 재능은 없었다. 결국 초야로 돌아가 료마의 사상 계보를 이어 자유 민권 운동의 총수가 되지만, 그것도 예의 "이다가키는 죽더라도 자유는 죽지 않는다"는 유명한 한 마디를 후세에 남겼을 뿐, 이렇다할 일은 하지 못했다.

나카오카도 '다이스케에겐 정치적인 재질이 없다'고 뚫어보고 있었다. 그러나 후일 막부 타도군을 일으킬 때, 그 군사령관의 그릇은 사쓰마나 조슈의 번사에는 없다고 보고 있었다. 다이스케가 가장 적임자라고 보고 그를 혁명 진영에 끌어낸 것이었다.

도사 번의 요도가 번의 군사를 거느리고 교토에 들어온 것은 5월 1일이었다.

이때 요도는 41살이었다. 영주이면서도 가마를 타지 않았고, 행차할 때는 으레 말을 이용하곤 했다.

애마 센사이(千載)를 타고 있었다.

승마의 명인이었기 때문만이 아니라, 오다 노부나가를 흠모하는 이 인물은 자칭 난세의 풍운 속에 있는 무장으로 보이고 싶었던 것이리라.

말 위의 모습도 의젓한 것이었다. 키는 다섯 자 여섯 치 정도, 살결은 희고 눈빛이 날카로우며 눈동자에서 번쩍번쩍 이상한 광채를 내뿜는 용모로서, 그 자신이 자부하고 있듯이 어느 모로 보나 영웅 풍채를 지니고 있었다.

차림새 또한 특이했다.

대소도는 모두 칼 손잡이가 흰 것이었다. 흰 칼 손잡이와의 대조를 고려해서 칼집은 거무스름한 납빛이었다. 하카마는 언제나 검은 자줏빛을 좋아했고, 옷감은 중국 비단이다. 그 옷감을 자세히 보면 가문문장을 짜 넣고 있었다. 윗옷은 검은 명주이다.

하오리는 검은 나나코(魚子 : 발이 가늘고 어란처럼 보이게 짠 비단)였다. 그 하오리의 소매를 잔뜩 걷어붙이고 말 위에 올라타고 있다.

요도는 뱃길로 도사를 떠날 때, 중신을 불러 언젠가 사쓰마의 사이고에게 했던 말과 같은 말을 했다.

"이번에 상경하면 교토의 흙이 될 각오다."

다만, 이어서 한 말이 사이고에게 한 말과는 다소 달랐다.

"전쟁이 일어날지도 모른다. 그것이 막부에 대한 전쟁이 될지, 사쓰마에 대한 전쟁이 될지는 아직 모른다. 가서 형세를 봐야 한다."

요도는 교토에 들어오자 히가시 산의 묘호 원(妙法院)에 숙소를 정하고, 우선 나가사키에 있는 고토 쇼지로에게 급보를 보냈다.

"곧 상경하라"는 명령서였다. 고토 말고는 다른 번과의 외교를 맡을 능력을 가진 자가 없다. 고토는 이 명령서를 받자 교토 정세의 혼란에 놀라움을 금치 못하고, 방침도 방책도 서지 않은 채 료마에게 동행할 것을 요청했다. 료마는 그를 따라 교토 무대의 주역으로서 등장하게 되고 그 때문에 정세는 크게 변화하게 되지만, 그에 대한 이야기는 아직 긴 이야기를 마친 다음으로 미루지 않을 수 없다.

이어 히가시 산 묘호 원에 있는 요도는 그가 총애하고 있는 두 젊은 고위 관료를 불렀다. 오가사와라 다다하치와 후쿠오카 도지였다.

"그대들 두 사람을 교토까지 데리고 온 것은 멋대로 정치 활동을 하라는 뜻에서가 아니다."

우선 일침을 놓았다. 이들 두 사람이 요즘 향사 나카오카 신타로의 영향을 받아 몹시 좌경해 있다는 것을 요도는 알고 있다.

'도사의 두뇌는 나 하나만으로 충분해. 도사번의 방침은 내가 생각하고 내가 움직인다. 사쓰마나 조슈처럼 하급 무사가 번을 움직이는 따위는 우리 도사 번에선 절대로 있을 수 없다.'

그런 태도를 취하고 있는 요도였다.

"단지 사쓰마 번만을 상대하여라. 그대들을 사쓰마 번과의 교섭 대역으로 명한다. 그 밖의 일에 대해서는 일체 관여하지 말도록 하라"

요도는 이 사현후 회담에서 사쓰마가 쿠데타를 획책하고 있다는 것을 어렴풋이나마 짐작하고 있었다. 그 동향을 알아내기 위해 특히 못을 박았던 것이다.

사현후 회의에 관한 예비회담은 에치젠 번의 교토 번 저택에서 5월 4일에 열렸다.

요도도 출석했다.

이누이는 아직도 교토에 도착하지 않았다.

'문제의 요도공은 벌써 입경해 있으련만.'

나카오카는 안절부절못했다. 부득이 요도공 측근인 오가사와라를 통해서 요도를 움직여 갈 수 밖에 없었다.

오가사와라 다다하치.

이름은 벌써 여러 차례 이 이야기에 등장했다. 다이스케와 마찬가지로 이미 근왕파로 돌아선, 요도가 총애하는 젊은 관료의 한 사람이다.

요도는 그 측근을 선택함에 있어, 첫째 조건을 늘 쾌남아라는 데 두었다. 그 점 오가사와라는 다이스케와 비슷한 성격을 갖고 있었다.

후일 메이지 원년의 보신 전쟁 때 관군 제도군감(諸道軍監)이 되고, 다이스케의 지휘 아래 아이즈 와카마쓰 성(若松城)의 공격에 참가했다. 마지막 격전이 벌어진 날에 성문을 향해 육박했고, 부하들의 사기를 북돋우려고 도사의 '요사코이 타령'을 합창시키면서 스스로 그 선창을 하며 포차(砲車)를 끌고 있었는데, 성문 아래서 소총 탄환을 오른쪽 옆구리에 맞아 전사했다. 이날 조금 떨어진 곳에서 싸우던, 창의 명인이라고 일컬어졌던 아우 겐키치(謙吉)도 전사했다.

그 오가사와라와 나카오카는 자주 밀담을 갖고 요도에 대한 대비책을 의논했다.

문제의 하나는 선황제와 막부로부터 역적이란 낙인이 찍힌 조슈 번의 죄를 씻어주는 것이었다. 나카오카가 볼 때, 조슈 번의 죄를 풀어주고 교토에 병력을 주둔시키지 않는 한, 혁명은 어려울 것이 분명했다. 이 점 사쓰마의 의견도 마찬가지였다. 사쓰마 번 하나만 가지고는 천하의 대사를 이룩할 수 없는 것이다.

그 조슈의 영주 모리 부자의 사면이야말로, 나카오카가 이번 사현 후 회담에 기대하고 있는 가장 큰 과제였다.

요도가 히가시 산 묘호 원에 숙소를 정하고 밤이 되어 휴식을 취하게 되었을 때, 오가사와라는 앞으로 나아가 그 이야기를 했다.

"알고 있어."

요도는 도사 사투리로 말했다. 이 요도라는 사람은 영주들의 용어인 에도 말도 쓸 수 있었고, 도사의 사투리는 물론이거니와 술이 취하면 때론 그가 사랑하고 있는 에도의 협객 사가미야 마사고로(相模屋政五郎) 한테서 배운 상스러운 말투도 쓰곤 했다.

"알고 계셨습니까?"

"알고 있어."

요도는 껄껄 웃고 말했다.

"그대가 향사 따위 과격분자들의 사주를 받고 있다는 것을 안단 말이다."

오가사와라는 더 이상 말을 할 수 없었다.

요도는 입경 전후에 사람을 뽑아 첩보 활동을 시켰고 특히 사쓰마 번의 진의를 탐지하려고 했다. 그리고 이미 그 자료는 그의 손 안에 들어 와 있었다.

'사쓰마는 두 마음을 품고 있다.'

그렇게 요도는 꿰뚫어보고 있었다. 사쓰마 번이 사현후 회담을 교묘히 조종하여 사태를 막부 타도로 끌고 가려한다고 보았다. 그 사쓰마의 중요한 포석의 하나는 조슈를 용서케 하여 그들의 병력을 교토에 들여놓는 것이리라. 막부 타도의 급선봉인 조슈인들이 나타나면 사태가 어떻게 급전할 것인지, 그것은 명약관화한 일이었다.

요도는 도사의 고치를 출발하기 전에 사카이 산주로(坂井三十郞)라는 측근을 불렀다.

"사쓰마에 오쿠보 도시미치라는 굉장한 모사가 있다. 그의 신변을 조사해라."

요도는 명령을 내리고 많은 돈을 주어 교토로 먼저 보낸 바 있었다. 요도는 사쓰마 번을 그토록 의심하고 있었던 것이다.

그 무렵 오쿠보에게는 효고항(兵庫港)의 개방과 관련한 소문이 따라다녔다.

막부는 외국으로부터의 효고항을 개방하라는 압력을 받고 있었는데, 선황제 다카아키는 절대 칙허를 내리지 않았다. 그가 신도를 숭배하는 종교적 양이론자라는 것은 앞서 말한 바 있다. 외국인을 추악한 오랑캐라 칭하며, 그들이 발을 들여놓게 되면 나라가 부정을 탄다고 믿는 사람이었다.

"효고는 요코하마나 나가사키와는 달리, 교토와는 엎어지면 코가 닿을 만큼 가까운 곳이다. 그곳에 파란 눈에 빨간 머리를 한 추악한 오랑캐를 들여놓는다는 것은 역대 천황님들에 대해서도 면목이 서지 않는 일이다."

그야말로 막부는 고래싸움에 새우등 터지는 격이었다. 다카아키가 죽자, 막부는 개항 여부를 의논 문제로 사현후(四賢候 : 네명의 번주로 이루어짐) 회의를 개최한다. 어린 천황의 칙허를 얻는 것이 회의의 주요 목적이었다.

지금껏 효고의 개항을 단호히 반대해온 것은 사쓰마 번이다.

에치젠, 우와시마, 요도 셋 모두 진취적 개국론자였으므로, 개인적으로는 효고의 개항을 반기는 눈치였다.

"선황제의 뜻도 중요하지만, 시세의 흐름을 따를 수밖에."

세 사람의 의견은 그러했다.

사쓰마 번 또한 살영전쟁(사쓰마 번과 영국과의 전쟁) 이후, 무조건적인 양이주의를 버리고 외국과의 적극적인 교류를 도모하려는 방침을 세우고 있었다. 특히, 영국과는 가까운 관계를 맺고 있었는데, 비밀리에 무역거래를 하고 있었던 것이다. 이미 독자들도 알고 있는 바와 같이, 료마는 무역거래에서 활발한 활동을 펼치고 있었다.

그런 상황인지라, 사쓰마 번이 개국에 반대할 이유는 없었다. 그러나 막부가 개국의 주체가 되는 것에는 반대하고 있었다. 효고 개항 또한 예외는 아니었다. 개항을 하게 되면, 돈을 벌어들이는 것은 막부이며, 번에게는 이득이 돌아가지 않을 것이 뻔하다. 무역거래로 막부만이 비대해 질 것이며, 그렇게 되면 막부를 무너뜨릴 수 없게 된다는 것이 사쓰마의 생각이었다. 따라서, 선황제의 뜻을 구실 삼아 절대반대를 외칠 수밖에 없었다. 한편으로는 반대를 함으로써 막부를 궁지에 몰아넣는 효과도 노린 것이다.

앞서 말한 소문이란, 어느 날 오쿠보가 영국 고관과의 비밀회담에서 다음과 같은 호언장담을 했다는 것이다.

"효고 개항도 우리 번에 맡기만 주시면 칙허는 금세 받아드리죠."

진위야 어쨌든, 이 소문은 요도의 귀에도 들어가게 되었고, 요도가 사쓰마 번에 대해 크게 경계심을 품게 된 것은 이 때문이기도 하다.

요도는 기골이 장부다웠다.

이 무렵의 요도는 이미 정치가도 사상가도 아니었다.

단지 '막부가 가엾다'는 동정적인 입장에만 서 있었다. 그러므로 막부를 괴롭히고 그 전복을 꾀하고 있는 사쓰마 번에 대해 증오라기보다도 이런 심정을 가지고 있었다.

'내가 응징하지 않으면 누가 또 응징할 사람이 있는가?'

소위, 반즈이잉 조베(幡隨院長兵衛 : 에도 초기의 협객)와 같은 의협심이다.

의협심에 관해 잠시 여담을 하자면, 의협심을 너무도 좋아하는 요도는, 유신 이후에도 도쿄 아사쿠사 하시바에 있는 자신의 저택에 협객들이 자유롭게 드나들 수 있도록 허락하였다. 다년간 음주를 일삼아 온 탓에 46세의 젊은 나이로 뇌일혈로 쓰러진 요도는 그대로 죽었다. 그때, 병실로 달려온 사가미야 마사고로(相模屋政五郎)가 옆방에서 자살하려 했다. 가까스로 고토 조지로(後藤象二郎)에 의해 저지당했으나, 마사고로로 하여금 순절할 마음을 갖게 한 것은 의협심 강한 요도의 성품이었다.

아무튼 '사쓰마놈들, 어디 두고 보자' 하는 생각을 단단히 하고, 4일에 에치젠 번의 저택에서 열린 사현후 회담의 예비회담에 출석했다. 그 이틀 뒤에는 넷이 같이 니조 간파쿠의 저택을 찾아가 그 결과를 보고했다.

조슈 문제에 대해서는 "가급적 너그러운 처분을 내리도록" 하는 정도여서, 나카오카나 사쓰마의 오쿠보가 희망했던 것처럼 "조슈의 죄를 용서하고 번주와 번병을 상경케 하라"는 데까지는 이르지 못했다. 이 점이 재경 지사들을 실망시켰으나 요도로서는 만족이었다.

그후에도 네 영주는 매일같이 회합했는데, 그 네 명 중에서 아무래도 사쓰마의 시마쓰 히사미쓰의 거동이 심상치 않았다. 이따금 다른 사람과 행동을 같이하지 않을 때가 있는 것이다.

"시마쓰공이 이상하지 않소?"

요도는 내놓고 그런 말을 하기도 했다. 사쓰마만이 밤중에 몰래 특정한 공경을 만나 공작을 하기도 하고, 회의석상에서 시마쓰만이 자주 자리를 일어나 별실로 가곤 한다. 별실에는 오쿠보 등이 대기하고 있으며 조종을 하고 있는 것이었다.

언젠가 네 사람이 다같이 니조 성 위에 올랐을 때였다.

"모처럼 니조 성까지 왔으니 안에 있는 집정관께 인사를 드리고 가기로 하자."

세 사람은 한결같이 그렇게 말했으나, 시마쓰 히사미쓰만이 완강히 응하지 않은 채 화로를 끼고 앉아 있었다.

'이 녀석이!'

요도는 생각했으리라. 다짜고짜 히사미쓰의 덜미를 움켜쥐더니 "자, 가십시다" 하면서 질질 끌었다.

"무슨 짓이오!"

필사적으로 저항했으나 요도의 힘을 당해 낼 수가 없었다.

그러다가 요도가 힘껏 히사미쓰를 떼미는 바람에 그는 바닥에 쿵 하고 쓰러졌다. 사쓰마에 대한 요도의 감정은 여기까지 이르러 있었던 것이다.

요도에게는 지병이 있었다.

고혈압과 치통이었다. 특히 치통은 몇 달에 한 번씩 견딜 수 없는 통증과 함께 일어나곤 했다.

시의(侍醫) 도즈카 분카이(戶塚文海)는 언젠가 말하기를

"간징(齦癥)이옵니다."

그렇지만 아마도 일종의 치조염이었으리라.

마침 교토에서 이 병이 도진 것이다.

얼굴이 빠개지는 것 같은 통증이었다. 시마쓰를 니조 성 전각에서 쓰러뜨린 것도 어쩌면 그런 불쾌감 때문이었는지도 모른다.

상경한 뒤, 열흘쯤 괜찮았으나 그 뒤부터 히가시 산 묘호원의 깊숙한 방에 드러누워 있는 날이 많아졌다.

신열이 하도 높아 베개에서 머리를 드는 것조차 힘들었다. 시의 도즈카는 측근에 일러 일체의 방문객을 사절케 하고, 요도에게도 체력 소모를 막기 위해 말을 하지 말라고 권고했다.

"가급적 아무 말씀도 안하시도록 조심해 주시기 바랍니다."

이 꿋꿋한 영주도 고열과 격렬한 통증만은 견딜 수 없는 듯, 이따금 신음소리를 내기까지 했다.

다이스케가 입경한 것은 요도가 그런 상태에 빠져 있을 때였다.

"노공께서는 병중이신가?"

놀라서 그 증세를 물어 보니, 도저히 만나 뵙고 요도의 생각을 뒤엎어 버릴 간언을 할 수 있는 상태가 아니었다.

다이스케는 병세의 호전을 기다리기 위해 미닫이 하나를 사이에 둔 옆방에 줄곧 지켜 앉아 있었다. 사흘 동안 그는 거의 자지도 않고 기다렸다.

사흘째 되는 날 밤, 요도는 나지막한 소리로 말했다.

"옆방에 있는 것이 혹시 다이스케가 아닌가?"

시의가 그렇습니다 라고 대답하자, 요도는 도즈카에게 물었다.

교토의 한길 263

"다이스케는 에도에 있어야 할 텐데, 이렇게 허락도 없이 상경했다면 무언가 그 나름의 급한 사정이 있으리라. 옆방에서 그냥 말해 보라고 해라."

도즈카는 그 말을 다이스케에게 전했다. 다이스케는 미닫이를 사이에 두고 엎드린 채 말했다.

"황공하오나 노공께서 사쓰마 조슈와 제휴하지 않으시고 그들을 적으로 돌린다는 것은 잘못인 줄 압니다."

다이스케는 직언으로 시작하여 현재의 정세를 상세히 설명했다.

"현재 이 다이스케는 노공께 누차 책망을 들었습니다만, 아직도 과격지사들과 교유하고 있습니다. 한 마디로 말씀드려서 사쓰마와 조슈는 노공께서 의심하고 계신 대로, 천하를 뒤엎고 그것을 조정에 돌려 드리려는 생각을 가지고 있습니다. 이것은 기필코 성사될 일인 줄 압니다."

요도는 한 마디도 대꾸하지 않았다. 다이스케는 미닫이 곁으로 바싹 다가앉아서 문틈에 입을 갖다대다시피 하며 말했다.

"노공께서 지금 결단을 내리시지 않으면 후일 시마쓰와 모리의 군문(軍門)에 말을 매게 되는 날이 올 것입니다."

군문에 말을 맨다는 것은 항복하고 관용을 빈다는 뜻이다. 꽤나 대담한 말을 한 셈이다. 요도는 그래도 입을 다문 채 아무 대답도 하지 않았다. 마침내 한 마디도 말을 듣지 못한 채 다이스케는 물러나지 않을 수 없었다.

요도의 병은 좀처럼 낫지 않았다. 마침내 그는 "돌아가련다"는 말을 하기 시작했다. 상경하라고 급보를 보낸 고토 쇼지로가 아직 닿기도 전이었다. 측근인 오가사와라는 놀라며 간했다.

"이제 회의를 팽개치고 귀국하시면 조정을 비롯하여 다른 번에 대해서도 면목이 서지 않으며, 또 세상에서 무슨 말이 나돌지도 모릅니다."

―또 요도의 외고집이 시작됐구나.

세상에서는 그렇게들 말하리라. 요도는 일이 얽히기 시작하면 화를 내고 자리에서 일어나 퇴장해 버리는 버릇이 있었으며, 그것은 온 세상이 다 아는 일이었다.

특히 이번 경우는 고치까지 사자로 갔던 사쓰마의 사이고 다카모리가,

"여느 때처럼 일을 보시다 말고 돌아가시는 일이 없도록 해 주시기 바랍니다."

하고 요도의 나쁜 버릇에 대하여 일부러 다짐했을 정도다. 그때 요도는 이렇게 장담했었다.

"염려 말아라. 이번에는 교토의 흙이 될 각오로 상경하련다."

이 일도 이미 각번 번사들 사이에는 널리 퍼져 있었다.

―역시 그렇다니까. 요도는 큰소리만 하고 다니는 위인에 지나지 않는 모양이야.

세상은 비웃으리라. 오가사와라가 두려워 한 것은 바로 그 점이었다. 요도의 명예에 관한 문제다.

"돌아간다."

요도는 완강히 고집했다. 신병 탓도 있었다. 그러나 보다 큰 이유는, 이대로 교토에 머물러 있다가는 막부타도파인 사쓰마 번의 수에 넘어가 이용될 대로 이용된 끝에, 결국은 어쩔 수 없이 막부 타도에 참가하지 않을 수 없게 되리라고 내다봤기 때문이다.

'사쓰마가 조정을 움직이고 있는 힘은 예상보다 훨씬 크다.'

요도는 이렇게 보았다. 이 무렵 요도는, 사쓰마 번의 흑막이 되어 조정에 대해 종횡으로 술책을 쓰고 있는 이와쿠라 마을의 은퇴자 이와쿠라 도모미의 존재를 몰랐다. 사쓰마 번의 이면 공작이 교묘했다

기보다 모사 이와쿠라의 능숙한 수완 때문이라고 해야 옳으리라.

바야흐로 니조 간파쿠도, 어린 황제의 대부(大傅)인 나카야마 다다야스(中山忠能)도 이와쿠라의 보이지 않는 힘에 의해 조종되기 시작하고 있었고, 어느 때 느닷없이 '막부 타도 칙명'과 같은 불의의 사태가 요도의 머리 위에 떨어질지 모르는 형세였던 것이다. 사쓰마가 조정이 주최하는 사현후 회담을 실현시킨 원래의 목표는 거기에 있었다. 만약 어린 황제의 칙명이 내리면 요도로서는 거역할 수 없다. 거역하면 역적이 되고 아시카가 다쿠우치(足利尊氏)와 같은 역적 이름을 길이 남기고 말리라.

"귀국하는 것이 최선의 방법이다."

병중의 요도는 생각했다. 27일 요도는 번의 병사를 거느리고 바람처럼 교토를 떠났다. 각 번 지사들은 그것을 '의지박약'이라고 비웃고 교토의 술집에 다음과 같은 노래를 퍼뜨렸다.

어젯밤 나는 봤네
고조의 다리에서
동그라미 속의 떡갈나무(요도의 문장)
꼬리를 봤네.

요도가 가 버리자 큰일도 사라졌다. 그날 밤 나카오카는 이마데 강에서 가와라 거리로 빠져 도사 번으로 향하고 있었다.

'기회는 사라졌구나.'

별을 우러러보며 깊은 탄식을 하지 않을 수 없었다. 요도가 내뺀 이상 모든 일은 끝장이었다.

조정에 소집한 이 사현후 회의야말로 나카오카가 온 정열을 걸고 있었던 혁명의 꿈이었다.

그와 사이고, 오쿠보, 그리고 막후 인물 이와쿠라 도모미 등의 비책은 이 회의 속행 중에 궁중공작을 하여, "도쿠가와를 토벌하라"는 칙명을 얻는 데까지 끌고 가려는 것이었다. 이 네 번에 칙명이 내리면 일본의 각 번 태반은 그에 동조하리라고 나카오카 등은 내다보고 있었다.

그런데 요도가 잽싸게 달아나 버리고 만 것이다.

'과연 영특한 인물이다.'

나카오카는 정적이면서도 요도의 그 능숙한 솜씨에 탄복하지 않을 수 없었다.

사현후 회의는 네 번의 네 사람이 모두 출석해야만 비로소 합법적인 것이다. 요도가 빠진 삼현후로선 법적으로 성립되지 않는다. 요도는 그것을 꿰뚫어보고 있었다.

게다가 천하를 뒤엎어 버리려는 사쓰마 조슈로선 도사 번의 참가야말로 필요한 일이었다. 요도가 빠진 뒤의 에치젠 후쿠이, 이요의 우와지마 양 번에는 아무 매력도 없었고, 그 양 번 역시 사쓰마 조슈에 협력할 뜻은 전혀 없었다.

'큰 고기를 놓쳤다……'

이 느낌은 나카오카만의 것이 아니었다. 모든 막부타도파 지사들의 느낌이었다.

'그건 그렇고, 요도공이 뿌리치고 내뺀 지금, 이누이 다이스케는 무슨 생각을 하고 있을까?'

그 다이스케와 의논을 하려고, 이 밤중에 신센조 순찰대가 언제 나타날지도 모르는 교토 거리를 나카오카는 부지런히 걸음을 서두르고 있는 것이었다.

이윽고 가와라 거리에 있는 도사 번저에 이르러 이누이를 찾아보니, 그는 동지인 모리 교스케(毛利恭助)의 방에 있었다.

"아, 나카오카!"
다이스케는 나카오카의 얼굴을 보자, 두 눈을 찢어질 듯이 부릅떴다가 힘없이 고개를 숙이고 말았다.
"미안하이. 난 할복할 작정이다. 유서를 써놓고 할복해서 노공을 깨우치도록 해야겠어. 그 각오를 했네."
오늘 밤 실제로 할복할 작정인 듯, 그 할복 장소로서 모리의 방을 빌리고자 와 있는 것이었다.
'정말 할복할 생각이군.'
그렇게 보고 나카오카는 크게 꾸짖었다.
"자네가 죽은들 무슨 소용이 있겠나. 살아 활동함으로써 우리 도사의 희망이 되어야 할 이누이 다이스케가 아닌가. 오늘 밤에 죽었다고 생각해. 그런 각오라면 반드시 가능한 일이 있다."
"가능한 일?"
다이스케는 얼굴을 들었다. 다이스케는 머지않아 번의 서양식 부대의 지휘관이 될 예정이었다. 막부 타도의 때가 왔을 때 번을 거역하고 그 부대를 송두리째 교토로 이끌고 와서 혁명군을 만들 수도 있지 않은가.
두 사람은 토의 끝에 그렇게 하기로 결의하고, 곧 사쓰마의 사이고와 밀담을 나누었다.

혁명이란 인간이 생각할 수 있는 최대의 음모라고 해도 좋다.
이미 사태는 그 음모 단계에 들어가 있었다. 음모는 교토에서 진행되고 있었다.
그 중심 역할을 맡고 있는 것은 불과 몇 사람에 지나지 않았다.
공경 이와쿠라 도모미
사쓰마의 사이고 다카모리

동 오쿠보 도시미치

도사의 나카오카 신타로

동 이다가키 다이스케

이 정도만이 참가하고 있다.

동지들에게는 대부분 알리지 않았고, 이 음모를 전해들은 몇몇 동지들도 그들에게 일임하고 있었다. 이를테면 보슈 조슈 두 주에 틀어박혀 있는 조슈 인들이나, 진수부에 귀양 중인 산조 사네토미처럼.

그들은 일본사상 최대의 사극을 자신들 손으로 쓰려고 애쓰고 있었다.

주제는 있다.

〈근왕 도막(勤王倒幕)〉이다.

이 강렬한 이념 아래, 모든 음모가 그들에게는 정의가 되어 있었다.

그 음모의 주모자 가운데 한 사람인 이와쿠라는 아직도 교토 북쪽, 이와쿠라 마을에 숨어 지내고 있다. 겨우 선황제의 징계는 풀렸지만 "좀더 근신을 계속하라"는 명령을 받아서, 교토 시내에 거주하는 것은 허용되지 않았다. 다만 이와쿠라 마을과 교토 사이를 오고 가는 것만은 허락되어 있었다.

'시내에는 일박(一泊)에 한한다'는 조건이 붙어 있었다.

이와쿠라는 교토 시내에 들어갈 일이 있을 때도 막부파의 자객을 경계하여 최대한 조심을 하고 있었다.

이즈음 이와쿠라 마을에는 막부의 별동대 와카바야시 가메사부로(若林龜三郎) 이하 여덟 명이 임무를 띠고 머물면서, 그의 일상생활을 면밀히 감시하고 있었다.

'그들의 눈을 속여야 한다.'

이것이 평소 이와쿠라의 고충이었다.

교토에 갈 때는 잠깐 이웃마을에 다녀온다고 말하고 산책차림으로 나선다. 도중 고개의 숲 속에 하인 요조(輿三)가 숨어 있다.

이와쿠라는 숲 속으로 뛰어 들어가 검은 무늬 옷에 하카마, 거기에 대소도를 차는 무사차림을 갖추고 두건을 눌러 써서 변장을 한다.

어느날 교토로 들어서자 언제나처럼 사쓰마 번의 검객이 어디선가 나타나 넌지시 호위를 해주었다.

이와쿠라는 오쿠보의 집으로 들어갔다. 오쿠보는 이즈음 시내 이시야쿠시(石藥師) 거리의 절동네 동쪽에 커다란 민가를 한 채 빌리고 있었고, 그곳을 음모의 본거지로 삼고 있었다.

오쿠보는 곧 이와쿠라를 좁은 다실로 안내하고 말을 꺼냈다.

"사현후 회의는 요도공의 귀국으로 실패하고 말았습니다만, 뒤에 남은 이누이 다이스케란 자가 자기 주인의 어리석고 완고함을 부끄럽게 여기고, 여차할 때는 독단으로 번의 총기를 들고 나와 번병과 향사단을 이끌고 즉각 교토로 달려와서 사쓰마 조슈와 합세하겠다고 합니다. 오늘 밤 그 사쓰마 도사의 비밀동맹을 맺을 예정이어서……"

그 다음 두 사람은 여러 가지 정보를 검토했다.

이른바 세상에 사쓰마·도사 비밀회의라고 일컬어지고 있는 회담은 니혼마쓰의 사쓰마 번 중신인 고마쓰 다데와키의 집에서 개최되었다.

장소는 저택의 별채이다. 도코노마에는 한 줄 편지의 족자가 걸려 있다.

먼저 나카오카가 사이고에게 다이스케를 소개했다.

다이스케는 곧바로 입을 열어 말하기 시작했다.

"우리 도사 번은 인순(因循)……"

그러나 말끝을 맺지 못했다. 인순이란 그 무렵 유행어의 하나로, 사상이 보수적이며 헛되이 옛것에 얽매여, 자진하여 시국을 타개하려는 용기가 없는 상태를 말한다.

"……요도의 평 또한 좋지 않습니다. 이미 번론의 통일을 기다리고 있다가는 일본은 멸망할지 모르는 단계, 저는 곧 귀국하여……."

다시 말이 막혀 제대로 표현을 하지 못한다. 다이스케는 원래 말솜씨가 없는 사람이었다.

"다이스케, 도사 말로 해라."

나카오카가 옆에서 보다 못해 말했다.

"알겠소."

다이스케는 도사 말로 넘칠 듯한 정열을 토했다. 요컨대 자신은 귀국하여 의병을 모아 대기하겠다, 그 준비는 한 달이 걸릴 것으로 생각해 주기 바란다는 것이었다.

"한 달 뒤라면 교토에서 급보가 오는 대로 즉각 도사를 떠나 대군을 거느리고 상경하겠습니다. 그리하여 사쓰마와 조슈의 선봉에 서서 막부를 토벌하겠습니다."

만약…… 다이스케는 말을 이었다.

"이 말에 거짓이 있을 때는, 이 다이스케, 살아서는 여러분을 다시 뵙지 않으렵니다. 또 만일 거사를 했는데도 우리 도사군이 상경하지 않는 사태가 벌어졌을 때는, 저의 생사를 확인해 주십시오. 이 다이스케가 도사에 건재하고 있다면 설혹 며칠 늦는 한이 있더라도 곧 상경한다는 것을 믿어 주시기 바랍니다. 따라서 도사군이 오지 않는다 하여 거병 계획을 지연시키든가 하는 일이 있어서는 안 됩니다."

"……."

사이고는 감격파다. 두 눈을 크게 뜨고 눈물을 글썽거렸다.
"오랜만에 무게있는 무사의 말을 들었습니다. 장부의 말 한마디가 천금같다는 말은 지금 그 말씀을 두고 이른 것 같습니다. 이 사이고도 그 의거에 가담하도록 해 주십시오."
다이스케는 나카오카와 더불어 니혼마쓰 집에서 나왔다. 이 약속에 의해 후일 사쓰마 조슈가 도바, 후시미에서 막부군과 교전했을 때 이누이 다이스케는 곧바로 도사군을 이끌고 고치를 떠났다. 그 뒤 시코쿠 각 번을 항복시키며 오사카로 들어와 다시 교토로 들이닥쳐, 그대로 도산도(東山道) 진무군(鎭撫軍)으로서, 산조 대교(三條大橋)를 떠나게 된다.
이누이는 그 뒤 요도를 따라 귀국했다.
나카오카는 즉각 오사카로 내려가, 이타쿠라 지쿠젠노스케가 주선해 준 자금으로 신식총 3백 정을 구입했고, 다시 교토로 돌아와 재경 도사 번 지사들의 모임을 가졌다.
"본국으로 돌아가 다이스케의 의거를 돕는다"는 취지의 모임으로, 그 송별회를 겸한 것이었다.

아케보노 관(明保野館)이라는 것이 기요미즈산네이 고개(淸水産寧坂)에 있었다. 료마가 다즈와 만나는 대목에서 이미 말한 바 있다.
나카오카 신타로가 의거를 준비하러 도사로 돌아가는 동지들에게 송별연을 베푼 곳은 이집 이층이었다.
해가 지자 동지들이 모여들기 시작했다.
"모두 무사히들 왔구나."
나카오카는 전부가 다 모이자 안도의 숨을 몰아쉬었다. 교토의 밤거리에는 신센조를 비롯한 막부측의 순찰대와 아이즈 번병, 구와나 번병들이 떼를 지어 돌아다니고 있었다. 그 눈을 피해서 예까지 온다는 것만도 여간 어려운 일이 아니었다.

참석한 사람 중 주요 인물은 상급 무사인 다니 모리베, 모리 교스케를 비롯하여 히구치 다케시(樋口武), 시마무라 히사노스케(島村壽之助), 이케치 다이조(池地退藏), 모리 신타로(森新太郞) 등이다.

이야기가 끝났을 때 술상이 들어왔다.

시중을 들고 있는 것은 도사계의 근왕지사들을 위해 여러모로 힘써 온 오란(蘭)이라는 기녀였다.

"춤이나 추세."

가장 나이 많은 히구치 다케시가 일어나며 말했다. 도사 하타 군(幡多郡) 나카무라(中村)의 향사로서, 검술은 지쿠고(筑後) 야나가와(柳河)의 오이시 스스무(大石進) 밑에서 배웠고, 학문은 에도의 아사카 곤사이(安積艮齋) 밑에서 배웠으며, 서양식 포술은 신슈(信州)의 사쿠마 쇼잔 밑에서 배운 다재다능한 사나이였다. 특히 시문에 뛰어났다.

이때도 칼을 뽑아 들고 자작 즉흥시를 읊었다. 나지막하게 읊으면서 유유히 칼춤을 추었다.

> 정을 담고 주고받는 작별 술잔
> 드디어 떠나노라 히가시 산기슭
> 그러나 오직 기약하노니
> 끝끝내 절조지켜 공만은 세우리

감성이 풍부한 나카오카는 읊는 대로 듣고 있다가 마침내 고개를 떨어뜨리고 어깨를 들먹이며 울기 시작했다. 좌중은 그런 나카오카의 모습을 보고 모두 숙연해졌다.
 '마침내 예까지 왔구나.'
 이런 감동이 나카오카의 가슴을 뜨겁게 하고 있었다. 분큐 이래 수많은 동지들이 쓰러지는 가운데 구사일생, 오늘날까지 목숨을 부지함으로써 이제 그토록 바라던 막부 타도를 위한 거병이 문턱에 와 있는 것이다.
 "제군."
 나카오카는 갑자기 술잔을 치켜들었다.
 "용케 지금까지 살아 왔다. 그러나 앞으로는 더욱 어려울 것이다. 우리가 목숨을 버리기만 하면 반드시 일본에는 새 시대가 온다."
 울면서 잔을 들이키자, 기녀 오란은 분위기를 부드럽게 하기 위해서인지 붓과 종이를 가져다가 방 한가운데 놓고 국화 한 송이를 그렸다.
 일본 황실의 상징인 국화를 영원토록 피우게 하라는 뜻을 그림으로 나타낸 것이리라. 모두 그 그림의 여백에다 즉흥시와 단가(短歌) 등을 써 넣었다. 나카오카는 무슨 생각을 했는지, 이제는 세상에 없는 친구 다카스기 신사쿠의 유작인 오언절구를 써 넣고 붓을 놓았다.
 창 밖에는 휘영청 달이 밝아 있었다.

선중팔책(船中八策)

그 무렵 료마는 나가사키에서 이로하마루 사건 때문에 기슈 번과 한바탕 싸움을 벌이고 있었다.

'이 문제가 해결되지 않고서는……'

그는 필사적인 노력을 하고 있었으나, 교토의 심상치 않은 풍운에 대해서도 나카오카의 편지나 나가사키에 들르는 사쓰마 조슈의 지사들을 통하여 대충이나마 듣고 있었다.

그러던 어느 날 저녁, 료마의 상업 관계 사무실인 나가사키 니시하마 거리(西濱町)의 도사야(土佐屋)로 참정 고토 쇼지로가 비를 맞으며 찾아왔다.

"중대한 사태다."

고토는 봉당에 들어서자마자 나지막한 소리로 말했다. 료마는 봉당 한구석에 사무용 책상을 놓고 있었다. 그는 의자에 앉은 채 고토를 바라보았다.
"무슨 일인데?"
여전히 흐트러진 머리와 때묻은 얼굴이었다. 두 눈이 가늘게 번뜩이고, 양쪽 살쩍이 곤두선 모습은 어느 모로 보나 검술 도장의 거친 사범 대리 같은 인상이다.
고토는 의자에 앉았다.
"요도 노공으로부터 영이 내렸네."
료마는 곧 예의 사현후 회담의 일 때문임을 짐작했다.
"그럴 테지."
"짐작이 빠르군. 곧 상경하라는 분부시다."
"교토는 꽤 어수선한 모양이야."
"어느 정도까지 어수선해질까?"
"아마 전쟁이 벌어질 테지. 사쓰마는 거기까지 결심을 하고 대드는 모양이니까. 도쿠가와를 나라의 적으로 만들어, 칙명으로 토벌하도록 하자는 계획이 분명해."
"어느 편이 이길까?"
"어려운 문제인걸."
료마는 팔짱을 꼈다. 막부 타도의 거두인 주제에, 도사 번 고위 관리를 앞에 놓고 마치 남의 일처럼 그는 말하는 것이다.
"지금으로서는 비슷비슷하지 않을까?"
"그 정도일까?"
"아니, 사쓰마 조슈가 조금 유리할지도 모르지. 조슈 전성시대와는 달리 이번에는 사쓰마가 주도권을 쥐고 있지 않나. 원래 사쓰마 사람은 조슈처럼 이론만으로는 움직이지 않으니까."
사쓰마는 어디까지나 현실주의다.

—이긴다.

승산이 서면 그때는 맹수와 같은 기세로 떨쳐 일어나는 것이다. 그 사쓰마가 일어날 결의를 보이고 있는 이상, 유리한 조건이 이면에 있을 것이 틀림없다.

료마는 그렇게 보고 있었다. 료마는 그 무렵 사쓰마의 흑막인 이와쿠라 도모미가 복면을 쓴 채 궁중공작을 계속하여 마침내는,

—어린 황제의 토막 칙명을 얻을 수 있다.

여기에 이른 새로운 사실은 알지 못하고 있었다. 그러나 상상은 할 수 있었다.

"하지만 아무리 봐도 도쿠가와와 싸운다는 것은 무력으로 봐서 무리한 일이다. 역시 다른 번이 하나쯤 더 필요하네. 그것이 바로 도사 번이다. 사쓰마, 조슈, 도사 세 번이 규합해야만 비로소 막부 타도가 가능해지는 것이다. 이 때문에 조슈와 사쓰마는 물론, 막부에서도 도사번을 끌어들이려고 덤벼들 거야."

"어찌됐든."

고토는 테이블에 부채를 놓고 머리를 숙였다.

"부탁하네, 료마. 나와 같이 상경해 주게."

고토로서는 필사적이었다. 교토의 풍운을 다룰 만한 지략이 자신에게 있는지, 그로서는 확신할 수 없었다.

"외통장군으로 꼼짝 못하게 된 장기와 같은 형국이야"

고토는 말했다.

고토의 그 말은 정확한 표현이었다.

도사 번으로서는 이 급변하는 풍운에 어떻게 대처해야 할지, 이미 그 방법이 없었다.

사쓰마, 조슈 양 번은 도쿠가와 막부의 영주 대열에서 떨어져 나와 천황 직속의 번이 된다. 그리고 나서 막부를 토벌해 새 정부를

수립하려는 것이다.
 도사 번의 입장은 어떻게 되나?
 어떻게 해결해야 하나?
 본디 도사 번의 노공 요도는 사상적으로는 막부를 부정하는 근왕론자였다. 그러나 도사 번주가 되고 난 뒤의 그는 한편으론 이렇게 말했다.
 "우리 번은 도쿠가와 가문에게서 은혜를 입고 있다."
 그런 입장에서 오히려 도쿠가와 가문의 친번이나 다른 영주들보다도 강력히 막부를 옹호하는 자세를 취해 온 것이다. 사상은 근왕, 행동은 좌막. 그런 입장이라고 할 수 있다.
 상반되는 두 가지를 요도는 한 뱃속에 간직한 채, 풍운 속을 살고 있는 것이다. 자연히 근왕 지사들은 그에게 기대를 걸고 있었고 반대로 막부 또한 다시없는 호위역으로 그를 믿고 있었다.
 "무리였어."
 료마는 참정 고토를 똑바로 바라보며 손으로 턱을 쓰다듬었다.
 "무리?"
 고토는 얼굴을 들었다.
 "그렇지 않고. 초기에는 그런 식으로도 지낼 수 있었다. 24만 석의 주인 요도공은 양쪽에서 모두 사랑을 받으며 유쾌하게 지낼 수 있었지."
 "흐음."
 "애인을 둘 가진 여자와 마찬가지군. 처음에는 두 애인을 모두 좋아해주는 것만으로 족했지만, 차차 두 남자가 열을 올리기 시작한다. 둘 다 결혼하자고 야단이니 어떡하면 좋단 말이지?"
 "어쩔 도리가 없지."
 "목이라도 매어 죽는 수밖에 없을 거야."

"영주께 그 무슨 소리를……."

고토는 역시 참정의 몸이라, 황송한 듯이 얼굴을 붉혔다.

"고토, 세상에 이보다 더 어려운 문제는 없다는 걸 알게."

료마는 차차 속이 후련해지는 것 같았다. 생각해 보면 도사 번의 이 기묘한 양다리 걸침으로, 다케치 한페이타를 비롯한 얼마나 많은 친구와 동지들이 죽었던가.

"이제야 깨달았단 말인가!"

외쳐 주고도 싶었다. 그토록 도도하던 고토가 법정에 끌려나온 죄인처럼 그의 눈앞에서 고개를 숙이고 있는 것이다.

그런 일이 있은 뒤 고토는 교토 번저에서 보내온 여러 가지 정보를 털어놓았다.

"알았네. 아무튼 하룻밤 생각해 보겠네. 만약 가기로 결정한다면, 내일 아침 네 시, 유가오마루(夕顏丸)에 나가 있겠네."

료마의 말이다. 유가오마루란 요도가 보낸 도사 번의 배로서, 이미 나가사키 항에 닻을 내리고 있었다. 고토의 승선을 기다리고 있는 것이다.

"료마, 마지막으로 한 마디만 더 하겠다."

고토는 일어나서 말했다.

"자네가 도사 번에 대해 냉담한 까닭은 나도 알고 있네. 자네의 머릿속에는 일본은 있지만 도사 번은 없다는 것도 알고 있어. 자네는 향사야. 향사에게는 향사로서의 감정도 있겠지. 그러나 평생에 단 한 번인 셈치고 이번만은 번의 위기를 도와주게."

"도울 방법이 있다면 그래야겠지……."

료마도 일어났다.

고토는 이윽고 빗속으로 사라진다.

잠시 뒤 료마도 도사야에서 나왔다.
초롱불을 옷소매로 가리며 우산도 받지 않고 돌길 위를 달렸다.
도중에서 무쓰 요노스케를 만났다.
"대장님, 어디 가십니까?"
"아, 마침 잘 만났군. 어쩌면 지금 항구에 머물러 있는 유가오마루로 교토에 가게 될지도 몰라. 내일 아침 네 시, 유가오마루에서 기다려라."
"저 혼자서요?"
"혼자만이 아니야. 나카오카 겐키치와 둘이서다. 다른 사람은 나가사키에 남아서 계속 일을 본다. 그 남은 일에 관한 얘기도 하고 싶으니, 스가노 가쿠베에들에게 아침 세 시, 도사야에 모여 달라는 말을 전해주게. 그 친구들 오늘 밤, 마루야마에서 마시고 있는 모양이니까."
"교토에 가게 되는 것은 확실합니까?"
"모르겠어."
"무슨 일인데요?"
"그건 나도 알 수 없어. 무쓰, 홍수를 한 사람의 힘으로 막아서 딴 데로 돌려 버릴 수 있을까?"
료마는 빗속을 달리기 시작했다.
이윽고 고소네의 별장에 이르자, 안에서 월금(月琴) 소리가 들려 나온다.
오료가 뜯는 것이 틀림없다. 그녀는 요즘 월금을 배우느라고 열심이었다.
료마가 부엌으로 들어가자, 곧 월금 소리가 멎으며 오료가 일어나 나왔다.
"어쩜! 흠뻑 젖었네요."

"말려 줘. 목욕물은 있나?"

료마는 걸으며 옷을 벗었다. 옷을 아무렇게나 내동댕이치고 욕실로 들어간다.

"오료도 들어와."

"옷을 개야죠."

여느 때와는 달리 료마는 고집을 부렸다. 할 수 없이 오료도 욕실 앞에서 옷을 벗고 안으로 들어갔다. 그런데 료마는 얼른 탕 속에서 일어나 그대로 욕실에서 나가 버린다.

'어머나, 대체 저이가……'

오료는 웃음을 참지 못했다. 같이 목욕을 하자는 뜻인가 했더니, 그게 아니었던 모양이다.

30분쯤 뒤에 료마는 건어물을 안주로 하여 술을 마시고 있었다. 잠자리에서 술을 마신다는 것도 그에게는 좀처럼 없었던 일이었다.

"오료, 마셔."

료마는 잔을 내민다. 잔 대신 사발 뚜껑이다. 양이 많았다.

"이렇게 많이요?"

그러면서도 오료는 순순히 받아들였다.

"아이, 써!"

"웬일로 오늘 밤은 고분고분하네."

여느 때의 오료 같으면, 료마가 같이 마시자고 해도 '싫어요' 하면 그걸로 끝이었다.

"무서우니까 그렇죠."

"내가 그렇게 무서운 얼굴을 하고 있나?"

료마는 얼굴을 쓱쓱 문질러 보았다.

"워낙 이렇게 무뚝뚝하지 않나."

"하지만 여느 때보다 더한 것 같아요."
오료는 무서운 듯이 료마를 바라보고 있었다.
"그래?"
"뭐, 심란한 일이라도 있으신가요?"
"있어."
그 때문에 술을 마시고 있는 것이다.
"오늘이 며칠이지?"
"9일."
"14일은 다카스기의 제삿날이다. 나는 집에 없을 테니까 절에라도 가서 공양을 하고 오도록 해."
다카스기 신사쿠는 두 달 전인 4월 14일, 스물여덟의 젊은 나이에 결핵으로 죽었다.
"만약 하늘이 이 땅에 다카스기를 내려 보내지 않았다면 조슈는 지금쯤 어떻게 되었을지 모른다. 오늘날의 천하 정세의 그 일부는 다카스기가 이룩한 거다."
료마가 자꾸만 다카스기의 생각을 하는 것은, 그 변화무쌍하고 병법이 거침없는 다카스기 신사쿠라면 지금과 같은 사태에 어떻게 임할까 라는 생각이 떠올랐기 때문이다.
다카스기는 도저히 일어날 수 없음을 알자, 어린 아들 도이치(東一)의 머리를 쓰다듬으며 말했다.
"아버지의 얼굴을 잘 기억해 두어라."
그리고 붓을 들어 유언시의 첫 구절을 종이에 썼다.
"아기자기한 재미도 없는 세상, 즐겁도록……."
그 다음이 얼핏 떠오르지 않아 머뭇거리고 있자, 간호하고 있던 여승 노무라 모도니(野村望東尼)가 이어 주었다.
"……꾸미며 사는 것은 마음인가 하노라."

다카스기는

"……재미있군."

그러고 조용히 눈을 감았다. 그것이 다카스기의 임종이었다.

료마는 넋을 잃은 얼굴로 술만 거듭 마시고 있었다.

아직 다카스기가 죽기 전, 료마는 조슈의 동지들과 시모노세키의 술집에서 술을 마시고 있었다.

"세상이 다시 태평해지면 어떻게 지낼 것인가?"

우연히 그런 화제가 나왔다. 좌석에는 가쓰라, 이노우에 등이 있었고, 훨씬 아랫자리에는 이토 슌스케, 야마가타 교스케 등이 있었다. 뒷날 모두 유신 정부 고관이 되어 귀족의 지위에 올랐다.

"나 말인가?"

료마는 즉석에서 말했다.

"칼을 던져 버리고 일본에서 뛰쳐나가 배나 타고 다니면서 지내겠네."

"난 무엇을 할까?"

다카스기가 고개를 기웃거리자, 료마가 대신 말했다.

"자넨 노랫가락이나 지으면서 살지 그래."

그러고 나서 료마가 샤미센을 뜯고, 다카스기는 자기가 지은 노래를 부르면서 떠들어 댔다.

"제법이야……."

그 무렵부터 료마는 다카스기의 노래 짓는 솜씨에 탄복하고 있었다.

"오늘 밤은 다카스기의 노래라도 불러 주자."

료마는 오료에게 샤미센을 준비시켰다.

"밤이 깊으니 조용히 뜯도록 해."

료마는 오료의 무릎을 베개 삼아 드러누웠다. 노래라도 부르면서

묘안을 생각해 내려고 했던 것이다.
"삼천 세계부터 불러 보기로 할까?"

   삼천 세계 까마귀를 모두 죽이고
   임과 함께 아침잠 달게 자련다

 오료의 무릎은 따뜻했다. 그대로 자버리고도 싶었으나, 고토의 청을 받아들인다면 아침잠은 커녕 날도 새기 전에 유가오마루를 타고 교토로 향해야 할 것이다.

   무사와 같아라
   다카야마 히코쿠마루의 기개를 지녀라
   교토의 산조 다리 위에서
   저 멀리 황제를 향해 엎드려 절을 올리니
   흐르는 눈물은 가모의 물

"다카야마 히코쿠마루는 어떤 사람입니까?"
"기묘할 정도로 우직한 사람이지."
 료마는 자신이 태어나기 4, 5년 전에 죽은 사람이라고 말했다. 근왕운동의 선구자로 그 무렵엔 별난 사람 취급을 당했다. 모든 나라를 돌며 자신의 주장을 펼치며 다녔는데, 규슈 구루메(九州 久留米)에서 세상을 한탄하며 할복하였다. 료마가 그를 기묘할 정도로 우직하다고 표현한 것은 사나이들의 기묘한 정열을 말한 것이며 거기엔 료마 자신도 들어 있었을 것이다.

   임을 위해 고생은 마다 않으니

보람 있게 해주셔요, 잊지 마시고.

"오료, 임자가 하고 싶은 말일 테지?"
료마는 무릎 위에서 장난스럽게 웃고, 얼른 돌아누웠다.

석 되들이 술통을 옆에 끼고
에라 모르겠다, 마셔나 보자.

료마는 "술" 하고 소리쳤다.
오료는 잔을 집어 들고, 식은 술을 자기가 먼저 머금었다가 료마의 입에 옮겨 주었다.
"유난히 술맛이 싱거운 걸."
꿀꺽 삼키고 나서 료마는 얼굴을 찌푸렸다.
료마는 노래를 마치자, 죽은 듯이 침묵에 빠져들었다.
"무슨 생각을 하시는 거죠?"
오료는 견디다 못해 물었다.
"여자 생각이야."
"네? 그럼 오모토라는?"
오료의 무릎이 딱딱해졌다. 오모토라는 기녀가 요즘 료마에게 반해 정신이 없다는 말을 오료도 들은 일이 있었다.
"……그 여자 말인가요?"
"아니야."
"그럼 또 있단 말이에요? 아니면 진수부에 있는 다즈 아가씨 생각을 하셨나요?"
"아니라니까."
료마는 벌떡 일어나 오료를 쳐다보았다.

"오료, 여기 어떤 여자가 있어."
"어떤 여잔데요?"
"사내가 둘씩이나 있는 거야."
"어머나, 그럼 당신 말고도……."
"도무지 얘기가 안 통하는군."
 료마는 예의 일녀이남론을 꺼냈다. 도사 번의 요도를 말한 것이다.
"난 또……비유를 든 거예요?"
"오료가 그런 지경에 빠지면 어떻게 하지?"
"죽어야죠."
 그녀는 시원스럽게 말했다.
"역시, 죽어야 하나……?"
"그 길밖에는 별 수가 없잖아요?"
'요도공은 역시 죽을 수밖에 없구나.'
 료마는 저도 모르게 히죽이 웃었다. 노공에게는 안 된 일이지만, 시대를 농락한 것에 대한 당연한 응보라고 생각하지 않을 수 없었다.
 ─죽으면 되는 거다.
 고토에게 했던 말을 그는 다시 한번 생각했다. 요도에게는 가혹한 말일지 모른다. 그러나 다케치 한페이타도 요도에 의해 죽임을 당했다. 그 응보는 당연히 받아야 하는 것이었다.
'노공의 근왕과 좌막이라는 양날의 칼 때문에 얼마나 많은 도사 번의 지사들이 죽어야 했던가?'
'죽어라, 너도 죽는 거다!'
 교토에서 사쓰마 조슈의 총참모 역으로 활약하고 있는 나카오카 신타로가, 요도에게 그 대가를 치르게 할 것이다.
'나카오카라면 해낸다. 나카오카에게는 그만한 수완이 있다.'
 나카오카는 어디까지나 유혈 혁명론자다. 최근에도 그에 대한 논문을 써서 동지들 사이에 회람시킨 일이 있다. 명석한 논지로 될 수 있는 대로 쉽게 쓴, 근래에 드문 명론이었다.

혁명에는 끈질긴 정치공작이 필요하다. 그러나 그것만으로 이루어지는 것은 아니다. 최후에는 전쟁이 필요하다. 포연(砲煙) 속에서 역사는 전환된다는 것이 오래 전부터 나카오카의 주장이었다. 이제 그는 자신이 말하는 최후의 단계까지 정세를 몰고 온 셈이었다.

그 정세에 몰려서 궁지에 빠져 버린 것은 당장은 막부라기보다, 요도와 같은 기회주의적 인물이라고 해도 좋았다.

료마는 오료의 무릎을 밴 채 잠이 들고 말았다.

'어머나, 잠이 들었네……'

오료는 료마의 잠든 얼굴을 들여다봤다. 이상하게 앳되고, 꿈이라도 꾸고 있는 것 같은 모습이었다. 오료는 살며시 무릎을 빼고 이불을 덮어 주었다.

'무슨 생각을 하고 있는 걸까?'

도무지 속을 알 수 없는 사내였다. 평소에도 이 고소네의 별장으로 돌아오는 것은 사흘에 한 번도 되지 않았다. 나머지는 사무실인 도사야에서 자기도 하고, 해원대 숙사에 틀어박힌 채 통 돌아오지 않는가 하면, 때로는 마루야마의 오모토와도 함께 자고 오는 눈치다.

'여자에게는 평범한 남자가 제일이야……'

오료는 그렇게 생각했다. 료마와 같은 남자는 재미있는 점도 있기는 했으나, 평생을 같이 살아 봐야 여자의 마음을 만족시켜 줄 수 있는 상대는 아닌 것 같았다.

오료는 늘 그런 것을 마음 한구석에 담아 두고 있었다. 그렇다고 어떤 중대한 결정을 내릴 생각은 없었다.

오료는 자리를 펴고 한동안 누운 채 이야기책을 읽고 있었으나, 이윽고 그 책으로 얼굴을 가린 채 그녀도 잠이 들었다.

호롱불을 그냥 켜 놓은 채였다. 기름이 없어지면 저절로 꺼지겠지. 오료는 언제나 그런 식이었다.

―낭비다.

이 말을 료마는 하지 않았으나, 속으로 그리 달갑게 생각하지 않는 듯했다.

도사 번의 감찰이며, 근왕파인 사사키 산시로가 나가사키에 왔을 때 무쓰 요노스케에게 귀엣말로 물었다.

"저게 유명한 료마의 오료인가?"

"미인이지만 여자로서는 어떨지 모르겠군."

그런 평이 돌고 돌아서 료마의 귀에까지 들어 왔을 때 료마는 웃으면서 말했다.

"다른 여자가 갖지 못한 좋은 점이 있다. 사람의 어리석은 점은 남에게 완전한 것을 구한다는 것에 있다. 오료는 과연 좀 별난 데가 있는 여자지만 나만은 오료의 장점을 알고 있어."

"말하자면 반한 거겠지."

사사키의 평을 전한 것은 고토였다. 고토가 그렇게 놀려 대자 료마는 대꾸했다.

"반하지 않고서는 아무 일도 할 수 없어."

반하지 않으면 세상만사 되는 일이 없다고 말한 것이다. 그 료마가 밤중에 눈을 떴다.

등잔불은 아직 켜진 채였다.

'벌써 두 시인가?'

료마는 품속에서 시계를 꺼내 보고 문득 바깥에 귀를 기울였다. 비가 그치고 바람도 잔 모양이었다.

'이만하면 배가 떠날 수 있겠지.'

그렇게 생각하자 갑자기 교토에 가 보고 싶은 생각이 솟구쳤다. 가 봤자 풍운을 수습할 가능성은 없었다. 그러나 하는 데까지는 해 봐야겠다고 마음먹었다.

료마는 오료의 머리맡에 앉아, 그녀의 얼굴을 가린 책 겉장에 편지를 쓰기 시작했다.

료마가 책 겉장에 쓴 편지는 불과 몇 줄밖에 안 되는 것이었다.

교토로 간다.
그곳에서 만약의 경우가 생길 때는 조후(長府)의 미요시 신조(三吉愼藏)를 찾아가도록.

미요시 신조는 조슈 번의 지번인 조후 번에 속해 있었다. 료마가 사쓰마 조슈 연합 때문에 바쁘게 뛰어다닐 때, 데라다야(寺田屋)에 같이 묵은 일이 있었고, 막부 관리의 공격을 같이 막아낸 일이 있는 그 사나이다. 료마의 수많은 동지 가운데서도 오료를 잘 알고 있는 자는 미요시 신조뿐이었다.

'됐다!'

료마는 붓을 던지자, 간단한 몸차림을 하고 그대로 고소네의 별장에서 빠져 나왔다.

밖은 아직 어두운 밤이었다.

'교토라……'

하늘을 올려다봤다. 많은 별들이 떼지어 반짝이고 있었다.

'묘안은 없을까?'

료마는 어두운 돌길에 굽 높은 게다 소리를 요란스럽게 내며 서쪽을 향해 걸어갔다.
 방안은 있었다.
 그 방안이란 고토가 "부탁한다"는 말을 했을 때 순간 번뜩인 생각이었으나, 그것이 과연 실현될 수 있을까 하는 점을 료마는 골똘히 생각하고 있었다.
 '대정봉환(大政奉還)'이라는 방안이었다.
 장군에게 정권을 내놓도록 권해보자는 안이다.
 경천동지의 기수(奇手)라고 할만 했다.
 만일 장군 요시노부가 도쿠가와 15대, 300년의 정권을 내던지고 "조정에 봉환한다"는 말만 하게 되면, 사쓰마, 조슈의 유혈 혁명파는 치켜들었던 칼을 처치하기가 곤란하게 되리라.
 그 틈에 교토에다 일거에 천황을 중심으로 하는 신정부를 수립해버리는 것이다. 그 정부는 현후, 지사, 공경의 합의제로 한다.
 그 순간에 막부는 없어지고 도쿠가와는 1개 제후의 지위로 떨어진다. 그런 자기 부정의 길을 요시노부는 과연 취할 것인가?
 '사람이란, 자기 자신에 대한 혁명을 일으킨다는 것은 불가능에 가까운 일이다. 장군이 스스로 장군의 지위를 내버리는 일을 과연 할 것인가?'
 인정상 그것은 어려운 일일 것이다.
 설사 요시노부가 개인적으로 그런 심경에 이른다 해도 요시노부를 에워싸고 있는 막부 관료들이 그것을 허락하지 않을 것이다.
 '그러나……'
 료마는 다시 생각한다. 일본을 혁명 전쟁에서 구하는 길은 그 한가지 밖에 없다.
 도쿠가와의 가명을 후대까지 남기는 방법도 그 길밖에 없고 도사번의 노공 요도의 괴로운 입장을 해결하는 길도 역시 그것밖에는 없었다.
기막힌 묘수이기는 했다.
그러나 기술적으로 그것은 곤란했다.

료마가 도사야에 이르자, 이미 스가노 가꾸배에 등 일동이 모여 있었다.
"난 이제부터 교토로 간다."
료마는 도사 사투리로 말했다.
"성공할지 어떨지는 모르지만, 현재의 정세대로 내버려 두면, 일본도 프랑스의 대혁명전쟁이나 미국의 남북전쟁 같은 사태를 겪게 된다. 끔찍한 재난은 농민, 상인들에게까지 미쳐 아녀자들의 시체가 길거리에 산같이 쌓일 것이다."
료마는 자신이 제시하려는 안을 선선히 그 자리에서 털어 놓았다.
가장 어린 나카지마 사쿠타로가 놀란 듯이 말했다.
"사카모토님, 전에는 도쿠가와를 쓰러뜨려야 하며 다소의 전쟁 피해는 어쩔 수 없는 것이라고 말씀하시지 않았습니까?"
"생각하면 나도 좀 어렸던 거야. 말하자면 객기가 있었던 거지."
료마는 턱을 문질렀다.
"능청스럽습니다."
"그렇지, 능청스러워."
"식언자(食言者), 변설자(變說者)에 거짓말쟁이라는 비난을 면치 못할 겁니다."
"면치 못하지."
료마는 괴로운 얼굴을 지었다. 그 때문에 어젯밤부터 줄곧 씁쓰레한 가슴속을 달래지 못하고 있는 것이다.
"사카모토님, 유사시에 해원대가 에도로 진격한다고 말씀하신 것은 거짓말이었나요?"

"요시노부의 태도 여하에 달렸다. 요시노부가 내 의견을 듣지 않는다면 제군들은 포탄을 가득 싣고 나가사키 항을 떠나게 될 거다."

"……."

모두 잠잠해져 버렸다.

그러나 젊은 사쿠타로는 그래도 화통이 터지는 듯 내뱉었다.

"싸움이 아니고는 혁명의 위업은 이룰 수 없습니다. 역사가 그것을 증명하고 있지 않습니까? 사카모토님, 사카모토님은 오랫동안 우리의 동지였던 사쓰마 조슈를 배반할 작정인가요?"

아픈 데를 찌르는 한 마디였다. 사쓰마 조슈의 수뇌부는 철저한 주전론자인 것이다. 서양식 무기의 포탄을 도쿠가와 정권과 같은 영주들에게 퍼부어 그들의 시체 위에 새로운 정권을 수립하려는 생각이다.

그러나—

료마가 이 묘책을 들고 나설 때, 사쓰마 조슈는 적을 잃게 되고 칼을 내리칠 데가 없어진 채, 한낱 꼭두각시로 전락해 버리고 마는 것이다. 무서운 안이라고 할 수 있었다.

"사쓰마 조슈에게는 미안하게 된다. 그러나 나는 그들 사쓰마 조슈의 새 정권을 위해 활동하고 있는 것은 아니다."

"뭐라고요?"

"일본인을 위해서야."

료마는 나직한 소리로 말했다. 혁명 정치의 거점을 거기에 두고 있는 그의 독특한 사고방식은 이미 가쓰 가이슈의 가르침을 받은 수년 전부터 거대한 나무처럼 그의 가슴에 자라고 있었다.

"사카모토님, 그러시면 사카모토님은 의지가지없는 외톨이가 됩니다."
"각오하고 있다."

료마는 도사야 뒤꼍에서 보트를 탔다. 대원 여섯 명이 노를 들었다. 그때 사쿠타로가 달려와 보트로 뛰어들었다.
"나도 젓겠네."
노 하나를 집어 든다.
료마는 고물 쪽에서 키를 잡고 있었다.
"자, 가자."
아직 해는 떠오르지 않았다.
"사카모토님, 아까는 죄송했습니다."
사쿠타로가 노를 저으며 말했다.
"뭐가?"
"사카모토님이 시대의 고아가 된다고 한 것 말입니다. 그 말은 지나쳤습니다."
"지나치긴……."
료마는 밤바람 속에서 대답했다.
"사나이의 의기가 아니겠는가."

시대의 고아가 되는 것이 말이다. 시류는 지금 사쓰마, 조슈 쪽으로 흐르기 시작하고 있다. 그에 편승해 대사를 이루는 것도 통쾌할지 모르지만, 시대의 흐름을 버리고 풍운 속에 홀로 서서 정의를 외치는 편이 훨씬 용기가 필요한 일이었다.

'묘한 사람이다……'
젊은 사쿠타로는 그렇게 생각했다.
지금까지의 료마는 철두철미 사쓰마 조슈 편이었다. 원수 사이인 사쓰마 조슈를 연합시켜 거대한 막부 타도 세력을 만든 것은 바로 료마였다. 말하자면 사쓰마 조슈 동맹의 두목격인 것이다.

그것이 막상 막부를 타도할 단계에 이르러 갑자기 그 세력에서 스스로 물러나 전혀 다른 입장에 서려는 것이다.

"한 번 더 여쭤 봐도 되겠습니까?"

사쿠타로는 노를 멈췄다.

"뭐든지."

"그토록 유혈이 싫으신가요? 전부터 사카모토님은 회천에는 전쟁밖에 없다고 했습니다. 사쓰마, 조슈에게 많은 무기를 사게 했습니다. 해원대도 키워서 막부 함대를 깨뜨리고 바다로 나아가 에도를 친다고 했습니다. 심지어 천주교도들까지 선동하자고 했던 사카모토님입니다. 그런 방침을 어째서 바꾸셨습니까?"

"바꾸지는 않았다. 회천은 결국 군사력에 의하지 않고는 이루어지기 어려울 거다. 그만한 각오는 있다. 그러나 만약 그것을 회피할 수 있다면 그 방법을 먼저 써 봐야 할 게 아닌가?"

"요시노부 장군이 순순히 응하리라고는 생각되지 않는데요?"

"요시노부가 어리석다면 고집할 거다. 그때는 내가 제일 먼저 요시노부 토벌군을 일으킬 작정이다."

"유혈입니까?"

"그때야말로 다소의 희생은 불가피하다."

"그러나."

사쿠타로는 마지막 의문을 털어놓으려고 노를 거두어들이고 앉음새를 고쳤다.

"그러나?"

료마는 사쿠타로를 바라보았다.

"여쭤 봐도 되겠습니까?"

"좋고말고."

"사카모토님은 도사 번을 버린 분입니다. 바로 거기에……."

료마의 매력이 있었던 거다……그런 말을 사쿠타로는 하고 싶었다. 사쿠타로 등 도사의 향사들은 모번(母藩)에 대한 원한이 컸고 그 때문에 료마에 대해 매력을 느꼈으며, 그를 두령으로 받들고 일하고 있는 것이다.

"그러나 지금 그 전쟁 회피책은 오로지 도사번을 구하기 위해 생각해 낸 것이 아닙니까?"

"결과적으로는 그렇게 될 테지. 이 계획이 성공한다면 도사 번은 일약 사쓰마 조슈를 밀어 제치고 풍운의 으뜸 자리를 차지하게 될 게다."

"어, 어째서 그토록 친절을…… ?"

"친절이 아니야. 나는 사쓰마 조슈의 심부름꾼이 아니다. 동시에 도사 번의 앞잡이도 아니다. 나는 이 60여 주(州) 가운데서 유일한 일본인이라고 생각하고 있다. 내 입장은 그것뿐이야."

"그래서요?"

"도무지 알아듣지 못하는군. 너나 나나 나가사키에 있지. 매일같이 영국 장사꾼들과 접촉하고 있다. 사쓰마의 사이고나, 조슈의 가쓰라와는 좀더 다른 각도를 가지고 있다."

사쓰마는 일찍부터 영국인과 접촉했고 조슈는 료마의 중개로 영국인과 밀착하게 됐다. 그 때문에 사쓰마 조슈는 영국을 배경 세력으로 하게 되었다.

내란이 일어나면 기뻐하는 것은 영국을 비롯한 열강들이다. 료마는 그것이 두려워지기 시작한 것이었다.

막부는 프랑스와 제휴하고 있다. 군사적으로도 경제적으로도 그들의 원조를 받고 있다. 나폴레옹 3세는 유럽 정계에서도 이름난 재주꾼이며 그가 막부를 원조하는 본심은 일본을 식민지로 삼으려는 것에 있다.

그래서 "막부를 어서 타도해야 한다"고 료마는 주장해 왔던 것이다.

그러나 사쓰마 조슈는 암만해도 영국과 너무 깊은 관계를 맺고 있는 것 같았다. 앞으로 사쓰마 조슈가 막부를 쓰러뜨린다면, 영국은 어떤 태도로 나올 것인가.

"어쨌든 사쓰마 조슈를 전쟁에서 이기게 하면 영국에만 이익이 돌아가 좋지 않다. 전쟁 없이 대업을 이룩한다면 영국도 프랑스도 모두 어리둥절할 게 아닌가. 일본인 자신의 손에 의해 독자적인 혁명이 이루어지는 거란 말이야. 그 혁명에 도쿠가와 요시노부마저 참가시킨다. 그를 혁명의 공신으로 만들어 주는 거다. 그렇게 되면 영국도 프랑스도 손을 댈 여지가 없어질 것이 아닌가?"

보트는 바다로 나왔다.
"유가오마루는 어디 있습니까?"
아직 어둠이 짙어서 항내에 머물러 있는 배가 보이지 않는 것이다.
"에비스 섬(夷島)의 불빛이 안 보이나."
근시인 료마는 어둠 속의 항구를 유심히 둘러본다.
"저거 아닙니까?"
눈이 밝은 사쿠타로가 손을 들어 가리킨다.
"그 에비스 섬의 불빛을 정북에 두고 저어 가면 유가오마루의 뱃전에 닿을 거다."
"알겠습니다."
대원들은 또 노를 젓기 시작했다.
이윽고 유가오마루가 희미하게 보이기 시작했다.
이 유가오마루는 고토 쇼지로가 상하이에 가 있을 때 영국인 상회에서 산 배로, 원래는 슈린 호라고 했다.

이윽고 뱃전에 닿았다. 나카지마 사쿠타로가 배 위를 바라보며 소리쳤다.

"사카모토 료마요오……."

"기다렸소. 곧 사다리와 칸델라를 내려 보내죠."

이윽고 갑판 위에는 사람들이 뛰어다니기 시작했다. 덜컹거리는 소리와 함께 줄사다리가 내려온다.

료마는 그것을 끌어다가 오른발을 올려 디뎠다.

"사카모토님."

사쿠타로가 매달렸다.

"사쿠타로, 이것 좀 놓게."

"사과하려는 겁니다. 제가 너무 폭언을 했던 것 같습니다."

젊은 사쿠타로는 단신 교토의 풍운 속에 돌을 던지러 떠나는 수령의 모습에서 극적인 감동을 느낀 듯했다. 매달린 채 울고 있는 것이다.

"우리는 모두 대장님 명령대로 움직일 것입니다. 죽으라면 언제든지 죽을 각오가 되어 있습니다. 교토에 가시거든 부디 몸조심하십시오."

"사쿠타로, 그만해."

료마는 호걸처럼 너털웃음을 터뜨렸다.

"자, 가네."

료마는 손을 뻗어 사다리를 움켜쥐자 잽싸게 올라갔다.

그때, 기다린 듯이 불쑥 태양이 솟아올랐다. 보트에서 올려다보고 있던 자들이 "앗!" 하고 모두 숨을 삼켰을 만큼, 그것은 극적인 효과가 있었다. 아침 햇빛을 받으며 료마는 올라간다. 대원들은 감동하여 아무도 입을 열지 못했다.

료마는 갑판 위에 뛰어 올랐다.

"여어, 사카모토!"
고토가 달려왔다.
"고맙네. 안 오나 했어."
"조금 늦었네."
료마는 갑판 위를 걸어가면서, 도사 번 상급 무사 출신인 선장 유히 게이사부로(由比畦三郎)의 인사를 받았다. 그 무렵 해군의 선구자로서 료마의 명성은 온 번 내에 알려지고 있었던 것이다.

"한잠 자고 싶네."
료마는 고토에게 말하고 선실로 들어갔다.
먼저 와 있던 해원대 문관, 나카오카 겐키치와 무쓰 요노스케 두 사람이 그 방에 들어왔다.
"이제부터 말하는 것을 잘 들어라."
료마는 침대 위에 책상다리를 하고 앉아 예의 대정봉환책을 자세히 얘기하기 시작했다.
나카오카, 무쓰 두 사람은, 평소부터 료마와 여러 가지 얘기를 해 온 터라 이해가 빨랐다.
"딴은, 현재의 어지러운 교토를 구하는 길은 그것밖에 없겠군요."
"잘만 하면 일거에 혁명의 대업을 이룩할 수 있다."
"그렇습니다."
나카오카는 그 요령을 연필로 메모하면서 끄덕였다. 그러나 제대로 될까, 하는 불안은 있었다.
"일에는 시기라는 것이 있다. 이 안을 몇 달 전에 내놓았다면 세상의 웃음을 샀을 뿐이고, 몇 달 뒤에 내놓는다면 이미 포연에 휩싸인 뒤여서 아무 소용도 없게 된다. 지금이 바로 이 안을 빛낼 수 있는 때다."

"그렇습니다. 묘안인 만큼 썩기도 쉽습니다. 그런데 이 안은 사카모토님의 독창인가요?"

"아니야."

사실은 3년 전에, 일본의 최대 평론가라고 할 수 있는 두 인물을 통해서 들은 안이었다. 그때는 료마도 실현 불가능한 일이라고 생각했다.

'어떻게 그런 일을……'

장군이 자발적으로 정권을 내놓는다는 것은 생각조차 할 수 없는 일이 아닌가.

안(案)이란 관념상의 일이다. 그것을 실행할 수 있는 시기를 찾아내는 것이 행동가의 직감이라고 할 수 있으리라. 료마는 삼 년 뒤인 지금에야 기억의 서랍 속에서 그때의 이야기를 끄집어 낸 것이다.

"어느 분의 뛰어난 의견입니까?"

"가씨와 오씨다."

가쓰 가이슈와 오쿠보 이치오(大久保一翁)를 말하는 것이었다. 양쪽 다 막부의 신하라는 점이 재미있다.

가쓰와 오쿠보의 천재적인 두뇌는 분큐 무렵에 이미 '도쿠가와 막부는 오래가지 않는다'는 것을 꿰뚫어보고 있었다. 막부 기관으로서는 이미 천하를 이끌어 갈 수 없음을 그들 자신이 막부 관료였으니 만큼 피부로 느낄 수 있었던 것이다.

"앞으로, 이 모순이 확대되면 마침내 막부 자체가 와해되고 도쿠가와는 멸망하게 된다. 도쿠가와는 역적이 되고 장군은 피살될 것이며, 자손들까지 뿌리를 뽑히게 된다. 막부가 무너져도 장군을 구하고 도쿠가와의 안전을 꾀할 수 있는 길은 오직 하나밖에 없다. 도쿠가와가 가지고 있는 정권을 내던지고 자진해서 막부를 허물어 버리는 길뿐이다."
　가쓰와 오쿠보는, 그들이 가장 사랑한 위험 사상가 료마에게 그런 말을 한 적이 있었다. 료마는 그저 농담 정도로 그 말을 들었다.
　그 한 마디의 농담이 이제 때를 얻어, 거대한 생명력을 띠고 역사를 움직일 수 있는 단계에 이른 것이다.
　"고토에게 자네들 두 사람이 이 안을 잘 설명해 주게. 나는 저녁 때까지 좀 잘 테니까. 고토와는 자고 나서 만나겠다."
　배는 아침 햇빛에 물들며 출항하기 시작했다.

　료마가 눈을 떴을 때, 선창에는 저녁놀이 비치고 있었다.
　'안만 산(安滿岳)이구나……'
　선창에 비친 산 모습으로 배가 지금 히라도 섬(平戶島) 동쪽 기슭 근처를 지나고 있다는 것을 알았다.
　바람이 있었다. 순풍인 듯했다. 그 바람을 이용하지 않고 계속 엔진 소리를 울리고 있는 것을 보면, 어지간히 교토 도착을 서두르고 있는 것이리라.
　머리맡에 포도주 병이 놓여 있었다.
　─잠에서 깨거든 기분 좋게 우선 한 잔.
　보나마나 그런 고토의 배려였을 것이다.
　'겁이 날 만큼 후대하고 있는 걸.'
　일개 향사에게 번 전체가 이토록 호의를 보인 일은 또 없으리라. 호의라기보다도 아첨에 가까운 것이었다.
　료마는 그 붉은 술을 잔에 따라 높이 쳐들며, 멀리 고향에 있는 누님을 위해 건배했다.
　"오토메 누님! 오줌싸개 료마가 마침내 이만한 인물이 됐어요. 이것도 모두 누님의 가르침 덕분이오."

"쯧!"

오토메가 그 자리에 있었다면 료마의 잘난 척에 혀를 찼을 것이다. 그러나 료마의 가정교사로서는 기쁜 일이 아닐 수 없다.

몇 잔을 더 들이키고 침대에서 내려와 허리에 차고 있던 애검 무쓰노카미 요시유키를 뽑아 들었다.

그때 고토가 보낸 사람이 들어왔다. 잠이 깨셨으면 와 주셨으면 하는 전갈이었다.

료마는 방에서 나왔다.

"무쓰, 나카오카 있나?"

옆방에 대고 소리치자, 그들이 곧 달려왔다.

"무슨 낮잠을 그렇게 주무십니까?"

료마가 잠에서 깨기를 옆방에서 기다렸다는 뜻이다.

고토도 선장실에서 기다리고 있다는 말이었다.

"미안하게 됐는걸."

료마는 똑똑거리는 소리를 내며 목운동을 하고 말했다.

"워낙 좀 피로했던 참이라……피로하면 생각이 돌지 않지만 푹 자고 나면 자신이 솟구치거든. 덕분에 그 안을 반드시 성공시켜 보이겠다는 자신이 생겼어."

"반드시 성공할 것입니다."

무쓰 요노스케 무네미쓰, 뒷날 불세출의 외무대신이 되는 이 젊은이가 확신을 가지고 조용히 맞장구쳤다.

료마는 고토의 방으로 들어갔다. 그 방에만 파르스름한 새 다다미가 깔려 있었다.

고토는 료마를 보자마자 무릎을 쳤다.

"들었네, 천하의 대사는 이루어진 것이나 다름없군. 덕분에 도사 번도 구출된다, 도쿠가와도 구출된다. 그뿐 아니라 새 정부를 아울러 수립할 수 있으니, 정말 기막힌 묘책이야."
"아직 기뻐할 단계는 아닐세."
"그렇지. 모든 것은 교토에 도착했을 때의 일이니까."
고토는 술 준비를 시키려고 했으나 료마가 물리쳤다. 아직 논의할 일이 있었다.

"장군이 대정을 봉환하고 교토의 조정이 그것을 받고……그것만 가지곤 아무 소용없어."
"흐음."
교토의 조정은, 다소 부풀려진 표현을 하면 겐페이(源平) 시대 이래 한 번도 정권을 담당해 본 일이 없는 것이다.
남북조 당시에 고다이고 천황(後醍醐天皇)이 일시적으로 정권을 회복한 적이 있었지만 역시 물거품처럼 사라지고 말았다.
그 후에는 아시카가(足利)가 정권을 잡고, 이어서 오다 도요토미 시대로 들어와 지금의 도쿠가와 시대에 이른 것이다.
"천황은 학문과 가도(歌道)에만 전념할 것."
이것이 이에야스가 교토 조정에 과한 가장 엄격한 제약이었다.
그런 상태로 오늘날에 이른 것이다. 공경이라는 자들이 2백수십 명 있기는 하지만 그들 역시 현실적으로 정치를 해 본 경험은 없다.
기구 또한 마련되어 있지 않다. 조정은 의례(儀禮)만을 다룬 기구이며 정치기관은 아니었기 때문이다.
"내일부터 정권을 조정에 넘깁니다."
이런 말을 해 봤자 놀라는 것은 오히려 조정일 것이다.
"그 방법을 마련하지 않으면 안 된다."
대정봉환이란 안(案)만을 천하에 내던진다는 것은 불친절한 행동이라고 할 수 있다.

"자넨 정말 꼼꼼하군."

고토는 탄복했다. 료마라면 어딘가 성격적으로 거친 인상을 주고 있었으므로 고토는 뜻밖이었던 모양이다.

"당연하지 않나?"

료마는 탁상 위에 놓인 회중시계를 가리켰다.

"남에게 시계를 선물한다 해도 그 사용법을 가르쳐 주지 않으면 아무 소용도 없어."

"옳은 말이야."

"여덟 가지 방책이 있네."

료마는 말했다.

해원대 문관인 나카오카 겐키치가 큼직한 종이를 펼쳐 놓고 받아 쓸 준비를 했다.

"됐나?"

료마는 나카오카에게 눈짓을 하고, 그 눈을 선창으로 돌렸다.

"제1책, 천하의 정권을 조정에 봉환케 하고 모든 정령(政令)은 조정을 통해서 내리게 할 것."

제1항은 료마가 역사 위에 써놓은 가장 큰 문자라 할 수 있을 것이다.

"제2책, 상하 의정국(議政局)을 설치하고 의원을 두어 천황의 정무를 참찬(參贊)케 하며, 정무는 반드시 의논하여 결의할 것."

이것은 새로운 일본을 민주 정체로 한다는 것을 단호히 규정한 것이라고 할 수 있다.

여담이지만 유신 정부는 계속 혁명 직후의 독재 정체대로 이어지다가, 메이지 23년에 이르러서야 겨우 귀족원(貴族院), 중의원(衆議院)으로 이루어진 제국의회가 개원되었다.

"제3책, 유능한 공경, 제후 및 천하의 인재들을 고문으로 두고 관작을 내리며, 종래의 유명무실한 관작을 철폐할 것."
"제4책, 외국과의 관계에 대해서는 널리 공론을 참작하여 새로이 타당한 규약(새 조약)을 만들 것."
"제5책, 고래의 법령을 절충하여 새로이 무궁한 대법을 제정할 것."
"제6책, 해군을 확장할 것."
"제7책, 친병(親兵)을 두어 수도를 지키게 할 것."
"제8책, 금은 물가는 반드시 외국과의 평형을 유지토록 하는 법을 제정할 것."

고토는 놀라움을 금치 못했다.
"료마, 자네 어디서 이 지혜를 얻어 왔나?"
"지혜라……."

사상이라는 뜻이다.

료마는 웃었다. 고토와 같은 시골 참정에게 말해 봤자, 지난 수년간의 료마의 고심은 이해할 수 없으리라.

"여러 곳에서."

고토가 놀란 것도 당연했다. 가에이(嘉永) 이래, 천하에는 구름과 같은 지사들이 출현했다. 그 거의 전부가 신국사상(神國思想)에 의한 양이론자들이며, 서양이라면 무조건 배척했다.

그 가운데 사쓰마가 영국과 싸우고 조슈가 4개국 함대와 싸운 뒤, 재빨리 군대를 서양으로 바꿔서 사쓰마 조슈 양 번이 맨 먼저 단순한 양이사상을 버렸다.

그들은 막부를 타도하려고 했다. 그러나 막부를 타도한 뒤 국가의 통치 형태를 어떻게 하느냐 하는 것에 대해서는 별로 생각하지 않고 있었다.

"교토의 조정을 받든다"는 바탕은 물론 있었다.

"받들면서 모리(毛利) 장군을 만든다."

한때는 그런 사상을 가지고 있는 자마저 있었던 모양이다. 모리는 조슈 번을 말했다.

당장 사쓰마의 사이고만 해도 분큐 3년에서 다음해인 겐지 원년 사이의 조슈 번의 동향을 살펴보고 "틀림없이 그렇다"는 단정을 내리고 있었다.

남의 뱃속을 그렇게 짐작한 이상, 사쓰마의 사이고 뱃속에도 '시마쓰(島津) 장군'이란 환상이 없었다고 단언할 수 없다.

분큐 겐지 무렵의 조슈 번의 도량을 보고 다음과 같은 의미의 편지를 본국에 보낸 것에서도 알 수 있다.

"이러다간 우리 사쓰마 번이 조슈한테 당하고 만다. 우선 조슈를 군사적으로 짓눌러 버리지 않으면 안 된다."

도쿠가와 장군으로서는 외국의 수모를 받을 뿐이므로, 대신 교토의 조정을 옹립하고 일어서는 '시마쓰 장군'이 나타나면 대외적으로 강력해 질수 있다는 자신에 입각한 것이었다.

그러나 결과적으로는 사쓰마가 정권을 탈취한다는 것과 다름없었다. 그 증거로 사쓰마 번의 시마쓰 히사미쓰는 유신 후 "나는 언제 장군이 되는 거냐?" 하고 측근에게 물었다고 한다. 측근들이 히사미쓰에게, 적어도 그와 비슷한 말을 해왔기 때문일 것이다.

이런 판국이었으니, 막부 타도 운동의 거두인 사이고도 "막부를 쓰러뜨린 뒤에는 어떤 통치형태를 만드는가?" 하는 문제에 대해서는 별로 생각하지 않고 있었다. 사이고에게는 혁명 후의 구상이 없었기 때문에 유신 후 그는 정부에 불만을 품고 사쓰마로 돌아가 사족주의(士族主義)를 내세워 반란을 일으켰다. 그런데 이 반란군조차 명쾌하게 정체를 주장하지 못했다.

사이고마저도 그런 형편이었다.

다른 도막 지사들에게도 혁명 뒤의 뚜렷한 새 일본의 모습이 있었으리라고는 생각되지 않는다.

이점, 료마만이 뛰어나게 이례적이었다고 할 수 있으리라.

"천황을 받드는 민주 정체를 취한다"는 것이 선중팔책(船中八策)의 바탕이다.

"자네, 어디서 이런 지혜를 얻어 왔나?"

고토가 놀란 것도 무리는 아니었다. 그 대답으로서, 료마는 "여러 곳에서"라는 말을 할 수밖에 없었다.

처음에 료마는 단순한 양이론자였으나, 가쓰 가이슈에 의해 개화론자가 되었다.

그러나 근왕운동의 동지들은 대부분 신국주의자여서, 료마는 "모르는 녀석들에게는 말할 필요도 없다"면서 자신의 속마음을 털어놓지 않았다. 만약 털어놓았다면 "양놈 냄새를 풍기는 녀석……"이라고 동지들에게 살해됐을지도 모른다.

어쨌든 료마는 가쓰를 알고 난 뒤부터 외국의 헌법이라는 것에 많은 흥미를 느꼈다. 에도에서 검술 수업을 마치고 귀국했을 무렵 난학당(蘭學堂)을 들여다본 일이 있었다.

선생은 네덜란드 정체에 관한 책을 번역하고 있었다.

료마는 네덜란드 어라고는 알지도 못하면서 선생의 오역을 지적했다.

"선생님, 지금 그 대목은 잘못 새기시는 것 같은데, 다시 한번 봐주십시오."

료마는 네덜란드 헌법에 대해서는 가쓰를 통해 들은 말이 있었기 때문이다.

그토록 각국 헌법에 흥미를 가지고, 가쓰의 친구인 막신 오쿠보 이치오나 요코이 쇼난을 찾아다니며 귀찮게 여길 만큼 따져 묻곤 했다.

특히 나가사키에 상주하게 된 뒤로는 각국 영사나 상인들에게 "너희 나라는 어떠냐?" 하고 만날 때마다 유심히 물어 보곤 했다.

그 중에서도 료마를 크게 매혹시킨 것은 상원과 하원이란 의회 제도였다.

"의회 제도만 확립시키면 사쓰마 조슈 정권의 위험에서 피할 수 있다."

료마가 두려워하고 있는 것은 사쓰마 조슈 사람들이 '사쓰마 조슈 연립 막부를 수립하지는 않을까' 하는 것이었다.

그렇게 되면 여러 번의 지사들이 오랜 세월을 두고 피를 흘려온 참뜻을 잃게 된다.

지금 필자의 책상 위에는 한 권의 책이 있다.

《사카모토 료마와 메이지 유신》이라는 책이다. 저자는 프린스턴 대학의 일본사 교수, 말리어스. B. 쟌센이다.

쟌센은 이 선중팔책에 대해서 설명하고 있다.

"사카모토의 초안에는 이후, 20년간에 걸쳐 일본을 풍미하는 근대적인 여러 관념이 남김없이 들어 있다. 낡고 잘못된 여러 제도의 폐지, 통치형태와 상업조직의 합리적인 재편성, 국방군의 창설 등이다. (중략) 그것은 무력을 빌지 않고 막부 전복을 가능케 하려는 방책이었다. 메이지 유신의 강령이 거의 그대로, 이 사카모토의 강령 중에 들어 있다. 그 어휘는 1868년의 〈서문(誓文)〉에 고스란히 반영됐으며, 그 공약은 1874년 이다가키, 고토 등이 민선의회 설립운동을 시작할 때 청원의 기초가 되었다."

……

이야기를 다시 유가오마루로 돌린다.

10일, 배는 시모노세키 해협을 지났다.

다음 날인 11일 새벽, 이와미 섬(岩見島)을 지나고 있을 때, 왼쪽 뱃전 쪽에서 충격이 있었다.
'좌초—'
료마는 벌떡 일어나 어둠 속을 더듬으며 갑판으로 나갔다.
배는 그대로 달리고 있었다.
선장 유히도 갑판으로 달려 나와 배의 점검을 명했지만, 물이 새어 드는 곳은 없는 것 같았다.
"고래와 부딪친 것이 아닌가?"
그런 결론이 내려졌다.
날이 샌 뒤, 기관을 멈추고 조사해 보니, 뱃전 중간쯤에 큼직한 상처가 있었다.
"암초에 걸렸던 거야."
료마가 선장에게 말했다.
"고래가 아니었던 모양인데요?"
"너무 섬에 접근했던 거요."
도사 번의 해군 기술은 아직 초보적인 단계여서, 육지를 바라보며 항해하는 원시적인 연안 항해법을 취하고 있었다. 그 때문에 밤이 되면 육지가 보이지 않아 크게 곤란을 겪는 것이다.
"정면으로 부딪쳤다면 침몰할 뻔했는데요."
"침몰이라면 말만 들어도 지긋지긋하오."
료마는 이미 배를 두 척이나 빠뜨려 버렸다. 그 때문에 이케 구라타 같은 아까운 동지도 잃고 말았다.
"계기로 배를 움직이면 되지 않소?"
"그런데 그것이……."
선장은 해도를 내보였다.
료마는 그 엉성한 지도에 그만 웃음을 터뜨리고 말았다.

"이런 해도로는 아무리 계기가 있어도 소용없지 않소."
"그렇소."
선장도 웃을 수밖에 없었다.
"해원대의 해도를 드리다. 영국 측량선이 만든 거니까 약간은 더 정밀할 거요."
유가오마루는 계속 동쪽으로 달려, 12일에 무사히 효고 항에 닿았다.
료마는 효고에 상륙하여 육로를 거쳐 오사카로 갔다.

료마 일행은 오사카에 닿자 니시나가보리의 도사 번저에 숙소를 정했다.
"진객이 나타났는걸."
번저에 있는 사람들은, 하인에 이르기까지 료마의 출현을 신기하게 생각했다.
과연 진객이기는 했다. 원래 료마는 오사카에 왔을 때는 사쓰마 번저나 사쓰마 번의 일을 맡아 보는 사쓰마야에서만 묵었고 도사 번저는 피해 왔던 것이다.
"료마, 마치 신기한 동물이라도 나타난 것처럼 모두들 자네 얘기만 하고 있어."
고토는 놀려 댔다.
"어째서 지금까지 번저를 이용하지 않았나?"
"내게도 약간의 자존심은 있을 게 아닌가?"
도사 번에서는 과거에 한번도 료마를 제대로 대접해 본 적이 없었다. 그뿐 아니라 도사 번은 한때 료마를 요시다 도요의 살해범으로서, 또는 탈번죄를 묻기 위해 포졸에게 미행하도록 시킨 일마저 있는 것이다.

그러나 지금은 사정이 달라졌다.

도사 번의 참정인 고토가, 료마를 마치 스승이라도 대하듯 하고 있는 것이다.

그것은 어쨌든—

고토와 료마 일행은 비책을 가지고 교토의 요도를 찾아가려다가 번저의 관원에게서 뜻밖의 말을 들었다.

"노공께서는 본국으로 돌아가셨습니다."

"그래?"

고토는 맥이 빠지는 듯한 얼굴이었다.

—급히 상경하여라.

요도의 긴급명령이 내렸기 때문에 이렇게 달려온 것이 아닌가?

"사현후 회의는 어떻게 됐나? 노공께서는 이번에야말로 히가시 산의 흙이 되신다면서 상경하셨다는 소식이었는데?"

"그런 결의로 떠나셨지만 교토 체제 중 지병이 도지셔서……."

"화라도 나실 일이 있었던가."

또 그 화병이냐—

그렇게까지 묻고 싶은 듯한 고토의 말투였다.

"아닙니다. 치통입니다."

내막을 들어 보니 병도 병이지만, 그대로 교토에 머무르다가는 사쓰마의 전술에 말려들 것 같은 염려가 있어 그랬던 것 같다.

"재빨리 본국으로 달아났단 말인가."

그날 밤, 번저의 한 방에서 의논했다.

"고토군, 자네는 곧 도사로 돌아가게. 돌아가서 가쓰공을 설복시키는 거야. 나는 이대로 교토에 가서 사쓰마 번 친구들을 설복시켜 대정봉환에 찬성하도록 바탕을 만들어 둘 테니까."

"손을 나누어서 움직이자는 말이지."

"요도공을 설복해서 번론을 통일시켜 단결된 힘으로 풍운 속에 뛰어든다면 사쓰마 조슈라고 할지라도 무시하지는 못할 거다."

고토 쇼지로는 오사카 덴포 산 앞바다에 머물고 있던 번선 우쓰세미마루(空蟬丸)에 탔다.

곧 닻을 올려 24시간을 달린 뒤 7월 8일 정오가 지난 무렵, 고치 성 밑 거리 우라도(浦戶)에 입항했다.

우라도에서부터는 말에 올랐다.

"자, 서둘러야 한다."

수행원들에게도 말을 재촉케 했다. 고치 성 천수각이 보이자 채찍을 더해 말을 몰았다.

"달려라!"

이윽고 성 밑 거리에 이르렀다. 이미 날은 저물어 집집마다 불이 켜져 있었다.

이날 요도는 산덴(散田) 저택에 나가 있었다.

어지간히 무더운 날이었다.

요도는 저물녘이 되자 뜰로 나가 마당에 모전을 깔게 하고, 바람을 쐬면서 저녁상을 받고 있었다.

시녀가 둘, 요도의 등 뒤에서 부채질을 하며 모기를 쫓고 있다.

'다이스케란 놈, 열심히 움직이고 있는 모양인데……'

요도는 아까부터 그 생각을 하고 있었다. 이누이 다이스케는 귀국 후, 한때 다케치 한페이타가 취했던 것과 같은 사상적인 입장이 되어 은근히 하급 번사들을 규합하고 있는 눈치라는 것은 요도도 이미 들어서 알고 있었다.

'다이스케는 아마 사쓰마측과 어떤 줄을 대고 있을 것이다.'

골치 아픈 일이라고는 생각했으나, 그렇다고 요도는 한페이타의 경우처럼 탄압을 가할 생각은 없었다. 시대의 추세도 바뀌었을 뿐만 아니라, 다이스케는 무엇보다도 요도의 총신의 하나인 것이다.

그때 담 밖에서 말발굽 소리가 들려 왔다. 곧 신하 하나가 달려오더니 말했다.

"고토님이 지금 귀국하였습니다. 곧 뵙고 싶다는 말씀이신데요."

"이리 들라고 해라."

곧 석등에 불을 넣게 했다. 이윽고 고토는 예복 차림으로 나타나더니, 자갈 위에 꿇어 엎드렸다.

"그 자리 위로 앉아라."

고토는 앞으로 나아가 대정봉환에 대하여 설명했다. 요도는 고개를 쳐들고 무릎을 치더니 소리치듯 말했다.

"쇼지로, 과연 명안이다."

뜻하지 않은 방책이었다. 요도는 크게 몸을 움직이면서 말했다.

"오늘날 천하를 건질 수 있는 길은 그 방법밖에는 없다. 그것을 번론으로 삼으련다."

고토는 면목을 세운 셈이었다. 그러나 그는 굉장한 안을 누가 세웠는지에 대해서는 끝내 요도에게 밝히지 않았다. 요도는 유신 후에야 그것을 알았다.

요도는 그야말로 미칠 듯이 기뻐했다.

박식한 그는 서양 전설에 있는 '스핑크스의 수수께끼'라는 것을 잘 알고 있었다.

"고토는 스핑크스의 수수께끼를 멋지게 푼 셈이다."

그는 가까이 있는 신하들에게 말했다.

스핑크스란 그리스신화에 등장하는 여성 괴상한 마귀를 말한다. 가슴부터 윗몸은 여자이고, 아랫몸은 날개가 달린 사자 모양을 하고 있다.

이 괴상한 짐승은 테베 시 교외의 바위에 웅크리고 있다가 나그네에게 수수께끼를 내어 그것을 풀지 못할 때는 가차없이 죽여 버리곤 했다.

어느 날, 영웅 오이디푸스가 나타났다.

"나그네여."

스핑크스는 수수께끼를 던졌다.

"아침에는 네 발, 낮에는 두 발, 저녁에는 세 발인 괴물은 무엇인가?"

이 수수께끼는 아무도 풀지 못했다. 나그네들은 이 하찮은 수수께끼를 풀지 못하고 절망한 채, 이 괴수의 밥이 되곤 했던 것이다.

오이디푸스는 말이 떨어지자마자 대답했다.

"그건 사람이다."

그 순간, 스핑크스는 벌떡 바위에서 몸을 일으키더니, 스스로 바다에 뛰어들어 죽고 말았다.

"그것과 비슷한 일이다."

요도는 가까운 신하들에게 그렇게 가르쳤다.

"듣고 보면 아무것도 아니지. 그러나 그것은 보통 사람으로서는 좀처럼 알 수 없는 거다. 고토와 같은 사나이쯤 되어야만 비로소 풀 수 있다. 고토 쇼지로는 그리스의 영웅 오이디푸스를 능가하는 영웅이라고 할 수 있다."

요도는 자신이 뽑은 이 젊은 재상의 뛰어난 재능에 크게 만족하였다.

"쇼지로가 아니면 못할 착상이다. 내가 쇼지로를 기용했을 때 번의 원로들은 뭐라고 했던가. 오비야 거리(帶屋町)의 개구쟁이에 불과하다고 하지 않았느냐 말이다."

사실 요도가 뽑은 고토 쇼지로와 이누이 다이스케는 둘 다 어렸을 때는 동네에서도 이름난 개구쟁이여서 모두 고개를 내저었다.
 그 두 사람을 "쓸 만하다"고 하여 맨 먼저 등용한 것은 근왕파 지사들에 의해 암살된 참정 요시다 도요였고, 다시 중직을 맞게 한 것이 요도였다.
 그 점, 요도는 부하들의 재능을 발견하는 천재라고 해도 좋았다. 스스로도 그것을 자랑으로 여기고 있어, "오다 노부나가(織田信長)에 못지않다"고 평소에도 말하고 있었다. 노부나가는 사람의 기량을 발견하는 점에서는 드물게 보는 천재여서, 이를테면 하졸 가운데서 히데요시를 발견하여 계속 발탁, 기용했었다.
 요도는 '노부나가의 환생'임을 자처하고 있었다. 다만 요도는 노부나가에게 미치지 못하는 점이 있었다. 노부나가는 출신 계급 같은 것에는 아랑곳하지 않고, 이를테면 신발 당번이었던 도키치로 히데요시를 뽑아 군단의 사령관으로 삼았지만, 요도는 료마의 존재를 무시했다.
 만약 고토가 "실은 이 안은 향사 사카모토 곤페이의 아우, 료마라는 자가 입안한 것입니다"라고 솔직히 말했다 하더라도, 요도는 무시했을 것이다. 요도의 감각으로는, 향사 따위가 정치를 논한다는 것은 유쾌한 일이 아니었던 것이다.

석월야

료마는 배를 타고 요도 강을 올라갔다. 배 안에서 무쓰가 그런 말을 했다.
"결국은 고토가 명성을 얻게 되겠군요?"
무쓰가 보기에 고토는 자신의 착상처럼 시치미를 떼고 요도에게 진언할 것이 뻔했다.
도사의 상급 무사 기질로 보아, 하급 무사 료마의 이름은 절대로 입 밖에 내지 않으리라는 것이었다.
"틀림없이 그럴 겁니다."
무쓰에게는 그런 데가 있었다.
집요하고 극성스럽고, 그 때문에 도량이 좁다는 인상을 면치 못하는 것이다. 료마는 무쓰의 그런 결점을 잘 알고 있었다.

"당연하지 않나? 그는 참정이고 요도공의 신임도 있다. 이 공로로 더욱 번내에서 출세하게 된다면 잘된 일이 아닌가?"
"사카모토님은 어떻게 되는 겁니까?"
"바보 같은 소리!"
강물에 물결이 일 정도로 큰 소리를 질렀다.
"내가 그 따위 조그만 도사 번에서 하찮은 지위를 얻고 싶어 한다고 자네는 생각하나?"
"그야 그렇지만……."
"이 료마는 요도공 자체도 아예 안중에 없어. 상대조차 하지 않는 거야. 하물며 요도공의 부하에 불과한 고토 따위가 어쨌다는 거냐. 그가 이 공으로 번내에서 어떤 지위에 오르건 나하고는 상관없는 일이다."
"대단한 기염이군요."
옆에서 나카오카 겐키치가 쓴웃음을 지었다.
"나는 비록 태생은 도사 번의 미천한 신분이지만, 생각만은 도사 번 따위에 있지 않아. 일본이다. 일본에 관한 문제가 풀리면 다음에는 전 세계를 생각하는 거다."
"알아 모셔야겠군요."
나카오카가 히죽히죽 웃었다.
"그 정도의 기염을 토할 수 있으니까 매일매일을 태평한 얼굴로 보낼 수 있는 셈이군요?"
"그렇지."
료마는 강기슭의 갈대를 바라보면서 말했다.
"요도공은 24만 석의 주인이기는 하지만 그 밑에 쓸 만한 사람이라곤 고토와 이누이 정도에 지나지 않아. 나는 오갈 데 없는 무사이지만 좌우에 무쓰와 나카오카를 거느리고 있어. 무쓰는 새 시대가 열리면 한 나라의 외교를 주재할 수 있고, 나카오카는 능히 한 나라의 문화와 교육을 주관할 수 있을 거다."
배는 이윽고 후시미 데라다야 가까운 기슭에 닿았다.
그는 배에서 내려 데라다야로 들어갔다.
"료마요!"
앞서 이곳에서 습격을 받은 이후 처음이었다.
안에서 오토세가 달려 나오더니 료마의 얼굴을 바라보며 마루 끝에 쓰러지듯 앉았다.

료마를 손님으로 받는다는 것은 오토세로서는 상당한 각오가 필요한 일이었다. 일행을 이층으로 안내하자, 곧 다시 내려와 종업원들을 모아 놓고 단단히 다짐을 해 두었다.
"수상한 녀석이 살피러 오거든 곧 나한테 알려 줘야 해."
이층에서는 무쓰가 천정, 도코노마, 옆방 같은 곳을 두루 둘러보며, 싱글싱글 웃으며 말한다.
"대장님, 여기가 바로 그 싸움터이군요. 오료님은 어디로 뛰어들어 왔죠?"
"뒤쪽 층계야."
"층계로 올라와서?"
"그렇지. 층계를 거쳐 저쪽 복도를 지나 방안으로 뛰어 들어온 거야. 다음에는 거의 기억이 없네."
"발가벗은 채였다면서요?"
고지식한 나카오카가 약간 목소리를 낮추며 말했다.
그때 오토세가 올라왔다. 앞치마에 무언가 싸 가지고 있었다.
"뭔가?"
"편지."

"아아, 고맙군."
 료마는 고향에, 자신에게 보낼 편지는 데라다야 앞으로 띄워 달라는 말을 해 두었던 것이다.
 유지에 싼 봉함 편지가 있었다. 모두 오토메 누님이 보낸 것이었다.
"애인쯤이나 되는 것 같군요?"
 무쓰는 이죽거리면서 나카오카와 함께 옆방으로 자리를 피해 주었다.
 어느 편지나 여느 때처럼 두서없는 넋두리가 많았다.
 집에서 빈둥거리고 있자니 답답해서 죽어버리고 싶다든가, 차라리 집을 뛰쳐나와 교토에라도 가고 싶다든가, 나가사키에서 네 활개를 펴고 살아보고 싶다든가, 그런 종류의 말들이다. 요컨대 료마 옆에서 같이 살고 싶다는 것이리라.
'딱한 일이야.'
 료마도 오토메의 심정을 모르는 것은 아니었다. 오토메는 남편을 마다하고 친정인 사카모토 집안으로 되돌아왔다. 여자로서는 불행하다고 할 수 있을지 모르지만, 사실 료마가 보는 바로는 그렇지도 않았다.
 오토메의 불행은, 그녀가 여자로서 지녀야 할 재능 외에도 너무 많은 재능을 지니고 태어났다는 사실에 있으리라.
'잘못 태어난 거야.'
 료마는 생각했다. 여자가 많은 재능을 지니고 태어나는 것처럼 불행한 일은 또 없으리라. 그 재능을 표현할 무대가 이 세상에는 마련되어 있지 않은 것이다.

'골치 아픈걸.'
 료마는 편지를 내던지고 벌렁 누웠다.

……어떻게 해 줄 도리가 없다.

어렸을 때 료마는 그녀처럼 훌륭한 여자는 또 없으리라고 생각했다.

자라서도 료마는 누님이 자랑거리였다. 료마는 동지들과 술을 마시면서 곧잘 이 오토메 누님 이야기를 했다. 그 때문에 "료마보다 세다"는 소문이 떠돌고 있다는 것을, 료마는 농담 삼아 써 보낸 일이 있었다.

'정말이지, 그 무렵 오토메 누님은 발랄한 영기를 지니고 있었지.'

료마는 그렇게 생각했다. 그랬던 오토메가 지난 1, 2년 사이에 많이 달라진 것 같았다.

'시들고 말았어.'

이렇게 생각할 뿐이었다. 자신의 정열을 만족시킬 무대가 없으므로 정열이 스스로 중독을 일으키기 시작했다고 해도 좋으리라.

그 전에도 오토메가 그러한 자포자기적인 심정을 편지로 알려 올 때마다 료마는 농담 섞인 충고를 담은 답장을 써 보낸 일이 있었다.

'또 써야 하나.'

료마는 일어나서 하녀를 불러 붓과 종이를 가져오게 했다.

"누님도 딱하다."

그런 취지의 편지였다.

"몸이 좋아지는 대로 누님도 고향을 떠나겠다는 말씀인데……."

료마는 이렇게 써 내려갔다.

"그 점에 대해서는 나로서는 이의가 있습니다."

다시 말해서 오토메가 집을 뛰쳐나온다는 것에는 반대한다는 뜻을 밝힌 것이다.

"지금 나오시면, 이미 료마라는 이름은 어디에 가도 모르는 사람이 없으므로, 그 누님 되는 사람이 집을 뛰쳐나왔다면 남 보기에 부끄러운 일입니다. 3, 4년 전만 해도 저는 하찮은 존재여서 아무

상관없었지만 지금은 그렇지가 못합니다."
료마는 써 내려가며 제풀에 웃다가, 이래서는 너무 가엾다는 생각이 들었다. 그래서 차라리 나가사키로 데려오리라 생각하여, 단을 내려 처음 쓴 것과는 딴판인 내용을 썼다.
"좋습니다. 제가 돌봐 드리죠. 나가사키에는 아내 혼자 있어서 나도 마음이 놓이지 않으니, 와서 같이 계시도록 해 주십시오. 머지 않아 내가 직접 누님을 증기선으로 모시러 가겠습니다."
또 오토메가 권총이 있었으면, 하는 말을 해 온 데 대해서는 "나가사키의 집에 가면 있기는 있다"고 료마는 말하고, "길이는 여섯 치 정도이고 오연발이며 단도보다도 작지만, 오십 간의 거리를 두고도 사람을 쏘아 죽일 수 있습니다. 그러나 누님에게는 드릴 수 없습니다."
그 이유는 천하의 대사가 권총 한 자루로 해결되는 것은 아니며, 그런 생각을 하고 있으니까 집을 나온다는 것에 대해 찬성할 수 없는 것이다, 라고 다시 처음과 같은 문맥으로 되돌아가 있었다. 요컨대 누님과 동생과의 두서없는 실랑이였다.

다음 날, 료마는 교토에 닿았다.
교토에서 숙소는 역시 번저가 아니었다.
'스시야(鮓屋)'라는 옥호의 상가였다. 도사 번저에 드나드는 재목상인데, 료마는 그곳을 해원대 교토 본부로 삼았다. 장소는 가와라 거리(河原町) 산조(三條)에 가까운 한길 근처였다.
다음 날, 해원대 효고 주재원인 노무라 다쓰타로(野村辰太郎)와 시라미네 슌메도 교토로 달려와 합류했다.
료마의 활약이 시작되었다.
도사 번저의 간부들과도 만나고 사쓰마 번의 사이고도 만나서 승낙을 얻었다.
사이고는 놀랐다.
"그런 일이 가능할까요?"
장군으로 하여금 정권을 반환하게 한다는 일이 무력에 의하지 않고 가능할 까닭이 없다는 것이 사이고의 관측이었다.
'절대로 불가능하다.'
사이고는 그렇게 믿고 있었다. 사이고는 어디까지나 막부 무력타도주의였다.
단순한 주의만은 아니다.
이미 사쓰마 조슈 양 번에 의한 무장봉기 계획은 익어 가고 있는 중이며, 내일 당장이라도 일어설 수 있게 되어 있었다.
"그러니, 그 일은 잠시 기다려 주기 바라오."
그 일이란 막부와의 전쟁을 시작하려는 비밀계획을 말한다.
'난처한 말을 하는걸.'
사이고는 그렇게 생각했다.
그러나 이 몸집 큰 사내는 그런 빛을 내색도 하지 않고 말했다.
"좋은 동지를 하나 소개하죠."
나카무라 한지로를 불러 명했다.
"시나가와님을 불러오게."
이윽고 한 젊은이가 나타났다. 료마도 안면이 있다. 조슈 번의 시나가와 야지로(品川彌二郞)였다.
"여어, 사카모토 선생, 시나가와입니다."
시나가와 야지로는 조슈 번에서 쇼카 서원파(松下書院派)의 한 사람으로서, 다카스기나 가쓰라에 비하면 훨씬 격은 떨어졌지만 능변과 빈틈이 없기로 동지들 사이에서는 정평이 있었다. 다른 번과의 절충이나 외교에는 그가 가장 적격인 것이다.

'어째서 시나가와 야지로가 이 사쓰마 번저에?'

숨어 있는 것이다.

원래 교토에는 겐지 원년 여름의 하마구리 궁문 변란 이후 조슈인은 한 사람도 없는 터였다. 어쩌다가 몰래 숨어든다 해도 들키기만 하면 가차 없이 처단되었다.

'어째서 시나가와가?'

료마는 그 점을 생각해 봤다. 사이고가 시나가와를 이 자리에 부른 것도 료마에게 그 '어째서'를 자문자답케 하고 싶었던 것이 틀림없다.

"머지않아 시나가와님은 본국으로 돌아가게 될 거요."

사이고가 그렇게 말했을 때, 료마는 비로소 모든 것을 알았다.

시나가와는 조슈의 비밀 연락관인 것이다. 드디어 궐기할 날이 결정되면 조슈군을 교토로 끌어들이지 않으면 안 된다.

'시나가와가 머지않아 귀국한다는 것은 전쟁 준비가 이미 끝났음을 말하는 거다. 사이고는 넌지시 나한테 그런 말을 비침으로써, 평화 수단에 의한 해결안 같은 것은 들고 나오지 말라는 말을 하고 싶었던 거다.'

료마가 입경한 다음 날 나카오카 신타로는 교토로 돌아왔다.

나카오카는 곧 니혼마쓰의 사쓰마 번저로 찾아가 사이고와 몰래 의논했다.

"료마가 와 있네."

사이고는 현 시국 아래에서 가장 중대한 일부터 꺼냈다.

"대정봉환?"

나카오카는 놀랐다. 당장에는 료마의 진의를 이해할 수 없었다.

곁에 있던 사쓰마의 오쿠보 도시미치가 대들 듯이 물었다.

"나카오카군, 그런 일이 가능할까. 막부가 받아들일까. 안될 테지?"

"가능할 테지."

"어째서?"

"료마가 하는 일이기 때문이지. 그 친구는 지금까지 탁상공론을 외치고 다닌 일이 없어. 가능하다고 봤기 때문에 그런 안을 내놓은 것일 거야."

"이루어진다면 우리 계획은 차질을 가져오게 돼. 난처하지 않은가?"

사쓰마의 요시이 고스케가 말했다. 사쓰마 조슈의 군사 쿠데타 방안이 무너져 버리고 마는 것이다.

결국 료마와 동향인 나카오카가 책임지고 료마와 충분한 의견을 나누어 보기로 결정했다.

나카오카는 사쓰마 번저에서 나왔다.

"료마 녀석, 도대체 무슨 생각을 하고 있는 걸까?"

돌아오는 도중 내내 화가 치밀었다. 모처럼 고심참담 끝에 쌓아올린 계획이 료마의 출현으로 와해될 판이 아닌가?

'도대체 그 친구, 어쩌자는 걸까?'

그토록 격렬한 막부 타도주의자였던 사나이가 설마 이제 와서 막부를 옹호하려는 생각이 든 것은 아니겠지 하면서 나카오카는 뙤약볕이 내리쬐는 길을 걸어갔다.

가와라 거리를 동쪽으로 꺾어 넓은 한길로 들어섰다. 그 북쪽에 재목점이 있었다.

'여기가 해원대의 비밀 본부인가?'

나카오카는 가게 앞에 섰다. 처마 밑에 오래된 통나무가 잔뜩 쌓여 있었다.

"나는 도사 번의 이시카와(石川)다."
이시카와란 나카오카의 가명이었다.
"사이다니 있나?"
이것도 료마의 가명이었다. 그렇게 말하자, 점원이 안으로 들어갔다.
이윽고 눈이 부실 만큼 아름다운 아가씨가 나타났다.
"사이다니 님은 안 계시는데요."
처녀는 경계하듯 말했다.
"당신은?"
"이집 딸 지요입니다."
"그럼, 기다리지."
"안 됩니다."
만만치 않은 처녀인 듯했다.
"이러면 곤란한데. 난 사이다니와는 친형제 이상 되는 사이야. 나를 그냥 돌려보냈다면 사이다니는 화를 낼 텐데?"
겨우 봉당에서 기다려도 좋다는 승낙이 떨어졌다.

밤이 되었다.
나카오카는 봉당에 놓인 목재 위에 걸터앉은 채 계속 기다리고 있었다.
'이상한 아가씨로군.'
지요가 봉당 입구에 줄곧 앉아 있는 것이다. 간혹 안으로 들어가기도 하지만, 일을 끝내면 허둥지둥 다시 나온다.
'나를 감시하는 거겠지.'
틀림없이 그렇다고 나카오카는 생각했다. 그녀로서는 만일 나카오카가 막부측 자객이라면, 그를 집안에 넣은 책임이 커지는 것이다.
'료마 녀석, 기묘한 여자를 또 손에 넣었는걸……'

날이 저물고 얼마 되지 않아서 료마가 돌아왔다. 쪽문을 열고 들어서자 지요가 촛불을 들고 료마의 발밑을 비쳐 주었다.
"수상한 사람이……."
지요는 발돋움을 하며 속삭였다.
"저 사람이어요. 바로 저기 있어요."
'기분 나쁜 소리를 하는 걸.'
나카오카는 그냥 앉아 있었다.
"난 또 누군가 했더니, 신타로 아닌가?"
이윽고 료마가 다가오더니 나카오카의 어깨를 두드리며 말했다.
"어째서 이런 데 앉아 있나?"
"기분 나쁜 집인걸. '스시야'라기에 음식점인가 했더니 재목점인데다, 이상한 처녀가 줄곧 지켜보고 있단 말이야."
"아, 그 여자는 지요라는 이 집 딸이야. 늘 할 일이 없던 참에 자네가 신기했던 게지."
"할 일이 없다고? 처녀란 무척 바쁜 법일 텐데. 바느질도 익혀야 하고 부엌일도 도와야 하고……어느 집 처녀건 손님 망이나 보고 있을 겨를은 없을 거란 말이야."
"저 아가씨는 그런 게 질색이지."
"모두 닮았군. 자네하고 인연이 있는 여자들은 오토메 누님을 비롯해서 지바 도장의 사나코, 데라다야의 오료, 그리고 스시야의 지요, 모두 어딘가 닮은 데가 있어."
"이봐. 말조심 해. 저 여자는 혼기를 앞둔 처녀야."
료마는 조금 당황했다. 지요가 또 다가왔기 때문이다.
"지요 아가씨, 술을 좀 준비해 줘."
료마는 그렇게 말하고 앞장서서 봉당을 지나 나카오카를 깊숙한 안방으로 안내했다.

"사카모토, 들었나? 막부의 자객들이 자네가 상경했다는 냄새를 맡고 줄곧 노리고 있는 모양이야."
"녀석들은 그게 생업이니까. 생업에 충실한 것을 탓할 수는 없지 않나?"
"태평이군. 막부는 지금 너나없이 초긴장 상태야. 아이즈 번, 구와나 번, 신센조, 순찰대 등을 총동원해서 밤낮으로 교토 거리를 누비고 있단 말이야."
"그런데 오늘은 무슨 일로 찾아왔지?"
"자네 뱃속을 좀 들여다보려고."

나카오카는 칼을 떼어 방바닥에 내던지며 따지듯 물었다.
"도대체 료마, 어쩌자고 그런 터무니없는 일을 시작했나?"
"아아, 그 대정봉환 건 말인가?"
"그래. 역사의 수레바퀴 앞에 통나무를 괴어 넣는 격이 아닌가? 그따위 짓은 그만 두게. 이미 거병 시기는 눈앞에 다다랐어. 모처럼 여기까지 굴러온 수레바퀴가 자네의 그 안 때문에 뒤집히든가 아니면 방향이 바뀌게 된단 말일세."
"어떻게 하라는 건가?"
"그 안을 철회하는 거야."
"나카오카, 좀더 차근차근 생각해 보게. 거병, 거병 하지만, 자네나 사이고나, 막부군에게 이길 수 있다고 보는가?"
"물론이지."
"교토에 사쓰마 조슈군은 얼마나 있나?"
조슈는 하나도 없다.
사쓰마병은 1천 명 미만이다. 그 정도의 병력으로는 천황을 옹립하는 쿠데타는 불가능했다.

한편 막부측은 교토에 교토 수호직인 아이즈 번의 군사만도 1천 명 이상이나 있다. 그리고 구와나 번 군사 5백에다, 오사카에는 장군 요시노부가 자랑하는 막부 보병이 만 명이나 된다. 거기에다 신센조 등 다른 막부파 각 번의 병력을 합하면, 교토 오사카에서 막부가 움직일 수 있는 병력은 일만 2, 3천은 되는 것이다.

그에 반해 쿠데타군이 될 수 있는 병력은 현재로서는 사쓰마의 교토 주둔병 천 명에 지나지 않는 것이다.

"그 정도로 이길 수 있단 말인가?"

"이기지. 여차하면 도사에서 이누이 다이스케가 천 명 이상의 의병을 끌고 달려온다."

"무슨 소리! 도사에서 교토까지 오자면 시간이 걸린다. 그 동안에 교토의 사쓰마군은 막부군에 의해 포위 섬멸될 거다."

"자네가 모르는 게 있어. 사이고는 교토의 사쓰마 군을 늘이기 위해 본국에서 천 명 이상의 병력을 끌어 들일 계획을 가지고 있다."

"사쓰마의 본국 수구파가 그 출병을 반대하고 있다면서?"

"사이고도 오쿠보도 문제없다는 장담을 하고 있네."

"하긴, 그들이라면 해낼지도 모른다. 그런데 조슈병을 무슨 명목으로 교토에 끌어 들이지?"

조슈 번은 아직 법적으로 막부의 적이었다. 그들은 번 밖으로 병력을 출동시킬 수는 없는 것이다.

"그에 대해서는 계획이 따로 있다."

마침 일이 잘 풀리려는지 막부가 조슈 정벌의 뒤처리를 위해, 이와구니 성주인 기쓰가와 겐모쓰(吉川監物)와 중신 한 명을 오사카에 보내라는 명령을 조슈 번에 내리고 있는 것이다. 이것을 기화로 하여 그 사절 호위관이라는 명목 아래 2천 명쯤의 무장 병력을 딸려 보낼 작정이었다. 사이고, 오쿠보, 나카오카 등이 그 계획을 꾸몄고, 조슈 번도 그 계획에 따라 준비하고 있다는 것이다.
"이래도 지겠나?"
"믿음직하지 않은걸."
료마의 말은 병력이 문제가 아니었다. 그 병력이 일제히 모이지 않으면 전투능력이 떨어진다는 점을 말하고 있는 것이었다.

"료마, 내 칼에 맹세하고 자네에게 묻겠네만……."
나카오카는 정색을 했다.
"왜 이리 야단인가?"
료마는 짓궂게 웃었다. 나카오카의 이 외곬으로만 달리는 성격이 믿음직스럽기도 하고 우스꽝스럽기도 했던 것이다.
"뭐가 우습다는 건가?"
"자네의 얼굴이. 사람이란 그렇게 얼굴을 실룩거리며 말하는 게 아니야."
"고약한 녀석. 금방 농으로 돌려 버린단 말이야."
"농이 아니다. 나는 일찍이 어떤 일이든 농으로 돌려 버리거나 남을 놀리거나 하지 않았어. 그것만이 나에게서 배울 만한 점일 거야."
"료마, 똑똑히 들어라. 자넨 진심으로 막부를 쓰러뜨릴 생각이 있는 건가?"
"그 때문에 목숨을 내던져 온 나다. 대답할 필요도 없지 않나?"
"그렇다면 어째서 대정봉환이라는 유화책을 꺼냈나? 가능성도 없는 희미한 안을 말이다. ……료마, 분명히 말해 두지만, 막부는 포연 속에서 쓰러뜨리는 방법밖에는 없는 거야."
"그 방법밖에 없다는 말은 세상에 있을 수 없어. 남보다 한 자쯤 더 올라서서 사물을 보면 길은 여러 갈래가 있는 법이다."

"대정봉환이 그거란 말인가?"

"그 하나지. 그리고 나카오카, 대정봉환이야 말로 무력으로 막부를 타도하는 데 있어서 필승의 길이라는 걸 알아야 한다."

"그래?"

나카오카는 숨을 삼켰다. 단순히 회의장에서만 통용될, 아녀자에 대한 속임수 같은 평화해결안인 줄만 알고 있었던 것이다.

"어째서?"

"이런 까닭이 있다."

다시 말하면, 대정봉환을 도사 번 공론으로 하여 사쓰마 번에 제시한다. 그리고 찬동을 얻는다.

─그렇게 되면 양 번의 동의(動議)로서 교토에 있는 장군 요시노부에게 제의할 수 있다. 그리고 그 동의 제의라는 명목 아래 병력을 출동시킬 수 있는 것이다.

"흐음, 번병을 상경시키는 구실이 된단 말이지?"

"물론이지. 장군 요시노부가 그것을 받아들이지 않을 때는 즉각 토벌한다는 복선이, 이 안에도 포함되어 있는 거다. 힘의 과시가 없으면 안은 받아들여지지 않는다."

"흐음."

나카오카는 그 동의를 구실로 하여 양 번의 번병을 대거 상경시킬 수 있다는 것에 무한한 매력을 느끼는 듯했다. 이렇게 되면 이누이 다이스케도 그가 자랑하는 서양식 육군을 거느리고 버젓이 상경할 수 있고, 사쓰마 번도 찔끔찔끔 병력을 투입하는 고지식한 방법을 쓰지 않아도 되는 것이다.

"거의 같은 시기에 교토에 대군을 집결시킬 수 있다. 한편에서는 조슈군도 상경해 온다. 유신 혁명의 전쟁은 이래야만 비로소 승리가 가능하게 되는 거다."
"흐음."
나카오카는 크게 끄덕였다.
"다만 도쿠가와가 평화리에 정권을 반환한다면 전쟁은 멀리 사라진다. 그것은 그것대로 일본을 위해서는 경하할 일이 아닌가? 그뿐 아니라 나카오카!"
"음?"
"이 동의안은 도사 번에서 내놓는 것이다. 그러니까, 지금까지 사쓰마나 조슈 측에 끌려 다니기만 했던 도사인들도 크게 면목을 세울 수 있는 거야. 일석이조가 아닌가?"

나카오카도 이해가 갔다.
"흐음, 과연 자세히 들어보니……."
그는 탄복한 듯 고개를 끄덕였다. 세상에 드문 명안이라는 것이다.
"그렇게 생각해 주는 건가?"
료마는 한 걸음 다가앉았다.
원래 료마의 대정봉환안은 하나의 마술성을 지니고 있었다. 막부 타도파에게도 좌막파에게도 적당히 이해될 수 있는 것이다. 이를테면 고토 쇼지로는 '도쿠가와에게도 불리하지 않으며 조정을 위해서도 이롭다'는 모순 통일(矛盾統一)의 방안으로 이해했다. 그런 점이 근왕이냐 좌막이냐의 틈 사이에서 고민하고 있던 야마노우치 요도로서는 더 이상 고마울 수 없었던 것이다.
한편 나카오카 등 급진적인 막부 타도파로서도 대정봉환이란 기구를 띄움으로써 합법적으로 막부를 칠 병력을 교토에 모이게 할 수 있었다.
요컨대 정치라는 것이 지니고 있는 마술성을 이토록 교묘하게 살린 안은 또 없을 것이다.

한 봉지의 약에 비유하면, 한쪽 환자에게는 설사제라는 명목 아래 약을 주고, 다른 한쪽에는 지사제(止瀉劑)로서 준 셈이었다. 그뿐 아니라 그 약을 처방한 의사 료마는 '양쪽 다 병이 낫는다'는 예상을 가지고 있었다. 그야말로 나카오카가 말한 것처럼 세상에 드문 명약임에 틀림없었다.

특히 나카오카가 흥분한 것은, 그 안의 제의에 의해 도사 번이 일약 시대의 주류로 행세할 수 있게 된다는 사실이었다.

나카오카는, 도사인으로서의 의식이 료마보다 훨씬 강했다. 료마가 번 같은 것에 대해 아무 관심도 없을 무렵부터 나카오카는 탈번한 몸이면서도 번내에 동지를 구하고 접근하여 그들을 교육했으며, 논문을 써서 회람시켜, 그 고루한 번을 막부 타도의 길로 이끌기 위해 꾸준한 노력을 계속해 왔다.

나카오카로서는 이 안을 시류(時流) 속에 내던짐으로써 '도사 번의 면목이 선다'는 것에 흥분한 것이었다.

그는 탈번한 이래, 조슈와 사쓰마를 도모하여 그 양번을 제휴시킴으로서 마치 양 번의 총참모 같은 입장에서 동분서주해 오긴 했지만, 때로는 자신만이 느끼는 굴욕감 같은 것이 있었을 것이었다.

"료마, 과거의 사쓰마 조슈 연합 때처럼 우리 서로 손잡고 이 안을 실현시키세."

"고맙네. 신타로, 정말 고마워."

료마는 두 손을 치켜들었다. 나카오카가 도와 준다면 천군만마를 얻은 격이 된다.

"나는 사이고와 오쿠보를 설복시키겠네. 자신도 있어. 그런데, 또 한 사람 설복시켜야 할 사람이 있네."

그는 이와쿠라 도모미였다.

나카오카의 활약이 시작되었다.
"승리는 이 길밖에 없다."
그는 사이고와 오쿠보에게 역설했다.
사이고 등도 솔깃해졌다. 막부 타도를 주장하고는 있지만 현재의 병력으로 궁성을 점령하고 막부 세력을 교토에서 몰아낼 수 있는지에 대해서는 상당한 의문이 있었다.
그 점에 사이고의 고민이 있었다. 그런데 이 료마의 안을 따르면 충분한 승산이 있는 것이다.
"좋다. 료마의 안을 채택하기로 하자."
그렇게 방침을 정했으나, 문제는 조슈 번이었다.
"받아들이지 않을 거다."
오쿠보 도시미치는 말하는 것이다.
조슈는 지금 전쟁이 시작되기를 초조하게 기다리고 있다. 사쓰마에 대해서도 독촉이 성화같았다. 그 때문에 연락관으로서 시나가와 야지로가 사쓰마 번저에 숨어 있으며, 또 최근에는 조슈에서 시나가와 말고도 두 사람이 일부러 상경해 있는 것이다.
야마가타 교스케와 이토 슌스케 두 사람이었다. 그들 조슈인으로서는 교토에 들어온다는 그 자체가 결사적인 행동이었다. 시중에서 들키면 그것으로 모든 것이 끝이다.
그토록 큰 위험을 무릅쓰고 밀사가 숨어 들어 오는 것은 사쓰마의 궁둥이에 채찍질을 가하기 위해서다.
"조슈측에 대해서는 나도 설복시켜 보지. 하지만 그들은 원래 사쓰마인들은 뱃속이 시커멓다고 생각하고 있으니까 순순히 들어주지 않을 거야. 나카오카군, 자네도 협력해 주겠나?"
오쿠보가 말했다.
"물론 협력하지."

나카오카는 곧 사쓰마 번의 중신 고마쓰 다데와키의 집에 숨어 있는 조슈인들을 찾아갔다.

모두가 구면이다.

나카오카는 차근차근 설명했다.

조슈인들은 좀처럼 움직이지 않았다.

"머리로는 알 수 있는데 마음으로는 알 수 없군."

이렇게 말한 것은, 세 조슈인 가운데에서 가장 나이가 적은 이토 슌스케였다.

"나카오카님, 잠깐 실례하겠습니다."

이토는 허리춤에 손을 집어넣더니, 옷띠의 솔기를 뜯고 빨간 약봉지를 꺼냈다.

"조슈 사람들은 한 걸음 번 밖으로 나갈 때는 늘 이런 것을 가지고 다닙니다."

나가사키에서 구한 모르핀이었다. 만약 막부 관리에게 붙들렸을 때 칼을 쓸 겨를마저 없으면 그것을 먹고 죽으려는 것이다.

"그러나 사쓰마 사람들은 유유히 교토에서 정상적인 활동을 할 수 있소. 생각이 느리니까요. 그러나 우리는 그렇지 못합니다."

조슈 번은 비록 전투는 멈추었지만 법적으로는 아직 막부와 교전 상태에 있는 것이다. 조정으로부터는 역적 취급을 받고 있다. 그러므로 활로를 찾기 위해 운명을 건 단판 승부로 대막부전쟁을 일으키고 싶은 것이다.

나카오카는 그 점을 타일렀다.

도박이란 이겨야 하는 것이라고 주장했다. 마침내 그들도 나카오카의 설득에 복종했다.

며칠이 지났다.

그동안의 경과는 사실상 나카오카 신타로의 공로로 돌아가야 할 일이리라. 나카오카는 사쓰마와 조슈를 설복시켰으며, 나아가서 도사 번 재경 관리들의 사상을 통일시키려고 애썼다. 그리고 그것은 거의 성공 단계에까지 이르러 있었다.

료마도 교토 각처에 출몰했다. 이 두 사람이 어깨를 나란히 하고 교토 북방 이와쿠라 마을을 찾아간 것은 비가 오는 어느 무더운 날이었다.

"이와쿠라경을 설득하지 않으면 안 되네."

현재 막부 타도를 위한 계획은 사이고, 오쿠보, 그리고 이와쿠라 도모미 등 세 사람의 두뇌를 중심으로 진행되고 있다고 나카오카는 말했다.

"보기 드문 모사야."

'어떤 사람일까?'

료마는 흥미가 일었다.

료마와 나카오카는 사쓰마 번저에서 얻은 삿갓과 도롱이로 몸을 감싸고 북쪽을 향해 걸었다.

교토 북쪽 교외인 다나카 마을(田中村)을 지날 무렵에 비는 그쳤으나 대신 안개가 끼기 시작했다.

길은 논두렁이나 다름없었다.

"들풀은 교토나 도사나 마찬가지야. 료마, 고향 생각이 나지 않나?"

나카오카는 그런 실없는 소리를 하면서 안개 속을 걸어갔다. 오래간만에 료마와 함께 걷고 있는 것이 무척 즐거운 듯했다.

"이와쿠라경 집에 가면 예의를 갖추고 대하도록 해……이와쿠라경은 전 중장님이시다. 관위로 보면 도사의 노공보다도 위란 말이야, 료마."

"아, 그래?"

료마는 관위 같은 것에 대해서는 관심이 없었다. 그런 것은 태평 시대의 장식물이다.

"이와쿠라경은 말일세."

나카오카는 료마가 버릇없이 굴까봐 무척 걱정이 되는 모양이었다.

"그 분은 귀족답지 않은 호쾌한 인물이어서 얼핏 보면 해적 두목 같은 인상이야. 아주 소탈하여 농사꾼들 상대로 장기를 두기도 한다네. 그렇다고 가볍게 보면 안 돼. 근본은 귀족 출신이라 무척 예의에 까다로운 데가 있거든."

"걱정하지 말게."

료마는 삿갓 밑에서 소리 없이 웃었다.

그런데 막상 은둔처로 가서 이와쿠라와 대좌하게 되니, 이와쿠라가 먼저 책상다리를 하고 앉으며 불쑥 말을 던졌다.

"사카모토라고? 이름은 진작부터 듣고 있었다."

깎은 머리가 자라기 시작한 것을 보이고 싶지 않아서인지 검은 두건을 쓰고 있었다.

"해원대인가 하는 해적단 같은 것을 만들어서 세도 내해를 휩쓸고 다닌다면서?"

이와쿠라는 적지 않게 료마에 대해 흥미를 느꼈던지, 그 경력, 일의 내용, 포부 같은 것을 꼬치꼬치 캐물었다.

처음에는 무뚝뚝한 표정으로 앉아 있기만 하던 료마도 차차 상대방이 재미있어지기 시작하자 여러 가지 얘기를 늘어놓기 시작했다.

그 화법에는 독특한 유머가 있어서 이와쿠라는 몇 번이고 크게 입을 벌리며 웃음을 터뜨렸다.

이 이와쿠라 역시 회담이 끝날 무렵에는 료마의 대정봉환에 적극적으로 찬성하고 나섰다.

"대정봉환."
이것은 위기일발의 막부 말기 정세 아래에서 연출된 최대의 사극이라 할 수 있다. 지금 막 막이 열린 여기에, 중요한 조연 한 사람을 등장시키지 않으면 안 된다.
사사키 산시로(佐佐木三四郎)라는 도사 번의 총감찰관이다.
총감찰관이란 사법상 최고 관례로 참정 다음가는 고관이라고 할 수 있다.
료마는 아직 만난 일이 없었다. 나가사키에 있을 때 본국의 정보를 제공해 주는 자가 한 말 가운데 "사사키 산시로가 요즘 근왕파로 기울어지고 있다" 하는 말이 있었다.
료마는 그 보고를 들으며 문득 우스워져서 크게 웃은 일이 있었다.
"산시로란 어디서 굴러 온 말뼉다귀냐?"
그러나 조금도 웃을 일은 아니었다.
"정세가 조금 나아지니까, 그 고루한 도사 번 상급 무사 사이에서도 갑자기 근왕파가 나타나는구나."
료마는 그것이 우스웠던 것이다. 참담했던 탄압시대엔 상급 무사들은 모두 막부파였다. 그들은 근왕파의 향사나 하급 무사들을 도둑처럼 다루었던 것이다.
"추세에 민감한 그런 자들은 소중히 대접하도록 해라. 그것이 바로 승리하는 길이다."
료마는 그렇게도 말했다.
사사키 산시로가 과연 민감하게 '추세를 따르는 자'였는지 아닌지는 모른다.
산시로의 집안내력은 꽤 흥미롭다.

전국시대에 도쿠가와를 섬긴 겐바(玄蕃)가 바로 그의 조상이다. 아네가와(姉川) 전투에서의 공을 인정받아, 이에야스로부터 하사받은 칠기 장식의 창은 집안의 가보로 전해져 오고 있다.

겐바가 죽고 그의 아들 주베는 생모의 고향인 이가에서 닌자 수행을 했다고 전해진다. 성인이 되어서는 연고가 닿아 엔슈 가케가와의 6만 석 성주인 야마우치 가즈토요(山內一豊)를 섬기게 된다. 도요토미 집권 말기의 일이다.

"5백 석에 고용하겠노라."

이 이야기를 믿을 수 없는 것이, 겨우 6만 석의 다이묘가 닌자(忍者)라는 이유만으로 이름도 없는 떠돌이에게 5백 석이라는 고액의 녹봉을 지불할 리가 없기 때문이다.

그러나 세키가라하 전투 이후, 가즈토요는 일약 도사 번 최고의 자리에 올라 20만 석 다이묘가 된다. 그 때, 주베는 뒤늦게 도사에 닿았는데, 어떤 착오로 인해 50석으로 강등된다. 그에 불만을 품은 사사키 집안에서는 백 년 동안이나 번에 항의했다고 한다.

"사사키 집안은 5백 석 대우를 받아야 마땅합니다."

그 결과, 사사키 집안 8대 당주가 간조부교(금전과 곡식의 관리를 담당하는 직책)를 맡게 되었다. 3대째 간조부교를 맡고 있는 것이 바로 산시로다.

사사키는 검술과 국학을 했다. 검술은 시골 검술이기는 했으나 번의 상급 무사 가운데에서는 센 편이었다.

별다른 특징이 없는 인물이지만 눈치가 빠르고 다소 뼈대가 꿋꿋한 데다 변재가 있어서 계속 발탁되어 온 것이었다.

그가 갑자기 근왕파 관료로서 나타나게 된 것은 단순히 시대적인 역학에 민감했기 때문만은 아니었다.

어렸을 때 고치 성 북쪽 후쿠이 마을(福井村)에 사는 국학자 가모치 마사즈미(鹿持雅澄)에게 사사했던 것이 다소 그 사상의 원천이 되었으리라고 생각된다.
사사키 산시로는 그 가모치 밑에서 학문을 익힌 것이다.
그러나 산시로에게는 이 국학이 별로 성격에 맞지 않았던 모양이다.
'가모치 선생의 제자'라는 학력은 나중에 근왕파가 된 그에게는 적지 않은 이익을 가져다 주었다.
주위에서는 그를 믿어 주었다. 단순히 시대의 추세를 관망하고 잽싸게 손을 쓴 것이라는 식으로는 해석하지 않았다.
사사키는 번의 요직을 담당하게 되었다. 그 이유의 하나로, 당시 도사 번 상급 무사 계급 가운데는 이상하게 쓸 만한 인물이 없었다.
그렇듯 인물 기근에 허덕이던 때라 산시로는 자기 실력 이상의 빛을 발휘했다.
운이 좋은 사람이라고 할 수밖에 없다.
글을 쓰면서 깨달은 것인데, 아마도 필자는 사사키 산시로의 인품에 일종의 악의를 느끼고 있는 듯하다.
그러나, 이 사내는 남에게 악의를 품게 할 인물은 아니다. 사사키 산시로는 그런 성격 때문에 입신출세에 능한 관료 기질의 소유자라 불리는 것이다.
이 장편 소설은 비뚤어진 성격의 여러 인물들을 다룸으로써 오늘날에 이르렀다. 모가 나고 비뚤어진, 어딘가 치명적인 결함을 지닌 인물이 수없이 나타난다. 등장인물 전체가 그런 특성을 지녔다 해도 과언이 아니다. 등장인물들의 불안정한 내면세계가 자신의 추태를 노정(露呈)시키고 있는 것인지, 아니면 자신의 추태가 들통 났기 때문에 불안정한 내면세계를 지니게 된 것인지, 그 상관관계를 파악하기란 어렵다.

단, 안세이(安政) 시기 이후, 역사상 최대의 혼란기를 살아온 사내들은 그들의 내적 결함과 감추지 못한 추태로 인해 비운의 죽음을 맞게 된다.

그러나 사사키 산시로라는 인물만은 예외였다.

그는 유리한 조건을 모두 갖추고 있었다. 최소한의 배짱도 있었다. 그것은 자신의 재능을 타인에게 인정받기 위한 향신료와도 같은 것이다. 자신의 뜻을 전부 드러내면 투사가 되지만, "신진기예의 관료"라는 평가를 얻기 위한 목적이라면 자기주장이 도를 지나쳐서는 안 된다.

처세에 필요한 융통성을 지니고 있었다. 그러나 그것은 사이고에게서 발견할 수 있는 철학자적인 융통성이 아닌 매우 기술적인 것이다. 번 내의 완고한 좌막파와도 술자리를 즐겼으며, 이누이 다이스케와 같은 과격한 근왕파에도 맞장구를 칠 줄 알았다.

"형편없는 사내야."

"아니야, 수완이 좋은 거지."

그의 정치능력을 높이 사는 사람도 있었다. 그러나 목숨을 바치면서까지 정의를 관철시키는 인물은 되지 못하였다. 어떻게든 자신을 희생하지 않고 정의를 관철시키는 방법을 생각하는 인물이었으며, 시종일관 자신의 입신출세만을 생각하는 인물이었다.

유능한 관료란 이러한 사람을 말하는 것이리라.

도사의 노공 요도는 지나칠 만큼 날카로운 시인적인 직감을 가지고 있었기 때문에 사사키를 그리 좋아하지 않았다. 오히려 노골적인 반발을 하는 이누이 다이스케나 허풍선이 같은 고토 쇼지로를 좋아했지만, 그렇다고 현실적으로 쓸모가 있는 사사키를 업신여기지도 않았다. 그리 명문 출신도 아닌 사사키를 총감찰관으로 발탁한 것은 사실 요도 자신인 것이다.

어쨌든 그 사사키는—

요도가 달아나듯 교토를 떠나 번으로 돌아간 뒤, 교토의 정국에서 도사의 영향력이 빠져 버리지 않을까 염려하여 자진해서 교토에 주재하기로 한 것이었다.

요도는 "현지의 일은 모두 그대에게 맡긴다"고 크게 권한을 부여했다.

사사키 산시로의 상경은 사실상 그에게 있어서 생애 최대의 일이었다.

그 주 임무는 "대정봉환안으로써 교토 번저의 의견을 통일하라"는 것에 있었다.

교토 번저는 다른 대번도 마찬가지였지만 번 외교의 주무 기관이었다. 말하자면 오늘날의 대사관에 해당하는 것이다. 현대식 표현을 해 본다면, 사사키 산시로의 역할은 특명 전권대사였다.

교토 번저의 상급 무사들은 거의 전부가 막부파였다. 산시로는 그들을 설복시키지 않으면 안 되는 것이다.

노공인 요도도 산시로의 임무가 어렵다는 것을 알고 있었다. 출발에 앞서 요도는 말했다.

"그대가 상경하거든, 후쿠오카 도지를 곧바로 귀국시키도록. 그 녀석을 교토에 놓아둘 수 없다."

후쿠오카는 요도가 키운 소장 관료의 한 사람이며, 요즘 제법 근왕론을 이해할 정도는 됐지만 어디까지나 그것은 어깨 너머의 사상이어서 '대정봉환'이란 말을 들으면 기겁을 하고 나자빠질지도 몰랐다. 결국 번론을 통일하는 데 오히려 방해가 된다고 요도는 본 것이었다.

더욱이 요도는 요즘 후쿠오카를 몹시 싫어하는 기색을 보였다.

"그 녀석은 친구들의 흉을 보고 다닌다."

이것이 이유였다.

후쿠오카는 고토 쇼지로와 친구이며 같은 요도공의 심복 관료이면서, 고토가 내정에 실패하여 나가사키로 피신했을 때 형편없는 욕을 뒤에서 한 적이 있다. 그것이 요도 귀에 들어간 것이다.

요도는 색다른 번주였다.

"친구들 흉을 보고 다니는 자는 믿을 수 없는 녀석이다."

이 말에는 뛰어난 안목을 가진 요도의 날카로움이 드러나 있다. 동시에 그의 청년 관료 육성에 대한 방침도 이런 데에 있었으리라.

요도는 한번 싫어진 인물은 절대로 가까이할 수 없는 성격이어서, 유신 후 후쿠오카가 자작(子爵)이 된 다음에도 끝내 멀리하고 만나지 않았다.

사사키는 교토 번저로 갔다.

후쿠오카와도 만났으나 "노공께서 귀국하라고 하신다"는 말은 한마디도 비치지 않았다. 그런 점이 사사키가 보통 관료와는 다른 점이어서, 후쿠오카의 반감을 사지 않도록 배려한 것이었다.

후쿠오카 역시 이상했다.

어느 틈에 근왕색이 아주 짙어져서, 대정봉환계획에 대해서도 호의적이었다.

"그런 말은 한두 번 향사들을 통해서 들은 일이 있는데, 아주 훌륭한 안이 아닌가?"

한두 번 향사들을 통해서 들은 일이 있다는 것은 사카모토 료마와 나카오카 신타로한테 들은 것을 말하는 것이리라. 후쿠오카도 사사키와 마찬가지로 시대의 추세를 내다보고 있었던 것이다.

다만, 데라무라 사젠(寺村左膳)이라는 문벌 출신의 관료만은 끝까지 완고해서 좌막론을 굽히지 않았다.

"막부에 대해 반항할 작정인가?"

그는 후에 도바 후시미의 싸움이 시작된 다음에도 계속 그 주의를 굽히지 않고, 출전한 대장 이하 전원을 처벌하려고 했기 때문에, 그 무렵 화제의 인물이 되기도 했다.

어쨌든 사사키의 온건하면서도 교묘한 의견으로 통일 활동은 시작되었다.

"잘되는 거요. 모든 것이 잘되는 거요. 도쿠가와 가문을 위한 일도 되고 조정을 위한 일도 되오."

사사키는 그런 식으로 설득했다. 막부파에 대해서는 '도쿠가와 가문을 위하는 것'임을 강조하고, 근왕파 경향이 있는 사람에게는 '조정을 위한 것'임을 강조했다.

"그뿐만 아니라 다른 번에 대해 이 안을 제의함으로써 도사 번은 시대의 주역이 될 수 있는 거다."

일석삼조라고 그는 역설했다.

설득 공작을 펴는 동안에 장본인인 사사키 자신도 안의 세부적인 점에 대한 의문이 생기기 시작했다. 그 자신이 입안자가 아니었으니 당연한 일이었다.

"……교스케"

교토 번저에서 근무하는 모리 교스케(毛利恭助)를 불러들였다. 료마나 나카오카와 가까운 그를 통해 입안자인 료마를 만나려고 했던 것이다.

"틀림없이 사카모토 료마라고 했지?"

"이상하게 다짐을 하시는군요."

교스케는 멋쩍은 얼굴을 했다.

"사카모토 료마라면 천하의 지사이고, 사쓰마 조슈 양 번에서 가장 소중히 여기는 인물입니다."
"그래? 거기까지는 미처 몰랐군. 나는 향사의 이름까지 일일이 외어둘 수는 없기 때문에."
'시골뜨기 같으니라고!'
교스케는 그렇게 생각했다. 번 내에서만 일해 온 사사키 산시로는 어디까지나 번 내의 계급의식을 버리지 못하고 있는 것이었다.
"그런 태도를 보이시면 사카모토는 만나 주지 않을지도 모릅니다."
"알아, 걱정 말게. 지금까지 내가 남한테 거드름을 피운 일이 있었나?"
사사키는 교스케의 어깨를 두드리면서 "부탁하네"라고 다시 한 번 말했다.
물론 번비로 일류 요정에 초대하려는 것이다.
장소도 결정을 봤다. 히가시 산기슭에 있는 요정으로서, 옥호를 '가이가이당(會會堂)'이라고 했다. 음식이 맛있기로 이름난 곳이다.
그 뜻을 전하기 위해 교스케는 료마를 찾아갔다.
"그 사사키란 대체 어떤 사람인가?"
"번의 총감찰관이야."
그는 사사키의 약력, 현직, 번내의 인기, 사상동향, 상경목적 등을 자세히 얘기했다.
"말이 통할 수는 있는 친구지만 계급의식이 아직 남아 있네. 혹 불쾌한 일이 있을지도 모르지만, 아무튼 한번 만나 주게."
"만나지."
료마는 일을 위해서라면 어떤 사람이든 만날 작정이었다.
"사사키는 상당한 각오를 하고 상경했어. 대정봉환계획을 위해 목숨을 걸고 있는 눈치일세."

"흥, 번 관리가 목숨을 걸 턱이 있나?"
"목숨을 건다는 것은 조금 부풀린 얘기지만, 어쨌든 사사키로서는 이 일이 성공하면 번 내에서 출세는 뻔하다, 그런 속셈이 있는 모양이야."
"그야 그럴 테지."
이상한 일이군 하고 료마는 생각했다. 지금까지 거들떠보지도 않던 관료들이 혁명의 막바지에 이르자 꼬리를 물고 따라오기 시작한 것이다. 출세의 기회로는 가장 알맞은 때라고 생각하는 모양이다.

히가시 산기슭 '가이가이당'으로, 료마는 나카오카와 함께 갔다.
뜰 쪽을 향한 방으로 안내되었다.
얼마 기다리지 않아서 총감찰관 사사키 산시로가 모리 교스케를 데리고 나타났다.
"여어, 두 분 선생!"
사사키는 장난인지 뭔지 분명치 않은 웃음을 보이면서 말했다.
"어서 상좌에 앉으시도록. 이건 비공식 밀회니 만큼 번 내에서의 서열과는 관계가 없소. 당신들은 천하의 지사요. 어서 상좌에 앉으시오."
'이상한 친구군.'
료마는 처음부터 윗자리에 앉아 있었던 것이다.
사실은 사사키도 들어오자마자 곧 그것을 알아챘다. 번 고관인 사사키로서는 잠자코 아랫자리에 앉기가 아니꼬워서, "어서 윗자리에!" 하고 떠들어댐으로써 자기가 자진해서 아랫자리를 택한 것으로 하고 싶은 듯했다.
'어쨌든 고약한 녀석이군.'
료마는 상대방을 유심히 관찰했다.

사사키 산시로는 얼굴도 손발도 큼직큼직한 것이 어딘가 남을 위압하는 데가 있었다. 그러면서도 웃는 얼굴에 애교가 있어서 미운 인상은 아니다.

'상당한 인물이긴 하다.'

능변의 사나이이기도 했다. 두세 가지 무해무득한 화제를 사사키는 늘어놓았다. 료마는 잠자코 듣고 있었으나 좀 실망했다.

'머리는 좋지 않다.'

사사키 얘기는 거침없었지만 독창성이 전혀 없었다. 어떤 생각을 피력할 때 그 내용이나 표현에 독창성이 없으면 남자로서는 침묵을 지켜야 한다고 료마는 생각하고 있었다. 사실 자신을 그런 식으로 다스려 오기도 했다.

'사이고나 오쿠보는 이 사사키 같지 않다.'

다소의 실망을 느꼈으나, 이누이 다이스케, 고토 쇼지로를 제외하면 거의 인재가 없다고 해도 좋을 도사 번 상급 무사 가운데에서는 사사키도 우수한 편에 들 것이라고 그는 생각했다.

덧붙이자면, 사사키는 뒷날 유신정부의 요직을 지내고, 최고위층 대열에 오르게 된다. 물론 료마는 이때 꿈도 꾸지 못했다.

'이 친구는 단순히 겉치레로서만 근왕을 내세우는 건가? 아니면 정말 막부 타도의 뜻이 있는 건가?'

료마는 천천히 그런 점을 살펴보기 시작했다. 그것이 분명히 밝혀지지 않으면 대정봉환론은 설명할 도리가 없는 것이다. 그럴 수밖에 없는 것이, 원안은 근왕 좌막 양면으로 설명을 가할 수 있는 기묘한 계획인 것이다.

'암만해도 태도가 분명치 않은 것 같군. 정세가 막부 타도로 기울어지면 그쪽으로 쏠릴 친구다.'

료마는 그렇게 보고 설명을 시작했다. 사사키는 독창력은 없었지만 이해력은 빨랐다.
"알겠소. 어쨌든 내 힘이 닿는 데까지 연극을 계속할 테니 우선 그 점은 안심하시도록."
사사키가 말하자, 료마는 사사키가 우연히 내뱉은 '연극'이란 말에 몹시 흥미를 느낀 듯했다.
"그렇지, 연극이오. 도사 번으로서는 어찌 되든 좋으니 한바탕 연극을 벌이는 거요. 일은 그 다음부터 시작되는 거요."

멀리 서쪽에서 천둥소리가 들려왔다.
천둥소리는 금방 가까워지며 온통 집이 흔들리도록 머리 위를 울렸다.
"비가 오려나?"
료마는 뜰로 눈을 돌렸다.
"이날 밤은 마침 요란한 천둥소리와 함께 비가 내렸다."
사사키 산시로는 후일의 속기에서 그때의 회고담을 남기고 있다. 그야말로 분위기가 극적이었다는 것이다.
"그 뇌우(雷雨)를 연극을 위한 전조라면서 서로 축배를 나눈 다음 흉금을 터놓고 이야기했다"고, 그 속기에서 말하고 있다.
료마도 평소에 관원들을 싫어해 온 경향에 비하면 뜻밖일 정도로 사사키 산시로에 대해서는 악의를 보이지 않고 자연스럽게 이야기를 나누었다.
"사사키 님, 당신은 훌륭하오."
료마는 사사키를 연방 칭찬했다. 칭찬한 이유는 사사키의 말에 사쓰마 조슈에 대한 편견을 전혀 엿볼 수 없었기 때문이다.
그 당시 도사의 상급 무사들이 으레 하는 소리가 있었다.
"향사나 미천한 녀석들이 근왕, 근왕 하고 떠들어 대는 것은 3백 년간의 울분을 터뜨리고 있는 것뿐이며, 그 울분을 사쓰마 조슈에서 이용하고 있는 거다."
그런 말이었다.
이번 료마의 대정봉환안에 대해서도 도사번의 고루파들은 순수하게 받아들이지 않고, "결국은 사쓰마의 덫일 게다" 하면서 무시하고 있었다.
그러나 사사키 산시로는 역시 그런 부류들에 비하면 훨씬 훌륭했다.
'이 녀석은 가짜일지도 모르지만, 진짜와 마찬가지로 써 먹을 수 있는 가짜다……'
료마는 그렇게 보았다.
이쯤 되면 진짜로 치는 수밖에 없다.
"사사키 님, 안세이 이래 수많은 지사들이 활약했고 또 비명에 쓰러졌소. 그들은 시대를 어지럽게 하기도 했으나 크게 밀고 나가기도 했소. 그 공과 죽음은 일본 사람들의 입에 영원히 오르내릴 거요. 그러나 앞으로의 연극에는 그런 재야 지사들보다 현직 관원들이 등장해야 하오. 관원은 번을 쥐고 있소. 번 자체가 움직이지 않는다면 본격적인 연극은 벌일 수 없는 거요."
"미약하지만……."
사사키는 그 말을 듣고 기뻐하며 말했다.
"전력을 다하겠소."
그 뒤 교토에 모여 있는 지사들에게로 화제가 돌아갔을 때, "어떻게 하든지 그들을 구제하지 않으면 안 된다"는 말을 한 것은 나카오카 신타로였다. 사실 료마가 말한 것처럼, 이제는 그들 재야 지사들이 활약할 단계는 지나가고 있었다. 더욱이 안세이, 분큐 무렵에 비하면 그들은 아주 미미한 존재가 되어 버렸다.
"게다가 늘 위험을 면치 못하고 있소."

나카오카가 말을 이었다. 요즘 신센조나 순찰대는 그 행패가 극에 달해, 지사들은 매일같이 교토의 이 길가 저 골목에서 시체가 되어 쓰러지고 있었다.

"그들을 일괄하여 구제하고 싶다"는 것이 나카오카의 제안이었다. 구상도 있다. 그리고 그 구상을 실현시키려면 사사키 산시로의 활동이 필요한 것이다.

"실은 육원대에 관해서인데……."

나카오카는 사사키에게 말했다.

"이미 해원대는 설립되어서 활동하고 있고, 바로 그 대장이 이 자리에 앉아 있소. 그런데 아직 육원대는 실현을 못 보고 있소. 결국 그에 관한 얘기가 되는 건데……."

육원대는 해원대의 규약을 모델로 하고 있었다. 다시 말해서 그 성격은 도사 번의 번 조직에 예속하지 않고 독립성을 유지하면서 번과의 '계약'을 맺는 것이다. 그러나 일단 전쟁이 일어났을 때는 도사 번과 협력하여 싸운다는, 반관반민적인 성격을 가진 군대였다.

단순한 군대만도 아니어서 정치군의 성격도 가지고 있다. 본부는 교토에 두며, 교토에서 혁명전이 일어나면 천황을 위해 활동한다. 노골적으로 말하면 쿠데타의 예비군이라고 해도 좋으리라.

병(兵) 역시 단순한 병이 아니었다.

그 모두가 각 번의 탈번인들로 조직되는 것이다. 물론 나카오카가 도사 사람인 이상, 도사 번에서 탈번한 향사들이 대다수를 차지할 것이었다.

"육원대 안에 대해서는 귀공도 들으셨겠죠?"

나카오카는 일부러 대단치 않은 일처럼 말했다. 물론 육원대가 쿠데타 예비군 성격을 지니고 있다는 말까지는 할 수 없는 것이다.

"그런데 교토에는 적당한 건물이 없소. 근거지가 될 건물이 없다는 한 가지 사실 때문에 그 설립이 늦어지고 있소."

"없을 테지."

사사키가 말했다.

교토 시중에는 빈터가 없는 것이다. 원래 도쿠가와 막부는 제후들이 교토의 천황, 공경들과 접촉하는 것을 두려워하여, 제후들의 에도 근무 교대 때에도 오가는 도중에 교토에 들르지 못하게 했다. 더구나 번저의 관저를 두는 것은 더욱 달갑게 여기지 않았다. 다만 상업상의 이유로 꼭 필요한 영주에 한하여 소규모의 번저를 두는 것을 허락했다.

이를테면 교토 상인들에게 재목을 팔아야하는 도사 번 같은 경우는 다카세 강(高瀨川)을 등지고 있는 번저를 오래전부터 가지고 있었다. 공예품의 가가 번, 설탕이 생산되는 사쓰마 번, 종이를 생산하는 조슈 번 등도 번저를 가지고 있었다.

다른 작은 번도 셋집쯤의 번저를 두고 주재관을 파견하기도 했지만, 그런 번들은 에도나 본국에 있는 귀부인들을 위해 옷을 산다든가 하는 목적으로 두는 경우가 많았다.

그러나 막부 말기에 사정은 달라졌다.

갑자기 교토가 외교 문제를 결정하는 중심이 되자 각 번의 번주와 자제들의 내왕이 잦아졌고, 나아가서는 번병까지 두어야 했으므로 번저가 크게 필요해진 것이다. 모두 택지를 사려고 야단들이었지만 마땅한 데가 없었다.

도사 번도 가와라 거리 번저만 가지고는 좁아서 시라카와(白河)에 제2번저를 지었다.

나카오카는 그 시라가와 번저를 빌리려고 사사키와 교섭을 하기 시작한 것이다.

"사사키 님, 시라가와 번저를 내주면 육원대가 실현되는 것뿐만

이 아니오."

"무슨 뜻이오?"

"교토에서 막부측에 쫓겨 다니며 그림자처럼 해매고 있는 지사들을 사라카와 번저에 수용함으로써 그들을 구제할 수 있다는 거요."

그것이 나카오카가 노리는 가장 중요한 목적의 하나였다.

"그렇게 위태로운가, 부랑배들은?"

탈번자들을 근왕파에서는 '지사'라고 부르지만, 막부나 좌막파측에서는 부랑배라고 한다. 공문서에까지 그런 어휘를 썼다. 사사키는 관료여서 부지중에 그런 말이 입밖에 나온 것이었다.

"부랑배라……."

나카오카는 씁쓰레하게 웃었다.

"실례했소. 지사들 말이오."

"사실, 안세이 대옥(大獄) 이래 처음 보는 공기요. 한 예를 들면 그제 밤만 해도……."

나카오카는 지금 민가가 밀집해 있는 야나기밤바(柳馬場)의 셋집에서,

─사쓰마 번사 요코야마 간조(橫山勘藏)라는 가명으로 살고 있었다. 나카오카가 보통 써 온 가명은 이시카와 세이노스케라는 이름이었지만, 그것도 이제는 너무 알려져서 집 주인에게는 그런 이름을 댄 것이었다.

옆집에는 쓰지마 번 탈번자인 다치바나(立花)라는, 소위 '부랑배'가 살고 있었다. 그제 나카오카가 밤늦게 집에 돌아가자, 다치바나가 고등정무청 관원들의 습격을 받아 격투 끝에 부상을 입고 끌려가 버리고 만 뒤였다.

나카오카는 그것을 구해 내려고, 그의 제자처럼 되어 있는 도사

번 교토 출장 번사인 모리 교스케를 찾아갔다.
　—번의 입장에서 고등정무청에 교섭해 주기 바란다. 다치바나는 도사 번 육원대의 대원이라고 하면 그만이니까.
　그는 이런 부탁을 하고 그 방법으로 교섭을 시키고 있는 중이었다.
　"이것은 아주 하찮은 한 예에 지나지 않지만 비슷한 사건이 거의 매일같이 일어나고 있소. 사사키 님, 시라카와 번저만 빌려 준다면 그들을 모두 구할 수 있소."
　나카오카의 말은 아주 당연한 것이었다. 도쿠가와의 막부 체제로 볼 때, 막부 관원은 각 번 번저에 함부로 침입할 수 없는 것이다. 말하자면 치외법권 같은 것이었다.
　시라카와 번저는 엄연한 도사 번의 관저이며 따라서 그곳에 낭사들을 수용하면 아무리 신센조나 순찰대가 날뛴다 해도 손을 댈 길이 없어진다.
　"당신은 관원이오. 관원으로서 천하를 위해 할 수 있는 일은 바로 그런 일일 거요."
　사사키는 쾌히 승낙했다.
　"참정 유히 이나이님이 마침 교토에 올라와 있으니 그를 움직여 보기로 하지."
　다음날 사사키는 유히를 설득시켜 그 승인을 얻었으나, 유히는 역시 책임이 두려웠는지 사사키에게 이렇게 말했다.
　"만일 노공께서 노여워하실 때는, 그 책임을 자네가 질 테지?"
　할복을 하는 건 사사키 산시로여야 한다는 뜻이다. 사사키는 흔쾌히 응했다. 그에게도 그만한 자신은 있었던 것이다.

　도사 번이 제의하는 대정봉환안은 다른 대번이 찬동하여 보조를 같이해 주지 않을 때는 막부에 대한 압력이 될 수 없었다.

그 때문에 나카오카는 동분서주했다. 때로는 료마도 나섰다.

사쓰마는 받아들였다.

그 밖에 시대의 추세에 예민한 대번으로서는 아키(安藝) 히로시마(廣島)의 아사노(淺野) 집안 42만 6천 석이 있었다. 이 번에서는 중신 쓰지 쇼소(辻將曹)라는 자가 교토에 머물고 있었다.

대단한 수완을 지닌 자였다.

그 쓰지의 양해도 얻어 도사, 사쓰마, 아키의 삼번 찬동이라는 형식으로 천하를 향해 거탄(巨彈)을 던진다는 단계에까지 이르렀다.

그 사이, 도사의 참정 유히 이나이와 총감찰관 사사키 산시로도 사이고, 오쿠보, 쓰지 쇼소 등과 번 대표로서 만난 바 있다.

사사키 산시로는 상사(上司)인 유히 이나이에게 감상을 말했다.

"아키의 쓰지는, 취지에는 찬성하지만 지엽적인 자구(字句)에 다소 이의가 있다고 했습니다. 이것은 오히려 안심할 수 있으나, 사쓰마의 사이고나 오쿠보는 겁이 납니다."

사쓰마의 사이고와 오쿠보는 방문한 유히와 사사키에게 말했다.

"그 안에 대해서는 사카모토, 나카오카 두 사람으로부터 자세히 들은 바 있습니다. 그야말로 훌륭한 취지여서, 사쓰마 번으로서는 전적으로 찬성입니다."

그들은 일체의 이론이나 질의 없이 무조건 찬동한 것이다. 사사키로서는 바로 그 점이 겁이 난다는 것이었다. 전적으로 찬동함으로써 주창자인 도사 번에게 정국에 대한 중책을 짊어지게 하려는 속셈인 듯했다. 지금까지는 자칫하면 꽁무니를 빼려고 했던 도사 번을, 이 동의(動議)를 계기로 해서 시류의 와중에 끌어들여 꼼짝 못하게 하고 아울러 사쓰마 조슈의 계획인 군사 봉기에까지 협력하게 하려는 속셈이리라.

"아키의 쓰지 쇼소보다 훨씬 수가 높습니다."

"맞았어."

아직 좌막색이 모두 가시지 않은 참정 유히도 사쓰마를 경계하고 있었다.

어쨌든 사쓰마의 찬동은 도사로서는 큰 힘이 되는 것이므로 우호관계를 위한 연회석을 마련하기로 했다.

료마, 나카오카, 사사키 등이 천둥이 울리는 날 밤 가이가이 당에서 만난 지 사흘 후의 일이었다.

"장소는 산본기(三本木)의 가시와 정(柏亭)이오. 와 주겠지요?"

사사키가 일부러 료마의 하숙을 찾아왔으나 료마는 거절했다.

"그런 자리에 참석할 필요는 없지 않소?"

나카오카도 역시 참석하지 않았다.

사사키는 사쓰마 번의 재경 요인들을 모두 초대했다. 사이고도 당연히 초대됐으나 감기 때문에 불참했다.

사쓰마측에서는 고마쓰 다데와키, 오쿠보 도시미치, 그리고 요시이 고스케, 우치다 나카노스케(內田仲之助) 등이 참석했다.

도사측에서는 마침 상경해 있던 고토 쇼지로, 유히 이나이, 후쿠오카 도지, 데라무라 사젠, 사사키 산지로 등이 참석했으며, 놀이를 좋아하는 고토가 재치를 보여 어린 기생을 하나 불렀다. 이 기생은 형편없이 서툴러서, 그것이 오히려 애교가 되어 근엄한 사쓰마의 오쿠보까지 얼굴을 숙이고 웃음을 터뜨렸다.

이것은 숨을 돌리기 위한 훗날, 기온(祇園)에는 오카요(加代)라는 기녀가 있었다.

'삵쾡이'라는 예명을 쓰고 있었다. 자기가 손수 영업을 하고 있어서 다소 도도하기는 했지만 몸맵시가 좋고 노래와 춤도 능했으며, 교토 여자의 전형처럼 단정한 용모의 미인이었다.

이 오카요에게 도사 번의 후쿠오카가 반했다.
정신을 못 차릴 만큼 빠져 버려서 거의 매일 밤마다 요정 가이가이 당에 오카요를 불러다 놓고는, 술도 안 마시고 노래도 부르지 않고, 오카요의 손만을 쥐고 있었다.
'무슨 사내가 이럴까?'
오카요는 생각했으나 상대방이 워낙 대번의 고관이라 함부로 대할 수도 없었다.
후쿠오카는 도사 번의 상급 무사 의식이 기온에서도 통하는 줄만 알고 있는 사나이여서, 오카요가 다른 좌석에 나가 있으면 도끼눈을 뜨고 여주인을 불러 호통을 쳤다. 그러면서도 아주 인색해서 접객부나 하인들에게 행하(行下)도 제대로 주지 않으므로, 가이가이 당에서는 "후쿠오카님이 오셨다"고 하면 모두 얼굴을 찌푸릴 정도였다.
그런데 오카요가 좋아하는 남자는 따로 있었던 것이다. 사쓰마 번의 젊은 중신 시마쓰 이세(島津伊勢)였다.
그 시마쓰 이세에게 오카요는 후쿠오카가 얼마나 징그러운 사내인가를 자세히 얘기하고 있는 듯했다. 시마쓰 이세는 처음 한동안은 그냥 웃어넘기곤 했으나 나중에는 어지간히 화가 났다.
"도사 녀석들은 그렇게 구질구질한가?"
그는 부하인 사이고나 오쿠보에게도 이런 말을 하기에 이르렀다.
"도사와 제휴하는 것도 좋지만, 술집에 가서 기녀의 미움이나 받고 다니는 사람이라면 사나이로서의 믿음성도 없을 게 아닌가?"
오쿠보도 이 말에는 난처해서 나카오카에게 그 문제를 의논했다.
"큰일을 앞두고 있는 지금이다. 하찮은 일로 모처럼 이룬 사쓰마 도사 제휴가 무너지면 큰일 아닌가?"
나카오카는 얼굴이 뜨거워졌다.
'결국 도사의 상급 무사들은 분수도 모르고 교토에까지 와서 망신

을 당하는구나!'

나카오카는 꾀를 내어, 후쿠오카를 만나자 차근차근 말했다.

"그 여자에겐 마음에 둔 사람이 따로 있네. 시마쓰 이세가 바로 그 사람인데, 자네는 사쓰마 번 중신의 소실을 가로채려는 참이야. 그래도 좋다고 생각하나?"

이 사실이 요도공의 귀에 들어가면 출세길이 막히지 않겠느냐는 뜻을 은근히 비친 것이었다.

후쿠오카는 파랗게 질리더니 말했다.

"몰랐어. 당장 발을 끊을 테니 지금까지의 일은 비밀에 붙여 주게."

나카오카는 속으로 실소(失笑)를 금치 못했으나, 사쓰마 도사의 제휴를 마무리 짓기 위해서는 이런 시시한 일에까지 참견을 하지 않으면 안 됐던 것이다.

지은이
시바 료타로(司馬遼太郞)

그린이
전성보(全聖輔)

옮긴이
박재희 창춘사도대학일문학전공 김문운 니혼대학일문학전공
김영수 와세다대학일문학전공 문호 게이오대학일문학전공
유정 조지대학일문학전공 추영현 서울대학교사회학전공
허문순 경남대학불교학전공 김인영 숙명여대미술학전공

료마가 간다 7
지은이 시바 료타로/책임편집 박재희 추영현 김인영
1판 1쇄/1979. 12. 1
2판 1쇄/2005. 8. 8
3판 1쇄/2011. 12. 1
3판 6쇄/2023. 3. 1
발행인 고윤주/발행처 동서문화사
창업 1956. 12. 12. 등록 16-3799
서울 중구 마른내로 144(쌍림동)
☎ 546-0331ⓒ (FAX) 545-0331
www.dongsuhbook.com

*
이 책은 저작권법(5015호) 부칙 제4조 회복저작물 이용권에 의해 중판발행합니다.
이 책의 한국어 大滅상표등록권 문장권 의장권 편집권은 저작권법에 의해 보호받으므로
무단전재 무단복제 무단표절 할 수 없습니다.
이 책의 법적문제는 「하재홍법률사무소 jhha@naralaw.net」에서 전담합니다.
*
사업자등록번호 211-87-75330
ISBN 978-89-497-0721-1 04830
ISBN 978-89-497-0714-3 (전8권)